贫果

繁花落尽结贫果，回望来路爱永驻

三 盅◎著

四川人民出版社 时代光华 Times Bright CreSuccess

图书在版编目（CIP）数据

贫果 / 三盅著. — 成都 : 四川人民出版社，2017. 5

ISBN 978-7-220-10072-7

Ⅰ. ①贫… Ⅱ. ①三… Ⅲ. ①都市小说－中国－当代
Ⅳ. ①I247.5

中国版本图书馆CIP数据核字(2017)第055455号

PINGUO
贫果
三盅　著

责任编辑	刘姣娇
特约编辑	赵　洋
封面设计	回归线视觉传达
版式设计	刘伊娜
责任印制	张　辉
出版发行	四川人民出版社 （成都槐树街 2 号）
网　　址	http://www.scpph.com
E-mail	scrmcbs@sina.com
新浪微博	@ 四川人民出版社
微信公众号	四川人民出版社
发行部业务电话	（028）86259624　86259453
防盗版举报电话	（028）86259624
照　　排	刘伊娜
印　　刷	北京晨旭印刷厂
成品尺寸	145mm × 210mm
印　　张	13
字　　数	270 千字
版　　次	2017 年 5 月第 1 版
印　　次	2017 年 5 月第 1 次印刷
书　　号	ISBN 978-7-220-10072-7
定　　价	38.00 元

目　录

引 子

人群中，李思达看见了夏尊，他端着酒杯正与一对夫妻交谈。他还看见了花想红，她正挽着刘三妹坐在客厅中央的沙发上，对面坐着一位与刘三妹年纪相仿雍容华贵的妇人，面目姣好，不输给刘三妹。贵妇边品尝着面前的一小碟点心，边与花家母女聊天。

李思达没敢去大厅的中央区域，只在边边角角里溜达。

尽管眼前的一切并不似先前设想的那么凶险，甚而是典型的上流社交氛围，一片祥和，可他沉下心来细细品味，总觉得哪里不对劲。最令他不安的是，夏尊看似宽厚大度的笑容，总掩不住那深邃得近乎诡谲的目光。

回想自他踏进这户人家，便一点点放下戒心，一层层被剥去盔甲，最后竟毫无抵抗地任人摆布，这实在非同寻常。他甚至产生了错觉，自己正置身于一个强大而可怕的“磁场”，其中暗藏着一股神秘力量，使他如同被催眠，长达几个小时说不出一个“不”字……

想着想着，李思达的心里禁不住再次战栗。

在大客厅的一隅，他撞见一位客人正俯身撸着夏尊的那只小喵喵，似在跟边上的人卖弄：“雨果说，人们在家里养猫，是为了便于随手可以抚摸老虎。”

李思达有口无心地接茬，冷不丁儿却道出了自己的心声：“雨果还说，猫可以变老虎，侍从也会杀人。”

那位客人抬头望他，笑容一时间僵住了，手一松，放走了小喵喵。那两三人的小圈子也因此在他眼前迅速消散，化入人群。

这便是李思达在这场party（聚会）上说过的唯一一句话。他无趣地在人丛中再次搜寻花想红的身影，却恰巧与远处的她四目对接。这便是李思达最后一次见到花想红，这场2008年的圣诞party之后，李思达稀里糊涂地被捕了。

2010年圣诞节，李思达刑满释放，这一年他30岁。他身着单衣从监狱大门里走出来，来不及仪式性地额前搭檐抬头望天、大口呼吸自由空气，便一眼与不远处程玫儿的目光对接上了，她这是包了辆出租车来接他。这个现如今已学会巧借两侧鬓发遮出锥子脸效果的女孩，李思达一时间不知该拿她当亲人还是仇人。

进了市区，车窗外热闹起来。从背影上看，小姑娘们一个两个都虎背熊腰的，过马路的，就像跑偏掉沟里的保龄球；缩颈溜墙根的，则形同轮盘赌上的象牙球。横看成丸侧成球，远近长宽皆相同——球的背影还是球，恨不见记忆中满大街的“背多芬”。看来今年上海这是提早进入严冬了。

出租车的后排座上，程玫儿麻利地为李思达披上一件黑色呢子大衣，殷勤地掖拢他大衣的前襟，然后捧起他冰凉的双手，搓一搓，哈上几口暖气，却仍旧一言不发。

回到一室一厅的租屋里。

“唉！蒹葭苍苍，白露为霜。所谓南方，室内冰凉。”这是李思达出狱后的第一句玩笑话。

下厨忙开的程玫儿听后眉展心舒，当下松了一大口气，“阎王爷都收不走你的幽默，呵呵。”可他那如霜的一头花白头发，配合形销骨立的身形，在她心尖狠狠地揪了一把。

程玫儿一早便将唯一的卧室腾出来给李思达。李思达清晰地记得，直到被警方带走那天，他在这间租屋里睡过两个月的客厅。关上门，他坐在毛了边的米白色帆布躺椅上，梳理起这两年间心头的恩恩怨怨，毕竟，此番终于有机会回来找他们算账。

两年来，李思达渐渐开始信因果，他将自己的遭遇归结为因贫穷而结出的恶果。可他信因果，却不懂得如何推演因果，尤其令他迟迟难以解开的一个死结是：像程玫儿这样一个曾经得到过他莫大恩惠的单纯女孩，为何在关键时刻也会出卖他？不对，那应该是一种“背叛”！

他了然当年“出卖”与“背叛”分别作用在他身上时理应被严格区分，那是两个截然不同的概念：倘若他果真作奸犯科，那么业力所致，程玫儿当年的证词也许只不过是基于事实的情感出卖；可假使他是清白的，那她的证词便是昭然若揭的道义背叛、无中生有的险恶诬蔑！那是克伦威尔对费尔法克斯的背叛，也是费尔法克斯对革命和友谊的背叛。

可她为何要那么做呢？李思达还没有足够的勇气首先从程玫儿身上寻找真相，因为她毕竟曾经是他最亲近的人，同时也是他眼下唯一可以依靠的人。

真相之所以离人们很遥远，不是它善于与人捉迷藏，而是它太恶心，人们往往能够看见它，却不愿相信它，更不愿亲近它。

令李思达欣慰的是，他的最爱——花想红，此番终于能够听他亲口解释，他也终于有机会向那个难以战胜的强大情敌——夏尊，讨还公道。可这一切，自他出狱这天起，似乎突然变得不那么紧迫了，而且越来越不紧迫。他犹如被施了催眠术，或是成了渐冻人，正一点点失去行动力。

这个故事要从两年前说起……

上卷　为爱而战

1.现实如春蟹

2008 年 7 月，李思达 28 岁生日刚过完没多久，他这间租屋便迎来了一位身份特殊的“客人”。这人便是程玫儿，贵州一户农民家的女儿，也是李思达的母校武汉大学的跨届校友。因为她是贫困生，所以有缘成为李思达的资助对象，也是他唯一的资助对象。

李思达对程玫儿的资助是从 2005 年秋季开始的，正值程玫儿大一升大二。

那年，离校有年的李思达受邀参加武大的校庆，在母校与两位昔日同窗偶然相遇。老同学久别重逢，煮酒论英雄势在难免。开怀畅饮间，李思达得知那两人与他相似，或早或晚地选择了去上海发展事业。面对这种不谋而合，李思达给出的理由最为充分。

“其实说白了，理想不就是离乡吗？离乡去哪儿？北京拼的是背景，我早就输在起跑线上了，上海是商海，来碰碰运气也还算明智吧？想必二位也是。”

同窗加同城，此类相聚，虽不似“冤家路窄”那样夸张，可口味寡淡的家常联谊远不及辛鲜麻辣的同门攀比来得酣畅淋漓，这是不争的事实。那种快感，好比十年一度的华山论剑，同样惊险刺激，任你三十年河东还是河西，酒走一圈便可分出高下。

这一攀比，就攀比到“回馈母校”这个焦点上来，这也许是当下展示各自实力最完美无痕的表现手法。说到底，无论是为了报恩而狂秀肌肉，还是为了狂秀肌肉而报恩，都还算是健康可爱的。

李思达自然也不甘示弱，当下表示正有此意。第二天，他与那两人结伴，与学生会帮扶结对活动的联络小组取得联系，在一叠名单里相中了经济条件最糟糕的程玫儿。

最终，李思达虽在资助人数上不比那两位，但有幸选中最急需的资助对象，其意义也相当非凡。装 × 有时也未见得就是坏事，正如李思达平日无心哼唱的那首被改了词的老歌：只要人人都装出一点 ×，世界将变成美好的人间。

李思达当场签下一份贫困生资助协议，承诺资助程玫儿三年共六个学期，每学期的资助金额为 6000 元。这在 2005 年算得上一项慷慨的善举，只因那时李思达有一份还算体面的工作。

可他当时没有计划与程玫儿见上一面再走，甚至连权衡那样做的必要性都省略了，校庆一结束便匆匆返沪。

此后，李思达每学期都会收到一封校方寄来的成绩单。他与程玫儿也同步保持着书信往来。他的书信，多是些礼节性鼓励的话语，催她上进。程玫儿对恩人自然是感激不尽，每每总要长篇累牍地表达那样一种味同嚼蜡的单一情感，其间少不了还要点缀些“学成后报效祖国”一类足以铭碑的励志豪言。直到程玫儿毕业，三年间共六个来回。

尽管李思达这种小人物对资助生将来是否真会报效祖国并不十分关心，也从未奢望能得到她任何意义上的回报，这是他善良的一面，至少保全了做人的本分，可他无论如何也难以设想，因果循环有时也会离谱地跑偏，终有一天，曾经对他感激涕零的人也会在他胸口插上令人绝望的一刀。

作为一个新上海人，李思达曾经小有成就。他是武汉大学中文系的毕业生，来上海之初，曾就职于一家报社，第二年便跳到了房地产行业，一干就是五年。起先他在一家房地产公司搞企业宣传，一年后这家公司成立了一个有关地产广告的子公司，由他负责，管理着十几人的小团队。

到了第三年，他们的业务独立出来，拓展到全行业，并独立创办了上海市第一本房地产期刊。后来他又与高校联合，挂着房产经济学会的招牌创办了一本房产金融学术杂志，吸引了很多投资，也拉来了大量的广告，为母公司挣了不少钱。李思达本人也因此有资格认购了母公司一定份额的原始股。

2007年，母公司在A股上市，李思达一夜之间跨入了“百万富翁”行列，新股上市15个交易日内浮盈500万。母公司的老总，也就是李思达的大老板赵浮云，更是坐拥近8亿股票资产收益。

春风得意之时，李思达交往的都是上层名流。他与海外投资商谈过合作，跟大开发商打过高尔夫，也曾频繁出入高级会所，与同行精英交际，与售楼小姐逢场作戏。但喧闹繁华过后，他还是要回到自己的租屋里睡觉，而且睡前唯一不会缺席的一件事便是读书，他只读文学，那能让他的心安静下来。

很显然，这个阶段，李思达手头的现金不足以买房。曾有温州炒房团的女业主通过开发商认识了李思达，见他长得眉清目秀，一表人才，开价一套内环内三居室，想长期包养他。那女人四十出头，早年死了老公，手里有 39 套内环内公寓的房本，和 16 套内外环间大户型的钥匙。

李思达起初把那女人当朋友交往，当对方提出了如此龌龊的交换条件后，他甩下了两句话，便再也没和那女人通过一个电话。

他反问那女人："你觉得我是缺女人呢，还是缺房子？"

女业主说："当然是缺房子，我知道你住在哪儿。"

他又反问那女人："那你觉得我是缺一套房子，还是缺 55 套房子？"

女业主愣了半天，明白过来，恼怒地说："别不识好歹，你顶多就值一套房子！"

李思达牢牢记住了这句令他每每想起都会备感耻辱的话："我顶多就值一套房子？"可他不会想到，未来的某一天，当他再次想起时，这句话竟然完全变了味，变成了，"唉，我好歹也值一套内环内的房子。"

李思达的原始股进入流通领域发生在股改之后，属于"小非"，一年内限售。不过即使不限售，他也坚定不卖，因为大多数人都抱定了三年不卖的想法。与他份额相近的人甚至都在憧憬着成为千万富翁的那一天。

可他怎能想到，根本不需要三年，仅仅一年多，他的持股金额已缩水到不足 80 万。2007 年到 2008 年，那是一场全球性的世纪股灾，而 A 股在那场全球高台跳水中，又是人类历史上最为惨烈的悬崖跳水表演。

李思达很清楚，要想在上海立稳脚跟，尤其是在上海的地产圈立足，他最起码要有一套中环以内的房子，面积还不能低于 100 平方米。那时的中环，基本上等同于上海的全市均价，可即使他全部抛空股票，80 万连半套房子也买不到。

在经历了 A 股惊心动魄的大波浪之后，全民疯狂炒股演变为全民谈股色变。而此时的李思达非但没有理智地止损，反而渐渐爱上了这个令人血脉贲张的刺激游戏。

2008 年 4 月，他孤注一掷去抄底，新老资金一起参与搏杀，此时的李思达已经红了眼，欲罢不能。他从小并未吃过多少苦头，一向不信邪、不服输，哪怕是在这样一场血淋淋的金钱游戏之中。

到了 7 月，也就是程玫儿站在他门口的这一天，他已经彻底绝望了。A 股持续下跌，深不见底，他的持股金额只剩 40 多万，而他的银行账户，也只剩下 10 万余元。

恰逢此时，他又遇上家乡的死党赵勇找他借钱，这一借，又借去他存款的一半。他在心里算过一笔账，假如解禁当天立即抛空，他如今至少已经拥有两套中环内的房子了，而且都是百平米以上的面积。不过想必他的老板更有资格捶胸顿足，赵浮云属于“大非”，禁售限售的规定更严格，据说至今都未出手。

李思达对程玫儿的资助，到了第三年，也就是程玫儿大四这年。金融危机波及房地产市场，由他一手创办的期刊停了，公司业务也一路下滑，入不敷出，他终于被母公司扫地出门。

此后的李思达，除了在一家澳大利亚的房地产公司打过一阵子短工之外，整个一年几乎都处于失业状态。存款也基本耗尽了，最困难时几乎付不起房租。

可他不仅没回长沙老家，还没中断对程玫儿的资助，倒不是忌惮曾经签下的协议，而是他觉得，那样做的话就等于彻底认输了。他发狠似的咬着牙跟自己说：就算死也要死在上海！这辈子大概只会做这么一件正儿八经的善事，如今只做到三分之二就放弃，成何体统？

这不，一晃三年，如今刚毕业的程玫儿来上海找恩公了，正赶在苦苦支撑的恩公最为潦倒的人生阶段。

按照程玫儿三年来的想象，恩公理应是位足以配得上“显赫、成功、辉煌”等一系列华丽词语的爱心大叔，最低限度不会辱没武大的招牌。她早有耳闻，李思达曾是当年武大的“风云人物”，而今又无可辩驳地拥有着资助贫困大学生的经济实力。

其实呢？当年李思达曾是个要求进步、善于经营关系的学生干部，上海话叫“头子活络”，否则校庆时也断不会有人念及邀他。可谈及“风云人物”，那便言过其实了，铁打的校园，流水的学生，拿不出点特殊贡献，最终都是“浮云人物”。

涉世未深的程玫儿来不及懂得，现实就像惊蛰后的春蟹，撬开幻想之壳，里面只有满满的失望。而且更要命的是，她此番来访，真心是拿李思达当“贵人”来投奔了，寻求深一步援助的念头压倒了一切。当然，“特别想与恩人见上一面”是必要且合情合理的“荫头”。这是她跟舍友们讲的原话，也是真心话，也因此又得到一张额外捐赠的火车票。

开门看见程玫儿的第一眼令李思达永生难忘，因为这也许是他这些年见过的与这座城市最格格不入的人了。为了给恩人留下美好的第一印象，程玫儿特意穿了一身素蓝底印花旗袍。

那是有一年过年她娘亲为她置备的新衣，语重心长地交代她："娃儿，乡下不比城里，虽说时髦不是我们赶得上的，可进出总得有件上点档次的衣裳。"

这身行头映射到李思达的眼里，以为她初来上海之前，一定恶补过电影里的老上海。可即便是老上海，也鲜有此等极品"怪咖妹"。只见她脚蹬一双大红圆头皮鞋，脸上化了极致浓艳的妆，唇似生食过死婴般的血红，眉似儿童标高线般的浓重，大圆脸盘，覆以墙灰似的粉——本是白底，却混合沾染了硬座车厢里舟车劳顿的尘灰。不过幸好这一幕发生在光天化日下。

程玫儿眼里的恩公，也同样令她吃惊不小。

他有着七分英俊、三分斯文的脸庞，换在她们乡下，这顶多也就是一张 20 岁出头的面孔，怎会有 30 岁"高龄"（信中李思达自称"而立"）？只不过被那一头乱发及懒散的背心短裤打了折后，英俊只剩下五六分。

酝酿已久的"大叔"称谓顷刻被程玫儿咽回肚里，开口便叫他"李大哥"。

事实上，在她从火车站一路赶来的途中，心里还一直在纠结见了恩人要不要"跪"的问题，在她们乡下这是必须的。可接受了四年高等教育，如今又身处摩登之都，她忽然感到不合时宜，生怕这一跪反而疏远了三年来与恩公以六封书信建立起来的朦胧亲近，那是一种不是亲人胜似亲人的感觉。

问明身份后，李思达热情中夹带着意外与尴尬，请她进屋。当然，随后的交谈中他是不会直白地告诉她，这副妆容差点把他给吓死了，只因他很了解贫困生的日子有多艰辛。就他定期给的那些钱，四年来她怕是连一场电影也没机会看，更不要说经常领略电影里的老上海了。

程玫儿暂住了下来，就睡在小客厅的沙发上。除了见面一刻的尴尬，李思达对自己的境况倒也坦然得很，这缘于他在既陌生又亲近的程玫儿面前无愧于心，尽可以大大咧咧。可他意识不到，这其实也算得上是一种隐性的心理优势。

接下来几天，两人相处得和谐融洽。程玫儿把屋子里里外外好好收拾了一遍，李思达几次要给她搭把手，都被她拿手一挡，"大哥你可别沾手，玫儿生就劳碌命，一刻闲不下来，一闲下来就浑身不自在。"

李思达笑，只当她客气，不再与她争。可接下去几天，李思达发现这丫头还真是闲不住，啥活都干，想必苦孩子都是这般勤劳。李思达这回倒也心安理得地享受起全方位的家政服务，三餐来时张嘴，拖把来时抬腿，过的简直是神仙般的日子。

渐渐地，程玫儿发现李思达无班可上，每日除了面对股票的 K 线图发呆以外，就是疯狂地打游戏。他偶尔也出门，但多半不是去面试。因为就连一次面试经验也没有的程玫儿都不相信，会有人穿得那么随便去面试，她起码还晓得要穿上隆重的旗袍才有足够的底气来敲他的门。

也算是让程玫儿赶上了，李思达以往没日没夜赶稿的情景她是没看见，电话里与同事研究策划方案到凌晨她也没听见。她只知道，自她走进这间房子的那一刻起，见到的就是这么一个大闲人。

来上海之前，她对上海及在上海奋斗的人，印象绝不是这样的。上海的白领们难道不都是恨不得把一分钟掰成两瓣用的吗？她竟然是被这样一个大闲人整整资助了三年？

就在程玫儿上门之前，李思达正处于人生中最颓废的阶段，人性中一切负面皆被放大并释放了出来，在他身上最为突出的一点就是懒散，从未有过、难以自制的懒散。那一阶段，无论懒人能够被分为多少层境界，李思达都绝对稳居“高处不胜寒”的那一层。

李思达终究明白，他在上海没有半点根基，若不想以失败者的面目回到长沙，他必须迅速站起来。程玫儿的到来，对李思达而言曾有过小小的触动，让他回想起过去三年自己走过的路。他暗下决心，待他的股票稍有回升，他定要割肉出局，然后告别这间租屋，去万航路买一套仅容纳得下他一个人的酒店式公寓。

李思达意识到，要想真正让心安定下来，进而去开创另一番新事业，只有一条路可走，那便是尽快了结他与股市之间的恩怨。当一切都还没有到来之前，他无法说服自己重新走回职场。

但凡与股票这个魔鬼打过交道的人都会理解，这是一笔纠结账。当一个人清楚地知道，即使他把自己宝贵的时间全部奉献给职场，每月领到的薪水都未必够在股市上赔一天时，纠结账就变成了糊涂账。

后来有一天，程玫儿眼见着刚拖好的地板又被外出归来忘记换拖鞋的李思达踩成个“大花脸”，他还将脱下的T恤揉成一团，从客厅中央穿越厨房门，像掷保龄球那样朝洗衣机抛去。

结果偏了，掉在厨房间湿漉漉的地板上。

“懒人！”程玫儿第一次以中性语气骂他，脸上还不敢不赔着苦笑。

李思达先是一愣，转而笑了，振振有词道：“不要忘记，科技是第一生产力。”

程玫儿：“这我知道，然后呢？”

李思达：“然后，懒惰、安逸、恐惧，始终是推动人类科技不断向前发展的三大原动力。”

程玫儿：“嗯，所以呢？”

李思达：“所以，追根溯源，懒惰是第一生产力！这很容易推导。”

望着他光着膀子认真的表情和久久竖在半空中的那根食指，程玫儿被逗乐了，彻底拿他没辙。不过李思达这人除了懒，倒是一点恩人与主人的架子也没有，这让寄人篱下的程玫儿深感精神上的自由快慰。

可转过身去，李思达的心里却没那么快慰。如今竟连上门投靠他的人都对他不耐烦了，他可真的需要痛定思痛了。可他又有什么办法，至少此时此刻，程玫儿的勤快似乎并非是在帮他，反而将他往懒散的深渊里又推了一把。

无聊时，李思达会主动跟程玫儿聊些都市生活趣闻。比如时下的新潮玩意儿、上海的风土人情，当然还有她即将面对的职场生态。可唯独避而不谈值得一去的好玩好吃的地方，因为他没心情更没钱带她出去玩，同时也想当然地以为，像她这种苦出身的孩子，应该不会有多大的玩心。

谈及上海的帅哥美女，李思达表现出异常的兴致，却又突然显得口拙。尤其是被程玫儿追问有没有女朋友时，他的眼中瞬间失去自信的神采，犹疑不定地交代，他正追求着一位名叫花想红的女孩。

据李思达描述，那女孩生在富贵家庭，才貌不逊柳如是，名字里又有个“红”字，所以熟人偶尔会玩笑似的叫她“红富是”。再多他就不乐意说了，最后只用“水中月镜中花”草草结尾，可心里却没有嘴巴那么洒脱。

至此，程玫儿的恩人终于从天界落入凡间，与她站在了同一条地平线上。

但这种和谐只持续了一周半的时间，随着一个女人的闯入，宁静很快被打破了。或许，说那女人半道“闯入”是不恰当的，因为她已在李思达凌乱的生活里存在了好几个月，成为一串串间歇浮现的“省略号”。

2.春蟹也是蟹

这个上海女人名叫袁晓琪，32 岁，已婚，是李思达的现任房东。这女人的丈夫有了外遇，与她分居了半载却死活不愿离婚，拖得她筋疲力尽，说到底还是财产分割上谈不拢。这一整幢三层的新式里弄小楼全归她所有，李思达租了她二楼的一间，与她只隔一层楼板，袁晓琪住三楼。

李思达与这女人的暧昧始于三个月前第一次拖欠她房租。

那晚李思达上楼恳切地与袁晓琪商量，只求宽限他半个月房租。她倒是没有坏脾气，脸上敷着面膜，坐在卧室的梳妆台前，科学地运用镜面反射原理与李思达口齿含糊地对话，请他先帮忙修一下客厅闪烁不休的吸顶灯。

李思达接下“圣旨”，格外卖力，玩杂技一般叠了两把椅子，登高去够那灯罩，摇摇欲坠，却不好意思让一个敷面膜的女人家帮他扶一把。于是他栽了，伤到筋骨，痛得坐在地上半天说不出话。

惊慌的袁晓琪剥去脸上的面膜，从卧室里冲出来。李思达抬眼望时，确信她最初高度关注的是他屁股下面的楼板，定是在担心被他砸出个大窟窿。李思达不让袁晓琪叫“120”，一直在客厅的沙发上躺到深夜，眼见得只会端茶送热毛巾的袁晓琪实在无计可施了，才让她扶他下楼。

尝试了两次都失败了，他根本站不起来，袁晓琪也根本承受不了他的体重。第三次，意外终于发生了。李思达站起来了，可两人重心不稳摇摇晃晃，双双又摔回到沙发里，李思达整个人压在了袁晓琪身上，强忍剧痛却怎么也挪不开身。

起先，身下的袁晓琪还使劲挣扎了两下，可随着僵硬如尸的李思达在她耳边不住地哼哼："对不起，对不起……你坚持一下，让我再试试"，某一刻，两人竟忍不住同时笑了起来，也不知是谁触到了谁的痒神经，越笑越凶。痛痒神经交织一体，彼此牵动，更加剧了李思达的痛苦。

最后，先止住笑的袁晓琪主动从李思达的腋下把手抄到他背后，环抱起大汗淋漓的他，哄小孩子睡觉似的拍着他的后背。

"不急，不急，慢慢来好了，幸好这里只有我们两个。"

她仰面朝天，眼睛直勾勾望着那闪烁不休的吸顶灯，反复咀嚼着刚才脱口而出却又很矛盾的话：没人看见，也就意味着没人帮忙，何谈"幸好"？

有了那晚的"意外"，接下来两天，袁晓琪频繁地下楼来看他，不仅再没跟他提过房租的事，还给他捎来食物，两人迅速成为亲密的朋友。因为受伤，李思达不仅错过了好几场面试，连手头的一份短工也延误了交稿时间。

他当时在银行里仅有的几万元活期存款也大多划入了托管账户，拿去抄底了，假如此时把一个季度的房租付出去，接下来的生活就成了问题。李思达心急如焚，不情愿滚雪球般欠一个女人的债。于是在第三晚，卧床的他主动去拉袁晓琪的手。

当时她正侧身坐在床沿，面对面与他说笑，脱口一半的话音顿在了半空。

出乎李思达的预料，袁晓琪非但不打算抽回自己的手，反以他的主动为由头,放纵另一只闲手也去找“朋友”。四掌相握，既调皮又羞涩地摇了摇。袁晓琪终于被这个得到足够暗示的坏小子一把拉入怀里，顺势扑来的柔软身躯挟着诱人的体香，这也同样是袁晓琪渴望早早到来的春情一刻。

一个月后，李思达在股市里依旧难以脱身，但又重新找了份商业地产文案的短工，总算凑齐了前后三个月的房租，交到袁晓琪手里。

袁晓琪从一开始坚决不肯收，到后来半推半就说要为他减半,再到后来主动提出从此不必那样严格,啥时候有就啥时候给，有多少就给多少。皆因在讲这番话之前，她与李思达已经约定，往后每月在她不方便（“大姨妈”来访）的前后，他都会上楼去帮她做点“家务”，具体哪一天，全凭她的需要。

所以严谨地说，打破李思达与程玫儿安静生活的不是袁晓琪，而是袁晓琪的“大姨妈”。

这一天，袁晓琪早上给李思达发短信，让他晚上 7 点过后上楼。李思达回复说:那样会很不方便,因为他的客人睡在客厅。最后两头一折中，就定在了午后。那是一个钟头的云雨交欢。

当李思达把袁晓琪从吊床上抱下来时，自己也已筋疲力尽。轰轰隆隆的冷气机下，两人在沙发里一前一后抱作一团，香水臭汗不分你我地腻在了一起。

袁晓琪顺着自己光溜溜的屁股摸下去，一把握住李思达的裆下之物，那物尚未软去。她把那个叫作“作案工具”，感慨那工具奇大且长，是她老公的两倍，怀疑他平常出门前是否需要打个结，以便稳妥收纳。李思达半真半假地从后面推搡了她一下。

眯了一会儿，“唉，下辈子投胎，一定要做个锥子脸、长腿细腰的瘦子！”袁晓琪算是个小有风韵的女人，可浅淡微薄的姿色偏偏生在了一张国字脸上，令她恼火，时常抱怨。

李思达：“嗯，那我就变成圆头圆脑、短腿没腰的黄雀。”

袁晓琪：“为什么？”

李思达：“按照你的描述，你下辈子肯定是一只螳螂，螳螂捕蝉黄雀在后。”

袁晓琪：“呸！你这个坏蛋，这辈子占我便宜还嫌不够，下辈子还要继续？”

李思达敏感地推开了她：“你要搞搞清楚，我俩究竟谁占谁便宜？”

袁晓琪转过身来：“哦，许你玩笑，不许人家玩笑？好了好了，是姐姐占着你的便宜，你明明晓得姐姐这婚离得辛苦，跟你也谈不上有什么未来，还愿意陪姐姐，我心里是感激的。”

转而，袁晓琪又故作高贵的感伤道：“跟你讲呀，我昨晚做了个梦。梦见有个亿万富豪追我，愿意倾其所有，让我老公答应跟我离婚。后来醒了，我就在想，那个没良心的男人究竟是答应了还是没答应呢？你说呢？”

李思达心里顺了些，“那‘倾其所有’又是多少呢？”

袁晓琪：“亿万富豪嘛，那就一个亿好了。”

李思达：“我看很难成交。”

袁晓琪："为什么？"

李思达："我猜到时候轮不到你老公做主，你会站出来阻止那富豪，怪他出手太大方。钱都给了你老公，你老公变富豪，那富豪成了穷光蛋，你还愿意跟他？"

袁晓琪："切，古灵精怪，你的爱情观有问题。"

李思达："我当是一个笑话，真是你做的梦？"

袁晓琪："当然啦。"

李思达："好吧，不过既然你到今天还在做这种梦，那就证明你还是爱你老公的，对么？"

袁晓琪："我也不晓得，想起他就烦，可没得想了也烦。"

李思达："那就对了，我没猜错。"

袁晓琪："唉，还是面对现实吧！缘分总有一天会变成怨愤，誓言到头来终究是要失言，结婚意味着两人皆昏，做人本来就很烦，可烦着烦着呢，这辈子也就过去了。顺其自然吧，即使得不到永恒的爱情，我也要保住永恒的房产。"

李思达："呵呵，三句话离不开你的房产。"

袁晓琪："对了，还没问你呢，你楼下屋里的小姑娘到底是谁呀？不用我帮你普法，你该懂的哦，涉及幼女的那个啥啥啥，可是重罪哦！"

李思达："去你的，想哪儿去了？那是我乡下的一个远房亲戚，来上海旅游的，住不长。"

袁晓琪："嘿嘿，当然猜到了，逗你玩呢！不过有一点我是真没想通，现在乡下都流行穿着寿衣出来旅游的么？"

李思达："这话太损了，姐姐。不过确实土了点，来了一个多礼拜了，我都没好意思带她上街，不知情的还真以为我囚禁着她呢。”

那天下午，李思达从袁晓琪家出来，立在门口，忘乎所以地回身亲那女人脸蛋。此时恰被登上晒台来为他晾衣服的程玫儿撞见，惊得玫儿眼前一黑，一阵眩晕，差点失足从楼梯上连人带盆翻滚下去。

晚上，李思达没打游戏，第一次与玫儿并排坐在客厅沙发上看电视。

其实李思达本不想跟她解释什么，因为他的心理优势总是有意无意地摆在那里。可他又隐隐察觉，总有那样一层算不上误会的误会，无论如何都需要跟她澄清一番，因为那多少会关乎他的品行。

“玫儿，哥想让你明白这样一个道理：既然起点不可选，人生不完美,那我们走过的每一步都是将错就错。现实这玩意儿，被迫接受与坦然面对差别很大，你听得懂我的话么？”

玫儿很乖：“嗯，我懂。”

“前几天哥跟你提过的那个姓花的女孩，其实……”他似有顾虑，顿住了，又或许是不情愿说出口，“其实我基本上已经放弃了。那女孩，呵呵，好是真的好呀，但哥与她不在同一个世界，只能远距离欣赏。所以……”他又顿了一下，“所以你可千万别把你李大哥想象成脚踩两条船的人啊。”

原来，他只不过是在纠结这个。

程玫儿：“怎么会呢，我还能不了解李大哥的为人么？花姐姐不跟您好，那是她没眼光，我相信她还未必配得上您呢。”

“别这么说，别这么说，这么说就不客观了。要尊重事实，确实是哥配不上人家，你不了解，你不会了解的。”李思达皱紧眉头，烦躁地甩了甩手，仿佛这张沙发上的谈话已幻化成一双脏手，正在玷污一朵圣洁的雪莲。

玫儿见状也就无言以对了。她的心已跌入渊底，眼前的一切与她最初的想象不是相距遥远，而是南辕北辙。

从那天起，上楼下楼、倒垃圾、买菜、晾衣服，只要出了自家的大门，程玫儿总感觉身后有一双不怀好意的女人眼睛死盯着她。她怀疑那是错觉，但愿只是错觉……

现实如春蟹，可春蟹毕竟也是蟹，不丰满，却很美味。那些意外与落差虽刺破了程玫儿的幻想，却并未磨灭她对李思达的感恩之情，以及对大都市生活懵懂的憧憬。

这是一个崭新的世界，为初来乍到的她掀开了一角，让她窥见与闻见了很多不同且时常会诱她深深迷恋的东西。这些东西如天赐尤物，启蒙了她，并为她开放了瘙痒、新奇、敬畏这三种心灵官能。纵然要将她的旧世界彻底颠覆才能交换，怕也再难止住那奇痒。

经过几天内心挣扎，程玫儿最终决定：一不靠天地父母，二不靠恩人，留下来自力更生讨生活。在征得李思达的同意后，她便无限期地借住下来。

李思达一向无意赶她走，不是抹不开面子，而是他实在太享受眼下这神仙般的日子了。至于经济负担方面，他倒是一点都没担心过，因为存放于他抽屉里的那六张成绩单仿佛早就暗示过他，这个苦孩子很快便能自食其力。等她将来搬出去的那一天，也完全不必为她的生计担忧。

至此，程玫儿内心洒满阳光，以蓬勃的积极心态加入到恩人这并不完美甚至有些不堪的生活中来。

这一时期，正赶上华尔街“地震”。随着雷曼兄弟的轰然倒塌及美国“两房”的次贷危机愈演愈烈，全球金融危机的序幕全面拉开。作为参与全球协作的独立经济体，中国也未能幸免。所以，即使是在就业机会多过别处的上海，找工作也不再是件立等可取的事。连续几个月来，李思达只靠几份短工勉强维系，这便是她程玫儿的前车之鉴。

果然，并不那么顺利，程玫儿五天两次面试，全无音讯。

几天后的一个上午，她断定李大哥也去面试了。因为见他穿起了衬衫西裤，并在出门前史无前例地照了半个多钟头镜子。她备感欣慰。可几个钟头后，却又见他扫兴而归。

他进门时程玫儿正在看一档选秀节目，边看边抹泪，那节目叫《宇宙好男儿》。李思达衣服也没换，径直走过来在她身边坐下，然后双目无神地望着屏幕。

程玫儿是被电视里的三位“拼爹”选手弄哭的。第一位抑郁地说，他爹得了癌症；第二位声泪俱下，说他爹去年过世了；第三位更是泣不成声，说他爹在他出生前就没了。PK 结果，胜出者果然是第三位。

李思达在一旁阴笑了两声：“这哥们儿真够狠的，把亲爹给拼没了，直接赢在了起跑线上，这告诉我们什么？在这个拼爹的年代，爹如果不是高高在上，那就把他往地狱里踹吧。”

程玫儿抹了把泪，“哥，啥意思？”

李思达：“起点太重要了呀！但哥也说过，起点这玩意儿没得选，所以你看，真真假假的大家都在拼爹拼出身。两种拼法，一种拼高贵，高贵拼不过，那就拼悲惨，主要看临场发挥。其实哥的起点比你也高不到哪儿去，喏，跟电视上这帮人一样，也需要随时随地讲故事给人听。”

程玫儿：“哦。”

其实李思达这是有感而发。他刚从外面败阵而归，正是输在了起跑线上。他上午穿成那样出门，其实不是去面试，而是去见一个人，那人就是程玫儿做梦都想见却连照片也没见过的花想红花姐姐。

地下停车场，花想红坐在车里，盯着方向盘，跟车窗外手捧一束玫瑰的李思达说：“你只要想想看，我父母以前给我介绍的都是些什么男人，就该明白我和你成功的概率有多大了。”

李思达：“可我还是不明白。”

“好吧，各人差异蛮大的，那我就讲得更直白一些，那些男人有个共同点，都有个非富即贵的老头子。”花想红这是想让他死个瞑目。

李思达：“可凤凰男和富家女的成功案例也还是有的呀。”

花想红：“问题是，你连凤凰男都不算，以前不谈，至少现在不算。”

李思达：“那啥也别说了，我就加把油呗！等我自己非富即贵的那天，就不必再跟人拼爹了吧？”

李思达仍在垂死挣扎，坚守着“三不”信念：不到黄河心不死，不撞南墙不回头，不见棺材不落泪。总结起来只有一个

“不”——不甘心。

花想红:“天真，按我父母给我安排的每月一次的相亲频率，你觉得我等得到那天么？”

李思达 :“关键看你愿不愿意等。”李思达的声音弱到连他自己都快听不见了。

花想红 :“唉，其实……随便啦。说白了，我对你也不好有过高的期望，奋斗归奋斗，那是个漫长的过程，不可能一步登天，这道理你该懂。”

花想红已经发动了车子，兰博基尼引擎的轰鸣声如巨浪般淹没了李思达嘴边那可有可无的附和。她望了一眼神情沮丧的他，竟又浅浅地笑了，从车窗里伸出手来，接过他手中的花。

花想红 :“脸皮厚一厚，我猜这是送给我的，就算不是，我也当是，呵呵。”

李思达 :“当然，当然是送给你的。”

花想红 :“对了，你不是说有本好书要借给我看么？既然你今天又没带来，那过几天我去你家拿吧，认识你到今天，还没拜访过。”

李思达 :“好啊，那也是专门买来送你的，不用还，不过让你先开口，我又被动了。还有，早该邀请你到我家做客的，只是……”他有些难为情。

花想红 :“什么？”

李思达 :“也没什么，但愿不会让你觉得太寒酸，既然你说我连‘凤凰男’都不算，我那儿顶多也就是个‘鸡窝’吧，尽可能想象得糟糕些吧。”

花想红 :“吃文字饭的人，‘鸡窝’多不讲究啊，我就当你家是‘雀巢’好了。”

李思达 :“是哦，那好吧。”

花想红 :“OK，先不聊了，拜拜。”

这一幕，基本上就是李思达与花想红交往格局的真实写照。李思达送花给她，她从不拒绝，偶尔还会反过来主动联系他。可这阴暗的地下停车场是不设人行出口的，不返身去乘电梯肯定别想走出去，她竟连顺道载他出门的雅兴都没有。

李思达跟程玫儿言之凿凿已放弃追求花想红，只因他早就悲哀地意识到，面对花想红这类女孩，放弃或不放弃，二者其实没有多大差别，都近乎绝望。可他竟能坚守“三不”到今天，也算得上是花痴界一朵瑰丽的奇葩了。

3.惊艳的邂逅

李思达与花想红的相识比较传奇，这要追溯到半年前。

2008 年春节前夕，在北京奥运人文主题上海展馆的大厅里，李思达发现了一位穿裙子的女孩。那是一条布满褶皱、下摆是五彩流苏的波西米亚风格的裙子，她正立在“鸟巢”模型前出神。

对于李思达而言，注定终有一天要为那不幸的一眼付出他人生最为昂贵的代价。他绕着那翩若惊鸿、婉若游龙的倩影来回踱步，在她附近方圆几十尺内焦躁不安地寻觅着任意一件可倚之物，哪怕是一根栏杆或残疾人扶手，以使他难以自遏的窥视在这空荡荡的大厅里显得不那么突兀与冒失。

眼见得那女孩就要离开，李思达终于鼓足勇气迎上前去，生平第一次主动与陌生女孩搭讪。

“这就是北京奥运的主会场——鸟巢。”他煞有介事地介绍起来。

花想红转过脸来，点头并礼貌地朝他微笑。她的善意中裹着矜持，谨慎低垂的双眸仿佛在说：多新鲜，这谁不晓得。可貌似善于交际言谈的她，又不情愿让自己陷于被动的陌生交谈，从而给自己带来哪怕一瞬间的尴尬。

“谢谢，请问你们这个模型的比例是多少呢？”

话语间，被贴身羊绒衫束紧的双臂于胸前抱拢，不经意托起一双君子寤寐难求的美峰。这是一个具有双重反向心理暗示的小动作：之于李思达，如同加西亚·马尔克斯的笔下“隐藏于纯真之下的邪恶圈套”；而之于花想红，则是对陌生人本能的戒备。

很明显，她误以为他是展馆的工作人员。李思达听出了话音，随即搜肠刮肚向她讲解起关于鸟巢的一切，从结构设计到各项功能，多亏他2007年年底赶在鸟巢整体竣工前曾经实地参观过，并了解了一些仅限于皮毛的场馆建筑知识。

“奔三”的李思达不是没遇过到这么美丽的女子，而是没遇到过第一眼便轻易打开他幻想黑匣子的美丽女子，那幻想甚至已深邃到灵魂深处。他不能告诉她，前世今生的某一刻曾经遇见过她，又或者在她面前摆弄些他所擅长的文字把戏试图讨好她。只因他一眼便能断定，她见多了、听腻了类似的花哨与浮夸，否则便与她的美丽无法匹配。

他只打算在她身上动那么一点点“小心计”。他请她原地等候一分钟，然后跑出大厅，向正牌工作人员求来一页空白登记表和一支圆珠笔，然后跑回来郑重地请她做一下登记，以便日后给她寄送纪念品。

花想红并未生疑，抬笔便写，爽快地留下姓名、性别、年龄、职业，唯独把电话与地址空了下来。李思达面露难色，加以提示，如此无法寄达。她这才露出更胜于他的难为情，表示没有先例，更不习惯，纪念品还是算了。无奈，李思达不好紧逼，只得放弃，与她客气地道别。

在拿不到电话与地址的情况下，李思达要想再见到她，那就只剩下一个办法了，尾随她回家。可当他追出来时才发现，花想红是自己开车来的。而那天花想红开的车很普通，雪佛兰景程，并不至于令李思达望而却步。

也许在未来的某一天他会了解，那部景程只有当花想红的兰博基尼拿去保养时才会被她临时开出来。而当时李思达的股票账户上，持股金额300万不到，加上存款是300多万，只要他不被曾经海市蜃楼一般的500万浮盈冲昏头脑，立即全抛，他或许还能以一个“凤凰男”的基本身价，正大光明地与花想红坐在一起谈论爱情……

李思达混上海也不是一两年了，他非常清楚，想要在这座超大型城市里跟踪一个开车的女人有多难，单是那密集且无商量余地的红绿灯就让人够呛，紧贴着人家屁股吃红灯那都是家常便饭。但他体内那股激情驱使他硬着头皮拦下一辆出租车。

一路上，李思达不住地安抚那司机焦虑不安的情绪，连哄带骗地开始了漫长而艰辛的跟踪。

李思达：“跟紧点，师傅。”

出租司机：“这到底是要干什么呀？违法事情不好做的啊，小伙子。”

李思达：“麻烦了师傅，那是我老婆。”

出租司机：“怎么又变成老婆了呢？刚才还说是朋友。”司机已经开始抹汗了。

这其实还不算苦。真正的苦，在于花想红并不是直接回家，她一下午逛了好几家名品店。李思达只得率领司机师傅，从这个停车场到另一个停车场。算他聪明，只守在停车场里，不用虚拟地陪她逛街。

于是，街客们有幸见识了这样一道亮丽的风景线。一辆载客的出租车，辗转于不同的停车场之间，见缝插针地与私家车争抢着紧张的泊车位，抢到后就熄火，原地趴着不动，连客带司机没一个下车。

后来，在司机没完没了的抱怨下，他终于动了放弃的念头，与司机约定，接下去的一个钟头按时段计费。谈妥了包车价，过时一定下车。他在心里设定，假如在这段时间里还是跟不到她的住处，那就怪老天不给机会了。

最后一刻钟，他终于如愿以偿，跟踪到花想红家的小区大门外，竟然与他前任老板赵浮云同住一个小区。这里他来过，是个别墅区，内部地理复杂得足以令他再来几次也找不到赵浮云家的确切方位，而且来访登记手续之烦琐，让人真想一把掐死门卫。

可以预见的是，等他登记完进去，定落得个前功尽弃、芳影了无踪的悲惨结局。于是他乘花想红停车刷门禁卡之际利落地付清车费，丢下句“不用找了”，然后似出笼野兽般推门而出。

司机是上海人，握着钱愣了一会儿，郁闷地唠叨：“那就多出一角洋钿，老板派头，不用找了伊讲。”

李思达沿着小区外围的黑漆铁栅栏没命地狂奔，于视野中继续跟踪花想红的车。终于在接近他视野的尽头，花想红将车开进了一间车库。他也由此得到了她家模糊的定位，那里已是小区的最后一排，一共两幢联排别墅，当中夹着一幢独栋，居住着约16户人家，围墙之外便是公园了。

李思达抹了把额头的汗，那汗里不仅有辛苦，更有怯意。李思达一路上看得真切，仅这一个下午，花想红手里的大小纸袋就有五六个，买了一堆东西。这不由得让李思达浮想联翩，这女孩该不会是被富人养在“温室里的鲜花”吧？不管怎样，他这半天总算是没有白折腾。

晚上，李思达的心里已经形成一套方案。既然花想红登记表里填着“地产公司HR（人力资源总监）”，那就意味着要坐班，想必只有周末才在家，这样他的方案也才能付诸实施。无论花想红住在哪一户，她家后面注定逃不掉那个公园。

周末早上，李思达来了，只带了一张事先刻好的CD和一架军用望远镜。他先在公园门口的一家花店里跟老板租得一套完整的音响设备，有CD机、功放、音箱。然后又拖了几十米电线才够到一处隐蔽的丛林，此处正好面朝栅栏内那两幢四层联排和一幢独体的小楼。等一切准备就绪，他开足音量，正式播放：

“洗刷刷洗刷刷，洗刷刷，哦哦，洗刷刷洗刷刷，洗刷刷，哦哦，洗刷刷洗刷刷，洗刷刷，哦哦……”

苍天！原来未经过他的创意剪辑，本就足以把人脑闹腾到爆炸的一首歌，又加以除湿脱干，提炼出这一句精髓，而且是无限循环下去，一播就是个把钟头。

李思达这会儿正躲在远处的一棵树后，端着望远镜在那三幢楼的窗户间来回扫描，挨户逐一排查。

皇天不负有心人，在第38分18秒的时候，与其他住户一样，头上缠着白色浴巾的花想红终于也被这执着的地毯式轰炸“感动”了，从当中那幢独栋小楼的二楼窗口探出惊恐的小脑袋，想弄明白究竟发生了什么。至此，方案的第一步圆满成功。

结账时，李思达兴致犹存，豪情一掷，“啪”往柜台上多拍下一张5元纸钞，“辛苦了”！然后扬长而去。

与那位上海出租司机相仿，四川口音的花店老板盯着玻璃台板上那多出来的5元钱，直摇头："你仙人板板，就多给5块钱，好意思冒充大老板给小费，还辛苦喽。"

当天回到家，李思达上了一家房地产网站，输入小区名，依据房型图确定了花想红家的门牌号。这是在门卫处登记时必填的，且要与业主姓名吻合才行，否则就必须电话跟业主确认来访之虚实真伪。

李思达不是傻瓜，他当然了解，仅入得了小区大门，知道人家门牌号，是不能贸然拜访的。于是他就真的网购了一只微缩版“鸟巢”模型，然后自己动手弄了个精美包装。可以了，就说是奥组委官方网站搞活动，赠送给她的纪念品。

她若问起他是怎么找上门来的，那就报出他前任老板赵浮云的名号与门牌。告诉她，那是个关系不错的朋友，也住这个小区，对她家有所耳闻，前几天无意间从他这里看到花想红这么别致的名字，忍不住就告诉了他。她若再问为何不邮寄而要亲自送上门来，那就告诉她，此番是专程来看望老朋友赵浮云的，顺便就送过来了。

此时在他脑子里，致他失业的赵浮云不再面目可憎，简直就变成了一根“救命稻草”，形象史无前例地熠熠生辉。但愿他们两家彼此不要真的相识，否则洋相可就出大了。但这种可能性能排除吗？始终不能。赵浮云也是开发商，谁敢保证花想红不会正巧就是赵浮云的员工？

第二个周末，他行动了，捧着那个装着模型的精美盒子，一路畅通，直到花想红家的门前。花想红亲自来为他开门。她身着一套毛茸茸的粉色卡通睡衣，眼睛红红的，像是刚哭过。还没等李思达做出应变，她竟然什么也没问就请他进门。

进了屋，迎面袭来一阵暖流，花想红的表情却还是冷若冰霜。她一直把他领到客厅中央的沙发上坐下，吩咐用人为他上茶，自己却上楼去了。

李思达坐定，首先映入眼帘的是正对面墙上挂着的一幅巨型油画。画里是暖色的窗景，满窗子的海天红日，那样温暖，那样亲切，令他感觉似曾相识。当然，此时的他还参不透这幅油画与他的命运之间会有何关联。

从画里出来，富丽堂皇的客厅显得异常空旷。坐在这巨大客厅的中央，他突然感到莫名的无助与慌乱，只因这个场景与他设想中相去甚远，一时间令他有些手足无措。

半个钟头后，花想红换了件黑色羊毛打底衫下楼来见他，恢复了红润的面色，曼妙的曲线直逼李思达饥渴的眼球。他跟她行了个欠身礼，目光尽力避开那诱惑。

李思达："花小姐，是这样，我有个好朋友也住在这个小区……"

花想红："嗯，我晓得，赵浮云嘛。"

李思达："哦？你们认识？"

花想红："不认识，但我知道他是你以前的老板。"

李思达："哦……"

花想红："我还知道你不是那个主题展馆的工作人员，你叫李思达，做过新闻编辑，后来到广告公司发了财，对么？"

李思达："可是……"他很想问，可是这些你又是怎么知道的？简直就像特异功能一样神奇。

花想红："可是这些都不重要。"

她霸道地接过他的话，在他正对面端正地坐下，从那神态，窥得见少许社会历练，又明显带有大家闺秀特有的骄矜。她垂下眼睑瞥向一旁，一根手指于颌下无心地绕着发梢。这个小动作，又使她显露出几分小女孩的稚气。

也不知是被地暖烘了半个钟头所致，还是因为心里有鬼，作为一个老爷们儿，李思达的脸红了，像极了做错事的小姑娘，局促间直搓掌心，战战兢兢地试探。

李思达："看来你知道的还不止这些？"

花想红："那当然，还有你乘出租车跟踪我，还有你用垃圾歌来骚扰我的邻居，就连你这盒子里装的是什么，我都能猜个大概，与奥运有关的纪念品是吗？"

李思达："好吧，我无话可说，只想请求你的原谅，我其实没有恶意。"

花想红："然后呢？"

李思达："然后请你放心，我会马上消失，永远不敢再犯。"说完，他便真的打算起身告辞。

花想红："为什么？这就是你想要的结果么？难道对你来

说，这一切不才刚刚开始么？”

李思达：“嗯？”

迎着他因困惑而呆滞的目光，她正视他：“这两天我一直在想，假如这个年月真有人愿意花这么大的心思，用这样既土又傻，比中学生还要幼稚的办法去寻找一个女孩子的下落，其实也蛮可爱的。”

“你真这么想？”李思达有点不敢相信。

“嗯，是真的。”她终于朝他微笑，继而又面带羞涩，“而且既然你已经那样做了，缘分实际上已经像事实一样地摆在那儿了，逃不掉了，凭良心也不想逃，逃了，就等于欠下一笔债。所以我宣布，从今天起，你已经认识我了。”

这席话虽然令李思达喜出望外并感动得想哭，但他的脑袋着实有点晕乎乎的。经历了刚才的“过山车”，他已变成一只惊弓之鸟，不知接下去这位既可爱又可怕的女孩会不会对他施以相反的魔法。好比把他当成皮球来拍，落地、弹起、再落地、再弹起……

这实在不是个简单的女孩，他几乎不敢设想，这世上还能有什么人与事是她没有见过与经历过的。

没坐多久，李思达便起身告辞了，花想红主动给了他电话号码，从此两人开始了名义上的交往。所谓名义上的交往，无非也就是比普通朋友来往更密一些，吃饭、看电影、逛街，都是些远离亲密内核的形式主义约会。

那次上门拜访之后李思达才知道，花想红的父亲原来就是上海滩有名的开发商花雷。这个名字，李思达在跨入房地产领域之初就听过，没想到如今自己竟不知天高地厚地去追求他的女儿。

尽管李思达那么喜欢花想红，但他的头脑还是清醒的。花想红之所以愿意与他保持当下的低温交往，很大程度上是基于她身边还没有合适的人。最初他进入花想红的视野，也许并不令她讨厌，反而认为他的行为幼稚中透着几分可爱。

退一万步来说，李思达自认也还算帅气，好歹也曾值过一套内环内的房子。更何况，听花想红那天的语气，她至少认可了他在广告公司发过点小财。不过每当想到这儿，李思达又觉得脸热，即便是他账面财富的顶峰，摆在她父亲花雷这座大山面前，连个小土坡也算不上。

于是，李思达给自己的定位很现实：一个暂未遇到对手的“备胎”。这个定位曾一度让他在充满希望的同时感到无限悲哀。可后来他想通了，做花想红的“备胎”很容易吗？当然不！

他用脚趾头都能想到，有多少双男人的眼睛盯在花想红的身上，有多少双殷勤的手愿意为她挡风遮雨，有多少束鲜花等着她签收，又有多少件贵重的礼物等着她拆封……李思达料定，那些对花想红而言大概早已审美疲劳。

其实，李思达的这些猜想，也对，也不对。在花想红的心里，李思达的确就是个“备胎”，而且是迄今为止唯一的“备胎”。花想红之所以选中他来做“备胎”，原因并没有隐瞒他，那天她在自己的家里已经第一时间真诚地告诉了他：就是因为他单纯，像个中学生一样单纯。

不要小看了“单纯”二字，这对花想红这样的女孩反而弥足珍贵。她极其鄙视那些太过殷勤的献媚，也早已厌倦了长辈们为她精心安排的老套相亲，而且最令她受不了的便是那些永无休止拿钱砸她的公子哥们，有时她都恨不得砸回去。但砸回去又算怎么回事？倒追吗？她当然不乐意，所以只能用沉默来还击。

归根结底，钱不能打动花想红，殷勤也不能感动她，反倒是李思达那游离于套路之外的极其低成本的把戏才在花想红的心湖激起了小小的涟漪。就在那个被“洗刷刷”惊扰的周末清晨，她探头看见的是一个落后的“外星生物”，正试图用某个星球落后方式向她求爱。

不过，对李思达这个“备胎”，花想红并不图什么，仅仅就是为了解闷。而且李思达也并非没有对手，只不过，这个对手对李思达而言暂且是个隐形人。那人一直住在花想红的心里，从未远离。

但李思达很快就犯了错，只怪他太想把握机会。他明知再贵重的礼物，花想红也能从她老爸那儿得到，或者干脆从HR职位赋予她的高昂年薪中支付，可他还是硬着头皮去金店刷了他那张可怜的银行卡，花了8000多元为花想红挑选了一款翡翠挂件。

花想红习惯性地说谢谢，然后看也不看就往包包里一丢。回到家也是，往抽屉里一丢，反而捧起李思达第一次上门送给她的“鸟巢”模型把玩起来。李思达知道自己愚蠢，打肿脸充胖子，即使刷光卡里的所有现金，恐怕也难博花想红一笑。

更为明显的是，此后的约会，花想红干脆都不要他埋单。

她出入都带着老爸的附属卡，对纸钞的漠视令人咋舌，只有到了非支付现金不可的场合，李思达的钱包才派得上用场。

花想红对他的态度是一如既往的变幻无常。忽儿冷若冰霜，忽儿心血来潮，忽儿若即若离，忽儿心不在焉。因此，李思达从不敢把她当女朋友来用，而只能一味把她当女神来供，如同她的最爱——希腊神话中的雅典娜。

李思达向来不认为有能力看透她，至今仍留有诸多谜团令他难以解开。但和她在一起时间久了，当初令他感到匪夷所思甚至可怕的那一面，正日渐淡去。因为他真切地看到，她身上所呈现的社会人的一面其实很有限，尤其是上流社会特有的气质，几乎都源于她的家庭需要，那并不是她真实的一部分。

偶尔他也会猜想，那些难解之谜也许与她背后的家庭紧密相关，那才是一股能量巨大且真正令人心生畏惧的势力。而一旦剥离了这些，她所剩的其实只有单纯。可最近一段时间，她身上一贯的孩子气日渐消弭，时常深陷于成人世界的忧伤。

4.同一屋檐下的尴尬

花想红有一位叱咤商界、家里家外说一不二的父亲，母亲则孱弱多病。

她的成长过程，伴随着物质的极大丰富和情感关怀的极度匮乏，这是他父亲设定爱她的方式。她的家教很严，可父亲对她的管教，仅限于对她的言行与修养加以各种严苛的束缚与纠正，情感上则是不闻不问。以至于从小口齿伶俐的她，偏偏在情感表达上存在巨大的障碍，哪怕是对父亲说一个“爱”字都变得难以启齿。

直到青春期，她才理解母亲为什么孱弱多病。因为只有肉体上的痛苦，才能唤醒家中精神支柱的些许怜悯，而寂寞、苦闷甚至悲伤，诸如此类情感上的问题则从不会被关切，有时甚至不被容许。所以花想红自初中起就深谙此法，时常以肉体病痛来掩饰心理疾苦，也借此获取更多仅限于形式上的爱与关怀。

在家中，花想红的天堂设在她独有的那间浴室，她时常会把自己关在里面好几个钟头。她爱极了泡泡浴，深深迷恋着满世界泡泡将她包围在当中的感觉，那是一种虚构的充实感，一种心灵慰藉。

在这里她可以做任何客厅里无法做，更不能让父亲知道的事，各种放肆、荒唐甚至是下作的事。她可以癫笑、哀号、扮小丑，甚至是裸身躺进浴缸，两脚支在缸沿，像男孩子那样挺胯飙尿。

花想红极善于言谈，眼界与知识面很广，加之天资聪颖，领悟力极高，所以与其交谈是件令人感到轻松惬意的事。可最令李思达伤脑筋的正是她外在所呈现的高不可攀的修养，以及她经常性的言不由衷。这些玩意儿始终在拉开他们的身心距离，以至于他至今仍近不得她的身，更进不了她的心。

近来她更是有意疏远他，时常把“父母之命”悬于嘴边，比如今天发生在她公司地下停车场的那一幕。

其实李思达没有明白，花想红还从未考虑过要急于嫁给谁，所以当下身边是个怎样条件的男人，那都还是次要的，只要不讨厌就成。重要的是必须先找到恋爱的感觉。李思达最初的一系列举动确实小小地感动过她，可其后她在他身上找了很久，失望再失望，最终换来了失望的平方。以至于如今他只要一冒进，她便会找借口躲开。

她时常在心里对他说：不是不爱，只不过爱得不够，太不够。她真正需要的，是被一股飓风般的强力来撼动。

转眼间，玫儿来上海已经一个多月了，面试机会并非时时都有。平常李思达不带她出门，她就趁着出门买菜，自己四处走走。由近到远，她正试着探索这座陌生却又充满诱惑的城市。

这段日子李思达也开始忙碌起来，游戏不打了，股票也不看了。直到这个时候，他终于意识到股票对他的毒害有多深，被套牢的何止是筹码和金钱，更要命的是他整个人都被套牢了，时间被套牢了，精力被套牢了。

自他上次与花想红见面后，他做出了一个决定，股票是死是活，不管了，就扔在股市里当作长线投资，就当他从来没有碰过那玩意儿，或者就当全部亏光了。

有一天，玫儿回来得有点晚，她没有马上做饭，而是先去卫生间冲淋。读书入了迷的李思达突然尿急，一时忘记了这丫头的存在。卫生间的门没反锁，一拧即开，他便推门而入。可想而知，卫生间里传来玫儿惊恐的尖叫。

李思达仓皇逃出，涨出一张大红脸，站在门外抱怨开了："洗澡怎么也不锁门啊？真是的！"

虽然是无心误闯，却被他清晰地瞄见，玫儿通体白白嫩嫩，曲线不谈，女性之柔美是富余的。玫儿这澡是洗不安稳了，草草抹干身子出来。李思达在门外已等了一小会儿，见她出来，装凶瞪了她一眼，然后迅速闪身进去解决问题。

李思达出来时，见玫儿正没事人似的坐在沙发上摆弄湿发，他的脸上也随即换成了坦荡的笑。

"我是看书看昏了头，真忘记了你在家。不过这倒是提醒我了，现在你跟我住一块，地方小，是有些不方便。往后我们脑子里都要上根弦，能避免就尽量避免，切记进卫生间一定要锁门，知道吗？"

程玫儿："嗯。"

玫儿只是被惊着了，其实心里一点也没怪他。那是她的恩人，莫说一不留神被他看见了身子，哪怕要她将整个身子全给他，只要他喜欢，也但凭他一个眼色。

不过很显然，除了眼前取惠于她无微不至的生活照料，李思达是不会向这个苦孩子索取任何东西的。即使当日后找到工作的程玫儿主动要来分担他的房租时，他依然这样。

讲到底，还是“本分”二字。但他无以料想，狭小的空间往往能孕育出不安分的心。接下来几天，两人相安无事的关系发生了些微妙的变化。

玫儿会在晚上李思达专心致志上网查信息的时候，为他端来一碗红枣枸杞小米粥。然后就在他屋里坐一会儿，翻翻当天的报纸，偶尔还会对他正在阅读的书产生浓厚的兴趣。

有时玫儿也会坐过来，在他身边一起看那些招聘信息，还不时地道出她的意见。有时见李思达出汗了，她会跑去卫生间拿湿毛巾来为他擦汗。擦额头倒还算顺意自然，可渐渐地，她开始为他擦拭裸露在背心之外的后颈乃至背和肩臂。若遇李思达赤膊时，她更是肆无忌惮地扩大着擦拭的范围。

起先李思达并未觉察到不可忍受的别扭，只抬头朝她笑：“没事，你忙你的去吧。”

后来，每晚在他睡前，她都要为他用热水擦竹席。半夜下雨她会爬起来进屋关窗子，顺便还会为他盖毛巾毯。

有一次，李思达被她轻微的动作惊醒，朦胧间发现，黑暗中，她竟还在他床沿无声地坐了一小会儿，他这才意识到有些不对劲。有两天他睡不好，半梦半醒，意识模糊，总感觉身边多睡了一个人……

自己是坦荡荡的无心，却难保同一屋檐下的待嫁女子无意啊。自那天起，李思达强迫症似的，睡前总要一遍又一遍地起身检查，卧室的门有没有锁好。

确实，贴心服务衍生了肌肤之亲。玫儿对李思达的情感，在最初的恩情与敬意里缓慢发酵，如今已暗生情愫。更令李思达难以预料的是，随着花想红明天的来访，形成于狭小空间里的稳定格局即将被彻底打破。

花想红真的来了，那天她说改天要来取书，李思达只当她是敷衍。她来的时候，带了点水果，专挑了她拎得动的葡萄，也分辨不出品种与优劣。玫儿终于见到了花想红，激动得差点没接住她递来的葡萄。

玫儿的存在同样也令花想红吃惊不小。

李思达吩咐程玫儿去厨房洗葡萄，心里开始为这陋室的不堪而自卑自贱，六神无主地把花想红请进了他的卧室。花想红的关注点可没在这糟糕的居住环境上，她很想知道正在厨房里忙碌的那个女孩究竟是怎么回事。她的问题很直接，劈面而来。

花想红："她是谁？"

李思达："哦，是我前几年资助的一名贫困大学生。这不毕业了嘛，来上海找出路，暂时借住在我这儿。"

花想红："你也做慈善？"

李思达："小善，小善，不足为道。"

花想红："那她睡哪儿？"她本能地瞟了一眼这间房里唯一的床。

李思达："当然是客厅啦，就是那张沙发。"他真的回身指向那沙发的所在。

花想红："住多久？"

李思达："哦，这不好说，不过应该不会很久。"

花想红："怎么从来没听你说起过？"

李思达："对，也就是前阵子的事。主要是她住也住不长，所以没想起跟你讲。"

李思达强调着事件的偶然性、突发性与临时性。可他忽略了，花想红怎会是那种紧追男女关系不放的狭隘女人。她关心的其实是，他资助贫困生这种高尚的作为，以前为何只字都未跟她提及过。要知道，这明显是可以在她心里加分的。

程玫儿端着盛满葡萄的盘子进来了，眼睛始终离不开花想红的脸，那是一张明显不属于这间房、这幢楼乃至整条里弄的美丽而脱俗的脸。尽管李大哥还来不及为她介绍，可她第一眼便认定了这就是花想红花姐姐。

程玫儿："一定是花姐姐吧？"

花想红："是的，你好，刚才思达也介绍了你，今天我们就算是认识了，幸会。"

花想红向她伸出友好的手。这是她第一次称呼李思达为"思达"，虽然仅省略了姓氏，却让李思达的心一暖。

葡萄是酸的，酸得三人同时皱起了眉，然后相视而笑。就连花想红不经意间泄露的低能的生活经验，在这不相熟的空气里，也显得无端可爱起来。

其实，比葡萄更酸的是玫儿的心。之前她只依李大哥的简约描述设想过花想红的花容月貌，顶级参照也不过就是她们武大的校花，可见了真人后，她竟如同遭受心灵创伤一般再难抚平。她相信，自己若是男儿身，也定会爱上这样的女人，而且爱得疯狂。

李思达递给花想红一本书："就是这本书，我猜你一定会喜欢的。"

"哦？那我一定要认真拜读了，谢谢你，思达。"

花想红接过书，是本长篇小说《吕贝卡的救赎》，她只是象征性地翻了几页便合上了，"房间里有点闷热呢，想出去走走，好么？"

两人出门了，留下程玫儿一人。她在房间里发了好一阵呆后，坐到了李思达的床上，用手轻抚那天天都要经她用热毛巾擦洗的竹席，终于忍不住鼻酸，伤心地哭了起来。

对于程玫儿的存在，花想红非但没有小人之心，反而为李思达过往的善举所感动。李思达也终于松下一口气。

一来，他料花想红也不会吃程玫儿这乡下小丫头的醋；二来，逆向思维，若能让花想红吃醋，那反倒值得庆幸，至少侧面印证了他在她心里占有一席之地，算得上是一份荣耀了；再者，他真切感受到花想红态度的转变，仿佛在她亲昵地称他为"思达"的那一瞬，她那颗令人捉摸不定的心史无前例地向他敞开了一回……

判定天下之事，在它发生的前后往往存在着两种结论，发生前是理论上的，发生后是事实上的。也就是说，在变量确定的前提下，理论可以演变为事实，结论可以坐实为结果。而一旦变量不确定，那么结果与结论则是两回事，有时甚至会背道而驰。

花想红会不会吃醋这个变量，其实并不如李思达设想的那样笃定。且不论花想红有多大的胸怀与度量，也不论程玫儿有没有条件对她构成实质性的威胁，更抛开李思达的品行不谈，单就女人的天性而言，似乎已决定了结果势必将与结论相悖。

一切便是从这里开始转折的。

接下来的一段时光，花想红与李思达的接触频繁了起来。每次见面，花想红都要拐弯抹角地对程玫儿的现状关心一番，毕竟李思达与这丫头朝夕相处，要比他俩名义上交往的所有约会加起来的时间还要长。李思达总是无关痛痒地据实禀报，每论及玫儿，他都想打哈欠。

花想红隔三岔五也会主动上门来。她不太乐意主动与玫儿攀谈，即使观察她，也只在眼角的余光里。可她偏偏就像是爱上了这间陋室，只给她吹电扇也愿意来，她就是在这里读完了《吕贝卡的救赎》。她不止一次跟李思达提起过，想与他一道去电器城刷卡买台空调回来，结果都被李思达婉拒了，原因暂且只有他自己心里清楚。

花想红看着这个勤快的乡下丫头在自己眼皮底下劳碌不休，把李思达的生活料理得样样周全，虽然功能上与自家的用人无异，却始终难以视她为普通的家政。面对程玫儿，花想红与李思达分别有着不同的心理优势，其实说白了花想红对程玫儿的心理优势也是显而易见的，她的高傲决定了她不会将暗地里滋生的（对玫儿的）妒意写在脸上。

花想红经常留下来吃饭，她尤其见不得这丫头习惯性地给李思达盛饭夹菜，这无疑是将她置于窘境。要知道花想红长这么大从来也没为谁做过这些事，哪怕是她的亲生父母。

当然，懂得看眼色的李思达接下来定会为她献上同样的殷勤，进而玫儿也很快就能意识到她的举足轻重，不敢怠慢，也为她提供不打折扣的相同服务。可这些亡羊补牢式的动作，却一轮接一轮地刺激着大小姐那颗骄傲的心，令其前赴后继地进入了恶性循环。

终于有一回，“啪”一声，花想红将竹筷横尸于饭桌，立即起身进屋了。当李思达进屋讨好她时，她却满不在乎地翻着书。

“没什么啊，没胃口不可以么？大惊小怪！”

随后几天，花想红越来越看不惯这小丫头的勤快与麻利，干活时发出尖锐刺耳的噪声也会令她烦躁不安。偶尔她会强抑嗓音提醒玫儿，家务可以慢慢做，做一会儿歇一会儿，最好能小点动静。特别是夏日午后，人很倦怠，神经也脆弱。

相处久了，日常琐事带来了越来越多的心理摩擦，她开始讨厌程玫儿，时常以作随口一提的口吻跟李思达抱怨，每次抱怨着不重样的小事。

但抱怨归抱怨，最后结论总会绕回到对李思达的肯定：“你是个好心的人，这是我特别看重你的地方。我老爸有钱吧，但我相信他对资助贫困生的事想也没想过，而你却做得出。”进而，她还会说：“现在你又收留了她，还是在你自身难保的经济条件下，这就比我预想的更善了。”

若仅是如此，三人和平相处倒也不成问题。可直到那天花想红进门看见程玫儿正埋头洗李思达的内裤时，她终于忍无可忍了。

“玫儿，你要知道，家务也是有分界的，他一个男人家的内裤怎么能让你小姑娘来洗？这像什么话呢？”

玫儿抬头愣住了：“姐，不是大哥让我洗的，是我自己想帮他洗。”

花想红心想你当我脑残，这我还能不清楚么？可嘴上却说：“那也不可以麻烦你。主要是不合适，就算要洗，那也是我这个做女朋友的分内事。”

程玫儿似乎恍然大悟，慌忙间连盆带内裤一把推到了花想红的脚下：“哦，给你。”

盆里的水被这么一摇晃，溅了出来，滴了两滴到花想红的鞋面上。花想红犹如躲硫酸那般夸张地往后跳了一大步。

要花想红为李思达洗内裤，这简直等同于对她的污辱。她怒形于色，却不敢真的发作。

“先放在一边吧，回头再说。”说完一昂头，进了屋。

李思达今天跟老同学约在外面吃中饭，到现在还没回来。花想红关起门来给他打电话，电话通了却只愤懑地说了句：“快回来，我有事跟你说。”

等李思达十万火急赶回来时，她却不提这事了，只说一个人待着无聊，想让他早点回来陪她。

其实主要是她开不了这个口。因为她明白得很，各人体感大有不同。在她心里过不去的坎，在那两人之间已既成事实，温水煮蛙似的存在了那么久，早就习以为常。假如她火急火燎地召他回来，只为搬弄这么一件小事，李思达不敢不顺着她那是铁定，可也无异于承认自己是个小肚鸡肠的事儿妈，又遑论修养？

至此，花想红最初友善的妒意中渐渐潜入了敌意。当然，矛盾始终不至于公开化。事实上，刚过完 24 岁本命年生日的花想红，有生以来还没有过公开的敌人。她完全没有于人不利的动机与行为。

花想红的抱怨始终没有间断过，且渐渐显露了话锋。刺伤她的，是玫儿的勤快及她对李思达无微不至、不分你我的照顾。

花想红："虽然我一向是支持你的，但有时我也会这么想，对一个人的救助，一次也就足够了，反复救助同一个人，其实必要性真的不太大。你可以当我是小人之心，可我还是想告诉你，救人于水火是一码事，不分状况见小孩摔跤就去扶，又是另一码事，会有依赖心的，懂么？况且人家现在书也念出来了，走向社会了，正是需要磨炼的时候。你那份善心我看还是多用在自家人身上会更好些，你说呢？"

她这叫大言不惭，若论挫折与磨砺，那绝对是距她最遥远的一种生活体验。

中国人的情感表达大体上是含蓄的，可含蓄往往又是单向的，仅在表达善意、敬意和爱意时含蓄，而在表达敌意、醋意和恨意时则不。人际的发条越上越紧，不可逆，看似下一秒就要崩断，又好像还能再拧几圈。

5.妒意为媒

随着花想红在李思达面前“曲线告状”的频率越来越高，李思达却只想息事宁人，一贯秉持敷衍了事的态度。这导致花想红对程玫儿的敌意变本加厉。

与此同时，另一样东西也在水涨船高，那就是她对李思达日益强烈的“占有欲”。这是花想红自己意识不到的，其实不过就是一种潜移默化的心理嫁接。就好比小时候被养尊处优的她丢弃了的洋娃娃，每有亲眷家的小朋友从她家某个不起眼的角落里找出来玩，那就一下子变得格外稀奇了、宝贝了，必定要跟人抢着玩。

与女人乃至世上一切事物一样，被人争夺也会使男人快速升值，越抢越紧俏，越紧俏越抢，仿佛抢来的才更香。

当然，若有意识，花想红断不会承认自己竟会与乡下女孩去争夺一个并不十分爱的男人，可事实上她又的确是在这个乡下女孩的无心促成下越来越靠近那男人。这个有趣的心理模型说白了又是一个没有绝对值只有相对值的恋爱参照系。

花想红终于开始有意识、有分寸地在玫儿面前表演，展示她与这屋里独一份的雄性动物之间的亲密。其实那只不过是些尺度小得可怜的亲密动作。

比如，她会当着程玫儿的面，说着说着冷不丁儿伸出手来，轻佻地用食指尖去撩李思达的下巴，偶尔还会同时飞去一个媚眼。再比如，饭吃得好好的，她会无端发嗲，一定要李思达把饭菜喂到她微张的嘴里。

好吧，这基本上可以视为，花想红已对那可怜的女孩发起了火力饱和的进攻。但除她之外，是否有人嗅到了战火硝烟，那就不得而知了。眼下对李思达来说，最令他陶醉的莫过于，在花想红一手策划并发动的这场“大战假想敌”的虚拟游戏中尝尽了甜头。

但李思达也有“隐忧”，不在傻乎乎的程玫儿身上，而在一板之隔的袁晓琪那儿。有好几次，花想红几乎是紧挨着袁晓琪上楼的脚后跟推门而入的。好在袁晓琪是个识趣的女人，那盖了红章的婚纸尚在，说毫无束缚那是假话。与李思达之间的过往，在她心里始终也揩不去偷情的烙印。

婚姻之于每个女人，原本是出于相互陪伴的需要，与男人基于公平原则签下的一份只有起始日却无终止日的契约。正因缺少那终止日，才导致各式各样中途违约的情况发生。

而在现实中，女人花一生的时间去信守一份契约的难度，与改变习惯、鼓起勇气违约的难度几乎相当，所以尽管这份契约永无止境，却也会奇妙地促使男人女人在内心永远保持着某种神秘且难以推算的平衡状态。

而对于患有严重拖延症的袁晓琪来说，则更是如此。

直到李思达最终答应搬出这里前的一段时间，花想红才与袁晓琪在狭窄的楼梯上有过一次非正式照面。当时李思达与花想红一道下楼，迎面正撞上从外面回来的袁晓琪。袁晓琪仰视挡在李思达前面的花想红，整个人怔住了。别指望她会相信这是整过容的程玫儿，况且也没有这么时尚前卫的“寿衣”。

花想红从这女人的眼中看出了蹊跷，扭转身来再看李思达。当然，李思达向来不擅掩饰的表情，再一次不打折扣地出卖了他。他已窘到无地自容，只敢低头数台阶，希望匆匆跳过这预料之外的一次尴尬擦肩。

花想红后来问过他，但李思达不可能跟她实话实说，只说在这里住的时间长了，与那女人有了些来往，都是正常来往。那花想红就奇怪了，既然是正常来往，他刚才为何要那样羞涩？李思达辩解说，那是因为担心邻居笑话他老牛吃嫩草。

“要有人说你老牛吃嫩草，那是在夸你，你怎么会连这个也怕呢？”

花想红只是想不通，若论这“老少配”，她且没难为情呢，哪轮得上他？何况李思达老吗？她可没觉得。

“不一样，完全不一样的。”李思达果断地摆了摆手，继而又垂下头去，“其实你不是嫩草，是一朵鲜花，而我也不是老牛，是一堆牛粪。所以我配你，总归是落差好大的，懂么？”

这倒是一句既有说服力又能甜到女人心坎上的话。

花想红释然，“话也不要这么说，什么配不配的，难听死了。”她不再追问，只叹了口气，“好吧，楼上楼下，一老一少，两个女人，我看你口味蛮重的。”

现实总是出乎李思达的意料。的确，楼上楼下、一老一少两个女人，非但没给他造成任何危机，反而使他在心仪的女人心中捏造了虚假的奇货可居的现状，从而身价数倍于以往。

由于仅是一面之缘，花想红很快就把楼上的女人给淡忘了。更为关键的是，如今除了程玫儿，她也着实无暇再开辟第二个战场。这一阶段，她对那丫头的手段再次升级了。她极尽所能假借李思达之手肆无忌惮地伤害程玫儿，从中得到扭曲的快感。是的，那种快感越来越强烈。

花想红经常吃饭时一声不吭，饭吃好后关起门来开始跟李思达抱怨，菜不是淡了就是咸了，反正没一样合她口味，还不如到外面吃。若李思达真的同意到外面吃，她反倒又不肯了。

她当然不会肯，因为她就是要吃那丫头烧出来的东西。李思达每回都要跟程玫儿再三关照，菜的咸淡一定要注意。程玫儿也只能抱歉地应着。

有一次，花想红一脸焦虑地跟他说：“这小丫头心机蛮重的……”

李思达：“怎么了？”

“你看这里。”花想红扯开衣领的一角，颈下有一粒很小的红点点，“跟玫儿讲过多少次了？我不能吃辣，不能吃辣。她就是不听，就是不听，反而把菜烧得越来越辣，成心想让我皮肤过敏。”

李思达认真地为她“验伤”，然后笑了，“也不算严重，回头我再跟她说说。”

“还不算严重？我身上好多呢，你看得见么？”花想红一脸的委屈。

“哦……”李思达心想，我倒是想看见，你也不让我看啊。

“终于暴露了，好险恶的用心！”她开始变得激动。

李思达：“这你就多心啦！要知道我和她都是生在不怕辣、辣不怕的省份，大概是习惯性动作吧，不会是故意的。”

花想红：“那就是说，是我无中生有了，是么？”

李思达：“不不不，我不是这个意思。我是觉得，她要是成心的，又是图什么呢？”

花想红：“图什么？想让我变得难看，可不可以？”

花想红双目怒睁，盯在李思达的电脑屏幕上。密密麻麻的文字突然让她感到心烦意乱，于是没好气地把显示器使劲往下一扳一摁一扣，“啪”的一声，那块独立的液晶显示屏就这么被她反转过来盖在桌面上，结结实实地一记硬着陆。

“我的大小姐，你当我这是笔记本啊。”李思达慌乱间跑过来扶起显示器，幸好无恙，“可是，你说她想让你变得难看，这又是图个什么呢？”

花想红突然安静了下来，迷茫地望着他：“这就是你李思达在装傻了。我不相信你是块木头，人家一个黄花闺女，跟你同住了这么长一段时间，对你是个什么心思，你难道都看不出来？”

“别往下说了。”李思达又涨出个大红脸，他当然早就看出来了，“你的意思我明白，只是，这也是没有办法的事。你要相信，只要我这个大老爷们儿不动心思，她一个姑娘家还能怎样呢？”

花想红：“我不是不相信你李思达的为人，我只是想起了某人刚开始说过的话，说‘住不长’啊什么的。现在看来，她就打算这么一直长住下去了吧？”

“唉，那你说怎么办？总不见得让我赶她走吧？就算退一万步，我索性搬出去另找住处，省去了这些麻烦，可这就意味着我要承担两份房租，明摆着啊，她现在还没找到工作。”李思达心里其实在想，若真的搬走，把这儿留给玫儿，那袁晓琪收起租来恐怕就不会那么手软了吧。

花想红其实迫切地想告诉他，钱算个屁，用钱就能解决的事，在她这儿压根就不算事，可又怕伤到他的自尊，“嗯，让我想想办法，想到了告诉你。反正，这丫头居心不良，这一点你可再也不能包庇她了！”

花想红夸张的表情根本骗不了李思达。他只不过是被爱情冲昏了头脑，一股血气上头，当即推开卧室门，提高嗓门，就差没指着程玫儿的脑门了。

“玫儿啊，跟你讲过多少回了，你花姐在的时候，辣椒能少放就少放，能不放就最好了，可你为什么总是听不进去呢？这下好了，你花姐皮肤过敏，身上大片大片地起疹子，我说你下回能不能长点记性啊？”

也不知话里的“大片大片”是他用哪只眼睛看见的。他只不过是想让花想红见证，为了她，他绝不会护玫儿的短。同时试图表明，他完全有能力掌控这不到 30 平方米小房子里的一切局面。

花想红完胜，躲在房间里若无其事地翻着读过的书页，耳朵却是竖着的。

由此，程玫儿第一次在恩人这儿深切地体会了什么叫“人在屋檐下不得不低头”。她预感到，与恩人单独相处的美好时光从此一去不复返了。如今的种种不顺意，皆因屋里那个尚未成为主人的女人，也正是她曾经那样狂热喜欢过的美人姐姐。她是真不明白究竟要怎样才能讨好这个女人，也许自身的存在本就是个大问题。无处可逃的程玫儿内心虽委屈，可也不得不咽泪表态。

“对不起了大哥，是玫儿太蠢、太糊涂了。下次一定一定一定记住了，您放心，花姐也放心。”

人心都是肉长的，这一切映射到玫儿的心里，从此便对花想红埋下了仇恨的种子。花想红得意之余是不会反思自我的，她看不到这种扭曲心理的背后正使她一步步加深对李思达的依赖，使得真正爱上这个平庸男人成了近在咫尺的可能。

无论是与袁晓琪的假爱真做，还是与程玫儿的有爱不做，又或者是与花想红的无爱可做，李思达的“将错就错”理论，正助推着他完成一次从屌丝到“驸马爷”的华丽转型，而这次转型，至少能帮他跨越二十年艰苦奋斗的路程。

换了个角度，李思达变得越来越有感觉，如同“90后”女生斜上方45度角自拍。这个角度妙得很，是一板之隔的两个女人，一个狭小空间，外加一桩没有张扬的善举共同为他营造出来的。

可李思达料想不到，他这是上了一趟存有严重安全隐患的高铁，接下来所发生的一切，会令他防不胜防。终有一天，玫儿对花想红和李思达的仇恨会归拢起来，连本带利全部算在李思达一人头上。

程玫儿真正让花想红暴怒的事件发生在“洗内裤”的第二个礼拜。花想红接近中午来，和李思达、程玫儿一道吃完午饭，让李思达陪她去美容店，随手把包包扔在李思达的床上了。

在美容院里，花想红美容做到一半，突然想起会员卡还在包包里，就让李思达回家一趟拿过来。李思达领命照办，火速打车回家。等李思达开门进屋时，眼前的一幕让他惊呆了。

在他的卧室里，程玫儿正躺在他的床上，手里正玩弄着刚刚发布上市，花想红让老爸托人从美国带回的 iPhone 3G 手机。她脸上异样，像换了个人，再看那一床的零乱……

李思达明白了，玫儿趁花想红不在，擅自翻了她的包，化妆品、皮夹子、各种卡全被玫儿兜底倒了出来。最为可气的是，她竟还偷用了花想红的化妆品，把自己画得像个鬼。

李思达突然回来，让程玫儿措手不及，这一回比上次洗澡忘记插门更令她惊吓。她当即“啊”的一声，从床上跳下来，手一哆嗦，手机应声落地。

程玫儿“扑通”一声跪地：“李大哥，玫儿错了，玫儿鬼迷心窍了，玫儿该死。”

怒气冲天的李思达冲上去就给了她一个耳光，嘴里说道：“你好糊涂啊，玫儿。你喜欢啥跟哥说，哥买给你，可你为什么偏要去动你花姐的东西，她最讨厌别人乱翻她的东西。”

程玫儿捂着脸，哭起来，赔罪不迭：“李大哥，饶了玫儿这一回，玫儿知道错了，以后再也不敢了。”

李思达扶起她，坐在床沿，程玫儿不敢坐，就站在他面前，像个被罚站的孩子。李思达这才后悔刚才在气头上动手打了她，都是爹妈生的，在家爹妈都舍不得打，跑到上海来让他李思达打，这实在是太过分了。

李思达从地上捡起了手机，拉程玫儿到他身边坐，语气恢复了常态："玫儿，哥打了你，你心里别记恨哥，好吗？"

程玫儿抹着泪，使劲摇头。她这会儿已彻底变成了大花脸，眼泪、鼻涕，混合着五颜六色的化妆品……

李思达："其实哥跟你一样也很害怕，你花姐跟我们太不一样。她是'千金之躯'，从小就在蜜罐子里泡大，受不得半点气，也正因为哥喜欢她，离不了她，所以哥实际上跟你一样，也鬼迷心窍了。"

程玫儿哭得更厉害了，李思达忙抚背安慰："这样吧，玫儿，把你花姐的东西收拢起来，放回原处。化妆品的事我不跟她说，但手机瞒不住，你看……"李思达指着手机一角的损伤，"她不可能看不出，新手机，摆在包里，怎么会无缘无故瘪掉一块呢？"

程玫儿瞪着惊恐的双眼，使劲点头："等花姐回来，我给她磕头认错。"

李思达："别别别，我来跟她说吧。回头我赔给她个新的，其实不是手机有多值钱的问题，主要是被人动过、翻看过，换谁心里都不舒服。咱不能侵犯人家的隐私，对吧？这事咱不得不主动承认，你说呢？"

程玫儿："我懂。"

李思达返回美容院，没有马上把这事告诉花想红，这儿显然不是个发脾气的地方，一切都等回去后再说吧。

等他俩回到租屋，程玫儿把自己关在厨房里忙晚饭，不敢出来。李思达从桌上拿起花想红的手机，告诉她，玫儿这个乡下丫头不懂事，好奇心又重，只是想看看她的新手机是个啥样，结果不小心给摔地上了。

花想红自然是很震惊，但她没说话，直愣愣地盯着手机看了半天，然后拿起来，取下 SIM 卡，推开窗子，从楼上扔了出去。就这么扔了出去！然后拎起包包扭头就走，不再给李思达任何解释的机会。

程玫儿从厨房的门缝里看到了这一切。

李思达傻眼了，赶紧去追花想红："我买一部新的给你，你别生气。"

花想红站定："可以，那我就多扔一部。"

李思达："这又是何苦呢！玫儿知道错了，这丫头怕得要死，下午是又哭又跪的。这会儿干脆都不敢出来见你，你就原谅她一回，看在我的面子上，好吗？"

花想红："看在你的面子上？你很有面子吗？"

李思达被她一问，清醒了，无语。

花想红："这丫头本来就跟我没有半毛钱关系。你要我原谅她，可以，你得答应我一件事儿。"

李思达："行，你说，什么事儿？"

花想红："我要你搬出这个弄堂，越快越好，你等我通知。"

李思达点头："好，容我想想办法。"

花想红一个字一个字地重复着自己刚才说过的话："我！要！你！等！我！通！知！"然后头也不回地下楼了。

6.以讹传讹的“驸马爷”

花想红的意思很明显，只不过李思达暂时还不懂。这时的花想红正在想方设法把李思达从那条滋生是非的里弄拉出来。当然，李思达对花想红的意图或多或少是有知觉的。

第二天，花家首先得知李思达的存在的是花想红的母亲刘三妹。

花想红之所以选择先攻母亲这一环，并不因这个家里“父强母弱”的格局，而是母亲这一环存在漏洞——严重的“上门女婿”情结。花想红希望最终以二比一的实力去对抗父亲，而非一比一。

尽管女人的情感都存在漏洞，但花想红并没意识到自己的漏洞要远大于母亲。某些心理缺陷，会很轻易地将她卷入原地打转、难以逃离的旋涡。

刘三妹：“居然交往这么久了，也没听你说起过啊。那么既然如此，你老爸为你安排了那么多次相亲，也没见你缺席过，哪怕一次！”

花想红：“主要是对他一直都没确定。”

刘三妹：“那现在就算确定了？”

花想红：“怎么说呢，算是吧。”

刘三妹："呵呵，你老爸不同意还是等于零。"

花想红："所以需要老妈你来做我坚强的后盾啊。"

刘三妹："我怎么给你做后盾？在这个家里，说话最不作数的就是你老妈了，况且，那猴子几只鼻子几只眼我都还不晓得。"她紧皱着眉。

花想红有备而来，急忙给她看李思达的照片，"长沙人，知识分子家庭长大，大我四岁，大学学历，人老实又可靠，没婚史。最主要是他心善，资助过贫困生，算起来已经在上海生活工作了六年，打算长期定居下来。"

听到这里，刘三妹紧皱的眉头舒展开来。花想红在心里握了握小拳头，这就算是把母亲引上她预先设定好的"流水线"了。

刘三妹："嗯，其他倒还好说，就是这外地人……"

花想红："你不觉得这一条是优势吗？他在上海可是无根无基、无依无靠。"不失时机地提示，以免母亲偏离"轨道"。

刘三妹："那猴子是做什么工作的？你倒是跟妈说说。"

花想红："别老是猴子、猴子地叫人家，叫习惯了以后就难改了。他叫李思达，工作方面嘛……这也正是今天要跟妈商量的关键。"

刘三妹："哦，我怎么突然有种不祥的预感呢？该不会是个无业游民吧？要是被妈说中了，你老爸非吐血不可。"

花想红："那当然不是，只不过是吃文字饭的，没啥大出息，所以我就想让妈帮我一道去跟老爸说，干脆把他招进公司来。他有广告和地产策划的工作经验，现在手头还接着案子呢。一来肥水不流外人田，二来也让你未来的倒插门女婿逃不出我的眼皮子，三来让他入对行，给他锻炼机会，将来必成大器。”

平心而论，李思达过往的那些所谓的“小成就”，也就在普罗大众面前说说，放在花家眼里，仍属于底层的挣扎。假如花想红刻意渲染后借母亲之口向花雷来宣扬，不仅会成为一个笑话，而且会暴露她进一步的企图。

更何况，成就若太大，招来公司干吗？不见得委以重任，这在花雷那头难度太大。花想红用以说服母亲的“倒插门”噱头也会因此而站不住脚。这点小机灵，花想红还是有的。所以花想红只是轻描淡写，尽可能在母亲面前把李思达描述成家世背景干净、忠厚、听话的一块“好材料”。

刘三妹：“这样啊，那得让妈好好想想要怎么跟你爸开这个口了，不过要妈帮你，你又怎么报答老妈呢？你还记得有多久没亲过老妈这张脸了？”

花想红见事成，小馋猫样地将刘三妹扑倒在客厅沙发上。

刘三妹是个和善的女人，爱女儿，爱丈夫，爱这个家。就算当年花雷没有选择做房地产，他们住不进这么大的房子，她也定是这么个柔软脾性。

世上就有这么一种富贵女人，因为心的容量不大，所以能容纳的人与事也少，人生缺乏弹性，渐渐也失去了水分。可也正是基于同一点，外人看来她什么都有，欲望也不大，容易满足，反而显得心胸比常人更为宽广些。

晚上花雷回家，花想红按照与老妈的约定，先躲在自己房间，等候楼下的召唤。一个钟头后，用人来她房间叫她，她知道奋力一搏的时刻到了。

可当她下楼来见老爸时，却发现与事先设定的语境大相径庭：没有针锋相对，更没有暴跳如雷。花雷正面无表情地坐在沙发上看晚报，抬起头平和地召唤女儿："囡儿，过来坐。"

刘三妹已经为老公准备夜宵去了。

不管花雷在外面有没有喝酒，每晚这个时间，一定要喝一碗刘三妹亲手为他熬的莲子羹。他的轮廓有四个显著特征：饱满的额头、挺括的鼻梁、挺拔的肩架、瘦长的双腿。即使他通宵不睡，也能给人精神饱满的印象。

花想红坐了过去。

花雷："哦，难怪这阵子公司里总不见你的人影……"

花想红："那是因为身体不舒服，跟这事无关。"

花雷："好吧，这么多年了，多高明的医生都查不出你究竟得了什么病。言归正传，刚刚听你妈都说了。老爸的意见呢，仅供你参考，我只想问你一句，不属于同一个世界的人，你真有把握能跟他走到一起去么？"

花想红："那当然了老爸，我花了八个月才敢说有把握，可不是八天哦。"

花雷："那好，假如老爸反对，肯定又变成专制独裁、干涉自由什么的，反正你给老爸扣帽子的本事是很大的。"

花想红："嗯，谢谢老爸，那工作方面怎么安排？"

花雷："这个你来问我啊？你是人力资源总监，好吗？擅长什么就让他做什么，你看着安排就好了。但有一条，不能安排到我身边，假如你这么想过，趁早打消念头。老爸身边需要什么样的人你是了解的，老实讲公司目前也没有特别稀缺的锻炼机会给他，我也没老到急着要培养接班人的地步，还是安心做他的本职吧。”

花想红：“嗯，明白。”

父女之间的谈话就这么顺利和谐地结束了。

往日这会儿，花想红会留在客厅里陪老爸收看北京奥运如火如荼的各项赛事，并跟他一道兴致盎然地数金牌、赌输赢。可这天晚上，她把自己关在了楼上的卧室里，盯着梳妆台上李思达送的那个“鸟巢”模型出神，幻想自己变成了一只鸟，就要搬进这小而冰冷的金属空间，里面还有一只鸟在等她，不过她担心那只鸟也是用合金铸成的。

即便花想红在父母面前如何夸李思达，回到自己房间，却又疑惑于他有没有那么好。她对他其实还真没到那份儿上，如今该争取的也都帮他争取了，她也只能安慰自己，只不过是一个工作机会而已，不能代表什么。李思达干活拿薪水，天经地义，她大可不必为他背上任何心理包袱。

此刻的李思达正一边看书，一边跟蚊子怄气：“秋后的蚊子最不要脸，明明早就识破你了，还要在我眼前转悠，这难道是因为爱情？好吧，从了你了。来，叮一口吧，就一小口哟，说好了一小口，还叮？还叮？可怜啊，你叮哪儿不好？偏偏相中寡人的肚腩，我只要很不经意地一躬腰，极具实力的褶子就能把你夹成标本，信不？但我不会那么做，因为相对于浩瀚的宇宙，我们都太渺小，相煎何太急？”

正在客厅里看电视的玫儿费解地凑近门口，探入脑袋来问：“哥，你在跟谁讲话？”

李思达："没，我在看书，嘴上顺它一顺。"

就这样，李思达得到了这样一个"双重机遇"。当花想红兴奋地告诉他这个好消息时，他只对她父母不反对他们交往一事喜出望外。至于工作方面，他则故作焦虑与惋惜。

"唉，这样一来，我就必须推掉另一家公司了，那可是世界五百强呢。"其实，他只不过经常从那家公司接一些散活来维持生计。

花想红倒不问缘由，傻乎乎地安慰他："有得必有失嘛，难道你不想和我在同一家公司上班吗？想想都开心呢，再说我们公司也不差呀，福利待遇那是小公司不好比的。"

可她没有身处业务核心，又怎会了解父亲眼下的烦忧。

全球金融危机，首先遭受打击的就是金融和地产。国家收紧银根，房地产企业又要直面惨淡的市场需求。由于开发商作为大宗商品的制造者与销售者，其所谓的资本运作，实质是对金融杠杆的无度滥用，可以说已到了无所不用其极的程度。所以，被推到了这场危机的涡眼之中，也是再自然不过的事。时下地产界流行这样一句四字箴言——"现金为王"，意思是把根留住。

花雷当然明白，这只不过是在投资萧条的大背景下片面夸大现金的价值，除非回到人人皆王的太平天国，否则为王的又何止现金这单一要素？然而他的公司资金链一向脆弱，如今能否拿到更多地、贷到更多款已不再紧要，真正的问题在于如何消化存量。而那索命的贷款利息何时会把他的血彻底吸干，成了他的终极担忧。

李思达来公司报到的那天，花想红的脸上溢着神秘的笑。

她是公司里为数不多的几个不需要打卡的人物，为了他，今天却专程赶了个大早。

花想红递给李思达一张表格，特别提示他在写履历时最好把那家刚推掉的世界五百强企业写在里面。李思达深信她有十足的把握不穿帮才敢如此授意他，于是也就大胆意淫，心安理得地捏造了一个澳大利亚房地产巨头。

花想红的用意其实很简单，就是尽可能把他的起点拔高一些。可两人均没料到，这实际上为将来留下了隐患，当然这是后话。

当天，花想红领着李思达到各个部门转了一转，打了圈招呼，还开车带他参观了好几个在建项目。但李思达惊异地发现，其中一个楼盘已停工，一问，这件事连花想红也不知道。

临近下班，花想红接到行政的汇报电话，说李思达的宿舍已经安排好了。这令李思达备感意外。

花想红也不想跟他再绕弯子，直截了当说："这件事一定要听我的，就这么定了，别再住那条弄堂了，是非多，那房子就留给玫儿住吧。你要是愿意，还可以继续承担那边的房租，凭你试用期的工资也绰绰有余了。想回去看看时，我陪你一道，好吗？"

花想红为他安排得如此周到妥帖，他还能有啥意见呢？心下美得不行，可嘴巴却仍不老实，且面带忧伤："唉，房子和人一样，是有感情的，在里面住久了，彼此都是难舍的。这你不会懂，不过既然你执意要我搬出来，那我明天就搬吧，东西多了不好处理，有些还是要留在那边的。"

宿舍就安排在离公司不远的一处自建楼盘。那是一个酒店式公寓，公司引进的人才全住在那几幢楼里，分别点缀在不同的楼层与单元。花想红为他留的是位于二十五层最宽敞的单人套间。

李思达只跟程玫儿简单交代了一番就匆匆搬走了，临走前留了些生活费给她，关照她不用担心房租。

搬进宿舍的那一刻，花想红不在身边，他终于可以尽情释放一下了。他甩下行李，冲至敞阔明亮的飘窗前，大吼一声："新生活，新开始，加油！思密达！"

这么一吼，几个月来胸中的闷气全都发泄出来了，顿时舒畅了许多。可老天就是这么不开眼，偏偏指派那位行政专员这个时候来为他送门禁卡和日用品。门大敞着，那专员目瞪口呆地立在门口。

这位行政专员八成是听错了，误会了，未必是出于恶意。第二天公司里就传开了：新来的李策划原来是花总监的相好，而且还以驸马爷翘首自居，搬进公寓第一天就大叫大嚷，"新生活，新开始，加油！驸马爷！"

真是脚未进门先声夺人，恼得李思达真想抽那行政专员的耳光。不过很快他就平静了下来，心一横：爱咋说咋说吧，黑的白不了。

花想红也听到了传言，心里当然很不高兴，在办公室关起门来发了一通大小姐脾气，遭殃的是她那副纪念版 Dunhill（登喜路）太阳眼镜。

但后来当她在茶水间找到李思达的时候，却压下了心头之火，只提醒他往后说话做事都要谨慎一些。这里虽然是她老爸一手创建的“王国”，但讲到底也是一家正规的上市公司，既然是公司，那就有不得不遵守的各项规定。

李思达:“我当时说的真是‘思密达’，不是什么‘驸马爷’，这你都不信吗？”

花想红：“信不信都不重要了，你我两张嘴，敌不过公司上下那么多张嘴，就算敌得过，我们也左右不了人心……不过，把‘思密达’听成‘驸马爷’确实离谱了点。假如要我发挥想象，我情愿相信你当时喊的是自己的名字，李思达。不用说，以前肯定有人叫你‘思密达’，太像了。”

李思达还能说啥，只能苦笑，然后把头点得跟啄木鸟似的，只盼这个恼人的误会不要影响自己在这家公司的前程。

有了李思达的陪伴，上班变得不再枯燥之味。花想红的出勤率突然高得惊人，出席集团高层及董事会扩大会议的频率也让人大呼看不懂，连花雷都暗暗吃惊。

在花想红的鼓励下，李思达重新找回了奋斗的激情，并将自己与生俱来的豁达与幽默感传递给了她。而花想红也有东西传递给他，那就是浪漫意识，他再也不认为只有送女孩子鲜花才叫浪漫。

一个雨天。

李思达：“花儿，想出去散步么？”

花想红：“神经，外面在下雨欸。”

李思达：“雨中漫步，不是更浪漫么？”

花想红：“你说的那是古代。现在是十雨九酸，让我跟你出去淋酸雨，是想让我毁容，不是浪漫。”

其实，不花钱的浪漫也同样能令花想红心动，只不过李思达不得要领。不合时宜是最大的症结所在。

工作时间，花想红经常会拨内线让李思达去她办公室聊天。可他渐渐发现，只要在她办公室里待的时间稍微久了些，就会有这样的状况发生：花想红桌上的电话就像个定时闹钟，到时间了就会响起，不是李思达的主管召他回去有事，就是花雷让女儿去一趟他设在大厦顶层的办公室。

久而久之，李思达就把疑虑告诉了花想红，是不是有人一直在暗中监视他们，不让他们接触得过于频繁？说这话时，他竟还夸张地抬头去寻监控探头。花想红笑他神经过敏，她说至少老爸找她是真的有工作上的事要谈。

换了个大环境，李思达对花想红的胆量也跟着渐渐膨胀，偶尔会止不住心痒，拐弯抹角拿话来挑逗她。九月一日，开学日那天，他神秘兮兮地跟花想红说：“你要当心了，就在今天！”

“嗯？为什么？”她一时真被唬住了。

李思达：“听说了么？采姑娘的小蘑菇和卖女孩的小火柴是一对黄金搭档，分工流水作业，由小蘑菇负责采姑娘，然后再由小火柴拿出去卖。今天是开学日，两人击掌，打算干一票大的，你可要留神了。”

花想红：“哈哈，神经！那你该到学校门口去蹲点，捉住那两个采花贼。我不是学生，所以很安全。”

李思达：“可你不穿正装的时候，跟大学生有什么两样？再说你有没有想过，身边也许就隐藏着一个采花贼呢？”

花想红："在说你自己么？呵呵，小蘑菇？头可没那么大。小火柴？头又太小，我看不像。"

试探很轻易地失败了。李思达事先有设定完美答案，她会这么说：那有什么可怕？贼偷自家的东西，那能算偷么？可若不是花想红的机智超出了他的想象，那就一定是他对形势估计不足，眼下这个答案显然令他难有继续发挥的空间。

恋爱中的男人，时常会有一种担忧。担忧自身不够好，进而映射至恋人的眼中也不够好。担忧自己能力不够，给不了对方完美的爱情。对李思达而言，与花想红身份地位的悬殊，令他更加不自信。因而，自我证明的欲念也会随之膨胀，时常会尝试超越自身能力地给予。上海话管这叫"豁胖"。

那件翡翠挂件为李思达带来的心理阴影，很快就被爱的阳光照亮了。各种取悦的念头再次令他蠢蠢欲动，不能自已。他开始带花想红去各色高档餐厅吃饭，去各类新奇的酒吧喝酒。都是他出钱，不再给花想红刷卡付账的机会。

李思达真的豁出去了，甚至曾一度动了交割股票的念头，哪怕倾家荡产也要博美人一笑。他把这事想透了，再苦再难，拼死拼活也要在大都市立足。这是所有"凤凰男"的共性，可这一切又是为了什么？最终目的还不是为了能够得到像花想红这样的女人吗？

其实在花想红的面前，除了那颗单纯的心，李思达什么也证明不了。像她这样的女子，什么没见过，什么没吃过，什么没玩过？在物质的世界里，她那新奇与快乐的沸点始终都是那么高。

有天晚上，李思达终于做了件上道的事。他与花想红像往常那样从一家高档餐厅出来，他说要带她去一个地方。花想红见他神神秘秘的，就依着他，让他带路，把车开到了徐汇滨江。

徐汇滨江又有什么神秘的呢？花想红把车停好，下来跟李思达沿江散步。走着走着，李思达从包里取出了一件宝贝，那是他经过三个晚上的艰苦奋战才完成的一盏孔明灯。

可即便如此费劲，在他老家长沙，这是很常见的玩意儿。湘江边上10元一只，随便买，随便放。

当孔明灯上天的那一刻，花想红真切地看见，那上面用毛笔书写着几个斗大的字："我爱你！花儿！"李思达也真切地看见，花想红终于笑了，嘴角挑起一道优美的弧线，瞳眸里放射着李思达从未见过的异彩，被渐渐飘远的孔明灯映得火红。

花想红："你要是把那上面的字对着黄浦江大声喊出来，会在我心里加分。"

李思达没有犹豫，双手拱起一个"喇叭"，朝着江面高声喊叫："我爱你——花儿——我爱你——花想红——"

花想红羞涩地踮起脚尖，在他的脸颊上印上了浅浅的一吻，然后发出银铃般的笑声，转身朝她的车快步走去。李思达望着她的背影原地发呆，然后回过神来，再次朝着江面高喊："我爱你——花儿——我爱你——花想红——"

不过，这段时间李思达也一直在纳闷一件事，既然花想红那样迫切地把他从租屋里拉出来，还给他安排了这么静谧的居所，难道不是为了创造一个更好的相处环境么？即使这未必是唯一目的，他也深信她动过这层心思。

可现实是，直到今天她也没去那公寓看过他，他俩的相处从原来的老屋移到了办公室，此外就是饭店，然后就是各种公共的室内。所以，得到了鼓励，站在这个节骨眼上的李思达内心变得极不安分。

几天后。

李思达："花儿，明天是中秋，你肯定是要在家陪父母的。今天下班后我们不如别去外面了，我叫上两套'圣乔治'到我公寓里吃，好吗？"

花想红："好啊，不过为什么突然会这么想？"

李思达："你看，我搬家也有段时间了，你还一次都没去过我那儿呢。"

花想红："哦，这怪谁呢？你可一次也没邀请过我。"

原来问题出在了这里。李思达以为，这定与她那高不可攀的修养直接相关，如此解释便天衣无缝了。可他料想不到，更大的疑惑正在等着他。

7. “履历门”危机

当晚，花想红从自己办公室带了瓶 Lafite（拉菲）过来。他俩坐在公寓的飘窗上开心地吃外卖，鸟瞰妩媚的夜上海，为当下的安逸与未来的美好碰杯。

后来，花想红又光着脚丫，借着星点酒意，在灯火通明的公寓里欢蹦乱跳，仿佛又回到了她的天堂，那间只属于她的浴室。终于，她累了，跃起身把自己往李思达的大床上猛力一抛，整个人陷了进去，然后就没了动静。

李思达早已意乱神迷，上前唤了她两声，没有回应，然后他走到床尾跪下身来摸她的脚，还是没有反应。他的胆子更大了些，又去亲吻她的脚趾，大概是有点痒，花想红的脚趾有了轻微的蠕动，可还是没有拒绝他的意思。这对李思达而言几乎等于得到了终极暗示。

他起身去换夜灯，然后还是从床尾，紧贴花想红的身体缓慢地拱过来。直到脸对脸时，他才发现她的眼睛是睁开的。那眼神令李思达终生难忘，里面既没有渴望，也没有鼓励，而且最令他费解的是，也完全没有反抗，陌生极了。

他吻了她，她接受，但不迎合。他第一次与她气息交融，陶醉于她如兰的芬芳，就在浅吻即将演变为舌吻之际，花想红把脸扭向了一边。欲火灼心的李思达当然不肯放弃，再度寻觅她的唇，却被她从身下猛力推开。

虽然没看清她脸上的表情，但那一刻，他有种强烈的感觉——厌恶，仿佛他瞬间变成了从不刷牙的龌龊流浪汉。

花想红没有留下一句话就走了，李思达陷入了胡思乱想，他甚至不敢拨她的手机问明缘由。这一晚睡前，他一遍又一遍地刷牙，直到刷到牙龈出血为止。第二天一早醒来，枕边的手机上来了条短信。花想红这样写道：思达，昨晚非常抱歉，是我的问题，也许我还没有准备好。

这倒令李思达心里好受了些，继而又反思起自我：昨晚是不是不该那样鲁莽。

不过，至少他现在还可以焕然一新地起床，不必再连刷五遍牙，能够坦荡地去那家公司上班，仍有勇气去面对花想红。说到底他并没有犯下什么不可饶恕的错，要犯也不必等搬到这里才犯，在那老屋里他就有大把大把的机会。

可他忽略了一点，也只有那间老屋才能给他大把大把的机会，让他如鱼得水，得到花想红的青睐。一旦离开了那个环境，以往的任何威胁都不存在了，随着花想红一天天恢复正常头脑，他的机会反而会变得越来越少了。

日子久了，李思达与部门同事也混熟了。大家见他是个和善的人，渐渐就有人敢当面跟他开玩笑，真的叫他“李驸马”。开始时他还有些窘，念念不忘当初花想红的关照，总会以适当的口吻去纠正：“那次纯属误会，以后可别这么叫了，影响不好。”

可后来听多了也就麻木了、习惯了，而且根本纠正不过来。

所幸与当初他刚来时不同，那些人话里不再夹带酸涩，而是真心认同了他“李驸马”的身份。这其实也不奇怪，单凭每天下班他都要与花想红一道走出公司大门，那便足以令人信服了。

再后来，连他的主管也开始这么叫他了。只不过，那主管基于管理需要，着实有些纠结，只能间歇性地这么叫。实际上，这也侧面反映出，主管对他的定位也会间歇性地模糊失准。

由得他们叫去吧，李思达这么想，反正自己问心无愧。外人耳朵怎么听，眼里怎么看，嘴里怎么说，也不是他可以左右的。可未曾承不久之后，花想红还是因为这事再次找了他。

“驸马爷，这回连姓都给安上了啊！李驸马？我就不明白了，当年资助玫儿那丫头，也没见你有多张扬。如今这么俗的一个称呼，怎么就能让你这样起劲呢？这下好了，连老爸都跟我问起这事了。”

李思达：“你要是不相信那是个误会，我也没办法，我也实在没本事封住所有人的嘴。唉，你要是不反对，我还真想群发个邮件来澄清呢。”

“你可千万别再给我此地无银三百两了，烦死了。”恼得她扭头走了。

花想红当然不乐意自己的私生活被公开化，甚至成天挂在别人的嘴边。每听到一次“李驸马”，就好比把她也连带拖出来游了一回街。她想，也许让李思达来公司从一开始就是个错误的决定。

九月份的一个周末，李思达回老屋看程玫儿，顺便取点私人物品。他自己去的，没跟花想红说。程玫儿告诉他，她临时找到一份饭店的工作，与雇主谈妥了，付她周薪。现在的日子很好过，让李思达不用为她担心。

当程玫儿问起他的近况时，他倒是犹豫了一下。不过他最终还是跟她实话实说了，从他与花想红的关系，一直聊到现在的工作，毫不隐瞒。因为他觉得完全没必要隐瞒，只要这丫头愿意安分地坐在他对面听，他也乐得倾诉。

程玫儿："哥，我倒是一直担心，花姐的条件那么好，她对你会不会是真心的呢？"

"嗳，这个担心就多余了。"不过，从李思达的脸上仍捕捉得到片刻的犹疑，"退一万步来讲，她如果对我不是真心的，哥打工挣工资，也没人能亏待得了哥。哥都'奔三'了，能耽误的早就耽误了，不像她正是最好的年华，担心的人换成是她倒还合情合理。"

程玫儿："可是反过来也是一样的，既然里外你都不吃亏，那你说花姐她会不会以为你是图她的家产呢？"

李思达的脑袋再次发生短暂的死机，身份地位的差别，的确如程玫儿担心的那样，颠来倒去，无论怎样都会生出这些个闹心的问题。他垂下头来，回想起当初刚认识花想红时她曾说过的那番话，"……缘分实际上已经像事实一样地摆在那了，逃不掉了，凭良心也不想逃，逃了，就等于欠下一笔债……"

他又重新拾回了点信心，一板一眼地跟玫儿说："你懂什么叫真爱么？你懂什么叫命中注定么？意思是说，我们本来就应该在一起，只不过被俗世阻隔了那么多年。这可是你花姐一开始就认定了的，既然这是命里的事，也就不是谁图谁些什么的问题。”

这真是滑天下之大稽的一句话，也许他只不过是在自我催眠，完全是说给自己听的，压根就没指望能说服程玫儿。他如今也只有坚信这一点，坚信他与花想红之间存在着真爱，这样他才能有勇气沿着这条路继续走下去。

可除了相信真爱，继续走下去其实比他想象得更难。

没过多久，那份入职时填写的表格就给他带来了麻烦。不知哪位命中的“克星”，真的与那家澳大利亚房地产公司的人聊起过他，人家说知道李思达这么个人，却坚称从未聘过他，只让他接过几个企业宣传文案的散活。

这下可热闹了，公司里又传开了。闲话很快飘进他自己的耳朵，他是隔着隔间听到其他人议论的。

“好了，这回听说他履历造假，该怎么论？”

“呵呵，算了，毕竟人家是‘驸马’。”

“不管是谁，上市公司的工作人员履历造假，又是个什么性质？”

“不至于，还不至于，他又不是高管。”

花想红几乎与他同时得知消息，急忙找他商量对策。他试用期还未过，这涉及员工的诚信问题。只因此事是由花想红一手导演，所以实际上她比李思达还要着急。

最后还是花想红聪明过人，她以“重审”为由从档案保管员那里调来了李思达的内部档案。关起门来，就在她的办公室里当场又给了他一张空白表格，重新填写了那一页内容。那家公司既然已被公开提及，那就不便否认，好在李思达与那公司并非一点瓜葛都没有，这就不算是完全虚构。所以只要把“任职”改为“业务往来”，另外将“策划师”改为“策划顾问”应该就可以蒙混过关。

还了档案之后，花想红第一时间找到那消息的源头——一位40岁就谢了顶的男设计师老万。她一副严谨的职业表情，态度平和地跟他解释：因为自己当初没看清李思达的入职表格，才会闹出这样的误会，李思达本人并没有说过自己曾在那家公司正式任过职。正因她工作中的这个失误，才导致其后的岗位认定报告与员工背景资料发生了偏差，假如不信，她随时可以特批他调阅档案。

其实花想红给出的理由是什么，以及能否经得起推敲，对一个挣工资的老实巴交的白领来说并不重要。重要的是大老板的女儿如今放下身段专程跑来跟他费这一番口舌，就足以扭转这位大叔脑袋里所有对李思达不利的猜测，哪里还有调阅档案的胆量与勇气？

果然，这位大叔那天啥事也没干，强迫症似的奔走相告，穿梭于各个部门间去辟谣，生怕不能百分百消除那些由他一时脑热嘴贱而造成的不良影响。第二天还不放心，又跟进了一封群发的电邮。

虽然老万不可能去翻阅档案，但第一时间篡改档案已被接下来的事实证明，花想红是英明的。花雷得知消息后很生气，没有通过女儿，一个电话调来了那份字迹未干的档案。总算是万幸，看不出破绽。花雷也只能摇摇头，不再过问此事。

平息了此事，花想红松了口气：“当初还说人家诚意聘你，到头来不过是曾经给人家打过零工。”

“怎么连你也不相信我呢？零工确实打过，但打零工的过程中一不留神显露了才华，被人家看中，然后要聘我，不可以么？”李思达说这话倒是底气十足，因为他断定同样的阴差阳错不可能再发生第二次。况且对他来说，一份工作倒也无所谓，他最不希望的是连花想红也看扁了他。

花想红："算了，只有你自己心里最清楚，说到底这事也真的怪我当初考虑得不够周全。”

聪明女人与笨女人，虽然在缔结家世姻亲的过程中所扮演的角色都是“传感器”，但差别在于，聪明女人在传感中会刻意放大正能量，同时衰减负能量，而笨女人则相反。

花想红原本应被归于聪明女人之列，这是确保她与李思达虽身处花雷的严密监控之下，却能在他眼皮底下谈情说爱，同时还能维持父女间相安无事的根本保障。尽管这种交往难言质量，其难度也不亚于偷情，且还不具偷情的实质内涵，可毕竟还是在她过人智慧的庇护下存在并延续着。

然而自从“履历门”事件之后，她即将淋漓尽致地显露出女人笨拙的一面，她的智商会直线下降。原因很简单，那就是她对这份感情萌生了种种顾虑，频频回头质疑最初的决断。

原本单纯的想法被她逐一否定，父亲最初提给她的问题反而变得越来越清晰：对两人的未来有没有信心，有多少把握？感情的世界里，一个优柔寡断的女人，一定是个笨女人。

花想红由聪明女人变为笨女人，这个转折点发生在“履历门”平息后的一个酒会上。那是一个由花雷发起的，就安排在公司大厦顶层天台上的高级酒会。李思达事先没想到自己也会在那尊贵的受邀之列，他是最后一个拿到请柬的人。

事实上，他从头到尾也没弄明白这场酒会究竟以何名义、目的何在，之前又不好意思开口问花想红，只是在她的催促下忙着准备当晚要穿的衣服。

他想当然地把这种规格的酒会与隆重的礼服联系在一起，不假思索地倒腾出压箱底的那一整套“黑白配”行头：黑色的驼丝锦燕尾服、背带式礼服裤、漆皮亮光礼鞋，白色的礼服背心、领结……

捯饬了个把钟头，出门前他信心爆棚，自言自语：行走江湖全指着它了。

可当他像只盛装企鹅一样登场亮相时，却发现花想红并未如他想象中那样，身着亮眼的晚礼服，而且周围所有来宾全是各色休闲装束。

花想红看见了他，摇着头朝他走来，拉他到一边。

花想红：“苍天啊，你明知道这是周末，而且就在自己的公司，你穿得像个魔术师，就差一顶礼帽了，诚心坍我的台是吧？”

李思达：“可你明明告诉我这是个高级酒会。”

花想红：“唉，我该怎么跟你解释，请柬上标注‘White Tie（白领结，指正装出席）’了么？除非你真的分不清场合。换句话说，所谓高级，指的是客人够高级，不要想当然，OK？假如客人换成一帮民工，就算全穿成你这样上了金茂顶层，那也肯定是金茂大厦的服务生在开年会，OK？”

李思达：“好吧，我承认我确实分不清状况，给你丢脸了，可我要是马上离开，大概更不合适，干脆我就在边上待一小会儿吧。你不用理我，也不必跟任何人介绍我，我走的时候就不跟你打招呼了，快去陪客人吧。”

花想红：“唉，有句话我早就想说，你是个非常不合时宜的人。我的朋友里还从来没有你这一型的，以前有人这么说过你吗？还是说文人都这么老土？”

李思达：“没人这么说过，不过，我明白了。”他的沮丧是可想而知的。

花想红：“倒不是说你这个人不好，至少我觉得你是个好人，呵呵。”同样是考虑场合，修养使然，这只不过是在挽回上一句话中对他的不敬，她笑得有些勉强。

要说这倒霉的“高级酒会”，真的就是舶来品。文化不同，就连一些留洋多年熟知西方文化的人，在一些基本礼仪上也还是一知半解，怎能指望李思达这种只在上海的上流社会打过酱油的人能够深谙呢？这便是所谓门第的落差。对李思达而言，并非没有意识到。

但这一时期的李思达无法领悟门第的深刻含义。他只知道他与花想红分处在两个不同的世界，花想红身处上流社会，而他却在底层。他没有深想这两个世界的不同究竟在哪里，单纯是指家庭拥有资产的多寡吗？当然不是，上流社会也绝不认可这个标准。

很大程度上，那是建立在一定物质基础之上的生活方式、对事物的认知、观念、社会责任感、个人喜好与品位、对家族荣耀的理解，以及站在某个平台之上能够拥有共有的话语体系。

人并非拥有了多少钱之后就可以自动进入到上流社会，同样的，也不能单纯依靠财富去冲破门第。

门第是一个系统，是一个庞大的社会参照系，有时甚至要参照祖上几代，以及通过交际圈的横向对比，才可分辨。为了进入上流社会，人们不得不在提高物质基础的同时，去适应那个阶层的生活方式，细化到一言一行。

所以，换一个角度，也可以将上流社会看成是一套审美体系。人的言谈举止是否符合那一阶层的审美，这很重要。反过来，有一些旧时落魄的小资产阶级家庭，虽早已破产，但他们在行为美学上的表现完全没有问题，所以反倒依然会被那个阶层所接纳。

这种人在上海多得是，从旧时到如今，大家所熟知的矫情的"老克勒"便是其中一支。只不过，那不仅包含着破落贵族的遗老遗少，还包含着留洋多年归国的高级知识分子。

上海的上流社会，说白了是一个与欧美对接得很好的平台，很多都是海外归来的人。他们祖上也许没有贵族血统，但他们的日常也会一板一眼把贵族生活模仿得惟妙惟肖，很讲究仪式感。其中，基础功课便是钻研西方礼仪。

所以关于衣着与场合搭配的学问，当然不是李思达读多少年书，出席过几场商务精英酒会就能熟练掌握的。可花想红却也犯了个致命的错误，真正想当然的人是她，她至少不能指望李思达知道这是一场小规模的私人酒会。是她自己疏忽，事先未告知，只是急匆匆地叮嘱他"穿得像样点"。这会儿她面子上实在过不去了，一气之下就把所有责任全推到李思达的身上。

花想红与普通女孩的不同之处恰恰就在于此，上流社会的环境早已成为了她熟视无睹的生活布景。她自身非常熟悉，想当然地以为李思达也熟悉。更何况，这些都是深深流淌在上海文化血液里的东西,李思达一个长沙人,也不可能了解得很透彻。

此时花雷正不露声色地远远望来，嘴上却继续着与宾客的交谈。

正如花想红所言，今晚果真有一位尊贵的客人在场，论及此人与花雷的交情，那可就源远流长了。三十年前他们蜷缩在老西门逼仄的亭子间里，啃啃蹄髈、嘲嘲螺蛳、喝喝老酒、吹吹牛皮，那是很随意、很惬意的事。而今若想会上一面，却要摆下眼前的阵仗，还必定邀些所谓的“名流”来装点门面。

这人名叫夏克坚，是花雷的“连襟”，花想红的大姨夫。因为花想红的大姨妈刘大妹死得早，所以夏克坚这个“大姨夫”的身份其实早已名存实亡。后来夏克坚与高干的千金余艾霞再婚，生下一子，取名夏尊，在花想红出生那天，名义上成了她没有血缘关系的表哥。

夏克坚早年曾是花雷与刘三妹的介绍人，刘三妹至今仍叫他“姐夫”，两家亲戚关系存续多年。近年夏克坚仕途坦荡，如今又身居高位，因而花雷一心攀附，更热衷于经营维系两家的情谊。多年来，夏克坚先后将老婆孩子送往美国，早已成为孤身一人坚守在上海的“裸官”。

这一晚，花想红的情绪没受李思达的影响，跟在夏克坚身边一口一个“大姨夫”，几乎形影不离。李思达打算离开前，听到花雷当众宣布了一个好消息：夏克坚的儿子，也就是花想红的表哥夏尊不日将回国。

这对李思达而言算不上是什么好消息，或者干脆算不上是一条与他有一丁点关系的消息。可他如何能够设想，这位众口传说、备受关注的公子哥与他之间，竟在未来有着一场无约的“战争”，残酷不远将至。

由于李思达已然穿成这样，所以离开时特别小心，尽量避人耳目，可还是不幸地与花雷打了个照面。当时他们仅两米之隔，花雷正端着酒杯面无表情地望过来，李思达的心差点没跳出喉咙。

花雷只在照片上见过他，而他也只在财经频道上见过花雷。尽管这是他们第一次碰面，可他断定花雷认出了他，因为即便是面对最底层员工或服务生，像花雷这种身份的人也不可能盯在人家脸上两秒钟而面无表情。李思达识相地低下了头。

远离公司大厦，李思达愤然扯下领结，扔进了黄浦江。这是他与花想红的家庭距离最近的一次，差一点就加入了他们。可他突然发觉，仅在他们的外围，便已经嗅出了不同世界的气味，那是初识花想红时差点摧垮他意志的气味，也是一直令他心驰神往的气味。他确信那个世界到目前为止还没准备好敞开大门接纳他，他甚而不确定自己是否已经遭到了来自那个世界的厌恶与排斥。

8.“备胎”遭遇“正胎”

几天后，花想红的表哥夏尊从洛杉矶飞抵上海，花雷只安排了花想红一人全权代表花家去接机。夏克坚与花雷之间自有默契，夏克坚以公务繁忙顾不上为由反倒没派车去接儿子。可这会儿智商已“飞流直下三千尺”的花想红开始犹豫了，她有她的盘算。

她对父亲命令式的安排虽有抵触，却对其用意隐约可察，基于两方面的考虑，她并不打算违背他的意思。

首先，夏尊大她七岁，如今已过而立，曾是花想红少女时期所幻想的“白马王子”，且至今仍对他抱有憧憬。其次，她对移民美国向往已久。可她的犹豫在于，她与表哥毕竟八年未见，有些事心里还是没底。

是的，夏尊正是那个“正胎”，那个住在花想红心里的人，李思达的隐形情敌。李思达这个“备胎”正是为夏尊而备的，而对于夏尊即将回国的消息，花想红早在认识李思达之前便已知晓。只不过，她并不清楚，花夏两家之间对此是否有过任何约定。

花想红决定带上李思达，开了部商务车去浦东国际机场接夏尊。策略十分简单，见到表哥后的心情决定着她会如何介绍身边的李思达。而李思达一听说是去接前几天才听说的表哥，根本没当回事，以为只是去“打酱油”。

就这样，命中注定要成为冤家的三个人在机场碰面了。一个是富家千金，一个是尊贵的“衙内”，一个是众人口中明里的“驸马爷”，暗里的“攀龙附凤屌丝男”。

时隔八年，表哥眼里的花想红，如同《百年孤独》中那位无名绅士见到了美人儿蕾梅黛丝：“她的美貌令人惶惶不安，那似乎应是与美德相冲突的优点。”对于花想红来说：“他的风采如此摄人心魄，以至于若干年后再见，依然深信与他存在着那样一桩秘密约定。”

而对于不明真相的李思达来说，在惊异于大他三岁的夏尊竟是个花样美男的同时，暗自庆幸：幸亏只是表哥！

“表哥，一路辛苦了，我来为你介绍，这位是我们公司的李思达李先生。”

花想红的介绍是恰如其分的，高度吻合了她此时的心情。李思达听了虽感觉有些别扭，却也找不出哪里不对，似乎她也只能这么介绍。事实上，这还是花想红与李思达相识以来第一次在公司以外的人面前介绍他。

夏尊此次回国，缘于夏克坚终于下决心冻结了他的账户，召回身边亲自管教。同时还基于夏克坚和花雷之间达成的默契，花夏两家这是有意在亲上加亲。

已入美国国籍的夏尊，这些年在美国无所事事、惹是生非，是个地道的“花花公子”。衣食住行玩，但凡过他眼的，全都要最好的。借用花雷在刘三妹跟前对这位“衙内”外甥的评价，可谓“扶不起的阿斗”，“吃翔都要吃那翔尖尖”。

刘三妹当然了解外甥的为人，一直为女儿担忧得要命，“哦，你也知道啊！这不是把囡儿往火坑里推么？”

“你不会懂，我的囡儿我有信心，只有她能收服这小子。况且有老夏在，翻不了天。”花雷竟是笑着说的。

刘三妹：“姐夫在位还能有几年？总有下来的一天，总有老得管不动他的一天，到那时又怎么办？”

花雷：“呵呵，几年也就够了，你不要以为人只能变坏不能改好。这小家伙是我看着长大的，诗词歌赋方面有些天分。这几年在国外，老余一人管他确实力不从心，再加上都这么大了也没成个家，更是放任自流了。男人有了家室，责任心就会慢慢培养起来的，放心好了，就算连老夏都扳不正他，至少他也别想轻易破了我这一关。”

刘三妹：“我看你啊，真有些盲目乐观了。”

花雷：“呵呵。”

嘴上虽这么说，但花雷的心里其实也担心。但是鉴于夏克坚对房地产行政主管部门的直接领导及对银行系统不可小觑的影响力，这个势又是他一介商人不得不借的。

花雷曾与夏克坚约定，花夏两家分头做工作，争取两年内促成子女的这桩婚事。花雷之所以主动提出以两年为限，其中玄机就在于：这只不过是他的“拖延术”，他要利用这两年来渡过难关，透支夏克坚直接拥有与间接拥有的资源。两年后女儿是不是真的嫁过去做他夏家的儿媳妇，最终还是要看他的宝贝儿子到时候是块什么料。

说到底花雷也没什么好怕的，在夏克坚身上他从来都舍得下血本，自认为即使做不成亲家也对得起他，就算对不起他，大家也是同绳蚂蚱，谁又能把谁怎样呢？花雷在拨这挂算盘时，大概早已忘记了当年老西门亭子间里的那份浓浓的亲情与单纯的友谊。

夏尊回沪，第一站不是回家，而是入住波茨坦酒店，花雷为他订了三天总统套房。这是夏尊答应回来时跟老爸提的第一个“小要求”，只为方便他与老友故交会面。若摆在家里，他觉得不爽。

至于他为何偏要住波茨坦的总统套房，他给出的理由很滑稽，“因为我觉得只有这儿才比家里更舒服，还有，大堂里的Indoor Water Fountain（室内喷泉）我也很喜欢。”

其实只有他自己心里最清楚，出国前他曾几度入住这里，都是带哪位姑娘来的。可他料想不到，那位姑娘即将得知他回来的消息，且很快便会找上门来。

下午把夏尊送到这里安顿好之后，花想红让李思达留下来，按照她的吩咐去安排晚宴，自己则开车回家换衣服。所以李思达根本来不及回公寓，早早地就在大包间里候着了，一身“打酱油”的装束。

花雷的高级助理先赶到，与李思达在包间里有一搭没一搭地闲聊了好一会儿。为了保持室内空气清新，他们不得不每隔一刻钟就移到门外去抽烟，可每次都要被服务生请入盥洗室。

然后花雷一家三口赶来，正遇见刚从楼上下来的夏尊。

夏尊神秘地笑，“该怎么叫？仍旧叫三姨妈、三姨夫？还是其他什么？”

花雷轻拍他的后脑勺，“小鬼头！”

夏克坚是最后到的，没带秘书，只让司机把他送到大门口，换了副墨镜才进来。

今晚一共七个人，这就算到齐了。李思达识相得很，紧挨着那位助理坐，距大门最近，离主宾席最远。他一开头的忐忑，随着席间容不下半刻冷场的谈笑声而渐渐缓和下来。

花雷夫妇一左一右把夏克坚拥在当中，刘三妹的旁边紧挨着花想红和夏尊。他们从进了这扇门起，就一直在窃窃私语，也不知夏尊都跟她讲了些什么，逗得花想红时不时掩齿发笑。

李思达的冷落感并不源于其他五人连个正眼也没给他，而全因花想红当他是个服务生，只在进门时跟他小声说了句话，“还差一位（指的是夏克坚），等他到了你再通知后面开席。”此后，她便沉浸于表哥那绘声绘色的也许是从洛杉矶带回来的美国笑话。

终于等到花雷举杯，全体起立，恭贺夏尊归来。

李思达也站起身来，急于想拿盛红酒的高脚杯口去碰众人杯底，以彰显民间酒席上对尊贵宾客的无上敬意，却又闹出了笑话。没人打算碰杯，更没人打算跟他碰杯。各人皆保持着身态，优雅地齐肩而举，然后浅尝即止。落空的酒杯不合时宜地悬在半空，当他尴尬抽回的一瞬间，从夏家公子的眼神里准确地捕捉到了鄙夷。

此后，李思达便再也不敢有幅度超出以一尺为半径的大动作，淑女般低头嚼着不识五味的菜肴，心底却是五味杂陈。

花雷开始追忆往昔。

“我这个外甥，从小我就最欢喜他，机灵鬼一个。还记得他读小学的时候，我教他陆游的《示儿》，‘死去元知万事空，但悲不见九州同。王师北定中原日，家祭无忘告乃翁。’让他默写出来，他却把最后两个字写成了‘奶翁’，牛奶的‘奶’。那我就问他了，‘奶翁’哪能（上海话:怎样，什么）意思？他说，吃奶的翁，我当时假装生气，让他想想清楚。后来他想了半天，又写了一遍，‘死去元知万事空，但悲不见九州同。王师北定中原日，侬要哪能就哪能（你要怎样就怎样）。’真让我这个当姨夫的哭笑不得，呵呵。”

众人皆赔笑。

“姨夫过奖，姨夫过奖。”夏尊开始嬉皮笑脸。

既然谈起了儿子，不苟言笑的夏克坚也不失时机要说上两句，“唉，玉不琢不成器。这些年也怪我疏于管教，才养成这么个胸无大志的废物……”

夏尊打断了他，“不对哦，老爸，你原先可不是这么说的，你大概都忘记了呢。”

夏克坚脸一沉，“哦？那我倒是有兴趣听听，我原先是怎么说的？”

夏尊像是在诵经，“最美味莫过鱼中段。人啊，年少与年老的惹不起。官啊，开国与末代的当不得。家道中兴无不逢太平盛世，现世的安逸只能在随波逐流中细细品味。”顿了一下，又嚣张地反问父亲，“不知这话是出自哪位圣贤之尊口呢？”

夏克坚正要发怒，花雷急忙挡在中间来调停，“嗳，此一时彼一时。当年讲这话，一点也不稀奇，莫说你老爸不得志，还没坐到现在这个位子，姨夫我也还没入地产这一行。人生的价值总是在不断地摸索中逐步发现，说到底你还年轻，你老爸也是不想看到你浑浑噩噩过一辈子，这般良苦用心你是要懂的。”

夏尊：“噢……”

李思达不喜欢这位表哥，甚至有些腻烦。老大不小的一个男人，生得那么好的一副面容，偏要在众人面前挤眉弄眼、搔首弄姿，极尽油腻腻、娘娘腔的搞怪，何况还有外人在。就拿这一刻来说，听完父亲与姨夫的一番教诲，他竟把嘴巴撅成了一朵菊花。也许这是从小养成的习惯，在象征威严的长辈面前，活脱脱像个顽劣的娇女儿、娇外甥女。

很显然，那朵“菊花”同样惹得夏克坚不高兴了，“看看，还没讲他两句，又是这副腔调。”

花雷：“好了好了，其实我的外甥我最了解，优点还是蛮多的。这次既然回来了，只要老夏放心，那就交给我这个当姨夫的来带一段吧。一来，到我公司给我帮帮忙；二来，不让姐夫在换届的节骨眼上分心；三来呢，也让他们兄妹俩多些相处，培养些感情，毕竟都那么多年没见了，尊儿出国那年，我们家红囡还在读中学呢。”

花雷此番话明明是讲给夏克坚听的，眼睛却意味深长地瞄向了女儿，但见那花想红已是满面的娇羞。

夏克坚摇头叹息，“这样也好吧，不过难听话先讲在前面，帮忙可不敢奢望，只求这个逆子不要给你惹出麻烦来才好。”

在场无一人顾及李思达的感受。自然而然，在场的所有人也洞悉了花夏两家渴望联姻的迫切意愿，连花雷的高级助理也不例外。这一幕应是早有预谋的，否则断不可能如此默契。

若再看不出点端倪来，李思达便是个傻瓜了。可他脑子里还有最后一根救命稻草：表兄妹可以结婚的么？应该是绝对不可以的吧？那么花雷所说的“培养感情”究竟是指正常的兄妹感情，还是……

那晚散席，花想红只跟李思达不冷不热地道了别。花雷也终于跟他开口说了句话，“辛苦了，早点回去休息吧。”倒是刘三妹从他身边经过时，近距离端视了他那张似被霜打过的脸。

夏尊带老爸上楼，花想红随父母一道回家了。

李思达坐在回公寓的公交车上，努力咽泪，他担心自己像一块多余的下脚料那样遭人厌弃。他幻想自己对花想红的爱比得上《名利场》里的都宾那样高尚无私，而现实遭遇却令他联想起《巴黎圣母院》里辛酸可怜的加西莫多。

但他错了，顾影自怜也许只是暂时的，终有一天他会扮演《呼啸山庄》里被仇恨点燃的希斯克利夫，甚至会变成《基督山伯爵》里只为复仇而生的丹特斯。

这一夜，李思达失眠了。直到这会儿，他依然没有勇气拿起电话来质问花想红，她和她表哥之间究竟是怎么一回事。他既不敢那么做，又还心存侥幸。

李思达睁大双眼在公寓里痛苦地挨到天亮。他寄希望于时间能给他答案，新的一天若没有，那就再等下一天，直到把脑袋想穿、想破，也许他才会鼓足十二万分的勇气去问。

同样失眠的还有花想红。直到今晚，她才恍然悟出那个曾一度闹得沸沸扬扬的网络调查的奥妙所在：假如你美丽的女儿16岁生日那天，老婆告诉你孩子不是你亲生的，你的心情如何？选项包括怒火中烧、无所谓、欣喜若狂。当时令她费解的是，调查结果中居然有98%的男人选了“欣喜若狂”。

人与人之间，尤其是两性之间，说到底是人伦桎梏远大于道德约束。当年还不知道自己与表哥这层关系的花想红，常为自己对表哥的欣赏与向往在内心暗暗羞耻，认定那种情感只是在马孔多那样的“魔幻小镇”才滋生得出的乱伦邪念。后来知道了，竟然也毫不例外地像那份调查结果一样——欣喜若狂。

但此时的花想红仍是犹豫的，她发现自己的智商突然变得不够用了。其实这不是智商问题，她的智商较同龄女性要优越得多，问题恰出在她那不太高的情商之上，这是拜花雷对女儿从小施以的高压管制所赐。

三天后，夏尊回家了。花雷不急着让他来公司报到，而是让女儿陪他四处转转，看一看阔别了八年的上海。李思达则接到花雷另一项艰巨而“光荣”的任务，从这一天起，他便不再有机会与花想红出双入对。

花雷的这一系列安排，早在计划之中，并且，知女莫若父，他有足够的把握不至于令女儿反感，他甚至觉得没必要刻意去说服她彻底放下那个不知天高地厚的穷酸小子。

这一天，花想红陪同夏尊去了趟位于陆家嘴腹地的那个形似啤酒瓶起子的环球金融中心，登上了位于100层、474米高的观光天阁。

这里曾是李思达口中的“荒漠里的奇葩”“人类虚荣的见证”

及“人类自我毁灭原始冲动的极致表现”。他有一套自以为是的理论：任何生命周期峰值的到来，定伴有标志物，比如文明峰值的标志是以破坏生态为代价换来的地标建筑的绝对高度。

按他的理论，摩天大厦就成了人类文明兴衰的拐点。只不过，他并不确定究竟要达到怎样一个高度后才称得上是真正的顶点。因为他也明白，在地球上第一幢 10 层以上的建筑拔地而起时，也曾令人震惊过，也曾被人们定义为摩天大厦。

兄妹俩登上了位于“啤酒瓶起子”起孔上沿的观光天阁。夏尊兴致盎然地站在全密封的落地窗前，搂着花想红的肩，“来，表妹，合张影。”

花想红只当他寻了个很傻的借口来亲近她，所以也乐得配合，任由他搂着傻站了几十秒，陶醉在表哥的臂腕里，欣赏窗外的美景。

可直到两天后她才知道，那真的是在合影。夏尊早就让花雷安排了人，在 3 公里之外一幢大厦的顶层天台，用 3000mm 的镜头为兄妹俩合影。花雷安排的那人正是李思达。

“天！合个影而已，要不要搂得那么紧？”

在早已架设并对好焦的镜头背后，是李思达那双喷火的眼睛，他恨这支超长焦巨炮不能真的射出炮弹，否则定要把那一脸淫荡的表哥轰飞。

9.第二次被征服

这些细节花想红不知道也不会想到去主动关心，她只知道，这份浪漫的感觉正在唤醒她对爱的渴望，这是李思达给不了她的。而对于夏尊而言，浪漫是一件事，一个空间，一个氛围，一个想象，一种彼此可以感应的心情。浪漫有时不一定是自身看到了怎样的风景，而是无意间成了别人的风景。

直到这时，这位表哥还不知表妹与李思达之间的关系。

这几天李思达的心情可想而知。他去花雷办公室交差时，被请入位于花雷办公室一侧的小书房里。花雷让他坐，和蔼地询问他的家世背景、求学及工作经历。李思达无心地听，偶尔也会无心地补充问题。

李思达不知道他究竟是何用意，只晓得全力以赴地应对他的每一点关切，非常认真，力争尽善尽美。最后，在一小段沉默之后，花雷点了点头，赞许地笑了。

“很好！很不错的年轻人，只身来上海打拼，从你身上我好像又看到了几十年前的自己，但是……”这个转折应在料想之中，“你知道现实总归还是现实。我的女儿从小就被我宠坏了，对她将来的生活，我已经不指望她降低标准了，就算她嘴巴上一时妥协，等真正过起日子来也一定会后悔的。在这一点上，我这个做父亲的再清楚不过，所以我的理解是，作为她未来的丈夫，最低限度应该为她提供一套内环以内150平方米以上的婚房，不知李先生是什么看法？”

这么看来，刚才的问答其实都是可有可无的，只拿来当铺垫，或者只是为他酝酿情绪，以寻找切入正题的缺口与时机。

这正符合李思达的设想，花雷及所有被李思达设想为必定会站到他的对立面上的人都会这么说：“你很棒，但你没有钱。”即便李思达磨破嘴皮向他们兜售自己所有的优点，他们最终还是会说：“嗯，你真的很棒，但你还是没有钱。”

此时此刻，他由衷地感谢花想红，因为她也许是世上唯一一个不会对他说这种话的人，不管她是否真心爱他。

从花雷办公室出来的时候，李思达像个无以附体的还魂鬼，脸色煞白，豆大的汗珠从额前滚落。那副落魄的病态模样惊到了花雷的高级助理，“你没事吧？脸色好差，要不要我陪你去看医生？”

李思达：“哦，没事……空调吹久了点，一会儿就好了。”

花雷了解老婆刘三妹的心思，她只图招个卖相过得去、懂事听话的上门女婿，别无他求。可燕雀安知鸿鹄之志，男人的野心又怎是刘三妹这种妇人能够理解的呢。

花雷明知李思达再奋斗二十年也未必有能力触碰这条所谓的底线，却还是急不可耐地亮了出来，用意很明显，就是想让李思达这种脸皮薄、自尊心强的年轻人知难而退，从而给他那毫无亲缘瓜葛的外甥创造机会，醉翁之意却还是在于他爹。

花雷知道这一定能奏效，说到底花雷是何许人也？那是阅人无数的商界枭雄，根本不用多，只消酒会那晚短短两秒的对视，心里便有了底。

那天下班，李思达没有回公寓，烦闷中想找人排遣，于是又回了老屋。眼下那张大床是程玫儿在睡，但屋里的摆设她却没动过。李思达在心里感激这个懂事的丫头。

玫儿很高兴他又回来看她，可从他一进门的脸色已大体知道发生了什么。

程玫儿："哥心里要有啥苦水，就在我这傻丫头跟前倒一倒呗，兴许倒出来了，这心里头也就好受点了呢。"

李思达："其实也没啥，不如意，不得志，不招人待见。"

程玫儿："哥你不是常教我将错就错么？我都学会了，哥咋反倒想不通了呢？好多事既然强求不得，那就走到哪是哪吧。"

李思达："话是这么说。"

程玫儿："花姐还好么？"

李思达："嗯，还好。她常惦记着你，让我见着你就给你带话问好。"

这话玫儿要能信才怪，但客气话总免不了，"我也好想花姐的，哥也代我问她好。"

李思达："嗯，一定的。"

程玫儿猜到他定是与花想红之间出现了问题，若单为工作方面，即使落魄到天天窝在家里盯 K 线、打游戏，也没见过他这般愁容满面。

这段日子，随着眼界的开阔及社会交往的深入，程玫儿已有了不小的转变。她为自己买了一些花花绿绿却很廉价的衣服，开始学着穿高跟鞋，学习化淡妆，发型也有了很大的变化——剪短了，齐耳，卷起了小波浪。她开始用手机，二手货，大概只能打电话、发短信。自然而然，李思达记下了她的号码。

假如这一切都只是一个刚进城的乡下女孩的正常蜕变，那么接下来的几个月，程玫儿的物质欲将会极速膨胀，纯洁的心灵将会遭受不可逆转的腐蚀。

事实上在她眼里，花想红所拥有的华丽的一切，曾经深深地刺痛过她，那昭彰着一种特权，对她施以加害她却不能反抗的特权，只因她一无所有。她开始信奉李思达的“将错就错”，可一时又无法破解他今天的无奈。

正是基于对现实必要的妥协，才让李思达保持这样一个不偏不倚行走于中间的生活理念。这应是一种达观，却与当年刚踏上这片热土时的理想与抱负渐行渐远。

他变得不再激进，刻意规避一切二择一式的选择，关注现实的生存境遇远胜于精神再造；他渴望成功，却对未来不再抱有太多幻想；他从未放齐奋斗，却早已不像最初时那样自信，如今更是不会拒绝帮助，有时甚至渴望能有贵人相助。

从老屋出来，李思达感觉头重脚轻，周身疲乏。回到公寓后，他生病了。可身体的不适反倒令他心情有所好转，因为这回他至少有理由期待花想红那一向少得可怜的关心。哪怕只来公寓看他一眼，随意讲两句贴心的话。

夏尊在波茨坦酒店的那三天，会了不少客，以前那些臭味相投的纨绔子弟接到消息纷纷上门，男男女女，把个总统套房搞得乌烟瘴气。他最怕见的那个人始终没有露面，他跟狐朋狗友们交代了，谁都不许向那个人透露他的行踪。

他说："我未必待得长，没准下个月就回美国了，都别给我找麻烦。"

夏尊话里的"麻烦"，其实是一个女人。她的名字叫肇雪，是夏尊出国前最后一任女友，也是这间总统套房的常客。夏尊对这个女人的留恋，从他回国第一站偏要落脚这家酒店便可窥见一斑，可说起他为何这么怕她，归根结底不是人家对不住他，而是他害人不浅。

肇雪自幼丧母，由其父肇庆丰一手拉扯大。后来肇庆丰因工伤致残，落得个全盲。只因女儿姿色出众，又考取了电影学院，所以这个家庭看似并非毫无希望。

肇庆丰经常在人前炫耀，"这是个拼爹的年代不假，但更是个拼女儿的年代。这下好了，女儿大了，卖相生得好，又上了电影学院，懂我的意思么？这个女儿我总算没白养，就要苦尽甘来了。"

他说得没错，这就是上海时下的风气，没有谁家肯养儿子，这跟乡下完全是相反的。

当年，时年19正读大二的女儿与一个名叫夏尊的花花公子交往，肇庆丰是知情的，但他一点也不反对。走读的女儿彻夜不归，他也照旧一句废话没有。他的想法很简单，电影学院嘛，总是要交际的，总是要等着被人"潜规则"的。没人愿潜，那才叫没价值。况且现在不被潜，将来也逃不掉。既然横竖逃不掉，那还是趁年轻，毕竟站着没有躺着好赚。女儿卖相生得好，那是老爸的福气，别人羡慕不来。

所以肇雪大二这年就已经为家里摸到了财路，夏尊出手越阔绰，肇庆丰就越是纵容女儿。女儿周末若宅在家里，他反倒要担心起来，“跟夏尊还在好么？怎么今天没出去约会？”

天性使然，在一段感情中，男女诉求是不同的，有时甚至南辕北辙。

女人在内心渴求，“宠我、爱我。”

男人却在想，“宠幸她、与她做爱。”

这种错位在他们的关系中愈来愈明显。夏尊最初毫无疑问是抱着玩玩的心态，只要有金钱补偿，他笃定肇雪也不会认真。可后来的发展连肇雪本人也始料未及。她对夏尊动了真感情，而且还怀了他的孩子。

19岁天真的她妄想保住腹中胎儿，全然不顾老父与夏尊的双重反对。她想奉子逼婚。夏尊以为她疯了，精神出问题了。而肇庆丰眼睛虽盲，心却跟明镜似的，他当然明白这是不现实的，骂女儿不识好歹，跟钱过不去。不过夏尊出国倒不是为了要彻底摆脱肇雪的纠缠，而完全是夏克坚的一手安排。

再后来，肇雪在苦苦逼婚未遂之下，眼睁睁看着爱人远赴他乡，相见无期，无奈被迫堕胎，遗恨至今，听说始终未嫁。当年夏克坚曾委派一位“热心人”，以一笔“营养费”安抚了肇家。按夏尊的猜想，这女人今年也该是27岁的“剩女”了吧。

可事实并非夏尊猜想的那样。在他出国后的第二年，肇雪在父亲的循循善诱下彻底想通了，给一掷千金的阔佬们当起了“云情人”。她想，这是云时代的产物，谁说情人不可以在云端，需要时随手抓取？完全出于循环经济的需要，是对资源的集约利用，利国利民。

一晃八年过去了，如今正处全球金融危机，海外需求骤减，国内消费低迷。为了扩大内需，家电、汽车逐一放下身段，纷纷下乡。这年头，城里折腾空了，无数双眼睛又开始盯上农民那干瘪的口袋，似乎都患上了“下乡饥渴症”。

不过假使有人以为肇雪这种女人因此就没了市场，要她如此高端的“云情人”也跟着下乡，那就大错特错了。倒不是放不下身段的问题,而是无论身处何种经济危局,至少还有三五年，这种神仙见了也想犯罪的尤物，身边总不缺有钱人。那些人在她身上的消费，不会随经济危机而低迷。

如今肇雪从夏尊的朋友那儿得知他回国的消息，很快就找上门来。可当她赶到波茨坦酒店时，夏尊已经退房回家了。

她最终是在夏尊家里找到他的。她来之前，那个泄露他行踪的朋友刚走。这哥们儿实际上是心虚了，抱来一只波斯猫送给夏尊，顺便探他口风。夏尊最爱猫，抱起可爱的小喵喵撸啊撸的爱不释手。哥们儿见他无异样，便放心走了，没想到他前脚走，肇雪后脚就上门来了。

夏尊家是一座占地近千平方米的大宅院，产权证上没有夏克坚的名字。

夏尊在监控屏幕上看到了她，本不想开门的他在五分钟后还是出来为她开了大门。因为那一刻他以为时光倒流，回到了从前。

这个女人的青春似乎被牢牢地定格在了八年前，如今竟然一点都没老，竟然还是那样一头俏皮的短发，还是那条洗得发白的牛仔裤，就连她焦急等候的神态都一成不变。两根拇指嵌进牛仔裤浅浅的口袋里，随她性感的胯左右摇摆。

肇雪："就你一人在家？"

夏尊："是的。"

肇雪："什么时候回来的？"

夏尊："也就是几天前吧。"

肇雪："都通知了，为什么没有通知我？都见了，为什么不见我？"

夏尊："有这个必要么？过去的就让它过去吧。"

肇雪："讲得轻巧，除非你永远不再回来，那也就真的过去了，就好比这里是你的家，八年前是，现在还是，你不还是要回来面对它么？"

她把自己比作是他的家，有些冒险，有些厚颜，这她知道。她不像是在生气，相反，她的眼睛里没了八年前的锋芒与锐气，反而添了些柔情，即便是在质问的对视中。

夏尊："OK，你说没过去，那就没过去，那么你今天来找我的目的是什么，不妨直说吧。"

肇雪："我的目的已经达到了，就是想见到你。八年前，你连最后一面都不给我见，所以我说还没过去，只为你欠了我八年的一面之债。今天你犹豫再三最终还是肯开门见我，那我就当你已经还清了，现在终于可以让一切都过去了，拜拜。"

她站在庭院中央，表情释然，两根拇指都没抽离过口袋，就那样足尖一踮，俏肩一耸，莞尔一笑，转身就要出门。

耐不住性子的人换成了夏尊，“可是……”

她站住了，“什么？”

夏尊："可是，这又算是什么目的呢？你不可能只为见我一面才来找我。"

夏尊确实很疑惑，这女人虽年轻貌美如初，但语气、神态与八年前已判若两人，最重要的还是背后的心态，简直是天壤之别。

肇雪："哦？那我究竟要带着怎样的目的来见你，才不会让你感到奇怪？"

夏尊："这……我也不知道。"夏尊上前两步，握住她的肩，"先别急着走。"他的声音很微弱。

她没有挣脱，只是原地定睛望着他，一直望到他垂下头去，满脸羞意。

肇雪也近身半步，抬手撩起他的下巴，故作讶异，"怎么了？夏公子也会害羞么？以前好像不会吧？"

夏尊无言以对，突然张臂拥来，一把将她满怀抱住，紧紧地。肇雪伏在他的肩头，闭上双眼，两行热泪夺眶而出。八年来，她做着同样一个梦，正是眼前这一幕，刻骨铭心的初恋又回来了。

在夏尊柔软的大床上，两具美丽的肉体死死纠缠在一起，疯狂地翻滚，仿佛这是一场势均力敌的殊死决斗，定要以死亡的代价来满足彼此征服的欲望，最终换取死敌的俯首称臣，或自甘低贱为奴。

世间已不再有任何力量能够隔开如此野性的相互占有，唾液混合着汗液，爱液在灵魂里交融。彼此间，每一寸肌肤都在诉说长达八年的饥渴思念，每一根神经都玩命地绞绕成藤，贪婪地吮吸着死敌的生命精华。

他终于在她的身体里精疲力竭，而她也在挣扎中只余下最后一丝满足的痉挛。他的指尖划过那头短而清爽的秀发，看清她脸上的泪迹，如同学生时代为他流下的所有青春泪痕。但他不会想到，这个始终令他神魂颠倒的妖孽，终有一天会让他后悔，后悔今天没有决绝地任她离去。

她的改变其实不小。赤身相见的那一刻，呈现在夏尊眼前的已不再是当年那颗青涩的“稚果”。尤其是她那精妙的技术，令清醒后的夏尊有理由相信，在他离开的这八年，她不可能仅在百无聊赖中独守闺房，眼睁睁看着自己变成一个“剩女”，她一定也没闲着。这个念头令夏尊再度难以自拔，心中奇痒难忍。

归根结底夏尊还是个中国人。中国男人向来不缺乏对性解放的幻想，但占有欲却成了桎梏，这导致他们即使是下半身也没能彻底解放，这源于男权的自私。真正意义的解放无疑是对占有的无限弱化，这意味着对等的女性解放，而这几乎能要了男人的命。

其实肇雪的改变还不止这么一点点。来找夏尊之前，她极不愿把现在的自己呈现给他。要知道，“云情人”虽从女人特有的属性上令人神往，却不可能打动夏尊这种人。她断定，唯一能令他心动的只有记忆。记忆中的模样，却要消除记忆中的恐惧。所以她精心设计了一番，改回学生时代的短发，穿回八年前的衣服……

10.“云情人”的纯真年代

这一天，花想红像个合作多年的男女混合双打搭档，默契到竟然没来电话问候这个已被旧情人二度征服的表哥。其实，她是被另外的烦恼缠住了身，这个烦恼是她老爸留给她的。

当她在内网上与老爸的高级助理聊天，并从他那儿取回与表哥在环球金融中心的合影时，无意间得知这些照片全出自李思达之手，顿时惊得目瞪口呆。高级助理意识到天机泄露，后悔莫及，正在发愁要怎样挽回，花想红却果断地关上了对话框。

几天来，花想红第一次重新感知到李思达的存在，脑袋里也第一次冒出个令她不寒而栗的问题：究竟要将这个人摆在怎样一个位置上？

花想红对李思达暂且还谈不上有多内疚，因为一切都还没有发生质的转变，她会本能地排斥那些自寻烦恼的设想。可不知为何，她却又特别担心他会遭受任何伤害，这是如同保护亲人那般的本能意识。

她开始设身处地站在他的视角，幻想顶着烈日蹲在几公里外天台上的人是自己，然后远远地望去……难怪他今天又没来上班。犹豫了半天，花想红终于决定打个电话问问。

花想红：“还好吧？怎么没见你进公司？”

李思达："哦，生病了，跟主管请过假了。"

花想红："那你为什么不告诉我？当我是什么？只当我是你主管的主管？"

此话一出口，花想红的担心是显而易见的，不愿让那些尚未浮出水面的苗头坐实为确切的问题。

李思达："不不，我主要是看你这两天忙坏了，不想打扰到你。况且我这头疼脑热的小毛病，多睡睡也就好了，谢谢你的关心，今天好多了，看样子很快就可以复工。"

他的语气中夹着些生分，丝毫听不出想顺竿往上爬的意思。这是花想红担心听到的，至少会令她无法再心安理得。但假如他的语气反过来，怕又是她更担忧的。

花想红："那好，你注意休息，不多说了，拜拜。"

虽仍有些烦躁，可花想红原先不安的心总算稍稍舒缓了些。殊不知李思达的心却在滴血。

送别肇雪，夏尊没有刻意挽留，相互间更是没一句有关未来的约定。他就那样随性地送她到门口，相拥一吻，默默地目送她走远，暗数她的每一次回眸，然后傻笑摇头。

肇雪这当然还是故意的，她很清楚八年前少不更事的自己输在了哪里，她太了解这个男人。更要命的是，她如今对所有类型的男人几乎都已了如指掌。

夏尊抱着小喵喵来到自家的后院，心里空空荡荡。他坐上秋千，无心荡漾，回忆刚才发生的一幕幕。

今天肇雪外装简约，贴身物却十分别致，纯银底色，衬出她美玉无瑕的肌肤。在他看来那也许是最性感的内衣，四分之三不到的柠檬杯拢紧并托起一对灵动的小兔子，使人产生错觉，仿佛不用去捕捉，它们也会自动跳出来。连那蕾丝都是半透明的，闪耀出诱惑的光。这使他联想起《花花公子》的封面女郎，进而又联想起制服的诱惑。

夏尊实在按捺不住，端起手机给她发了这样一条短信：刚分开就已经开始想你了，你一定在我身上施了魔咒，什么时候能再见到你?

肇雪并没有回复他。

从这天起，尘埃尚未落定的夏尊便马不停蹄进入角色，开始周旋于两个女人之间。两个都是如此美艳，可谓绝色倾城，各领风骚。若要夏尊这样的男人来取舍，还不如从一开始就别过他的眼。

花想红眼下还被蒙在鼓里，事实上肇雪也是。直到此刻，两个女人之间，都还不知对方的存在。

这晚夏尊做了个极其恐怖的春梦。梦里花想红与肇雪一左一右把他簇拥在当中，三人正鸳鸯戏水，夏克坚与花雷突然同时出现在眼前，愤怒地把泳池里的水放干，三人瞬间变成三条脱水窒息的鱼。夏尊半夜惊醒，吓出一身冷汗，黑暗中两只手下意识去摸左右两侧，仿佛在验证两位“爱妃”是否还健在。

离开了夏尊，肇雪开车回家。她至今仍跟老父住在老房子里，前几年攒钱为自己买的一套公寓，如今已租了出去，每季度还能有些租金进账。

谁都不会想到，炙手可热的“云情人”，日子过得并不如想象中那样宽裕，更奢谈潇洒。一切都因为在她23岁那年，也正是夏尊出国后的第四个年头，双目失明的肇庆丰不幸得了癌，几次大手术，很轻易地就把家底给端空了。

这几年家里长年需要请24小时的护工，她本人夜宿的次数也因此减少了很多。还好有她在外面苦苦支撑，至今还没到卖房子的地步。家遇不幸，有时也会影响到“工作”。时常会有不知情的“情人”，因她身上的消毒水味太重而与她断绝交往。

渐渐的，她不再挑人，只要那位阔佬能够忍受她经常爽约，能够忍受她身上偶尔残留的消毒水味，能够忍受她一边叫床一边跟护工收发短信，那她就可以。

但问题是，几乎没人能够忍受这样意外的情形：一旦短信中提到家里情况不妙，她会毫不犹豫翻身下床，立即告辞，全然不顾人家会不会从此留下心理阴影，甚至导致永久性生理障碍。说到底她才不会在乎男人的感受，即使到了必须在乎时，那也必定是看在钱的份儿上。

肇雪清楚地记得，八年前的夏尊是如何在精神上折磨她的。

有一个阶段，夏尊就像个严重的神经过敏患者，成天疑神疑鬼以为自己得了性病，带着她四处求医。正规医院还不敢去，专找犄角旮旯里的“江湖郎中”，还跟她强调，要治就得一块治，以防交叉感染。

其实就连当时还很单纯的肇雪都看出猫腻来了，他分明与好几个女人同时有染，也不知姐妹们其中哪一位中了招，才使他如此紧张。可他却还要编出一堆的谎言来哄骗她，一会儿说怀疑在公共浴池被传染，一会儿又说游泳池，就差没说是呼吸道传染了。害得肇雪跟着他不知被人打了多少针抗生素。

就这么前后折腾了好几个月，数不清跑了多少地方，直到遇见一个叫陈守焕的人。那人告诉他，这不过就是因为他包皮过长，细菌感染导致了发炎化脓。

夏尊竟然不信，“既然你这里连像样的化验都做不了，你又怎么敢这样肯定呢？你没看见么？细菌感染会肿得这么厉害么？要是贻误了我的治疗，你负得起这个责么？”

“负得起，你尽管找人来把我的招牌砸了，这总可以了，呵呵。”那人笑得坦荡，不像是负气之言。

陈守焕免费给了他一包高锰酸钾，吩咐他回到家用温水溶解开后浸泡，连续一个星期，再回来找他。当然，假如夏尊从此不来，那他就认定此法有效，他的招牌也就保住了。另外他还奉劝夏尊，假如想做环切术的话，最好还是去大医院。

肇雪从此人眼中看到了真诚，不再畏畏缩缩躲在夏尊的背后，接过药包催促他回家照办。

果然，一周后夏尊好了。可要命的是，这只惊弓之鸟仍旧不相信自己痊愈了，时常念叨着“潜伏期”“第二期病毒”“不根治的话将来总会复发”“网上说消肿只是暂时的”……气得肇雪操起一把剪刀，威吓他道:“要根除对吧？好，我来帮你除根，剪掉最彻底，保证不会复发。我是不会心疼的，它害得我还不够惨么？性病没查出，神经病一定是患上了，一定的！”

后来，在肇雪的强烈要求下，夏尊到外面定做了一面锦旗，上书“华佗再世,妙手回春”。做好后夏尊又不好意思上门去送，无奈肇雪只得自己去。陈守焕一整面墙全是这种玩意儿，多一面不多，自然不会感到稀奇，不过还是谢谢她。

交谈中肇雪得知，他虽然是个不正规诊所里的医生，却实实在在是正规的医科大学毕业，只因没门路，进不了大医院，索性找家人讨了一笔钱，在这家亲友开的诊所里入了股，也算是自立了门户。

夏尊出国后，肇雪万念俱灰，不再相信任何人。

可不知为何，待到不得不处置腹中的孽种时，单就一根筋似的念起了这个说一不二、诚意诚信的陈守焕。她又来诊所找他，要他为她打胎。因为大小也是个手术，陈守焕当时说啥也不敢接。不过为了帮她，他答应请大医院的同学为她安排个班外的手术，可也一定不能在他这间诊所里做，因为条件实在有限。

即使如此，肇雪仍死死纠缠，执着地坚持，定要他亲手做。陈守焕看在她万里挑一的美貌的份儿上，脑子一热就答应了。为了这个手术，他还专门添置了些器械。

虽不及大医院妇产科医生那般阅女无数，不过陈守焕总归也是职业医者，专业精神还是有的。可他当年偏偏就被这个首度在外人面前露阴的女孩深深吸引住了，一瞬间攫住他的并非肇雪那与常人无二的女性特征，而是她最后仰躺下去之前的那个眼神。那是一个掺杂着羞涩、恐惧、悲愤、悔恨、不甘乃至不舍的眼神。然后，她含泪闭上双眼。

后来有阵子陈守焕主动去找过肇雪。肇雪起先并不排斥见他，可久而久之，发现与他之间没有太多共同话题，便不愿在他身上浪费时间。此后就一再拒接他的来电。

但他俩谁也不会想到，他们的故事并未就此画上句号，时隔多年以后，竟然还有一笔交易在等着他们。而彼时肇雪手里的筹码，依然是陈守焕对她不灭的渴望……

这注定是个不太平的夜晚，花想红的家里，正上演着另一番热闹。

花雷的情绪稍有些激动，“说来说去我还是不明白，你究竟在怨我些什么？安排李思达去给你们兄妹拍照，事先老爸也没想得那么复杂，怎么就变成有意要伤害谁了呢？”

花想红：“你要不是有意的，安排谁去不好，非得是他李思达么？那么大热的天，太阳下一晒就是好几个钟头，这下可好，害得人家中暑了。”

花雷：“那你告诉老爸，换了谁去就保证不会中暑呢？老爸去好不好？”

“老爸啊……”花想红的终极武器也只剩下了发嗲，“我有这么说过么？唉，算了啦，当我什么也没说啦……”

11.女人心有两扇门

女人的心有两扇门。一扇虚掩，留待心仪的男人来乘虚闯入；一扇紧闭，交给忠诚的男人去把门望风。

自从再度意识到李思达这个忠诚男人的存在，花想红的犹豫和矛盾渐渐升级为内心的全面战争。一边是表哥带给她的诱惑与不安，另一边是李思达带给她的平淡、安稳与不舍。仿佛，两个男人尚未开战，先分别交给她一柄剑，齐说：拿去，以你的心为战场，先来一次彩排！

国庆长假后，夏尊终于来姨夫花雷的公司报到。同日，李思达也回来上班了。两个男人的第一场短兵相接即将上演。

夏尊先到花雷的办公室溜了一圈，正赶上花雷在开会，索性不等他散会，急不可耐地下楼去找花想红。花想红知道他今天要来，早早地在办公室里等着他，手里却握着话筒迟疑要不要拨李思达的分机。

作为人力资源总监，花想红对夏尊没什么人事定位，理所当然地认为老爸会有特殊安排。比如就留在老爸身边熟悉公司的运营，接触来往的也都是公司高层，断不会像对待李思达那样随意，更不会被派下去锻炼。若硬是要派下去，难保夏尊不逃。说白了这些表面功夫都是做给他老头子看的，这一点花想红心里还是有数的。

夏尊和李思达是在走廊上遇见的，因彼此照过面，李思达主动跟他点头微笑，“表哥好。”

夏尊起先一愣，不明白这人为何会随表妹一样称呼他为表哥，难道仅仅因为他跟班似的去接过一趟机，过后又一道吃过一顿饭？可夏尊没多大兴致去细究这些无关紧要的事，只抽动了一下嘴角，扬起一丝傲慢的笑。

面对这层“准亲戚”关系，李思达既然在心里早已低了头，便很轻易就原谅了他的傲慢。

一进花想红的门，夏尊先客套上了，“姨夫在开会，就先到你这里来拜码头。从今天起要收骨头了，以后要跟表妹请教的东西真不少呢，你可别嫌烦。”

花想红：“表哥讲的什么话，跟我能请教啥呀，老爸一定早有安排，你混上层的，以后反倒要关照阿妹才好。”

夏尊：“呵呵，表妹太客气了。”他突然想起门外走廊上那一幕，“对了，刚才居然有人叫我‘表哥’，就是跟你一道来接机的那位李先生，你说滑稽不？”

花想红一惊：“哦，他是我带进公司的，其实，老爸一直都不太喜欢他。”

花想红这耐人寻味的话，无异于在进一步招惹夏尊的好奇心。

夏尊：“哦？你们认识很久了么？”

花想红：“是的，不过也算不上太久。他这人吧，说话做事经常不长脑，有时也太过招摇。”

夏尊："表妹误会了吧？其实我没说李先生哪里不好，怎么看上去你好像在代他做检讨一样呢？"

花想红："没有没有，呵呵，哪里是什么检讨啦，要说是提前给表哥打预防针还差不多。反正，时间长了，表哥要是听到些关于我和他的传言，你别当真就好了，他就是那么个信口开河的人。"

花想红恨眼睛无处可躲，索性无神地盯在了电脑屏幕上。

夏尊："哦，明白了。"

花想红："真的明白了？"

夏尊："真的！"

花想红："我表示怀疑，还说我误会你，你倒是别误会我。"

她的心从没像此刻跳得这么厉害过，几近虚脱。

这番对话之后，夏尊的对手也就无所遁形了。可对于李思达而言，隐身或现形其实区别不大，横竖都会死得很难看，如此一来，只不过死得更快些而已。这势必在花想红心里形成一种新的博弈——爱慕与同情。不久将被证实，这是个很难解开的死结，即使有暂时的赢家，也是为输得更惨作铺垫。

离开花想红办公室后，沉不住气的夏尊去找了李思达。他主动跟李思达握手，就像那天刚下飞机时那样，远远地欠身去够李思达的手，仿佛两人分别站在不同的山头。

夏尊："李先生，还没跟你说谢谢呢。"

李思达："哦？表哥这么客气，谢我什么呢？"

"千万别这么叫了吧，我这个表哥名不副实。你大概也了解，我和红红其实半点血缘关系也没有，从小被她这么叫惯了，也懒得纠正她，李先生就不必跟着闹了吧，呵呵。”夏尊盯着李思达，不愿错过他脸上任何一个表情，“我来，主要是想谢谢李先生那天顶着大太阳为我和红红合影，听说因为这个害得李先生中了暑？这样一来我们心里就更是过意不去了。”他故意强调“我们”。

听了夏尊这番话，李思达的震惊是可想而知的，这正是他最担心的，也为他解开了之前的一切疑问。不过他打算咬咬牙先把一切全扛下来，待回去后慢慢消化。

“哦，没事，小毛病也让你挂心，就是我的难为情了。其实一直觉得吧，‘表哥’叫起来蛮亲切的，所以也就跟着将错就错了，呵呵，千万别介意啊。”只有顺着夏尊的话往下编，才能不露痕迹掩饰尴尬。

两人没客套几句，花雷来电话催夏尊上楼，楼上已散会。

接下来的时间里李思达如坐针毡，魂不守舍地挨时间。他有着新上海人特有的、放大了的敏感，眼下一切正向他发出明确的信号——靠边站。他确信花想红知道他今天来上班，既然到现在连个电话都没打来，也就相当于给夏尊的“我们”加了背书。

但李思达不会主动联系花想红，哪怕只是提醒她“自己的存在”，那也不行，他在心里给出了理由，“那该多不识趣，那该多贱啊”。进而他又联想，夏尊从花想红的办公室里出来便直奔他而来，这说明夏尊刚才的话定有花想红的授意，大概她不好意思亲口告诉他，才托夏尊来转达。

到了下午，李思达慢慢回过神来，开始冷静地审视当下的处境。

他与花大小姐之间，就像是做了一场春梦，即使再逼真，到头来也还会有苏醒的一刻。可关乎生计问题，接下来这份工作是否还能保住，究竟该何去何从呢?

他想从花想红那里得到答案，哪怕只有暗示也行，单纯只为工作这一条，其他事一概不问，问了便是一个“贱”字。一直挨到下班前半小时，他点开了花想红的工作邮址，这是他第一次给她写电邮。

花总：当初是您介绍我入公司，一直心存感恩，不及言谢。由于我长期以来不尽如人意的个人表现，给您添了不少麻烦，近来又因身体缘故影响了本职工作。鉴于此，我一方面要向您及您代表的公司表达真诚的歉意，另一方面，恳切征求您对我任职期间的评价。我目前仍在试用期内，假如您认为未来不适合继续留用我，则不必等到试用届满，我愿意提前离开。策划部：李思达。

如此明显的语气，相信她看了之后定会明白他的心境，不忍心再跟他躲猫猫。直到下班，他没有收到花想红的回复。

走上十分钟，便可到他公寓附近经常光顾的那家日式野村店食堂，可他这会儿一点也不饿，想到江边发会儿呆。他没想到，这无心的决定将会给他带来怎样的恶果。

假如他不来外滩，假如不是因为直到这个时间外滩依然人头攒动，他就不会为了寻找僻静而往纪念碑的方向走去。假如当天他没来过纪念碑，那就不会发现夏尊的秘密，他那死灰一般的心也就不会因此再度复燃。

如此这般，一切也许就会在他的黯然神伤中平静度过……

然而，偏偏让他看见了一些不该看见的人与事。

远远的，夏尊看上去正使出浑身解数在哄一位生气的女孩。那女孩比花想红更高挑，却比她略微成熟些。他当然不知道那女孩是夏尊的旧情人，叫肇雪。

李思达缩回了密集的人群，贼一般窥视。他明知在如此嘈杂的环境中试图掌握他们的对话内容是徒劳的，却仿佛读唇语似的仔细辨析，然后配合两人的表情与神态，努力在脑子里勾勒“真相”。

那女孩一副不听解释转身要走的腔势，夏尊却三番五次拉住她，一脸的央求，最后实在无计可施，竟从那女孩身后一把揽住了她的腰……

也许，对于李思达而言，这就已经足够了。

这一晚，李思达又失眠了。令他内心难以平复的主要是两点：一是，不甘心，以为自己还有机会，这个机会不是对手夏尊给的，而是老天；二是，他开始为花想红担忧，担心她遭玩弄，受伤害。

与此同时，他还有三点犹豫。一是，他最终仍不确信看到的就是真相的全部；二是，假如告诉了花想红，他担心她会不信；三是，他突然想起在他入公司之初，遭人误会，以讹传讹，自己当时难过的心情。

最后，凌晨 4 点钟的时候，他的犹豫归结为一点：无论以何种方式，究竟要不要将此事告诉花想红。

第二天，花想红还是给了他说出来的勇气与机会。她一早打开电脑收到李思达的邮件，纠结很快变成了气愤，她没有打电话，直接去部门里找到了李思达。

花想红："我不晓得发生了什么，想不通你为什么要用公函来跟我讲话，那邮件是你发的吧？"

李思达："可是，很多事情确实跟当初设想的不一样了，我吃不准的是你的真实想法。"

花想红："完全听不懂！你当初的设想又是什么？不过你很想知道我的真实想法对吧？好吧，那我就告诉你，我在想为什么你最近会变得越来越古怪，我都快不认识你了，还'花总'？还'任职评价'？我要是有心评价你，早撕了你那份猥琐子的履历表了，还等今天？"

李思达："哦，那你这么一说，就是我多心了。可是夏尊明明告诉我，你们表兄妹只是名义上的，既然他都开口叫你'红红'了，那我要是再叫你花儿，一定就不合适了吧？不叫你花总还能叫什么？自从表哥回来了以后，你我就没单独见过面，这是事实吧？"

花想红："你神经病！真没想到你的想象力这么丰富！"

李思达对花想红一向唯唯诺诺、言听计从，可这会儿却突然一股血气上头，豁出去了。

李思达："你要这么说那我就没顾虑了。本来没打算告诉你，你表哥昨天上午刚在我面前宣誓了对你无可辩驳的主权，下午就跑去大庭广众之下跟一个年轻女孩拉拉扯扯……细节别问我，我不好意思说，你去问他本人好了。"

花想红："我看你真的是有毛病。首先，表哥从来就只会叫我表妹，哪冒出来的‘红红’？其次，表哥是不是名义上的，这完全是我的家务事，你有什么资格过问？最后，真没想到李思达你是这么个心胸狭窄的人，捕风捉影冤枉我也就算了，还要无中生有抹黑我表哥。”

花想红是真恼了，没给他任何解释的余地，扭头闪人。李思达原本的踟蹰，竟被事到临头的意气所取代。他站在原地呆若木鸡。玻璃幕墙后深藏着一双双幸灾乐祸的眼睛，他犹如被扒光了衣服，孤零零晾在走廊上。

花想红的恼羞成怒，回头细品味，恼与羞其实远胜于怒，与李思达有着相似的羞耻感，她这是被人无情地揭去了遮羞布。但必须承认，她相信了他所言的前半部分，至于表哥有没有跟其他女人拉拉扯扯，她不能只听他的一面之词，尽管她认定李思达是个品行端正的人。

这一整天，夏尊一共从楼上给花想红打来三通电话。

第一通，问她知不知道八年前淮海东路上那家“团团私家菜”还在不在。那是旧日社交名媛钱悦开的，他特别怀念那家店的鹅掌，想下班后与她一道去找找看。

花想红只冷淡地回了句“哦”便挂了。

第二通，夏尊跟她抱怨这两天睡不好，只因他在美国睡惯了水床，周末想让她陪同去逛“达芬奇”看水床，有就定一件，没有的话就不得不让妈妈从美国给他空运过来了。

花想红有点不耐烦了，“周末我有安排了，这种事你自己办不了么？”

第三通，夏尊警觉了，开口便问：“表妹，今天是不是心情不太好啊？”

“咦？不是‘红红’么？怎么又变回‘表妹’了呢？”花想红的语气不冷不热。

夏尊:“哦……明白了，等下班吧，陪表哥去找那家‘团团’，正好有事要跟你说呢。”

时隔八年，“团团”早已不在了，取而代之的是一家连锁川菜馆。夏尊和花想红都吃不得辣，只得另找了家粤菜馆坐下。

夏尊：“电话里听得出，表妹对我一定有误会。”

花想红：“哦？什么误会呢？讲来听听。”

夏尊：“是这样，昨天上午从你那离开后，我又碰见李先生了，他又叫我‘表哥’，我听着真别扭，就客气地请他以后别这么叫了。我跟他说，要不是这么多年表哥表妹的叫习惯了，我都很想叫你‘红红’，也巴不得你改口叫我‘尊尊’呢！你看，就这么简单的一句话，也不知被谁添油加醋搬弄了出来。”

花想红：“当事人一共就你们两人，你就明说是李思达在搬弄是非，多爽快啊！表哥，关键不是‘红红’或者‘尊尊’，只要你喜欢，我是随便的，谁又会搬弄这种无聊的是非呢？”

夏尊是个聪明人，他听出来了，即使表妹还有后话，那也定是从李思达口中得知的，这就没什么可怕了，见招拆招即可，“那……又是为了什么事呢？我有点糊涂了。”

花想红：“具体什么事我不会问，你的私生活，讲到底谁也无权过问。”

夏尊：“表妹刚才还在说我不够爽快，你不也是？”

花想红：“那不一样，涉及隐私，伤到人可不好。”

夏尊："表哥做人做事一向光明磊落，自问没啥见不得人的隐私。直说，给你过问的权利。"

花想红："嗯……那好，我问你，你昨天下班去了哪里？见过谁？"

夏尊："让我想想……"

花想红："犹豫就是有鬼，不必答了！"

夏尊："哦，想起来了，去了外滩，随便逛逛，可我谁也没见啊……"故作冥想，突然一拍脑袋，"也不对，确实发生了件不愉快的事……"

花想红："什么事？"

"一个小姑娘,生得眉清目秀,捧着一只Donation Box(捐款箱)，偏偏黏住我不放，拉拉扯扯强行募捐。我当时不高兴，跟她吵了几句……"说着，他竟煞有介事地用手凭空比画出一只募捐箱的形状来，"至于其他……好像就没啥了，怎么了？有问题么？"

"哦，这样啊！其实……不论真假，捐一点也无妨，换我就会捐。"冤枉好人总是理亏的，所以她顺着他的话来了个急转弯。

如此简单，竟被夏尊轻轻松松地蒙混过关了。

在夏尊的眼里，李思达原本只不过是块轻轻一脚便可踢飞的"绊脚石",可这会儿却被他放大成一头难以驯服的"拦路虎"。他误以为李思达跟踪了他，这个梁子算正式结下了。当着花想红的面，他不露声色，暗地里却已开始策划起反攻。

夏尊："其实误会化解开了，反而能增进友情。我相信李先生用心不坏，应该是个值得交往的人……”

花想红可机灵着呢，甭管他这话是不是试探，她断然不能让此事跟李思达扯上一星半点的关联，“这又关人家李思达什么事？其实……本来也就没事，我只是随便问问，见你一下班跑得比谁都快。”

夏尊：“不管怎么说，我说他值得交往，这总没说错吧？这样好了，等下我约他周末出来骑马，完了一道吃饭。表妹你也来，我们三人痛痛快快玩一天，OK？”

花想红：“嗯，好是好，不过我就不参加了吧，不都跟你说了么？周末有安排的，不然我怎么会不陪你去挑水床？”

夏尊：“哦，那就算了。假使中间缺了你，我跟李先生可没熟到那份上，这种邀请就变得很唐突了，误会就误会吧，朋友不交也罢，瓜田李下，以后大家相互多提防点就是。”

他料定此话一出，她定会改变主意。

果然，花想红托腮想了一会儿，答应了，“好吧，你赢了。周末我也来，不过我有言在先，你们玩你们的，当我是件摆设就好。”

夏尊趁热打铁，当着花想红的面拨通了李思达的电话，以他和表妹共同的名义邀请李思达周末出来玩，强调只有三个人，见面地点就安排在赛马俱乐部附近，讲完又把电话交给花想红。

花想红对李思达的气还未消，一时也想不到有什么好补充的，接过电话便闪到一边，用中性的语气说，“已经搞清楚了，今天的事纯属误会。希望周末，也就是明天，大家能聚在一块儿聊聊。”

李思达听到花想红的声音，有些激动，不假思索便答应了下来。可挂机后他回过神来，很明显，这通电话是在花想红向夏尊求证后打来的，这样一来，他如今真的变成背后嚼舌头的小人了……

12.一个“备胎”的自我修养

李思达从电话里辨得出，他俩在外面。他再也坐不住了，特别渴望能见花想红一面，解释也好，道歉也罢，抑或仅仅是想跟她面对面说说话。只跟她一个人说，而不是明天三个人凑在一块。他出门了,直奔花想红的家,他要在她家门口等她回来。

李思达在花家门口等了一个小时，直到十点，也没见花想红回家。

李思达拨通了花想红的手机，过了好长时间也没人接。再拨，还是没人接。正当李思达犹豫还要不要等下去的时候，花想红回来了。想必是夏尊把她送到了小区门口，她是独自走进小区来的。

惨白的路灯下，花想红看见了李思达。

花想红：“你怎么在这儿？”

李思达：“我想来看看你。”

花想红：“都这么晚了，我也不方便请你进门了，你找我是不是有什么要紧事？”

李思达：“没，我找你能有什么要紧事呢？真的就是来看看你，等下你进门了，我就回去了。”

花想红：“这样蛮尴尬的，我不太习惯黑灯瞎火地站在外面跟人聊天，你要没什么要紧事，那我就先进去了，明天见？”

李思达：“嗯……花儿，我能问你个问题吗？”

花想红：“嗯？你说。”

李思达：“你一直是知道我喜欢你的，对吧？”

花想红：“嗯，知道。”

李思达：“那你呢？你喜欢过我吗？曾经一点点也算，现在改主意了也没关系。”

花想红沉默了。李思达原地等待，没有逼她。

花想红：“我回答不了，我不知道。”

李思达：“好的，明白，那你进去吧，很晚了。”

花想红：“你没事吧？”她往前移了半步。

李思达：“没事。”他故作轻松。

此时李思达的手机响起，他拿起一看，竟是花想红的号码，“你的号码打来的。”说完接了起来。

“喂，这么晚打来有什么事吗？表妹正在洗澡呢，听不了电话。”是夏尊的声音。

李思达还算是个聪明人，几个线头在脑子里一接，明白了。花想红定是把手机落在夏尊的车里了。刚才花想红下车走在小区路上的时候，李思达拨了花想红的手机。夏尊看见了，便瞅准一切机会向李思达宣誓他对表妹的主权。夏尊已经是第二次玩这种鬼把戏了。

李思达将计就计，握着听筒跟花想红说：“夏尊说你正在洗澡，听不了电话。”这招也算是够狠的了，但事已至此，李思达也没打算再给夏尊留面子。

夏尊一听不对，立即挂断了。花想红正伸手在包里摸手机，摸了半天也没摸到，当下心里也明白了。

花想红："什么乱七八糟的，今晚都是怎么了？无聊！我真的要进去了。"

正当花想红要转身之际，远处跑来一个身影，那是夏尊。

夏尊："咦，李先生怎么也在这儿？"

李思达没有搭理他。

夏尊："表妹，你的手机落我车上了，我给你送过来。"

花想红："表妹正在洗澡，你先跟李先生聊吧，我回去了。"

花想红真的回去了，留下两个大男人站在原地不知所措。

夏尊："聊聊吧，李先生，早晚的事，逃不掉的。"

李思达没有应答，只是缓慢地朝小区门口的方向走。

夏尊："李先生跟我表妹认识多久了？"

李思达："几个月。"

夏尊："哦，那很短啊，我是看着表妹长大的。"

李思达沉默。

夏尊："以前有好多人追我表妹，但现在几乎都看不到了，你知道是为什么吗？"

李思达："不知道。"

夏尊："那是因为那些不知天高地厚的人都在我表妹这儿碰钉子了，软钉子、硬钉子，呵呵，都碰怕了，后来也就接受现实了。"

李思达："嗯。"

夏尊："所以说，做人啊，有时还是要现实一点的，尤其是

‘谈朋友’这种事。”

李思达：“嗯。”

夏尊：“那李先生是一个现实的人吗？”

李思达：“嗯，我除了‘谈朋友’，其他方面都很现实。”

夏尊：“你觉得这样好吗？”

李思达：“没什么好不好的。我想，你表妹也不是一个很现实的人。”

夏尊：“这话什么意思？”

李思达：“假如她是个现实的人，我猜，大概在表哥回来之前，她早就找个有钱有势的人嫁了。”

夏尊：“好吧，李先生的话也许有道理，那我就不拐弯抹角了。你看，现在表妹身边毕竟只剩下我们俩了，不管你以前用过什么手段，也不管你赢过多少人，既然你今天还站在这里，证明你不一般。但我想问你，你觉得，能赢我的机会有多少？”

李思达沉思片刻：“几乎没有。”

夏尊：“那我就不明白了，李先生这是图什么呢？一份好工作？一个临时住处？”

李思达转过脸来：“我可以接受输给你，但我无法接受你对我的侮辱。”

话摊开了，且没有花想红在旁边，李思达不必投鼠忌器，突然挺直了腰杆。至少在今夜，至少在这个宁静的小区里，至少站在这微光普照的草坪上，少了前呼后拥的夏尊，在李思达的面前也并没有多么了不得的优势。

夏尊：“李先生敏感了，无论是国内还是国外，这始终都是一个现实的社会。你不妨坦诚相告，你究竟想从我表妹这儿得到什么？没准你不用像现在这样辛苦，从我这儿就能得到呢？”

李思达站定，低头望着草丛中看不见的脚尖：“爱情。”他的声音微弱。

夏尊：“什么？”

李思达猛抬起头：“也许你不会理解，还可能会嘲笑我，但这是我的真心话。爱情！花想红的爱情！”

夏尊：“我能把这话理解成是你对我的宣战吗？”

李思达：“随便你怎么理解，我不欠你什么。”

夏尊：“你确实不欠，但我告诉你，你这是自取其辱！”

李思达：“好，那我也提醒你一句，离了你老爸，你什么也不是。”

终于有这样一个机会，让李思达来排解这些日子所受的窝囊气。尤其是像当下这样，两个来自不同世界的灵魂，就像两辆迎面对开的跑车，狭路相逢，疯狂飞驰，不借助任何外力，酣畅淋漓地对撞一次。

夏尊火了，一把揪住李思达的衣领：“你说什么？你敢再说一遍吗？”

李思达：“拿开你这只沾满铜臭和骚味的手，别弄脏了我的衣服。”

话音刚落，李思达骤然感觉左腮猛烈的剧痛，脑袋“嗡”的一声，他向后跌倒在草坪上。夏尊动手了，但李思达没有还手，他迅速站起身来，怒视着夏尊。然后，又被打倒，然后他又倔强地站了起来。

李思达："你就这点本事吗？"

话音刚落，李思达再次倒下……

夏尊："不识抬举的家伙！老子打你都是轻的，信不信我废了你！"

"住手！"花想红及时赶来了，原来她一直放心不下，没有回家，而是躲在暗处观察他俩。"你们怎么可以在小区里打架？再不停手我要叫保安了！"

听到花想红的声音，李思达力有未逮，心生悲怆。除非她眼瞎，花想红居然管这叫"打架"？

花想红跟夏尊说："表哥，你先到我家坐会儿，我送李先生出小区，马上回来。"然后蹲下来，扶着李思达的双肩，"你没事吧？"

李思达有气无力地说："我没还手。"

花想红："我晓得，我晓得。"

李思达："我没打架。"

花想红："我晓得，我晓得，能站起来吗？"

表妹出面，夏尊不敢造次，三步一回头，去了花想红的家。花想红扶起李思达，朝小区门口走去。一路上，他们没说一句话。一直把李思达送到小区门外，花想红招手拦下一辆出租车，把他扶上车，然后跟他挥挥手，"天大的事，明天俱乐部见了面再说，你一定要来，现在回去好好休息。"

送走了李思达，花想红回到家，父母已经睡了，夏尊独自坐在客厅的沙发上，揉着骨裂般疼痛的拳头，茶几上是用人刚刚为他沏好的茶。

夏尊:“表妹，你知道那小子跟我说了什么我才动手的吗？”

花想红：“别说了，我现在不想听这些。”

夏尊无奈，甩头。

花想红:“本来明天要碰面的，没想到今晚你们就闹成这样，明天这一面看来是必须见了。我让李思达先回去冷静一下，你也回去，我们明早俱乐部见，我自己开车去，不用你来接。”

夏尊：“表妹，你还真抬举那小子，都已经这样了，还见什么见？这种人，给他脸他就上天。”

本来，夏尊的意图很明显，就是想在赛马俱乐部里羞辱李思达，让他领教一下花想红日常的消遣不是他这种人可以承担得起的，从而让他知难而退。这一招其实与花雷刻意跟李思达谈“婚房条件”如出一辙。那次谈完，李思达病了一场，证明此法很有效。

这招攻心术，他是师承父亲与姨夫，多年前便已烂熟于心。他经常跟他的狐朋狗友们说：这世上绝对压得住人的玩意儿无非就是权与钱，但绝大多数情况下，这两样东西只要摆在明处让人看见就够了。

这实为一种战略威慑：硬实力的外延效应，比如核大国拥有的核弹头，启动按钮大多成了摆设；抑或信用额度的杠杆效应，比如《百万英镑》中的那张巨额支票，也未必真的需要兑现来用。

但眼下形势变了，两人闹翻了，他自然也就没有雅兴再那么做。他甚至抱定了硬碰硬到底的决心。他心里有数，花想红的心其实更倾向他这边。

花想红：“表哥，你也需要冷静一下，明天我来做和事佬，你们都要给我面子，以后谁要再动粗，我从此再也不理他了，说到做到。”

夏尊：“呵呵，就算是见到，我也是不会理他的。”

花想红：“表哥，你能答应我件事吗？”

夏尊：“什么？”

花想红：“明天见了面第一件事，你要向他道歉，毕竟你动手打人了，要是你道了歉，他还抓住不放，那就是他的不对了。”

夏尊：“不可能！要我向那个家伙道歉？表妹啊，我看你脑子坏掉了。”

花想红：“你就说你答应不答应吧。不答应我也不怪你，明天你就别去了，我去跟他骑马，我来跟他道歉。”

夏尊：“好吧。”

夏尊想，见就见，明天就给他来软的，按照原计划来羞辱他。

其实，无论是高尔夫，还是马术，全都是舶来品，存在于上流社会，但它并不是必需品。李思达也曾蜻蜓点水、走马观花似的游走于上流社会的边边角角，陪富商老头打过高尔夫。

但高尔夫和马术完全是不同概念的两项运动，上海的富商们，能打几杆高尔夫的太多，但懂马术的太少了。每周几次泡在马场里，这不是真正富商们的生活日常，只有“官二代”“富二代”有这个时间和精力去消遣。

夏尊料定，李思达过往的见识必定不会赋予他马术的经验，这比高尔夫的要求高多了，学问也深多了，不是业余时间随便挥两杆就能糊弄过去的把戏。这也正是夏尊为何偏偏要挑赛马俱乐部让李思达出丑的原因了。

回到公寓，李思达仍义愤填膺。但他转念想到花想红送他出小区大门的情景，内心又感到阵阵暖意。这一时期，正是他在花想红面前百般卖乖的阶段，花想红只要对他有那么一点点好，他似乎就可以什么都不计，莫说是这一点点小伤，即便要他舍去半条命，恐怕也甘心。

他开始纠结起另外一件事，究竟是要用冷毛巾还是热毛巾来敷脸？这两种方法他都听过，且都蛮有道理的。他照着镜子，左腮微肿，嘴角裂开一道口子，往外渗着血。他又开始发愁，明天难道要以这个形象去俱乐部见那兄妹？究竟还去不去？

临睡前他横下了心，去！明天一定去！不去就是懦夫！大白天让他们看得更清楚点，伤在谁的脸上，究竟孰是孰非！

这就是作为一名“备胎”的基本修养:尊敬的“正胎”先生，我可以让着你，在我处于下风的时候，但这绝不是软弱，更不是认输。假如你把忍让当成我的弱点，总有一天你会后悔莫及。

这是李思达有生以来总结出的第一条“备胎心得”。

13.情场如马场

周六上午，李思达早早地等候在赛马俱乐部门口，他不知道夏尊的葫芦里究竟卖的是什么药。漫说他不知道，连花想红也没往深处联想。

李思达今天吸取了教训，一身周末休闲装束出现在俱乐部正门斜对面的一家咖啡馆门前。兄妹俩与他前后脚，刚从旁边的停车场出来，隔了条马路远远打来招呼，却原地站着似乎不打算过来。李思达主动迎上前去。

夏尊今天显得格外客套，几步开外便向他伸出手，盯着李思达的左腮和嘴角处的瘀青说："真是抱歉，李先生，昨晚我失态了，千不该万不该，不该动手。今天当着表妹的面，我真诚地向你道歉，希望你能原谅我。"

李思达毕竟还是单纯，被夏尊这番先声夺人的诚恳道歉感动了，一时竟语无伦次："哪里哪里，谢谢！"也不知他道的是哪门子谢。

花想红脸上露出了笑，这是令她满意的开场，"无论有啥误会，说开了就没事了，谁都不许再记仇了，今后也不许再动粗。"然后凑近李思达，"你还好吧？还疼吗？"

李思达羞涩地笑，摇摇头，"没事，除了形象差了点。"他害怕花想红见到他这么丑的样子，花想红竟还特意凑近来看，让他难为情起来。

接下来，兄妹商定去骑马。这却大大出乎了李思达的意料。骑马方面，李思达自认土鳖，他只在几年前借出差机会去京郊康西草原上遛过一回蒙古短腿马，眼下如此正式的玩法还是头一回。

首先品种差异就大了去了。教练为他牵来的是一匹油光锃亮的西洋纯种黑驹，躯干精瘦，长颈长腿细脚脖，浑身弹性十足，像是用高强度黑橡胶做成的。他犹豫了半天才敢靠近，心说：夏尊这个坏小子，想用这个出我洋相？尽管放马过来！

十分钟后，夏尊与花想红换了装束出场了。只见两人头戴阔檐黑礼帽，脚蹬高筒马靴，身着燕尾服，好一双俊男靓女，那叫一个登对。人盛装，马舞步，优雅中高低起伏，协调中美感十足，正朝李思达这边翩翩而来。

可怜的李思达远远地呆望那对兄妹，瞬间产生错觉，仿佛自己骑的仍旧是一匹肚肥腿粗的矮脚马。

其实问题不在马身上，而在他自己身上。今天的李思达，所有能犯的忌毫无保留地全都犯了。他穿的是紧绷无弹性的牛仔裤、防滑底登山鞋，鼻梁上架着金属框眼镜，头盔、手套、护腿这些一应俱无，他今天的洋相是出定了。

夏尊低眉坏笑，不急着拿话来嘲他。反而是花想红见他这副衰样，臊得满脸通红，缰绳一扯，拐弯走开了。

当李思达好不容易追上兄妹，三人终于可以并排行进时，两个男人之间的第二轮战火首先被夏尊点燃。

夏尊："一上马才发现，李先生平常可不太注重健身和运动哦。"

李思达："当然有健身。我偷练，八块腹肌，不方便展示。"

夏尊："厉害！那人鱼线应该出来了吧？"

李思达："不明显吧，笑起来谁都会有一点的。"

花想红实在听不下去了，"李先生，你说的那是鱼尾纹好吗？"

夏尊脸上抑着笑，"Now you're talking（这话算是说到点上了），我要笑出八块腹肌了。"

李思达："呵呵。"尴尬的笑。

夏尊："像骑马这样的绅士运动，李先生平常也会偷练吗？"

面对夏尊的咄咄逼人，李思达只能心念一个"忍字诀"，"表哥的意思我懂，这么高贵的运动，不是我这种人玩得起的。"

夏尊："哈，李先生太敏感了。"

花想红见苗头不对，赶紧把李思达的话锋扯过来，"对了李先生，玫儿近来好吗？"

李思达："还好吧，工作找到了，人也学会打扮了。"

花想红："她？想象不出她能打扮成啥样！一张'哆啦A梦'的脸，圆规画出来的样子。"

李思达："这话损了点吧！人家苦孩子一个，蛮可怜的。"

夏尊："玫儿又是谁？"

李思达："我资助的一名贫困大学生。"

这个节骨眼上，李思达终于能扬眉吐气一回了。

可夏尊却故意"歪楼"："哦，女孩子啊，我猜与李先生的关系一定不简单吧？"

李思达：“表哥开我玩笑怎么都是一个无所谓，可别糟践人家一个单纯的小姑娘。”

夏尊：“这世道，单纯的小姑娘早绝迹咯！都说女人是本三页漫画书，一页画着车，一页画着房，一页画着钞票。”

迟早有一天，夏尊会为今天这句轻浮的点评而沾沾自喜，因为早在他与程玫儿素未谋面的今天，便占卜似的看透了那丫头的未来。

花想红：“表哥，这话说得打击面是不是太广了点？”

夏尊满脸赔笑，“抱歉抱歉，表妹是例外的，我发誓！”

花想红：“没什么啦，只不过表哥这么一说，我倒要为李先生主持公道了，缘分这东西是早已注定了的，不好拉郎配。况且，你是没见过那丫头，绝对算得上‘镇宅之宝’，可以拿来避邪的那种，李先生肯定看不上的。”

“缘分？呵呵，有句话不知表妹听过没？男人手里若有钱，千里姻缘一线牵；男人手里若有权，无论和谁都有缘；男人没钱又没权，只能找个‘土肥圆’。So, don't be too picky（因此，别太挑剔了）。”夏尊说完大笑不止，还不忘故作此地无银状，转向李思达，“李先生千万别再多心了，顺口溜，刚从朋友那学来的。”

李思达虽恼在心里，嘴巴上却不敢不为花想红留有余地，“越说越离谱了。”

而此刻的花想红，竟被夏尊的顺口溜逗乐了，也跟着没心没肺地笑。

夏尊：“看看，关系不简单吧，李先生这是在怜香惜玉么？”

花想红终于收住了笑，“好了表哥，我可以作证，李先生跟那女孩真没什么。”继而又摇了摇头，“真受不了，男人碰到一起是不是都喜欢斗嘴？”

李思达：“斗嘴咱也斗得高级一点，我早听说表哥诗词歌赋造诣了得，不如让我这个‘菜鸟’陪你斗一回诗玩玩吧？”

夏尊：“哦？好主意！怎么个玩法？以什么为题呢？”

没想到夏尊这个公子哥一听斗诗非但不惧，反而兴奋得不能自已。

李思达：“不如就以花家千金大小姐为题。”

花想红：“绝对不行！我看你们还是斗嘴吧，最多我不干涉你们了。”

夏尊：“表妹看你，玩玩嘛，况且我正想立条规矩，只许赞，不许贬。”

李思达：“那当然。”

夏尊：“好！既然是李先生提议，当仁不让你先来。”

李思达始终也没学会如何在马背上保持肢体协调。良久，他就在东倒西歪、摇摇晃晃中作苦思状。其实接下来他即将吟诵的这首诗是他两年前写的，从未发表，今天可算有了用武之地。

兄妹二人铆足了十二万分的耐性，终于等来了他灵光乍现的猛一举头。

李思达：“那我就把花想红比作西施……《西子赋·忆浣纱女》：赏石若耶溪，零落无沉鱼。南苎锵锵锤，辞故舞响屐。”

这是一首安分守己的五律，工工整整，睹物思人，意境悠远。

“好诗！”没想到夏尊竟毫不掩饰地点头赞许起来，惹得李思达恨不得立即在马背上发表获奖感言。

可夏尊忽又显得异常冷静，似胸有成竹，只见他沉思片刻，开始反攻。

夏尊："李先生，你仔细听好我的，同为四大美女，我把表妹比作昭君……《琵琶行·昭君出塞》：汉马不食胡人草，万里辕碾辙成冰。塞上琵琶几壶酒，漠北阏氏一枝花。"

他这首是乐府诗，不拘韵，采叙事风格，却更具楚韵风骚之美。李思达深知：古往今来，凡书大悲悯写大情怀者，无不于唱尽沧桑声嘶处，摘一朵野花自珍。同理，这究竟是不是即兴之作，也只有夏尊自己心里最清楚了。

一个西施，一个昭君。花想红被他俩夸得心花怒放，早已羞得满面绯红，嘴上却仍不依不饶，"还好没有杨玉环，否则我踢得你们人仰马翻。"

李思达则在马背上颠簸了半晌也回味了半晌，终于他不得不抬起紧攥缰绳的双手勉强鼓掌，低垂的眸敛藏起先前的锐气。他沮丧地意识到，于那伯仲之间，自己还是稍逊了一筹。所幸在场没有裁判，一时难辨高下。

夏尊确实是个花花公子，但令李思达失望的是，花花公子并不等于蠢货。此前夏尊的"文采"只是传说，今天算是领教了。当然，作为承袭了父辈的大半个文人，李思达多少是有自知之明和谦虚之心的。

应当说，在这种情境之下，夏尊能有那番表现，便足以令李思达很有挫败感了。或者换句更直白的话：夏尊没有表现得像文盲一样败得找不着北，对于李思达而言也就等同于没胜。

要知道，这也许是他唯一胜出的机会了，如今打个平手，不能不令李思达倍感沮丧。

可他们三人都没意识到，这两首诗冥冥中预示了三人未来的命运：花想红会不会不幸成为李思达笔下那“无间道”般的西施，抑或如夏尊所愿，成为深明大义与夏家和亲的昭君？这是深藏于宿命中的一个沉重命题。

李思达本想借机在花想红面前绕开财富与地位，与夏尊来一场公平竞争，却不想自从上了这洋种马背之后，在这狼狈的二十多分钟里，他从斗嘴一直输到斗诗，且在气度上矮人一头。

此刻，李思达终于从夏尊的眼睛里再度看到了似曾相识的轻蔑。也正是那轻蔑的眼神激怒了李思达，他双腿猛一夹紧，想离他们而去，不料胯下的马非但没有跑起来，反而原地立定下来，气得他想立刻下马。

李思达索性来了个即兴发挥的“鹞子翻身”，全凭想象，以为这该是个特别潇洒的动作。可事与愿违，防滑底登山鞋害苦了他，左脚前掌边沿的防滑齿竟被马镫死死咬住。马腿长，马镫自然高高在上，紧绷的牛仔裤恰在此时协同坑他，使他右脚无法扎实落地。

就这样，他的身体随惯性翻转，整个人被倒挂了起来，摔了个结结实实的“狗啃泥”，眼镜也跟着跌落。这下可糗大了，那马在极不平衡的重力作用下变得心神不宁，眼看就要拖起李思达的一条腿往前小跑，见势不妙的花想红赶紧下马前来相救。

当花想红牵住那马，扶起一脸烂泥的李思达时，却遭到他触电般地挣脱，花想红一时间愣住了。

在夏尊一阵狂浪的大笑声中，回过神来的李思达背转过身去，齿缝间挤出一句话，“有什么了不起，有本事跟老子比栽跟头，看谁摔不死！”

这是他一贯的自嘲自虐口吻，也是个屡试不爽的保护壳，其妙用是将自己包装成无畏的草根，以便能从很低的角度逆袭“高帅富”。可说者无心听者有意，这话却让花想红的心好痛，像是被人狠狠揪了一把。

可她心里也有气，长这么大，从来没人敢如此放肆，用这么激烈的肢体语言拒绝她的好意。

李思达从地上捡起眼镜，出场洗脸去了。花想红的兴致已被他一扫而光，随夏尊在场子里心不在焉地又跑了几圈，也出来了。等夏尊也出来时，花想红去了洗手间，夏尊迎面与抽闷烟傻等的李思达打了个照面。

李思达的眼中充满着敌意，还夹杂着倔强的不服。

夏尊只是大度地微笑，拍了拍他的肩。夏尊当然明白，这还不算完胜，进而邀请李思达一道午餐。李思达点点头，出门之前已经想好，他不会拒绝今天的一切“盛邀”，他要死磕每一个细节，坚守每一寸阵地。但他忘记了夏尊昨晚的“告诫”：不要自取其辱。

等花想红回来后，李思达随兄妹俩到俱乐部顶层的餐厅。

14.不同世界里的傲慢与偏见

一进门，眼前顿时幽暗下来，漂亮的服务小姐把他们引至一个半开式包厢。李思达犹豫了片刻，决定等兄妹俩坐定后再识趣地坐到他们对面。

这是个只有四座，周沿以纱幔虚掩的小包间，穹顶垂下一只海盗船形灯，里面矫揉地蹿着妖冶的烛焰。李思达不屑的嘟囔声只有坐在近旁的花想红听得见，“哧，拿省电当情调。”

夏尊对这里如同自家小厨房一般熟悉，就座后稍事休整，他拎起桌上的铜铃摇了摇，漂亮服务员循声朝包厢里探了探调皮而殷勤的小脑袋，夏尊跟她点头示意，并在头顶谐趣地比画出高帽的形状，她便心领神会般甜甜一笑，飘走了。

餐点这就算是安排妥了？李思达叹在心里，若不是常来常往，怎能熟络出这份默契？其实这是误会，夏尊这才回来多久，八年前这家俱乐部是不存在的，他的意思是要chef（厨师长）亲自过来。

花想红找另一位女服务员要来一本当季的*The Forefront Of Fashion*（《时尚前沿》），随手无心地翻。翻着翻着，她突然眼前一亮，指着一款好莱坞影星代言的金苹果镶钻项链吊坠说：“哇，好漂亮，好喜欢。”

花想红的语气很夸张，她本不至于如此大惊小怪，依她的见识，除非那主饰与配饰颠倒过来，变成一枚镶金的巨型苹果克拉钻。其实她只不过就是想缓和一下紧张的气氛而已，却不料又给了李思达一次出洋相的机会。

李思达凑近身来观摩，“啧啧，确实漂亮，一定是施华洛世奇。”

天晓得这“施华洛世奇”是啥时候钻进他耳朵里，成为时尚元素的不二选项，从此执拗地根植于心，以便在今天这种没有胜算的陌生战场上拿来突围……大概只因那是一件看上去通体亮晶晶的物件。

“施华洛世奇？哈哈，笑掉大牙我不要你赔，怪我自己笑点太低。”夏尊早就料到，想羞辱他还有的是机会。

李思达自知又说错了，索性挺直腰杆将错就错，“我这是倒过来看的，也就随便一猜，活跃下气氛。不过，表哥就那么肯定它不是施华洛世奇？”

夏尊其实很想告诉他，重点不在于他猜得对与错，而在于一个再明显不过的事实：只有不懂时尚、不见市面的人才会武断地见样就说那是施华洛世奇。可他眼睛一睨，确信在那页纸上搜寻不到任何品牌信息，于是故作示弱。

夏尊：“Take it easy（别激动），我只说李先生幽默嘛，没说你错哦，呵呵，说不定真的是施华洛世奇呢。”

傲慢与偏见总是相生相伴的，人因傲慢而萌生偏见，又因偏见而使人处处显得更为傲慢。此时夏尊在李思达眼中便是如此，可他却无暇再往深层多想一寸。

李思达果真昂起了头，“时尚的玩意儿一般都很肤浅，流行其实就是‘瘟疫’，逃不脱俗流。”

夏尊：“那又怎样？不一定非要逃啊。”

关于 fashion（时尚），其实三人中只有花想红最有发言权。她懂得这样一个道理：时尚既不意味着新鲜和有价值，也不如李思达所言那样俗。时尚之美，在于不同视角下的审美新发现，而当发现力日趋疲弱时，它便进入了轮回，复古也成了时尚。那款金苹果镶钻项链吊坠，其实就是这样一件复古宫廷风格的饰品。

但花想红没有耐心给两个男人普及这些，只想耳根清净一些，“怪我多嘴，说喜欢这个吊坠。”

夏尊：“为啥是多嘴？难得世上还有表妹喜欢的东西，不管这东西是啥牌子，哪怕世上独一份，我也一定要得到它，把它送给表妹。”

李思达：“哧，信誓旦旦，施华洛世奇淮海中路上就有，明天我也会去找找看。”

对夹在当中左右为难的花想红而言，这些只不过是两个为她争风吃醋的男人一时心血来潮的话，她先是点点头，而后又苦笑着摇头。

可谁又能预见，不远的将来，夏尊真的就兑现了今天的承诺，给了花想红这样一个惊喜。那只“苹果”对花想红来说确实是惊喜，可对李思达却是个如梦魇一般的“贫果”。

Chef 是个美国人，看在钱的份儿上，脸上堆满亲人般的笑，手中的笔也跟着唰唰唰愉快地疾书。夏尊根本没打算翻他们的菜单，大约十分钟流利悦耳的英语交谈，总算安排妥了。

自认英语水平不凡的李思达，在一边听了个稀里糊涂，那多是些从未听过的食材与烹饪方法。不一会儿，两位服务员过来加餐具，筷子一套，刀叉匙一套。令李思达没想到的是，其实还有一套，隐形的，那是自己手上长的“五指肉筷”。

很快，陆续上菜了。

西餐方面，牛排品种几乎是全的，三分熟西冷、五分熟菲力，这是夏尊为他们兄妹俩安排的。还有纽约客和T Bone（T骨牛排），想必是“特供”给李思达这种不爱运动偏又食量不小的吃货。

接着是黑松露煎海鲈鱼、法式鹅肝、巴西利亚卤香炭烤牛舌、鱼子酱，至此西式三珍味便在桌上会师了。酒是一瓶1986年的拉菲。汤是泰式的，浓郁的香料味自它一上桌便迫不及待地往人鼻子里钻。

当然，其间少不了穿插些日式料理和几道东南亚招牌小美食，这些都是用筷子的。能用得上“五指筷”的是伊朗烤馕和印度手抓饭，不过李思达不知夏尊为何要点这些，因为席间除了他掰过一小块馕放嘴里干嚼了好一阵之外，兄妹俩压根连看也没看一眼。

李思达自始至终如同抵制嗟来之食一般压抑着焦灼的食欲。最后上来的三道菜是印尼石斑鱼排、新西兰生蚝和阿拉斯加大龙虾。李思达实在压不住馋虫，特别想吃，但刀叉匙筷手，一时又不晓得要用哪样餐具，彻底晕菜，只能等兄妹俩开动后“照猫画虎”。

这顿午餐着实让李思达意外，“点得太多，太复杂了。”但其实早在点餐时，chef 并没有像他这样意外。因为在他们美国，像夏尊这样的中国公子哥遍地都是，毫无章法与节度的花式点菜法早已是司空见惯的事。

夏尊用餐巾蘸着嘴角冷笑，转过脸来问花想红，“很复杂么？表妹，你也这么认为？”

花想红仍旧左右为难，也蘸蘸嘴角，没抬头，“也还好吧，表哥晓得我偶尔喜欢放肆一下，好在不会经常这样。”

花想红所言“放肆”其实由来已久。亲眷家的小孩当中，数她从小嘴巴最刁，这种花样混搭的吃法，夏尊早在她十几岁时就已领教过，印象深刻。

夏尊今天故意在李思达眼前依葫芦画瓢操弄一番，既为了迎合表妹，也为了给李思达发出明确信号，仿佛借此无声地敲打他：你认识她才多久？太离谱的不谈，仅此稀松平常的本色用度，是你李思达供得起的吗？

李思达一时失语。他明白，只要有了花想红的默许，夏尊便得逞了。夏尊煞费苦心为李思达完美呈现了两极世界的巨大落差，李思达理应自惭形秽，然后知难而退。

曾经几度，花想红倒是有心帮他的腔，却因他跑马场上不近人情的逞强姿态而迟疑了，自始至终只愿坚守谨慎的中立，内心则期望表哥不要太为难他。

可今天注定是个不太平的日子，此时言胜负还为时过早。就在用餐接近尾声，三人静默的当口，漂亮的女服务员为他们领来了一位“不速之客”，此人竟是肇雪。但见夏尊惊魂，花想红疑惑，只有李思达心中一阵狂喜，心里欢呼：天助我也，天助我也！

很明显，肇雪对夏尊的行踪了如指掌，她这是有备而来。她料定花想红尚不知她的存在，要的正是她毫无防备、不知不觉地“不期而遇”。

肇雪单肩挎包站在包厢外面的台阶下，不进去，也没打算离开，一双惊恐的眸子直勾勾瞪在夏尊的脸上，等他回应。等夏尊神色慌乱间立起身朝她走来时，这才恍然大悟似的扭转身去，但还是站在原地，一副理直气壮讨要说法的阵势，不愧为表演专业出身。

这一幕与夏尊前几日的春梦相去甚远，眼下别说左拥右抱，他甚至担心接下来会被两位美人一左一右钳住胳膊，合力将他扭成麻花。

夏尊：“你怎么会在这里？”

夏尊一近身，便伸手来扯肇雪肩上的包带，仿佛眼下刚发生过一起刮碰，基于安全考虑，要带她速速远离事故现场。肇雪可不买账，索性将包脱手，整个人仍站在原地纹丝不动，只给了他一个背影，那是一个势在必夺的背影。

肇雪：“我来吃饭啊，你呢？”

夏尊：“哦，你看到的，我也在吃饭。”

急于逃脱的夏尊没想到扯了个空，手里拎着个女士包包，尴尬地瞄了一眼包厢里的人，见他俩已双双起立，四目圆睁，都在静候下文，只好回过头来把包还给肇雪。

其实刚才那一刹，但凡有机会让他逃掉，哪怕只将两位美女短暂隔开几分钟，他都绝对有办法两头圆谎。那也许是个极富创意的弥天大谎，也许仅需要做到逻辑上大体成立即可，但凭他临场发挥。

“我是一个人吃饭，你呢？”肇雪的语气很平静。

“我是三个人啊，你看到的，我和表妹，还有一位是我们共同的朋友李先生。”夏尊也极力克制，保持平静。

“哦？这么说都是自己人，那就一道好了。”说完，肇雪转身就要跨进包厢。

这回夏尊急眼了，一条手臂在她面前决绝地一横，“算了，今天不方便，改天有的是机会。”

“怎么了，夏尊？有客人为什么不让人家进来？”花想红偏偏此时不再一口一个“表哥”，而是直呼其名。

李思达是旁观者，心里门清，花想红这是故意的，索性也不再隔岸观火，附和道：“是啊，点了那么多东西，正愁要怎么消灭。”

肇雪见包厢里有人接应，更是壮了几分胆气，用手使劲拨开夏尊的胳膊，却又被他反手握住了手腕。只见夏尊脸色大变，凶相毕露，压低嗓门骂道：“你想怎样？别那么不要脸行吗？”可说完立刻就后悔了。

一听这话，肇雪当下就急了，揪出他的关键词来无限放大，“说什么？不要脸？我不要脸？你说我不要脸？”

眼看场面即将失控，令所有人想不到的一幕接踵而至。夏尊恼羞成怒，忽然松开她的手腕，没有迟疑，一个闪电般的耳光掴了过去，清脆地落在肇雪的脸上。是肇雪的自作聪明、故意而为及咄咄气势逼急了夏尊。

事发突然，夏尊没有足够时间来做理性的选择与取舍。灭火自然而然变成当务之急，倘若灭不了，他宁愿从此背负没教养、打女人的罪名，也绝不允许谎言在明面上败露，他实在是难以当场面对。只要让他逃离，他尽可以躲得远远地去当鸵鸟，扔下个烂摊子任由老天处置。

他的确是这么做的，一巴掌打完，二话不再说，大步流星地愤然离去。肇雪脸色煞白，呆立在原地，整个人全懵了。

李思达的反应比较快，不再如先前那般软弱，内心的积怨终于找到个出口，虎躯一震，正欲破口大骂，嘴巴却被花想红蒙住。

“别添乱，求你。”花想红这么央求他，李思达不敢不从。

花想红轻轻走到肇雪跟前，眼睛跟她一样红红的，怜惜地扶了扶她的肘，然后转身一阵小跑去追她表哥。

从肇雪出现，到兄妹俩双双离去，其间顶多也就两分钟的光景。

李思达站在包厢中央，一时间脑袋竟也乱糟糟的。这厢还在盘点着与夏尊之间的较量孰高孰低，转瞬却又悲哀地发觉，花想红离去时竟连回头看他一眼的工夫都没有，更没留下一字半句的关照。

李思达陷于茫然，不知下一个动作该做什么。留下来安慰这个素昧平生的女子？他显然没这个义务，可要他去追那兄妹俩，内心又是一万个不情愿。

15.两个惺惺相惜的“备胎”

正当李思达不知所措之际，一位领班模样的人向他走来，脸上赔着生涩的笑，双手交握于胸前不安地摩挲着，表明她接下来的话将会令人尴尬。

“打扰您，先生，请问……这一桌由谁埋单？”

想必这种尴尬之事在这种高雅的地方是不会经常发生的，所以勉为其难，领班很不熟练地问出这句话。而且很显然，这个包间无论刚才发生过什么，都与店家浑身不搭界，原先那位看上去最有派头的公子哥闪了，留下的人是否有能力与是否意愿支付账单，便成了不得不考证的事。漂亮的服务员小姐躲在领班身后，手里捏着账单。

“哦，我来吧。”李思达爽快地接过账单来看，结果弹眼落睛，“这……是人民币么？”

账单最下面的汇总金额是2万多，其中单单一瓶红酒就是12000，还有服务费。

听他这么反问，领班的眉头立时皱了起来，想必是加重了先前的担忧，“嗯，是人民币。先生，一共27300元，谢谢。”先前不安的双手放了下来，顿了一下，索性背到了身后。

“哦，刚才发生的事您也看到了，出了点小状况……不过这个账单肯定是要结清的，请您不必担心。”李思达的额头及两鬓的汗水已如喷泉，不住地往外狂飙。

可他越是这么没出息地飙汗，那领班便越发担心，渐渐地也开始抹汗，“先生，你们的状况，我们是不可能了解的……希望您不要为难我。”

李思达小鸡啄米似的点头，“请稍等几分钟。”

李思达赶紧闪到一旁去拨花想红的手机，结果没人听。他又取出钱包，里面现金不过千，他主要是想盘点所有夹层里的银行卡……其实他明知道这是徒劳，前不久刚刚统计过，全加在一起也不足两万元。

焦急中，他忽略了一个人，那就是一直站在包厢外久久缓不过神来的肇雪。这个女人即将成为他眼下的“大救星”，并在难以预知的未来，注定会扮演他的“贵人”，甚至成为他人生逆转旅途中“最亲密的战友”。

“别翻了，我来买吧。”肇雪终于抬脚迈上了包厢的台阶，她一扫先前屈辱的神情，仿佛雨过天晴，笃悠悠坐到了留有花想红体温的位子上。她从包包里取出一张信用卡递给领班，“要一张发票，抬头开个人——夏尊，夏天的‘夏’，尊敬的‘尊’，谢谢。”

说完，她撤回身子靠在椅背上，从包里取出烟和打火机。

“这怎么好意思……”李思达拘谨中赔着小心，凑近过来，坐回他先前的位子，刚好看得见她挨打的那半边脸，红印尚未消退。

肇雪点上烟，猛抽了一口，“没事，羊毛出在羊身上，

27300对吧？记住这个数字，将来我会让他百倍奉还的。”她叼烟的那只手搁在桌上，难以自控地微微颤抖。

“哦，你……还好吧？”李思达的眼睛始终没有从她脸上移开。

肇雪难为情地低下头，下意识用手背在面颊上轻抚了两下，“相信么？这不是第一次……”猛一抬头，“不过没事，习惯了。”

刷卡、签字、开发票，领班的动作格外麻利，担心稍一迟疑又生变故。

待一切妥当，肇雪站起身，“我想李先生不必在这里等下去了，他们应该不会回来了。我是开车来的，去哪？我送你一程。”

李思达又是一惊，一是没想到这女人早已知晓他的姓氏，二是她反客为主提出要送他。犹疑间，他也跟着立起身，一时口拙又来了一句“这怎么好意思”，回味起来真是蹩脚的客套。

起先李思达跟肇雪交代的是公寓地址，但两人车里有一搭没一搭的对话使李思达分了神，在北京东路口忘记提醒肇雪大转弯，于是车子顺着中山南路一路向北开到了北外滩。

“抱歉开过头了哦，呵呵，索性一道下午茶吧。”又是肇雪主动发来的邀请，这回她的语气显得极为轻松，“如果没猜错的话，我们之间应该有一件利益攸关的事需要深入探讨。”顿了一下，更加诙谐道：“希望李先生能与我在彼此共同关心的问题上开诚布公地交换意见，好吗？”

李思达若有所思地点点头，“这回说好我埋单。”他并非缺乏幽默感，只是仍念念不忘这一茬。

他们最终选在了海宁路上的一家港式茶餐厅。

李思达："你能先告诉我你叫什么吗？另外，为什么你会知道我姓李？"

肇雪："我叫肇雪，夏尊的前任女友兼现任女友。我和他有很多共同的老朋友，自然是先知道花想红这个名字，然后才知道你的，这其实并不复杂。"

李思达："呵呵，'前任女友兼现任女友'，怎么会有这么矛盾的身份定位？"

肇雪："很矛盾么？不会吧。"

李思达："既然你是前任，那现任就不应该是你。反过来，既然你是现任，那前任肯定另有其人，怎么可能兼任？不过假如你的意思是说，夏尊从没变过，始终都只有你一个女友，那就不存在前任与现任的区别，除非……当中有说不清道不明的断点。"

肇雪："聪明！真的是有断点，不过，那都是说得清道得明的——过去的八年他不在上海。"

李思达："仅仅是距离造成了断点么？那我们之间'利益攸关的事'又从何谈起呢？呵呵，还说要开诚布公？"他笑得很诡异。

肇雪："当然，也不全是……"被李思达点中了要害，她的眼神有些飘忽，"事实上比你想象中要复杂得多，说来话长了……先不谈这个，我想听听你跟花想红之间究竟是怎么一回事，可以吗？"

李思达倒是爽快，直截了当地回应："我想你多少已经了解到，我一直是喜欢花想红的。而她呢，我敢说在夏尊回来之前也是中意我的,可现在有点不同了,她被夹在我们当中左右为难,一切都成了未知数……”言语间多少有些伤感，可当他抬眼来望肇雪时，眼眸中似又找回一丝光亮，“不过说到底花想红不是傻瓜，今天你的出现也许会成为一个拐点，帮她尽早认清那个虚伪的表哥。”

肇雪：“他应该不算是虚伪，那就是他的本性，知道吗？自身把持不住。”

“哦，那接下来我们又该做些什么呢？”李思达满心以为从这个神秘女子这儿能够得到某些意外的策略。

可肇雪却冷冷地说：“其实，我们都不必往自己脸上贴金，你我都是‘备胎’，对吗？”她笑了，笑得有点冷酷，“心不在你这儿,你做什么都是错的。所以依我看,我们最好什么也不做,至少可以减少犯错。”

“哦,这么说,你认为你今天的出现是个错误？”李思达问。见肇雪无声地点头，李思达的眼里再次失了神。

肇雪：“无所谓对错，不过至少我验证了他的心在哪一边。”

李思达：“其实我都还好说，没财没色的屌丝一个。可我就不明白了，那小子有了你，居然还不满足？”

肇雪：“我可以把你这句话理解为恭维么？”

李思达：“其实是实话实说……不过，这也是要看对手的。”

肇雪：“啥意思？你是说我比不上花想红？”

李思达：“不不不……我意思是，我与对手实力太悬殊，输了也就认了。可你不同，条件那么好，输了就太可惜了。”

肇雪：“哦？那我倒想听听，且不论什么输赢结果，在你眼里，我和她花想红究竟是怎样的实力对比呢？”

李思达：“这个嘛……家世背景、品行修养这些实在无从对比，我对你也一点都不了解，不过单从外形条件上来看……平心而论，实力相当。”

肇雪：“乱讲，违心话，都说情人眼里出西施呢，在你眼里，我怎么可能与她打平手？”

李思达：“为什么要骗你？”

李思达真没说假话，审美角度，肇雪与花想红横竖都是个平手。但综合评价，李思达当然是有保留的。在他眼里，一个死死纠缠“花花公子”的女人，至少不会很单纯，这跟表兄妹间的青梅竹马完全是两码事。

肇雪：“好吧，那你能对比得更具体些么？比如容貌、身材、气质这些。”

其实肇雪不会为难李思达，她最关心的无非还是这些外在，所谓爱情的脸孔，一眼定输赢。

李思达：“你明知这很荒唐。”

肇雪：“其实，我只要在一个方面胜她花想红就足够了。那就是：为了爱这个男人，我可以不择手段。”

“听起来还蛮惊悚的哦，不择手段？”李思达的背脊确实开始冒冷汗了，“不过我又很好奇，你真的爱他么？”

肇雪：“那当然。”

李思达：“可是，你爱他什么呢？”

“理由讲不出。”肇雪在固守城池。

“不过要谢谢夏尊，正是他当年的不辞而别教会了我，女人必须自立，不能讥贫笑寒、趋炎附势，一心想寄生在富人的屋檐下，反过来却抱怨人家有门第之见，那很可笑。”肇雪接着说。

这话对李思达有了些启发。肇雪递来一支烟，他这才发现她抽的居然是男式烟。他殷勤地为她点上，手一抖，造了个不均匀的燃点。

肇雪："女人想得到男人的尊重，想在爱情里保全自我，必须先掌握自己的命运，不再怨天尤人，一味依附，这样才能平等相处，才能在一段感情走到尽头的时候，和男人做同等的取舍，不再有恐惧和要挟。讲到底在感情世界里，放弃始终都是'自由选项'，对谁都一样。"

肇雪熟练地用指甲轻轻弹着烟头，只消两三下，火星便均匀散开。指间那一缕青烟，如她从容的语速，缓缓地缭绕，平淡地升腾。

李思达："讲得好，但不是每个女人都懂这些。"

不过，她今天的搅局实际上已经证明了她的言行不一。

李思达先前对肇雪的看法，因她抒怀达理的一番话而大有改观。不过他也有另一层隐忧，这个女人的报复心看上去实在是有些重，不敢深想她刚才所言的"不择手段"究竟包含哪些实质内容。

所幸他没联想到花想红那一层，顺理成章，无论怎样的报复手段，全施加在夏尊头上，应无损于他的女神，如此便也相安无事。

肇雪："那么你呢？你爱花想红的理由又是什么？"

李思达："哈，本来有理由，现在向你看齐，没了。"

肇雪："阴险，呵呵。"

友善的骂，肇雪总能将各种语气拿捏得恰如其分。好一阵沉默之后，李思达忍不住问起夏尊究竟是一个怎样的人。

肇雪说，夏尊是这样的一个人。

雨要躲避他，风要绕开他，冷暖不近身。每逢春夏和秋冬，紧跟巴黎时装周，少不了添置新潮货，要么就是名店的量身定制，手工精品。

吃的方面更考究：燕鲍翅自不用说，不是名厨他看不上，吃鱼挑眼，吃鹅挑肝，吃熊挑掌。就连吃个脐橙，他也专挑那脐吃。怎么吃？当然不会自己动手，雇来一帮工人，把手洗脱皮了才许他们下刀剜脐。有人家里就种这个，好心提醒，那脐可不比工人的手更干净。可他从小吃惯了，浑然不理，只要顺了他意，就给工钱。

这一切皆因他有一个从小不管教，长成了才忧心的老爸。

肇雪说的这些，因为李思达刚见识过，所以反应较为平淡，只用鼻子嗤笑。但肇雪接下来的一句无心的补充倒是令他目瞪口呆。

肇雪："另外，在'花花公子'当中，他也算极品。我见过他电脑里的一张十二星座图，每个星座的方格里都贴有他历任女友的照片，有的方格里还不止一张，简直就是十二后宫图。"

若非对一个人透视到了骨头里，肇雪的回答很难具有如此精准的概括性。

李思达："既然他这么滥情，那些女孩恐怕也就谈不上是女友了吧。”

肇雪："那可未必，男人和女人的爱各有不同，但实质都很自私。"

李思达："哦？"

肇雪："女人的爱就是被爱，男人的爱就是做爱。"

李思达脸红了。她此话讲得自然，没有闪烁其词，没有拖泥带水。因此他对她的印象又回到了起点，再一次吻合了先前的"风尘女子"。

忘记了时间的交谈，使两人很快彼此熟悉，却又芥蒂重生。

肇雪没有告诉李思达她目前从事何种职业，却对眼下面临的家庭困境直言不讳。李思达对她也保留了他与花想红之间的大部分情感细节，只对职场上正遭受的不公大肆渲染。想来无非就是借道倾诉，时下正好找到个无所顾忌的出口。

他俩没有一道晚餐，肇雪送李思达到公寓楼下的时候已是下午五点钟。按照他们的约定，肇雪会在她与夏尊"谈清楚"之后给他打电话，向他通报情况，便于他伺机而动，寻找再次接近花想红的机会。

"你得有点耐心。"肇雪踩下油门前意味深长地跟他说。那一瞬间，两人仿佛又回到同一战壕，成为患难与共的战友。这是他们彼此间形成的第一次默契。

在肇雪的眼里，李思达是个构造简单的透明人。而在李思达的眼里，肇雪则是个谜一般看不透的女子。

16.僵持的艺术

这个下午，花想红与夏尊之间的第一场战争也正式打响了。

花想红并未如李思达预期中那样聪明地洞察到夏尊的本性，只因她对他以往的所作所为不太了解，只当午餐时发生的状况仍是些陈年往事，而她眼下正准备吃进的八成也只是些陈年老醋。可她万万想不到夏尊会在回国后这么短的时间内就被人二度俘虏，再次成为滥情的“阶下囚”。

所以此刻花想红尽可以安然自若、一如既往地摆起大小姐脾气，笃定地等待夏尊诚意十足的解释，并渴望他想方设法来哄她。还不能只是一般的哄，对这一级别的事态，花想红自有掂量，必须动用“冷暴力”以儆效尤，待他口舌费尽，才愿纡尊降贵，以观后效。花想红相信他有的是办法，况且他又不是菜鸟新手。

花想红是在一楼大堂里追上夏尊的，非但没搭理他，反而超到他前面。他们离开餐厅后没有走远，而是在俱乐部停车场的车子里对峙了两个钟头。是夏尊上了花想红的车。

车窗开了关，关了又开。起先谁也不讲话，冷战。后来夏尊实在沉不住气了，事端牵在他手里，总得说点什么。

夏尊：“表妹，假如我说这是历史遗留问题，你相信么？”

花想红："多么严重的历史遗留问题，必须用动手打女人来解决？"

夏尊："我就晓得你会这么讲，只看表面现象。"

花想红："那你倒是透过现象给我点本质看，OK？"

夏尊："你不了解，刚才遇见的不是个好女人。当年就是因为被她缠得实在没办法了，老头子才动了心思要把我送出去。当然，也不全是为了这个。"

花想红："哦，女人坏就可以打，有这种道理？"

夏尊："我不是这个意思……好吧，说一千道一万，动手是我不对，但我现在想知道，我要怎么做才能让你忘记这件事？"

花想红："忘记，昨晚你打李思达，我差点就忘记了。但今天，那不可能，被你伤到的不止她一个人，你让我感到害怕了，要知道我也是女人，也许是个比她还要弱的女人。"

似乎，眼下她唯一的立场就是性别，她摇身一变成了一个站到男人对立面上的女人，而那个挨打的女人究竟是什么来历已变得无足轻重。其实不然，这只不过是她的前奏，她正试图先从最浅层瓦解他的抵抗。

夏尊："好吧，虽然事出有因，可我还是要对刚才的行为感到羞愧，对于你和她，都很抱歉，我现在后悔了……那你告诉我，还有机会弥补么？"

花想红低头拨弄起手机，装作没听见他的话，也没看见他脸上的悔意。

几分钟后，夏尊沉不住气了，"那你看这样行吗？我找机会跟她当面道歉，另外经济上可以给她些补偿。"

花想红："我又不认识她，你道不道歉，那是你自己的事。"

夏尊："既然她对你来说又是个不相干的人，那你究竟要我怎样嘛，这是要生表哥的气到啥时候呢？"

花想红："我生气了吗？搞笑，我有什么气好生呢？这只不过是一个事实摆在我眼前，不都说了嘛，表哥你刚才吓到我了。我从小见到的、听过的'上海男人'向来都是不打女人的，就算你在美国一辈子不回来，你还是个上海男人，不是吗？难道要我反过来夸你神武么？"

"明白了。"夏尊像一根蔫了的黄瓜，神情沮丧地低下头。过了一会儿，又无奈地点了点头，重复念叨，"明白了。"

后来，他们终于离开了俱乐部，那是因为花雷的助理来电，通知他们公司下午有个高层紧急会议要开，是花雷临时召集的。这下可打乱了花想红的节奏，心下对老爸满腹抱怨。

近来花雷重金网罗了一大批财经枪手为他撰写一系列专栏文章，先后问世的有《欲救经济，先救楼市》《楼市博弈如何走出"囚徒困境"》《刚需，上海楼市的维稳"石敢当"》《经济软着陆，呼唤房地产业政策松绑》《次贷危机教会了我们什么》……

其意图不言而喻，无非就是想先行占领舆论高地，踏准全民危机意识的心理节拍，为政策救市大肆鼓噪。其中尤以一篇八万言的《激荡三十年：全球金融危机冲击下的中国房地产业》为重头戏，据说其中大多数观点得到了财经界"无冕之王"的首肯。这篇文章选在改革开放三十周年前夕发表，可谓别有一番深意。

与此同时，花雷还收买了各大 BBS 楼市专版的版主及资深

"大虾"，广为散播诸如《买房就是爱国行动》《看空楼市者就是当年的吴三桂》等一系列极具煽动性的网帖。至此，他明面上逼宫高层决策，暗地里同时绑架着民意。其实这一阶段，形同热锅上蚂蚁的开发商们，不同程度地做着相似的动作。

这期间，李思达也曾撰写过两篇市场分析报告类的文章，发给了他的主管，主管又报给了董秘。但董秘后来如此回应李思达的主管：都是些视角太低的东西，如今是什么市道（市场环境）？系统性风险，倾巢之下无完卵，没政策的话全等死，谁还对技术层面的东西感兴趣？不必拿给花总看了。

当然，这一切全都发生在"四万亿"曙光到来的前夜。谁都不会想到，这个礼包来得这么突然、这么大，以普度众生的恢宏之势"水漫金山"。花雷召集紧急会议，源于他的消息树又一次被伐倒，夏克坚从发改委政策研究室的管道获得口风，涉及国计民生各领域的大规模产业扶持政策正在研究中。

不过洞悉巨变的并非花雷一人，早在几天前的一个业内研讨会上，就有某专业地产纸媒的记者当众引述了一篇人民日报评论员的文章，试图咬文嚼字，从字里行间参悟玄机。当时会场内虽然蠢蠢欲动，却因时下捕风捉影的消息太多太杂而反响不大。

可今天花雷从夏克坚的嘴巴里得到口风，便使他先前的猜想得到了及时雨般的呼应。

花想红和夏尊赶到公司的时候，花雷已经发了好一阵言了。花想红故意让夏尊走在前面先进会议室，等他找位子坐定后，她在离他很远的地方坐下，目光既不跟老爸对接，也不再去关注他，专心致志埋头玩弄起精致的指甲。

夏尊则不时胆怯地窥察姨父脸色，伺机又不安地远眺花想红的方位。这一切逃不过花雷的眼睛，但他依然能够滔滔不绝、侃侃而谈。

散会后，花想红速速逃离会议室。夏尊正想追出去，却冷不丁儿被花雷叫住。

花雷："你们两个小鬼头在搞什么？"

夏尊："没搞什么，一句话不对，惹表妹不开心了，就这么点小事情。"

花雷："红囡从小被我宠坏了，现在起你要习惯起来，不过她那点小性子我还是清楚的，小事情上你尽可能顺着她就好，大事情上有我和你老爸做主，不用你操心。"

夏尊："嗯，晓得了。"

花想红逃出会议室，听见身后的夏尊偏偏被老爸叫住，随之又一次在心里迁怒于今天异常不可爱的老爸，双脚一时失去了方向。犹疑片刻，索性下电梯回自己办公室。

这对周末还在加班赶制报表的HR助理来讲实在是太不寻常了，要知道这是花总破天荒头一回周末出现在公司。

女助理坐在开间位子上一时愣住，目光一直尾随花想红进了办公室，然后眼见她用脚关上门，这才流露出失望的眼神。显而易见，好不容易有机会让领导知道自己在加班，却因一时走神，忘记迎上前去热情招呼，错过了表现乃至邀功的绝佳时机。

十分钟后，夏尊终于在花想红的办公室里如愿地找到了她。他没再接续先前车里的沮丧，变得主动又殷勤起来，手里小心翼翼地摆弄着花想红桌上可爱的小玩偶，嘴巴里扭扭捏捏，似单口相声般讲了一箩筐讨饶的话。

花想红只是手握鼠标，双目失神地盯在电脑屏幕上，冷淡地敷衍。

“嗯哼……随便啦……没啥，只是不晓得要讲点啥……真的没啥，我不一直这副腔调么？你晓得啊。”

“那好，表妹，我现在郑重地问你，你……心里厢欢喜表哥么？”后半句夏尊是操着上海口音问的，一脸严肃，深情凝视。

“这算啥郑重的问题？天底下哪有表妹不喜欢表哥的呢？”花想红仍在耍小聪明闪避他。

夏尊：“你晓得我指的不是兄妹之间的喜欢。”

“那你也应该晓得，这个问题提在今朝这个辰光是多愚蠢。”花想红垂目，又去玩她的指甲。

夏尊可不笨，听出了她的话外之音，进而探明了她的心路，“嗯，明白，刚才姨父关照我明天去你家吃中饭。”

“哦。”花想红并不感到意外。

夏尊：“那表妹你消消气。我呢，这就回去面壁思过，我们明天再聊。”

夏尊出门的时候，守望多时的女助理像弹簧一样从位子上起立，远远地向他行了个点头礼。夏尊莫名其妙地盯着那女孩看了两秒，然后面无表情地直奔电梯间而去。

花想红与夏尊这头，至此算是暂时歇战，而回到公寓的李思达那头，却是煎熬的开始。今天发生的一幕幕令他久久不能平静，眼下更是焦灼在心里，慌乱在手脚，先是打破了一只花想红特别喜欢的咖啡杯，然后又打开空电水壶烧开水，后来总算有开水喝了，还烫伤了自己的手。

“我这是怎么了？”他在内心中警醒地问自己。

晚饭后，他终于沉不住气了，把肇雪下午的关照抛到了九霄云外。他坐到床沿，开始拨弄手机。可短信只编辑到一半就被他放弃了，他最终还是决定要从花想红的声音里获得更为真切的答案。

李思达：“喂，你还好吗？晚饭吃过了没？”

花想红：“哦，李思达啊，刚吃过。”

李思达：“嗯，你还好吗？”他又问了一遍。

“我很好啊，为什么这么问？”花想红的语气像是一整天都没出过门，什么事也没发生过一样。

李思达：“我其实是想问……表哥还好吗？”

花想红：“表哥？也很好啊，你这是怎么了？感觉怪怪的。”

李思达：“哦，没什么，就是打电话问一问。既然都好，那就最好了……不过我想，这个电话我是无论如何也要打的，因为我想让你知道，中午那顿饭最后是那位肇小姐付的账，我当时身上没那么多现金……”

听李思达这么一说，电话那头向来对结账这码事无比迟钝的花想红如梦初醒，皱起眉头于无声中拍脑袋，“哎呀，真是哦，你要不说我都不记得了，你说的是哪位肇小姐？”

李思达：“还有哪位肇小姐呢，就是中午挨了表哥一巴掌的那位，还有那天在外滩……”

“好了我知道了，再碰面时我会还给她的。”花想红的回应疾而生硬。

不问金额倒不奇怪，可这会儿刚刚知晓人家姓氏的花想红，却妄言将来一定有机会再碰面，这便让李思达明了，今天餐厅里发生的一切已然变成她非常忌讳的过去式。

李思达："好吧，我意思是AA也可以。"

其实眼下最在意那份账单的人非李思达自己莫属。换而言之谁都不会拿他的"AA"好意当回事，且"AA"的唯一后果就是让他那可怜的资产归零，可他还是想尽力表达这份心意。

"总之，这事你不要管了。"花想红那头烦躁地挂了。

天色已暗，孤魂野鬼一般的李思达独自在大街上游荡。尽管肇雪的出现令他萌生了同病相怜之感，某种程度上缓解了他的失落，可今夜满腹的心事仍旧无处倾诉。他自以为只不过是在沿江散步，却下意识地又回到了以前居住的老弄堂。程玫儿还住在里面，也不知这丫头近况如何。

这么想着，李思达便打定主意，先去附近ATM机里取了点钱。十月中旬了，今年最后一季房租已拖了有些时日了。

17.消化与转化

李思达先到楼上袁晓琪那串了个门。

她不是一个人在家，还有个精瘦的男人在房间里走动。袁晓琪来开门时，那男人曾转过头来看李思达，毫不掩饰他眼中的猜忌。

李思达猜到他就是长期与袁晓琪分居的老公，因为她曾调侃她的老公长得像“小强”,而此人给李思达的第一印象恰与“小强”高度吻合：留着个寸头，面色黢黑，眼球暴突，一脸的凶相。

李思达记得自己曾说过，“一个‘螳螂’，一个‘小强’，好登对的夫妻。”那正是在这间客厅里与袁晓琪皮肉粘连揉作一团时开的玩笑。

一见门外站着的是李思达，袁晓琪怔住了。

还没等她反应过来，李思达抢先开口，“打扰袁小姐休息了，我来付下一季度的房租。”言毕真的从口袋里拿出刚取的钱交到袁晓琪手里，还不忘假戏做全套，更为逼真地补了一句，“按惯例，给我开张收条就好了，谢谢啊。”

其实哪来的惯例，又哪来的收条？以往只要袁晓琪在他身上蹭够了痒，那便是惯例中的收条。

就这么两句话一抛，先前客厅里警觉的“小强”满脸索然地进了卧室，且还反手带上了门。

袁晓琪见她男人进了屋，绷着的脸一下子松弛下来，疾拍胸口作后怕状，“你个死鬼想吓死我啊？”她娇嗔着压低嗓门来骂，用指头轻佻地在他胸前揿了一记。

李思达可没她那么会变脸，仍僵持着先前的客套，在她指头揿下的一瞬，条件反射般朝后退了小半步，嘴巴保持先前的分贝，“这个钟点，袁小姐家应该吃过晚饭了吧？”好像生怕卧室里的人听不见似的。

袁晓琪是个极敏感的女人，只瞧见眼皮子底下这么点小异样，便心里有数了，今天连请他进来坐坐的必要也没了。于是心领神会地朝他微微一笑，转身进屋，真的为他写收据去了。

因为她男人在家的缘故，袁晓琪的判断力多少受了些干扰，她不可能猜得透，如今的李思达更愿意跟她把房租算得清清楚楚，两不相欠。这跟她男人在与不在，或者两口子是分是合，都不再有什么关系。

说到底是今非昔比，人的心境完全不同了，莫说他的心从未在她这间屋子里逗留片刻，往后怕是连身子也不可能再回到此地。

从楼上下来，玫儿正在家捯饬化妆品，见李思达上门，喜出望外。李思达则略显讶异，如今与她照面，几乎要齐眉平视。待视线落下，才发现原来是一双松糕鞋在作怪。

“吓我一跳，以为你还在长个。”

他说只不过回来取几件换季的衣服，坐坐就走。一进门，他的嗅觉难得犀利一回，辨得出那迎面袭来的是一股马应龙混合着劣质香水的气味。他只皱了皱眉，不便细问。不管自己对这丫头的恩情有多深，人家始终都是女儿身，一问便有吃不了兜着走的尴尬。

刚一坐进沙发，李思达便挥舞着巴掌抱怨开了，“怎么还有蚊子？这都几月了。”好像他以前没在这里住过，今天第一次上门做客似的。

程玫儿：“哥，我正想跟你汇报这事，国际大都市的蚊子为啥都那么高级？走得好晚啊，我这已经斗争了好几天了，什么‘欲擒故纵’‘苦肉计’‘金蝉脱壳’，三十六计能用的全用上了。”

李思达：“那你有没有试过‘调虎离山’‘关门捉贼’‘打草惊蛇’‘声东击西’？”

程玫儿：“当然有啊，还不止呢！那个‘借尸还魂’，我是在做梦时用的，结果醒来还是一头包。”

李思达：“那你就该改变策略，罗伯斯假摔够阴险，你刘大哥难道都没教过你吗？”

程玫儿：“那能行吗？我连‘笑里藏刀’都用了呢，可事实证明这一招最不管用，我都已经笑得很阴险、很意味深长了，可还是不行。”

李思达：“呵呵，那你只能找只公蚊子来搞搞‘美蚊计’咯。”

程玫儿：“这个难度就更大了，公蚊子不好找。唉，实在不行我就‘空城计’吧，这月房租让蚊子给分摊一半。”

她正好提到房租，李思达心头一紧，不过只一秒，他断定只是巧合，否则这丫头不见得能这么从容地跟他开这种玩笑。贫嘴接龙玩累了，李思达心情也随之好转。其实自一进门玫儿就看出他有心事。

李思达："不错，真不错，玫儿懂幽默了。"

程玫儿："哥熏陶的呗。"

李思达："也难怪，我那公寓楼层高，蚊子不懂乘电梯，上不去。这里可就不同了……哥改天找人来给你安个纱门纱窗。"

程玫儿："别费那事了，眼见着就要入冬了，再说我人胖，蚊子十管子也难扎到血管，一吸一管油，帮我抽完脂后一个个全累趴下，连拔管子的力气都没了，行动迟缓，嘿嘿，一打一个准。"

李思达："哈哈，真是士别三日当刮目相看。玫儿如今不但懂幽默，还懂自嘲了。"

程玫儿："有其兄必有其妹嘛，大哥才是'祖师爷'。"

李思达："不过胖点也没啥不好，容积率低，好比楼盘里的别墅、豪宅。"

见面三五句这么一聊，被这丫头给逗乐了。不过当李思达瞥见卧室的书桌上摊满了五颜六色的化妆品时，他又开始闹心起来。

"玫儿啊，你来上海也有一阵子了，还习惯吗？"李思达这是头一回以长辈的口吻关心她。

程玫儿："我情愿永远都不要习惯，这样才好，习惯了也就不新鲜了。"

李思达："呵呵，总有你疲倦、厌烦的一天。"

程玫儿："那还早呢，上海什么都有，我现在只嫌自己的眼睛不够用、嘴巴不够用、脑子不够用。"

李思达："依我看啊，最主要还是钱不够用，对吧？"

程玫儿："够用，够用的！哪比一开头啊，吃大哥、用大哥的，我现在自己能挣……不过至今还是住大哥的，玫儿这心里头一直都过意不去。"

李思达："这丫头，还客气上了，这里你尽管安心住下去，没准啥时候哥还搬回来呢！记住哥一句话，手头紧的时候千万别难为情，跟哥言语，知道吗？"

程玫儿："嗯，知道。"

李思达："工作还顺心不？"

程玫儿："啥叫顺心？呵呵，有班上的日子总归要比闲着好混。前天、昨天、今天、明天、后天，一个礼拜掰着手指头就过去了。"

李思达："大城市可不比乡下地界，人多了念杂，事多了手杂，嘴多了言语杂，诱惑多了心思杂，想在这上海滩心平气和地混下去，要少点攀比之心才得安生。唉，跟你不一样，久而久之哥已经有些疲沓了。"

这不仅是在敲打玫儿，也是句劝慰自己的话。不过讲完，他便觉得消极了点，心想人家这才刚刚踏入社会。人嘛，总要有一个混社会的过程，否则怎会长大？怎会强壮？但混着混着多数人也就厌了、遁了，撑下来的人也早已迷失了自我，甘为污水。

不想长大是幻想，守持清白是空想，这就是衰老的含义，心理与生理双双没有回头路。即使自以为成功逃脱的人，他们的梦也不再干净，且时常计算逃脱的代价，困惑于孤独存在的意义，进而质疑生命的本质。

“嗯。”玫儿无心地应着，进房间去找恩人当初留下的那罐茶叶。

李思达点了支烟，忽然换了张面孔，转向卧室，饶有兴致地大声说：“跟哥讲讲你贵州老家吧，哥现在就想听这些。”

玫儿在里屋团团转，李思达只听得见她神秘的笑声，仿佛专为牵住他好奇的神经。那罐茶叶最终被她从书架的一角翻了出来，随即又转去厨房为他泡了一杯茶，端来递给他，然后乖巧地坐到他身旁，这才开了腔。

“哥想听玫儿老家的事，那就先从这茶说起吧……”

原来，玫儿的老家正是那贵州茶乡湄潭，要说有些啥名茶，像湄潭翠芽、遵义红这些，随便说几样就全都算。

那里毗邻湄江，有壮观的沿江破岩石壁，有碧波万顷的茶海，有铜鼓井，还有天下第一大茶壶。她说老家遍地可见大大小小的茶馆，那里民风淳朴，传统好客。还有李思达从没见过的傩坛，里面唱着一种濒临绝迹的地方戏种，叫傩戏。

李思达听得入了迷，问她会不会唱那神奇的戏，她说不会，但她会唱盘歌，当地的一种山歌，情哥情妹打情骂俏时经常会唱。李思达乐得眯缝起眼来，怂恿她唱几句来听听。没想到她还真不含糊，说来就来。

“什么长长上了天，什么长长水中间，什么长长街前卖，什么长长妹跟前。红军长征经过我家乡，七十年前的浙大人，都会唱我家乡的歌。田家小暑有佳约，毛鸡打铁会情郎……”

这一晚，李思达过得很充实、很欢乐。从老屋里出来，他强迫自己忘记所有不愉快的事，并且相信：苦难自心生，委屈可以被消化，消极也可以被转化，哪怕真到全世界都抛弃他的那一天，也要在内心努力寻找爱和光……

他回到公寓，澡也没洗倒头便睡。等天一亮，下雨了，他也病了。

确切说是又病了，仿佛感情挫折也能降低人的免疫力。他这会儿越琢磨就越觉得肇雪昨日的话有道理，并下定决心不再主动联系花想红。他想，既然昨天傍晚又吃了回苦头，那么接下来就该学乖，以守为攻虽情非得已，却是当前情势下的上上策。

今天周日，是夏尊去花家做客的日子。他早早起来梳洗打扮，对着镜子，发现衬衫领口上有一枚鲜艳的口红唇印，禁不住紧张起来，赶紧脱下衬衣，再去检查昨日的行头，直到确信不再有新的“破绽”，才愣在原地仔细回忆。

终于，他还是将全套衣物扔进脏衣篓，跑去衣柜又寻了一套新的出来。那是刚回来那天几个哥们来宾馆看他时送来的“范思哲”。

其实，不出肇雪所料，夏尊昨晚就回头去找她了。那是傍晚李思达与肇雪分开，夏尊刚从花想红的办公室出来之后的事。可肇雪早已把李思达这个人忘得干干净净，更别提与他的约定了，连条短信也没再给他发过。

在夏尊家的大庭院里，他拉着她的手。

夏尊：“Sorry，我太急躁了。要知道，我和我表妹从小感情就特别好，如今她谈了朋友，想让我这个表哥为她把关，这是我老爸和姨夫特别关照过的事，我当时只是不希望你来搅局。”

“哦，结果呢？你不仅当着你表妹和她男朋友的面打了我，还连账也不结就走了是吧？”肇雪故意不戳穿他，只从包里取出了那张抬头写着夏尊大名的餐饮发票，“这个拿去，不用你还。假如你执意要还，那也别在今天，以后再说。”

夏尊自知对不起她，情急中扯过她的手来往自己脸上抽。那是真抽，左一下、右一下，啪啪作响。直到肇雪心疼，双手捧住他的脸颊……

一大早，刘三妹递给用人赵阿姨一张清单，吩咐她严格按照清单采购，由花雷的司机傅师傅载她去。小菜场里没有就去大卖场，若大卖场也没有，就转去铜川路的海鲜批发市场，务必要买到那几样海鲜，不必细选，挑价钱最贵的买即可。安排好这些，刘三妹回卧室叫花雷起床。

花雷眼睛一睁开，便听见女人抱怨：“不过是自家外甥上门，至于这么隆重款待么？”

花雷：“你不会懂，我自有我的意思，到时候你就晓得了。”

刘三妹：“再讲，摆在外面也挺体面的，既然宝贝外甥那么喜欢波茨坦酒店，那就摆在那里好了，何必要把家里搞得鸡飞狗跳？”她嘴巴依然嘟囔着，取来一件深色条纹浴衣递给花雷，“对了，你钦点的大厨师长来电话，说是要九点半以后才能到。我也不急着催他，赵阿姨跟老傅刚出门，我算了算时间，等他们回来我再让老傅到波茨坦酒店去接。”

花雷不再解释什么，只说“晓得了”，接过浴衣换上，忽又想起了一件重要的事，“你去看看今天的鲜花送到没，美人蕉要摆在餐桌正中央，不需要陪花，其他的随你意思就好。”说完进了浴室。没一会儿，又从浴室里发来号令，“让李阿姨去看看红囡起床了没，关照好，虽然是自家人，但也不许穿睡衣下来。”

刘三妹一脸的疑惑，臂上搭着花雷的睡衣，嘴边自言自语，“平常么，家里的事情统统不管，外甥来了就样样要管，稀奇古怪的人。”

18.花家的花花肠子

夏尊是十一点到的，花雷热情地搂着他的肩膀，在客厅中央的沙发上坐下，“你出国那年，我们还没搬进这里。”

夏尊：“进小区的时候就感受不一样了呢，环境真不错，是姨夫自建自营的项目么？”夏尊动手打李思达那晚，曾来花家客厅坐过，但那时花雷夫妇已就寝，没跟他照面，所以此次上门，他尽可以装作是头一回拜访。

花雷:“才不是，此地是你姨妈相中的。她的眼光一向很刁，我们自己的楼盘，哪入得了她的法眼啊，呵呵。”

夏尊：“这说明姨妈的品位独特，眼光不同常人，但这也不意味着我们自己的楼盘就不好。哈哈，这句马屁姨夫听了心里爽么？”

花雷：“小鬼头，这张嘴巴从小就讨人欢喜。今天这是在家里，不像公司里那么拘束，也不像酒店里那么客套，中午说什么也要陪姨夫多喝几杯有点力道的酒。下午呢，是去红囡房间里聊天，还是去外面打网球，你就听红囡安排吧。”

夏尊：“哇，姨夫家还有网球场？”

花雷:“嗯，就在外面的小花园里，红囡等下会带你参观的。搬进来之前我征求过她的意见，花园面积不大，泳池和网球场只能二选一,结果她眼睛眨也不眨就选了网球场,晓得原因么？”

夏尊："这还用说？泳池多难伺候啊，问问我洛杉矶的老妈就晓得了，一个头两个大，而且一年只有一季好用。”

花雷："自作聪明了吧，难道你都不记得当初红囡是跟谁学会打网球的？”

“我？姨夫意思是讲……表妹选网球场是因为我？”夏尊的眸子异常明亮。

“呵呵。”花雷神秘地笑，不答，便也意味着默许了。他进而问道："告诉姨夫，喜欢红囡什么？”

夏尊："直截了当？实话实说？”

花雷："Of course，the way Americans。”(当然，美国人的方式。)

“OK，Striking looks and charismatic personality。”(好吧，出众的相貌和迷人的气质。)夏尊竟脸红了。

“两个大男人扭扭捏捏，又没有外人在，有什么不好用中文讲的话？”刘三妹过来了，她的英文程度只容许她听懂一半，“红囡还没下来？”

“你的宝贝女儿，问你呀。”花雷笑着回她。

刘三妹："怎么搞的，李阿姨都下来半天了。”

屁股都还没在沙发上坐稳，刘三妹又起身亲自上楼去叫了。夏尊正想跟姨妈说“女孩子化妆总是耗时间的”，可李阿姨的茶盘偏在此刻端了上来，挡住了他的视线。

花雷："来，品品看，这大红袍你在美国可尝不到。我另外备了一份，走的时候带回去，是给你老爸的。”

一直磨蹭到十一点半，花想红终于跟在刘三妹的后面懒洋洋地下楼来，着一身线条流畅的运动休闲装，脸上却近乎素颜。夏尊见花想红来了，不由自主地站起身，脸上再度浮起昨日余存的歉意。

花雷嘴角藏着笑，从昨天的会议室，到今天自己家里，年轻男女之间的那点分寸，看在他眼里，拿捏在心里。

“我看不如索性就开饭吧，边吃边聊，饭后再让红囡陪你参观。”花雷也起身，揽着夏尊一道去餐厅。

按照花雷的安排，大餐桌玻璃转盘的中央是一大株新鲜的美人蕉，这是他最爱的花，也是唯一能上得了他的餐桌、增进他食欲的花。花想红不再躲闪，首先落座。就这么几个人，想避也避不开。然后夏尊小心翼翼地坐到她的身旁。

夏尊：“表妹好吗？还在生气吗？”

花想红摇了摇头，转过脸来又朝他勉强地笑了笑。只因夏尊的问话有毛病，以至于他无从判别表妹摇头的意思是“不好”，还是“不生气”。

很快就上菜了，夏尊的注意力一下子就被桌上那几道他最爱的菜肴吸引了过去，“我猜姨夫一定是把波茨坦酒店的厨房搬回了家，因为佛跳墙我吃过不下十种，可这种卖相只有波茨坦酒店做得出。”

花雷：“还是尊儿识货，不过连你也是只知其一不知其二。今天用的可是天九翅和五头鲍，所谓‘九五至尊’，过去只有皇帝才吃得到，来，尝尝看。”

夏尊：“哇，九五至尊佛跳墙，我大概算得上是天下最有口福的外甥吧？”

花雷：“嗯，到目前为止，还是最有口福的外甥，不过将来会是最有口福的啥啥啥，呵呵，这就需要你们年轻人自己去定位咯，说到底做长辈的也不好干涉得太深。”

花雷顺边拨动转盘，把佛跳墙转到了夏尊的面前。在美人蕉的掩护下，花雷可以从容窥察到表兄妹的一颦一笑。夏尊如大姑娘般羞涩，低头抬眼，正偷瞄花想红。

花想红虽然臊红了脸，却仍旧漠然，“这是在自己家里，随便老爸胡言乱语好了，要是到外面去讲，不答应的人可不止一两个呢，表哥，哦？”

夏尊：“看表妹说的，都说是一场误会……姨夫放心好了，我会用心的。”

花想红：“这事你跟你姨夫商量，就当我是多余的好了。”

一听这话，花雷急于插进来，“这叫啥话？你意思……老爸这是在多管闲事咯？”

“事实嘛。你们才是主角，一唱一和，啥事都能拍板，那我只好在旁边给你们打打拍子咯。”

花雷：“荒唐！”

女儿前后态度的转变，花雷当然明白是有原因的，且原因他已猜到大半，但女儿不阴不阳的语气依然令他有些不快。

花雷转过来跟夏尊说：“你这个表妹啊，现在不分大事小事，动不动就耍大小姐脾气，这都是从小被你姨妈宠坏的。”

转而又来敲打女儿，“说到这，老爸倒是想提醒你，策划部李思达的人事去留，应当提早有个预案了。”

“正说着佛跳墙，又关人家李思达什么事呢？”恼怒间，花想红把餐巾往桌上一丢，以示抗议。

“唉，女儿大了，你不要总是像训小孩子样的口气讲话好吗？”刘三妹看不过眼插进来。

花雷连正眼都没瞧她。他当然知道女儿大了，早在花想红五岁那年，小便完了开始抗拒老爸为她提裤子那会儿，他便意识到了，女儿和儿子的差异不是一点点。

“我想你们全都误会我了。”花雷朝夏尊举了举杯，抿了一小口五粮液，眉头锁成一团。

“我一向很民主，我刚才有没有说过，让你们年轻人自己去定位，长辈不干涉？我不妨打开天窗说亮话，虽然是自家外甥，但我不介意任何人来跟我们尊儿比，优胜劣汰是自然规律。我提李思达，你以为我是在针对他，其实并不是你想的那样。我是突然之间想到这个人的才能、经济实力、家世背景，这些跟尊儿都是不好比的。”

花想红：“比来比去都是在比眼前，老爸你觉得有意思么？”

花雷：“比的当然是眼前，不然比什么？这世上还有什么比眼前更重要、更可靠？不要跟老爸空谈长远，年轻人应该专注脚下的路，踏踏实实，一步一个脚印。”

“吃不消，又和事业混为一谈了，这不是偷换概念么？”花想红虽愤怒，却不敢爆发，“你女儿谈婚论嫁要是和人力资源一样简单易操作，那这个家以后也采用公司化管理好了，回到家我还是叫你老板。”

应该不是酒精的作用，花雷脑袋里的齿轮一时间被女儿的话卡住了，顿了一下，语气缓和了下来，“不管老爸讲得对不对，最终的决定权还是在你手里，这一点我是有言在先的。那么既然今天谈开了，我也同样有话要跟尊儿讲。”他又朝夏尊举杯。

这场不温不火却暗藏玄机的父女交锋，早已把夏尊搞懵了，只因他没料到今儿做客的压力会这么大，夏尊手忙脚乱间竟找不见手边的酒杯。

花雷放下酒杯，表情严肃起来，“尊儿是我看着长大的，一家人不讲两家话，跟红囡半斤对八两，也是从小娇生惯养，身上的毛病一挑一大堆。这些年又在国外闯了不少祸，你老爸为你操的心，不比从上海走到洛杉矶省力。”

这番话，缺了夏尊这个听众就定是无从聊起的。夏尊仍旧像个大姑娘似的乖巧地点头，沉默不语。

花雷 :“我还是那句话，没有规矩不成方圆。不瞒你说，我跟你老爸是有约在先的，以两年为限，你要做三件事，做到了，我跟你老爸还有你姨妈，都会祝福你和红囡。假使做不到，你一样还是我最宝贝的外甥，不同的是，换成你和我们一道祝福红囡可以找到幸福。”

“哪三件事？”夏尊高度紧张，终于开口问。

花雷 :“一是，要改掉不良习气，慎重交友 ；二是，要成为有担当的大男人，懂得关心人、照顾人，尤其是要为红囡撑起一片天 ；三是，要在我的公司里做出点样子来。”

花家自有花花肠子，花雷的意图不在斡旋表兄妹的冷战，而是一柄锉刀分两面，细纹挫女儿，粗纹挫外甥。这也就是在自家的厅堂，隔着一株美人蕉，也就只限眼下这几号人在座，才能获得最佳效果。

尽管这三条对夏尊而言难度不亚于登天，可他眼下只能先照单全收，待回去后慢慢消化。夏尊俯首帖耳，“好，好，晓得了，姨夫放心。”

花雷当然明白，仅凭长辈几句不痛不痒的教诲，夏尊这种顽劣之徒难保会有真心悔意。他自有他的另一挂算盘。

有了老爸的“撑腰”，这顿饭，花想红就再也没开口讲过话。了然老爸的用意后，这样的安排其实无懈可击，至少这个两年考验期是她高度认可的。

下午，按惯例，美人蕉被李阿姨转移到花雷卧室的窗台上。花想红没带夏尊参观自己的卧室，而是和他一块在庭院里打网球，尽管天还淅淅沥沥地下着小雨。

从这一刻起，夏尊有了强烈的表现意识。因为他明白花雷在饭桌上绷起脸来讲的话绝不是随意玩笑，这一点他甚至都不用回家与老爸确认。眼下两年期限的倒计时实际上已经开始，从现在起他处处得让着表妹，从言语到行动。不仅要让表妹感觉到，还要让所有人都看到、知道，这是他的领悟。

下午送走夏尊之后，直到晚饭前，花想红都把自己关在浴室里。晚饭后，她回到卧室，躺在床上，第 N 次问自己：我究竟最中意什么样的男人？今天终于有答案了：一个大男人。

与李思达交往这么久，始终都觉得他身上缺了点什么，可究竟缺什么？一直没找到。而且更为糟糕的是，她甚至不清楚自己究竟想要一个怎样的男人。直到今天受了老爸的启发：有担当，能为女人撑起一片天的大男人。

她这才恍然大悟，这正是她长久以来内心深处的声音，只不过到了今天才被老爸唤醒并挖掘出来。这一点表哥能否做到她暂且没底，可她确信李思达一定做不到。因为除了资助过贫困大学生之外，李思达这方面的特质乏善可陈。

老爸所说的“大男人”，那不是跟女人逞强、霸道、不讲理，不是大男子主义。而是能做女人的天，是女人的保护神，在危难时刻霸道地挺身而出，愿在苦难的岁月里为女人下地狱……

此时的李思达不会想到，几天后他将得到那个机会，一个证明他是“大男人”的机会，正如花想红钟情的那种。

19.老同学雪中“借”炭

自然而然，李思达周一没去上班。他只睡了五个钟头就早早起床，也不洗漱，沉重的脑袋出其不意地保持着异常的亢奋。他坐在床头望着窗外发呆，嘴巴却不停地在抱怨。

“这雨下得，就像得了尿不净的前列腺炎。”

可天气对一个不打算出门的人来说其实是毫无意义的。

他心里装满了心事，手里紧攥着手机，正在犹豫要不要给肇雪去个电话。时隔一天，那个美丽的女人在他脑海里的印象竟已模糊不堪，这其实是心的距离。

两个陌生人在双双遭遇情感滑铁卢的某个下午，彼此结成了某种心照不宣的患难同盟，而这种关系此刻正以滑稽的姿态在他眼前闪现，像极了小朋友办家家酒。

他很清楚，说到底这不是在跟夏尊斗，也不是在跟花雷斗，更不是在跟花想红斗。这是在跟花想红身后的上流阶层斗，或在跟现实斗，在跟天斗，而他却没有勇气去扮“唐吉诃德”。

他最终没有联系肇雪，而是做了个相反的动作，重重地按下了关机按钮。他猜肇雪一定把他给淡忘了。到了下午他才开机，程玫儿的一通意外来电终于把他拽出了门。

原来老屋有客来访，来人是当年与他一道参加校庆的同窗好友倪翔，两年前曾来找过他，如今不知他已搬了出来。李思达匆匆赶到老屋的时候，倪翔已等了他一个钟头。

玫儿正赶着出门上工，“哥你正好来了，留倪大哥多坐会儿，我傍晚回来打酒买菜，保证误不了你们哥儿俩叙旧。”

玫儿说完，背起一只崭新的双肩布包就出门了。这只不过隔了一天没见，她竟然换发型了，烫了一头小花卷，背影还是那般浑厚，如同旧时大户人家门前的石狮。李思达心说，刚被你花姐蛰了一头脓包，外加还生着病呢，叙哪门子旧啊，自说自话。

两年多不见，老同学间亲热得有些客套，客套得有些生分，寒暄了半天才探明他的来意。

倪翔：“我们几个同在上海讨生活的老伙计中，就数你李思达混得最好了，进了大公司做事，住公司的豪华公寓。听玫儿小妹说，你如今还成了人家大老板的乘龙快婿，啧啧，这就叫同根不同命啊。”

“咳！这都哪跟哪啊，玫儿这丫头，又在信口开河。”这羞涩的囫囵话也就今天讲得出，若时间倒退到上个月李思达春风得意时，他可不见得会这么谦虚，“跟玫儿聊熟了吧？”

倪翔：“别提了，刚进门时吓我一跳，以为一年不见你小子有了家室，后来聊上了才晓得，不就是你当年资助的那个大学生吗？这也算因果注定。”

李思达：“嗯，还没问你，大忙人一个，今天可是工作日，怎么有空来看我？”

“顺道，顺道。”

倪翔脸上掠过难言的苦笑，极不自然地撸了撸自己的寸头，从前额直撸到后脑勺，又用手指顶了顶鼻梁上那副厚如瓶底的眼镜，待表情熨平了些，换作坦然的笑。

“大家同学一场，也实在没必要瞒你，这不金融危机嘛，世道不好加上运道不济，哥们儿这是刚被裁员。前阵子就听说你近况不错，一直想来跟你聊聊，取取经。今天一来才晓得你小子何止是不错，简直飞黄腾达啊，哈哈。”

李思达也实在懒得跟他客套，他说飞黄腾达，那就飞黄腾达吧，只不过各人境遇不同，取经从何谈起？定是有求于人吧！果然，迂回了好几圈，倪翔终于“曲线求职”，让李思达帮忙留意公司里还有没有职位空缺。磨磨蹭蹭，倪翔从公事包里取出一份崭新的简历，恭敬呈上。

人家都是雪中送炭，可这位老同学却是来雪中“借”炭的。李思达心里纵有万般为难，嘴巴上却利索得骇人，“交给我吧，尽力就是。”说完竟还豪爽地拍了拍倪翔的膀子。

当晚，玫儿在欢声笑语中忙碌，哥俩豪气干云地喝酒。李思达嘴里讲着些肝胆相照的话，胸中却涌起了北岛酸涩的诗句：

“那时我们有梦，关于文学，关于爱情，关于穿越世界的旅行。

“如今我们深夜饮酒，杯子碰到一起，都是梦破碎的声音。”

李思达：“和你一样，我来上海也有些年头了。唉，人生啊，譬如朝露，去日苦多。只叹当年的激情、志向、远大抱负，很多东西早已被消磨光了，都说现实很残酷，可我一直觉得这一切都太荒唐了。”

倪翔："何止是荒唐，有时简直可笑。跟你说个事，前阵子有一哥们儿告诉我，创业N年挣了些钱，可挣了钱也挣扎，梦里跳出俩人来，谁？任志强和高晓松。任志强跟他说：赶紧买房，不买还涨。高晓松却说：买房是傻子，去旅行，最后死在路上。完了还听到王家卫忧郁的画外音：传说有一种无脚的鸟，一辈子只能落地一次，那就是死的时候。后来哥们觉得高晓松讲得特棒，王家卫的画外音也特有感染力，于是就听了任志强的话买了房娶了妻。"

李思达："哈哈哈。"

倪翔："你看，这是挣到钱的，像我这种没着没落的主呢？"

李思达："都一样，都一样，我又能好到哪去。"关起心门来却说：没准都还不如你。

送倪翔走的时候，外面还在下雨，李思达找玫儿要了把伞，扶着脚下拌蒜的倪翔，要送他去地铁站。倪翔一摆手，"我开车来的。"李思达一时无语，心说还真是不如你，我拿驾照都八年了，至今仍是个"本本族"，连块挡风玻璃都没有。

可李思达还是禁不住好奇，"哦，你什么车？"

倪翔又是一摆手，"咳，破奇瑞，纯代步工具。"

李思达的心电波稍稍平缓了些，看他喝成了这样，主动说："我来开吧，送你到家，我地铁回来很方便的。"

倪翔是个理性人，没推辞。

这晚李思达回到公寓已是深夜十一点钟，感觉浑身虚脱。无故旷工的一天就这么混过去了，主管没来电话问，花想红那头也是一点动静都没有。接下来的两天，李思达病情加重，吃饭问题就全交给宅急送了。

他只出过一次门，是周三下午。他去了趟淮海路的施华洛世奇，几乎刷光了卡上仅剩的那点现金，为花想红买了一个通体亮晶晶的“苹果”水晶挂件，他觉得比那本 *The Forefront Of Fashion* 上的漂亮多了。

他打算再见到花想红时，当作一个惊喜送给她。他几乎敢确定，这步棋一定是领先夏尊的。他心想：信口开河谁不会？这事我放在心上了，并雷厉风行付诸行动了，你呢？

于是，他又得出了人生中第二条“备胎心得”：尊敬的“正胎先生”，答应女人的事情就一定要办到！诚意不是个绝对数，而是个百分比。我一贫如洗，倾囊而出，言出必行，我的诚意是百分之百；而你家财万贯，却只拔九牛一毛，还喜欢乱开空头支票，你的诚意反而只有万分之一。

周四上午，花想红终于来了个电话，开口便问他是不是在跳槽。李思达心里只骂自己真是多情得可以，即使他工作上能跳槽，可这感情该如何跳槽？他还没学会，如今她所关心的看来只剩下这个了。

于是他心一横，索性认了跳槽一说。他认为一切争取都没必要了，饭碗可以丢了再找，人却不能一丢再丢。

听到他亲口承认，花想红先是愣了一会儿，然后转换成更为平淡的工作语气，说他既然要另谋高就，那么根据公司规定，公寓他就不便再住下去了。李思达未曾想这一切竟发生得如此干净利落，这可真是为伊消得人憔悴，却反成了伊人负累。

其实，花想红怀疑李思达跳槽也不是一点根据都没有，他先前发给她的那封矫情的请辞邮件便是先兆。她只是隐隐觉得与他之间已渐行渐远，不想重蹈覆辙，使工作上的挽留又演变成情感上的勉强，那会严重干扰她的判断。显而易见，不管以怎样的方式，她若再次留他，至少会夹带某种情感上的暗示。

这段时间花想红已清醒地看到，李思达目前脑袋里饱和乃至过剩的恰是过于丰富的想象，这使他变得消极、敏感、抵触、易怒，索性放他走吧。

这通电话，最终是以李思达一句多余的废话收尾的，“好吧，我估计连你自己也闹不明白，你和你表哥之间究竟是什么关系，家人？友人？还是……爱人？”他显然极不情愿说出最后两个字，因为这对他而言，伤害更深。“但不管是什么，都与我无关了，就这样吧。”

危机的彻底爆发，反倒促进了李思达的肾上腺素加速分泌，激活了本无大恙的病体。当天下午他便麻利地收拾好全部私人物品，连夜搬出公寓。事已至此，哪怕在这里多待一分钟对他而言都是煎熬。

惶恐滩头说惶恐，零丁洋里叹零丁。如今除了老屋，他无处可去。

玫儿见恩人失魂落魄地搬回来，不敢多问，赶紧张罗卸货。物流车只负责运，不负责搬，玫儿低声骂着“使狗不如自走”，跟在李思达屁股后面拎小件，李思达则专挑大的、重的搬。

待搬完回屋，已是深夜，玫儿又赶紧去收拾卧室，她这是打算腾出这唯一的房间还给李思达。李思达见状忙制止她，坚持由他睡客厅。

这晚李思达只跟玫儿讲了一句话，“丫头，哥不止一次跟你讲过，人生不过就是将错就错，但是，每错一步都必须反省一步，知道吗？能少错就少错，能不错就最好。”

自我强化的味道很浓，更像是在说给落魄的自己听，而从眼下唯一的听众玫儿这里，只期待得到一个肯定的“嗯”。

直到第二天中午，等不来乾坤逆转，没出现意外转机。李思达不想拖泥带水，厚起脸皮去了趟公司，正式办理离职手续。他躲在人事助理的隔间里，不敢惊动花想红，可他心里清楚，人事流程又怎能绕得开她。

花想红自然是第一时间就知道了，可她也并未立即出来找李思达。

由于前阵子为花夏兄妹拍照所用的器材是从董事长办公室借出来的，当时大意漏还了一块锂电，虽然过后没人催他，可这会儿既然在做工作移交，再不还就不妥了，所以待所有流程都走得差不多时，他不得不专程去了一趟顶楼。

还好没有撞见花雷，李思达将锂电交给了他的高级助理。从助理忙碌间缺乏耐心的脸色不难觉察，他的离职对大厦顶楼的人来说，非但不意外，且相当的无所谓。从楼上下来，他终于见到了花想红。

花想红：“陪我去吃甜品吧，就在公司对过。”

李思达：“哦……我都不怎么碰甜品的。”

花想红：“那你就点咖啡好了，今天你请客。”

李思达：“好吧。”

花想红的邀请犹犹豫豫，模棱两可。李思达不确定这是不是与她的最后一段单独相处。

吃甜品，对花想红来说还就真是不折不扣地吃甜品。自进店落座以来，她不仅没跟李思达讲过半句话，甚至都没正眼瞧过他。

李思达："看你现在的样子，感觉又回到刚认识你那会儿。"

他讲的是真心话，指的是她传递给他的温度。

"呵呵。"花想红索然地笑，不打算深究他话里的意思。

李思达："我又搬回里弄了。"

花想红："哦。"

其实，既然人家连公寓钥匙都已收回，又没主动问及，那就证明根本没兴趣知道他搬去了哪里，更没兴趣了解的当然还有同屋程玫儿的近况。

李思达心存最后一点不甘，很想跟她确认一件事，那就是眼下算不算是一段感情的正式结束？可他缺乏勇气说出口。确实，怎么说？从头至尾人家压根也没跟他确认这段感情存在过。

他终于取出了那件礼物，施华洛世奇的"苹果"，他怕她再像上回那样看也不看就往包里丢，干脆为她打开了盒盖。"送给你的，这是上回吃饭的时候答应你的，前几天就买好了。"

花想红有了反应，她坐直身子，接过来仔细看，然后盖上盖子，谨慎地放入了她的包。"谢谢。"这一连串动作已经让李思达很满足。但她除了谢谢，什么也没说。似乎，一切交谈在此时都已失去了基础。

有一件事李思达不敢忘，那便是倪翔前两日的请托。他不得不硬着头皮取出那份简历摊在桌上，"这是我大学同学，策划能力强我好多倍，假如你愿意让他来顶我的空缺，算是帮了我一个大忙。”

花想红点了点头，甚至都没翻开瞄上一眼，就把简历塞进了她的包包里，继续专心吃她手里那碗赖阿婆芋圆。

“其实……你走后是不会有什么空缺的，就好像你不是因为有空缺才进来的……不过我收下了，放心，这肯定不是什么大问题。”

又一次奇耻大辱，李思达可以自嘲庸碌与无能，却没料到在花想红的眼里自己会变得如此廉价与多余。

前后不过二十分钟，又到了分手时刻。花想红只给了他一个俏皮的再见手势，便起身先行离开。走到店门口时她慢下脚步，回过身来，看见李思达如木雕一般凝望着她的背影。

花想红朝他微笑，又补了个打电话的手势。这应当算作一个明确的安慰，像是在说：不管怎样，还可以通电话。李思达也朝她极有风度地回了一笑，他这才明白，甜品店这一聚，原来是一场无声的送别。

花想红走出店门，急转离去。于他视线之外，她正用手背抹着眼角的泪。她加紧步伐，越走越快，最后竟反常地在大街上奔跑起来，引来过往行人的侧目。可她越是奔跑，就越是止不住泪涌。

她心里在说：对不起，思达，我的青春只有一次，我做不到像你那样将错就错。

20.酒的意义在于醉

回家的路上，李思达在心里又得出了有生以来的第三条“备胎心得”，这一条是致花想红的：Dear my love，追你追得好辛苦，我愿意用我的一切换取你的爱，可直到今天我才发觉，一个不再动情的女人，她是超然世外的。好在，我必须离开的时候终于到了，Bye，my love。

李思达回到住处，玫儿正津津有味地看着一档名叫《入口即化》的本地美食节目。

李思达：“呵呵，现如今玫儿的兴趣爱好还真广啊。”

程玫儿：“大哥这不搬回来了嘛，就想学来做给你吃。”

李思达：“算了吧，学来学去，烧出来都还是一个味，辣！还记得你花姐皮肤过敏那事吧。”

突然之间，他脱口而出。与花想红之间过往的每件事、每个细节，都如同烙印一般铭刻在心，此时那烙印灼痛了他，赶紧摆了摆手，“没事，接着学吧。”

玫儿告诉他，今天是周末，她要上一整晚的夜班，走之前会把晚饭给他准备好，其中将有一道刚学的新菜式。李思达只“哦”了一声，心想她这是做了份什么工作，居然还要加夜班，而且还是周末夜班。可他这会儿一点也不想深究，转身进了卫生间。

下午离开了甜品屋，花想红没再回公司，也不打算回家。她到公司大厦地下车库取了车，漫无目的地在市区里打转。

她每过一个路口，脑海里都会闪现当初跟踪她的那个傻傻的身影。仿佛能够想象，坐在出租车副驾驶位子上的那个斯文男人，正煞有介事地指挥着差头（上海话，出租车）司机，朝红绿灯焦急地指指点点，样子十分滑稽。

关于这个男人，当初花想红未卜先知般掌握的那几条粗略信息，并非李思达想象的那样与花雷有关，而是她借助自身广布全市的人力资源脉络细细梳理出来的。所以应当这么说，花想红对他实际上也曾用过心，只不过后来夏尊的出现，唤醒了她少女时期的梦……

可她同时也很清醒，即使已经离开了这个男人，她也无法立即投入夏尊的怀抱。不仅是因为情感上难以明晰切割，还因为夏尊的问题实在太多太复杂了，她甚至怀疑老爸定下的那两年考验期到底够不够用。

傍晚六点钟，她的车子开到了衡山路，那里有一家她以前经常光顾的酒吧，叫 PHEBE。进 PHEBE 之前，花想红给家里打了个电话,刘三妹接的。她说这个礼拜闷死了,今天正逢周末，晚上就不回家了，想去位于佘山脚下的自家别墅住两晚，礼拜天下午回家。

刘三妹从丈夫那里糊里糊涂听了些关于女儿正与李思达谈分手的事，料想此刻她的情绪一定很低落，所以不忍阻拦，反而劝慰：“你表哥刚回国那天，我见过小李一面。倒是仔细看了看，这人一副忠厚相，按说这样的上门女婿还是蛮实惠、蛮牢靠的，不要怪老妈不帮你，只怪他方方面面都达不到你老爸的要求……讲到底你老爸不会害你，他的话总有他的道理，分了也许是好事情，你就不要太往心里去了。”然后不忘叮嘱，“好吧，那就说好只准去佘山，晚上睡觉门窗一定要记得关牢。”

酒吧里，陌生男人请的酒，花想红一概不予理会。她独自找了个角落，一杯接一杯喝着鸡尾酒。待震耳欲聋的迪斯科舞曲响起，身着性感服装的西洋舞者正式登台时，酒吧里顿时喧嚣成一片人肉海洋，台上台下，夜场男女们纵情扭动身躯。

花想红的情绪也一下子被调动起来，可她没有挤进人群，而是一时兴起，去吧台开了瓶XO，对着瓶口仰头便饮。

不到一分钟，她开始摇摇晃晃，整个人突然兴奋起来，逢人就举瓶，在狂野的迪斯科掩护下，她疯癫地朝陌生人大吼：“来！同归于尽！”其实她是想说“先干为敬”。

一直喝到反胃，才捂住嘴巴冲向卫生间，结果“哐”的一声撞到了卫生间的门框上。可笑的是她并非用手去揉自己的额头，而是满脸歉意地去揉那门框，“Sorry，sorry……”

花想红一进门便慌不择地吐了个稀里哗啦。当她吐完，脑袋稍稍清醒了些，扶着门总算可以摸进隔间。

五分钟后，她从卫生间出来，去外面男女共用的洗手池洗手，恰巧遇见从男卫生间里出来的设计师老万。

老万：“花总？是花总吗？好巧哦。”

花想红也认出了老万，可脑袋还是糊涂的，“呵呵，是啊，好巧……”

花想红走出PHEBE时已深夜十一点钟。她体验了有生以来的第一次醉酒，起因竟与那个屌丝男密切相关。

平常只当那人是根草，可一旦确定分手，却又心痛得厉害。她余兴未了，把车里的音乐开得震天响，她这是要让一切杂念及感官错觉一股脑全涌出脑袋，帮她驱走苦闷。

开往佘山的路，她自认连GPS都不用设，闭着眼都能开到，可她低估了酒精的作用。由于这条路线她从未在夜间开过，所以从A9赵巷出口出来，上了嘉松中路之后，她便出错了，拐进了一条黑漆漆连盏路灯也没有的小路。

这条颠簸的小路反而给了她莫名的快感，在同样狂野的乐曲声中，她仿佛又回到了PHEBE。左摇右晃了几分钟，她的眼皮如同灌了铅，竟昏沉沉地睡了过去。

当她被刺耳的汽车喇叭声惊醒时，一切肢体反应都已来不及，眼前强光一闪，她便已经与迎面驶来的一辆车子相撞，安全气囊瞬间弹出，如同一只巨大的拳击手套迎面重击，花想红随即失去了意识。

大约五分钟的短暂休克，花想红从狂野的舞曲中醒了过来，拨开气囊，关掉性能卓越的CD机，眼前是白茫茫一片，她赶紧下车来查看。

自己的车头凹陷了一大块，从车头朝向上判断，是她主动撞的对方。而对方是辆小面包车，前挡风玻璃已碎，引擎盖里冒着烟。当她定睛朝那小面包车里面望去时，吓出一身冷汗，有个满头是血的男人正趴在方向盘上不省人事。

这一吓，花想红酒醒了大半。环顾四周，两辆车大灯覆盖的范围之外，看不见一丝光亮，这八成是条荒野小路，半夜里很少会有来往的车辆。眼下这一幕，分明就是一场没有目击者的醉酒肇事，且对方驾驶员生死未卜。

花想红站在路中央茫然失措，她忘了此事若交给有权有势的夏家来处理，也许会简单得多，但她第一念仍固执地锁定在了那人身上。她从车里取出手机拨的仍旧是李思达那串熟悉的号码。

李思达正躺在沙发上辗转难眠，接到花想红语无伦次的来电，当下也惊出一身冷汗。得知她人无大碍，稍稍放下心来。

电话里，花想红报不出这条小路的路名，只记得是从嘉松中路大转弯进来的。李思达问她回头能不能看见小路的头，花想红跑出强光带，额前搭檐朝车尾方向远眺来时的路，努力张望了半天，说好像能。

李思达说他这就赶过去，让她既不要报警，也不要联系任何人，带上车里的贵重物品，往回走。车子和人都先别管，等她走出来找到大路，再通知他具体方位，然后原地等候，他会来处理。

挂上电话，李思达带上驾照和电筒，出门拦了辆出租车，火速赶往佘山。路上他没想太多，隐约意识到，此去唯一能做的恐怕只有“顶包”。

等李思达赶到时，半个多钟头已经过去了。远远的，花想红孤零零站在一盏昏黄的路灯下等他，浑身上下冻得瑟瑟发抖。

李思达下车来，脱下外套给她披上，仍闻得到她身上的酒气。待他问清事发位置后，不由分说扶她上了来时的车，付了两百块车费给出租司机，要他送花想红回家。

李思达：“这里交给我，回家洗个澡好好睡一觉，一切明天再说。”

待出租车远去后，李思达手持电筒赶往那条小路的深处，边走边用手机报了警。等他赶到现场目睹一切后，在心里默默嘀咕的仍是他那句不变的格言：人生就像是走路，走到哪算是正确？其实每一步都是在将错就错。

他顾不得保护现场，临时做了个决定：救人要紧！他去动花想红的车，竟还能发动。他赶紧去背伤者，把他转移到花想红车子的副驾驶位上，系好安全带，然后调转车头去医院。

这一刻，李思达终于有机会扮演花想红的阿喀琉斯，却难掩驾驶经验为他留下的阿喀琉斯之踵……直到他行至一个大十字路口，遇上了红灯，才发现车子已然失去了制动。

经过先前猛烈的撞击，刹车油几乎已漏光。前方八成是某个深夜聚会刚刚散场，眼见得一大群余兴未了的年轻人正在马路中央追逐嬉闹。

李思达狂按喇叭也无济于事，赶紧拉手刹，却惊悚地发现手刹拉不动，里面像是被什么东西死死地卡住。这便使他慌了神、没了招。可怜他没学过极端情况下的紧急应对，不懂得如何运用大落差的挡位切换来降速。

为了避免造成更大的事故，李思达条件反射般猛打方向盘，以七十迈的时速骑上路牙，撞到一棵大树上。车里不再有第三个安全气囊。幸运的是，依然昏迷在副驾驶位子上的伤者被安全带牢牢锁住。而不幸的是，正驾驶的安全带却脱了钩……

花想红一进家门便惊动了刘三妹，尽管她已竭力放轻手脚。见女儿披头散发，浑身酒气，半夜三更裹着一件男式外套回来，着实吓了刘三妹一大跳。

“囡儿，这是怎么了囡儿？你不是去佘山了么？”

花雷闻声从卧室里出来，见状也是瞠目结舌。一瞬间客厅的灯全部亮起，一家三口就在客厅中央的沙发上围坐成一团。在花雷严厉地追问下，花想红实在找不出更为合理的说辞，最终只得将实情全盘托出。

花雷：“不妙。”

刘三妹惊问：“啥？”

花雷：“我是说此事回旋余地不大了，主动权已经没了。”转而又向女儿问罪，“碰到这么大的事情，连老爸老妈都不通知一声，怎么好自说自话信一个外人？要知道你是主动跟他分手的，人家现在恨你都来不及，又怎么会帮你？幼稚！”

花想红：“不可能！其他的话随你讲，这方面不可能！他是个正直的人，我相信这个人……”

刘三妹：“要不要给姐夫去个电话？”

花雷：“老夏那头现在讲和明天讲有什么两样？你看现在是几点钟？”

刘三妹：“那现在佘山那头到底怎样啦？红囡你倒是打个电话问问看呀。”

花想红一个激灵，赶紧拨李思达的电话，可李思达那头已经听不了电话了。

花想红开始焦虑，“那你就直说了吧，最坏的结果会怎样？”

花雷："你当老爸是神仙啊？"

刘三妹："我在想，有李思达先顶一顶，也许是好事情。"

花雷先是极不耐烦地摇头，然后又苦笑着点头，"我猜，拖到明天又稍微好一些，大不了被那小子供出来，回头再来测红囡的酒精，那时大概已经安全了……不过还是要做好思想准备，即使不是醉酒，肇事逃逸也是蛮严重的。"

刘三妹抹起了眼泪，"好糊涂的囡儿啊……"

花雷："事情既然已经这样了，都去睡吧。今晚红囡的手机不许关，你人逃掉了，车子逃不掉。最迟明天，事情自己就会找上门来的。"

花雷话讲得轻松，这一晚，谁还能安睡。

第二天上午九点钟，花想红接到交警支队的电话通知，得知昨晚在她离开后，她的车子竟然又发生了另一起离奇的事故，所幸双方伤势都不严重。从来电口吻她猜出了大半——李思达为她扛下了一切。

等花想红赶到医院时，李思达与小面包车的司机都已从ICU（重症加强护理病房）被转移到了普通病房。警察同志做完了笔录，刚要从病房里出来，正撞见花想红火急火燎地冲进来。

由于她是车主，交警同志很自然地跟她核对了车主的身份，并告知，现场认定为李思达负事故全责。目前事故车辆已被拖走，保险公司那头需要双方车主自行报案。车辆行驶证和李思达的驾照由他们暂扣。但鉴于这是一起连环交通肇事，情况较复杂，对方刘姓伤者，其家属那头的赔偿方案还没拿出来，最终的处理结果要等他们另行通知，届时双方都要到事故处理中心去接受处理。

送走了警察，花想红来到李思达的病床前，见他眯缝着眼，眼角努出一撇笑，紧攥住她的手，“听到了没？我的全责。”看上去有些沾沾自喜。

花想红湿了眼眶，“瞧你那贱样，没见过有谁落了个全责、人都快散架了还这么开心的。”她俯下身，侧过脸来轻轻地贴在他的胸口，嗲声嗲气道：“还好人没事了，思达，让你受苦了。”

一瞬间，过去那个花想红又回来了。

李思达：“一点点皮肉之苦，总好过你被人拉去做酒精测试。”转而，李思达不无惋惜，“只不过，我那苦命的驾照……本本族将来恐怕是做不成了。”

花想红：“嗯，那……有没有一丝丝后悔呢？”

李思达：“哪有，正想说物尽其用，再好不过。有本无车，那才叫失落。”

花想红第一次如此认真地端详他的脸，这张脸此刻大男人味十足，“我担保你将来还会有本的，而且有本有车。”

她伸出手来，帮他把额头上那几缕不听话的发丝往后梳，仿佛英雄的形象必然要搭配一个倍儿亮的脑门。

也就是这一幕，恰巧被不请自来、擅闯病房的夏尊看见，他整个人呆若木鸡，立在病房门口。

是李思达首先看见了他，“表哥？”

花想红犹如触电，从柔情蜜意中惊醒，坐起身来回望。

21.千金急了也私奔

夏尊就好比走了一趟旋转门，从哪进来，就从哪出去，气急败坏地丢下一句话，“表妹你好糊涂，我家老头子一个电话就能摆平的事，你非要搞得这样不可收拾！”说完愤然离去，去找他姨夫花雷讨说法去了。

对于夏尊史无前例放肆的指责，花想红竟忘记了生气，反而像个做错事的孩子，理亏地低下头。直到李思达拿话来安慰她，才缓过神来。花想红连连摆手，“别管他，简直神经病！”

就凭花想红这一连串不经意、难自控的反应，李思达便已暗下计算出当下三颗心的距离。近在眼前的恩情，转瞬便被她灵魂深处的羞耻感击得粉碎。仿佛刚才那片刻的温存仅仅出于礼尚往来的道谢。

是的，花想红直到这会儿依然是矛盾的，两个男人在她心里依然无法取舍。假如一定要取舍，她情愿逃离，带着她认为“正确的选择”逃离。而这个所谓正确的选择，应是站在正义一边的，是所有道德感能够赋予她的勇气。

李思达本以为自己已遭淘汰，“备胎”生涯也随之宣告结束，此生也许不会再有机会续写“备胎心得”。可造化弄人，他人生中第四条“备胎心得”就在这幸福的病床上诞生了。这一条,似乎是经验的分享,或在与全天下各族屌丝和“备胎”共勉:逆袭漫道真如铁,而今迈步从头越!对一名有修养有操守的“备胎”而言,痛定思痛告别“备胎”生涯,也许是太过残忍的理性,有时,重获“备胎”资格亦能令人欣喜若狂。这就是爱情。

夏尊的愤怒可想而知,对他来说,表妹没事并非最好的结果。表妹在夏家的庇佑下没事,这才是最理想的。其次也是表妹吉人天相,自己化险为夷。他没想到这么大个的馅饼居然落到了李思达的口中。

夏尊对李思达,起初是轻蔑、傲慢,有心理优越感,他像讨厌苍蝇那样讨厌李思达。后来,被李思达两度激怒,恼羞而动干戈。再后来,退而耍阴,虚伪表演。直到现在,他是真的开始恨李思达了。李思达从此被他摆在了不共戴天的仇人位置上。

但他仍旧不肯正视这样一个现实:李思达已经成为一个不可小觑的情敌。他甚至仍固执地认为,李思达没有一处能超越他,只晓得博同情,在硬实力以外的领域投机取巧。不远的将来,他便会动用他引以为傲、得天独厚的硬实力,像驱赶苍蝇那样驱赶李思达,只图让这个人从眼前消失。

性格使然,夏尊对花想红动心,如同当年对肇雪。这与李思达掏心舍命一般的爱不可比。夏尊如今想彻底征服花想红的欲望越来越强烈,一方面是荷尔蒙在体内作祟,另一方面是两个家族在背后怂恿,他坚信表妹是老婆的正选。

可谁也没有想到,这场车祸,正在悄无声息地改变着所有人的命运轨迹。

花雷在自己办公套间的会客厅里见到了神情沮丧的夏尊。

其实花雷此时也很恼火，要不是昨晚的意外，由他一手导演的这出剧几乎就要杀青了，兵不血刃，无影无形。昨天李思达来还锂电的时候，他曾一度以为从此再也不会见到这个不知天高地厚的穷酸小子了。

还未及夏尊开口，花雷抢先问："去医院了？"

夏尊："嗯。"

花雷："红囡也在？"

夏尊："嗯。"

花雷："情况我都清楚了。这是个突发事件，有点微妙，有点敏感……不过既然已经这样了，接下来只能让你先退出来。"

夏尊："退出来？我？Why？"

花雷："放心，暂时的。你夹在当中只会适得其反，交给我吧。说到底我是她老爸，做做恶人没关系，你就不同了，要识大体、沉住气。"

夏尊："懂了，好吧。"

连着两天，花想红都到医院去看李思达，回到家就把自己关在卧室里，什么人也不见，什么事也不干。在病房里，花想红又一次与程玫儿不期而遇。不同以往，她对这丫头的态度改善了很多。

有一回，玫儿下楼买东西不在跟前，花想红忍不住跟李思达说："那次你告诉我，我还不能想象。现在亲眼见到才相信，这丫头确实喜欢打扮了，但是需要学的东西太多，你看她现在这样，实在太俗气了。"

“那你教教她啊。”李思达随口这么一说，并未细究根源。

穿衣打扮的学问对玫儿来说是上层建筑，而她更缺的恐怕是经济基础。此时正赶上玫儿回来取包，花想红不知她听到多少，索性直接跟她说:“玫儿，这身搭配不适合你，以后别这么穿了。姐那有几件不怎么穿的衣服，回头拿给你试试。”

玫儿面无表情应了句，“哦。”

躺在病床上的李思达却感到惊讶，他觉得玫儿没表现出惊喜，更没表达诚挚的谢意，已经构成了无礼。于是就以教训亲妹妹的口吻说：“哦什么哦，还不赶紧谢谢花姐？”然后讨好般地抬眼去望花想红。

只见花想红的脸上，居高临下的善意中还藏有几分得意。

玫儿的兴奋劲说来就来，如同飞来石般突兀，嘴上连声道谢，“谢谢花姐，等玫儿以后出息了，一定报答您。”感恩之情溢于言表，可背转身去却绷出一脸的怨愤。

这其实也不怪她。虽说玫儿出身苦寒，但在她成长记忆里最受不了的一种社会援助便是那些残值接近于零，只因占了衣柜空间才被从五湖四海运来的旧衣物。村子里有机会分到成套衣裳的同龄女孩并不多，随处可见颠倒时令、不计尺码的“时装”。更为恐怖的是，因混搭无章而穿出七彩粽子效果的情况在玫儿的村里随处可见。

花想红也实属好意，实在看不过眼了才多此一举。她多么想告诉玫儿，只有“鸡”才会把自己打扮成那样，还必定是那种盘踞陋巷一隅的“野鸡”。可这种刻薄话只会在心里说，对这种乡下女孩可以有心理优势，但脸上不可太傲慢，这才是教养好的表现。

病床前，花想红为李思达削苹果，给他念希腊神话，总之都是些她力所能及的事，其他苦力活自有玫儿会做。玫儿不在时，她就临时请了个护工帮忙。相处的感觉仿佛又回到了几个月前的老屋。

花想红：“要不要通知你长沙的父母一声？”

“不要！绝对不行！”李思达的反应明显慢了半拍，却过激得有些反常。

花想红心里一惊，手上用以炫耀手巧的一长串苹果皮就此断了。

有一种亲情叫报喜不报忧。李思达的父母年纪都大了，但在自身健康的问题上和他这个在外闯荡的儿子一样，总是那样含蓄，需要他这个做儿子的旁敲侧击去追问，这时时会令他心痛。

随着年龄的增长，他渐渐体会到，在那愈远愈浓的亲情里，相互隐瞒是一种长久形成的爱的习惯。他清晰地记得，幼时从不被允许参加任何长辈的遗体告别……

第三天，护士来催续费，花想红问李思达要医保卡，李思达两手一摊，“我一没上海户口，二没社保，看病一向自费，你是人事领导，该清楚啊。”

花想红一拍脑袋，忙下楼去收费窗口缴费，却惊异地发现，她持有的附属卡被冻结了。正当她要打电话质问老爸时，小面包车司机刘师傅的家属找到了她，怯生生地递给她一张纸条。

那上面零乱地罗列着一些看不懂的数字，想必是金额。花想红这才惊奇地发现，入院之初，就连李思达的押金都是小面包车司机的家属帮着垫付的。那页纸最下面是个汇总金额，约八万的样子。

花想红接过单子朝对方笑了笑，脱口而出“谢谢”，搞得那女人一下子跌进了云雾里。

花想红心里自有一挂算盘。知女莫若父，反过来，知父莫若女，老头子之所以从中作梗，八成是想增加手中筹码。即使面对的是亲生女儿，花雷也早习惯了手握筹码再发威。

花想红没再回到李思达的病房，而是赶去办公室，打开电脑，先上内网 ERP 提了个财务借款流程。她提的流程自然走得快，一路绿灯，但最终卡在了花雷那一环，居然给退回来了。花想红气呼呼地上楼去找老爸理论。

花想红：“为什么？”

花雷：“你说为什么？我们是上市公司，你是上市公司高管，公私要分明，有你这么乱来的么？”

花想红：“我怎么就乱来了？这是公事公办啊，祸是我闯的，车是公司的，李思达也是公司员工。人家只不过是替我顶罪，你要不冻结我的卡，让我当成私事来办也无所谓啊。”

花雷：“我要提醒你，李思达是 10 月 17 日正式办理离职的，而他出事是 10 月 18 日凌晨。即使是基于对员工的人道主义救援，也够不上了。”

花想红：“事出有因，就算他已经不是员工，搞成现在这样，是不是为了帮你女儿顶罪？”

花雷：“假如要论因果关系，我想问你，要不是因为他，那晚你会喝成那样吗？会酒后开夜车去佘山吗？还会有这场车祸吗？这笔账又该怎么算？”

花想红突然意识到，这是个扯不出线头的罗圈问题，就好比在探讨“世间先有鸡还是先有蛋”。这会儿她反倒冷静了下来，终于坐进了沙发。急着汇报工作的助理从门外探了两回脑袋进来，都被她怒目拒之，意思很明显：今儿若不达目的，那就不许地球接着转。

花想红：“呵呵，横竖都是你老人家有理，那么你教我这笔账该怎么算？”

花雷：“好，老爸不是不讲道理的人，但大家都要回归现实。本来呢，要是没这人来添乱，对方司机的医疗、误工、车辆维修，保险公司赔不够的，老爸是出定了，但现在简单明朗的事变复杂了，他还‘买一赠一’额外多送了我一场事故，你要我感谢他，可能吗？这账简单，你也会算，至少多出这样几块损失：小面包车司机的二次伤害，公司车辆二次损毁，还有他李思达本人的自残……”

花想红：“够了，就算李思达真的添乱，那也是你女儿一时糊涂请他来添乱的，责任在我不在他，好吗？早知道是这样，出了事我就不该找任何人，找谁就等于害谁。我就该直接报警，完了按照涉嫌危害公共安全被抓起来直接关进去，这样就天下太平了。”

花雷：“你当然可以找人，找爹娘，找姨夫都可以，老爸一直都说‘真理总是掌握在少数人手里，因为他们手里有权利’。即使你谁也不找，去报警，结果也比现在强。当场被拘大概是难免的，可关久了，你姨夫会不会答应？他要答应，我和你老妈也没意见。”

花想红：“话说得这么薄情，我到底是不是你亲生的？”

花雷褪去脸上那厚厚的一层霜，坐过来，态度缓和了些，“要按老爸原先的设想，结果可能会更糟，还记得那天你半夜三更鬼一样地回家，你问我最坏会是什么结果，老爸当时怎么说的？有没有提过肇事逃逸？”

花想红：“是啊，那又怎样？事实证明你错了，李思达没有出卖我吧？他压根就不是你想象的那种人。正因有他为我顶罪，你女儿才没有被认定是肇事逃逸，你该感谢他才对啊！”

花雷：“红囡啊，你难道还不明白吗？老爸不信任这个人，不管他这一次怎样表现，懂吗？几个月我都看下来了，你难道要质疑老爸的眼力？讲到底这不是钱的问题，你平常刷卡消费，买一个包包也要好几万，老爸几时心疼过？你要明白老爸的良苦用心。”

花想红：“随你怎么说吧，我现在只关心这后续的费用怎么办，现实是李思达连自己的费用都承担不起。你从小教我，钱可赚，利可图，但做人要守住道德底线，要讲良心。现在遇到实际问题了，你可以高高在上讲你的一套大道理，我却不行，我对这个人有责任，不能撒手不管。”

花雷沉默，好半天才退出思考模式，似有大尺度让步，“好，你能这样想，老爸很欣慰。基于良心考虑，接下来所有财务问题都交给老爸来处理，但有一个条件。”

花想红：“什么？”

花雷：“你必须马上离开他，从现在开始……其实这本来就是你自己的决定，前两天刚做的决定，老爸可从来没有逼过你。”

花想红：“不可能！前两天是前两天，今天完全不同了，绝对不可能！”突然，她又犹豫了，“至少现在不可能！”

花雷：“你还是考虑考虑吧。这个人已经给我们带来不少麻烦了，老爸今后不想再见到他，更不想你跟他再交往下去。”

花想红：“从小到大都是这样，你始终是王，推不翻的王，知道为什么父女有一天也会变成冤家吗？那是因为你一直就是这么自私，这么独断专行，也许没人可以否定你爱这个家，爱老妈，爱女儿，爱你的公司、你的股东、你的员工，但你爱自己远远胜过爱一切。”

花雷：“不要太放肆！出去！马上！”

父女间的战争终于还是在这个节骨眼上不可避免地爆发了。花想红顺着花雷愤怒的食指泪奔而去，在大街上闲逛了半天，最后心事重重地回到了医院。

李思达似乎看出了什么，说：“你其实不用一直陪着我，你有你的事情要忙，尽管去好了，我这差不多就可以出院了。”他当然设想不到花想红的处境。

花想红苦笑，“没关系，我能有什么事。”沉思了一会儿，又道：“回头你还是落户上海吧，走人才引进，我来想办法。”

第四天，花想红在病房外的走廊上给夏尊打了个电话，开口问他借 15 万元。夏尊明了她的用途，说回头跟姨夫商量了之后再回复她。这回她绝望了，正如花雷所说，往日里她一个包包都要花去好几万，如今却偏偏败给了这区区 15 万，她有生以来第一次感觉自己是如此的无能。

一气之下她回家取出所有首饰，全部拿到附近的雅尊典当行抵押，得到 12 万元现金。她不想惊动老妈，于是又跟夏尊开口，说现在只需向他借 3 万元即可。这引起了夏尊的警觉，于是第一时间跟花雷说了。

花雷笑笑，“3 万？单赔人家那辆小面包差不多，不用管她，我的女儿我最了解。”

其实这一回夏尊的预感倒是准确的，他只在脑袋里做了个简单的减法：她原本需要 15 万，我没借给她，然后她现在只剩下 3 万的缺口需要填补，那说明她已经不知从什么渠道筹到了 12 万……

出乎花雷的预料，女儿这回铁了心，始终都没再来求过他。

等花想红为李思达办出院手续那天，她接到漕宝路事故处理中心的电话通知。她挂上电话后冷不丁儿问了李思达一句话。

花想红：“除了现在和玫儿合住的老屋以外，你还有别的住处吗？”

李思达：“上海没了，就只剩下我长沙老家了，做什么？”

花想红：“嗯，那就带我去长沙！”

李思达：“现在？”

花想红：“嗯！”

李思达：“可是……为什么？”

花想红：“不为什么，我想去就对了。可是你自己说的，我们脚下的路，哪一步不是将错就错呢？”

与李思达一道处理完事故，花想红只剩下 3 万余元。终于到了满怀歉意与那一大家人握手道珍重的时刻了。

花想红："不管怎么说，对不起你们了。日后假使发现还有未了的事，尽管打我电话好了，其他方面需要帮忙的也尽管开口，帮上帮不上我都会尽力。"

这时刘师傅终于开口说话了，"客气了小姑娘，结果还算圆满。最后送你一句忠告吧，今后开车一定要避免疲劳驾驶，有钱也买不回命，对吗？"

他的眉角仍然残留着纱布打成的"补丁"，正意味深长地盯着她。

这话让花想红心惊肉跳，进而臊红了脸，一时间无言以对，只能条件反射说"谢谢"。刘师傅的婆娘赶紧上来扯他的衣角，"过去就过去了，说好不再提，没事了，回家吧。"花想红感觉这婆娘倒是识大体，可就是有点马后炮了。

已近中午，花想红没有回家，站在事故中心的大门口打电话订了两张当天上海飞长沙的机票。花想红此举来得突然，李思达一来没想到她的决心这么大，二来也着实吃不准她此去长沙是串门旅游还是打算长住。

李思达陪着她，小心地问："你是不是因为这事跟家里闹别扭了？"见花想红迟迟没有回应，又劝慰道："别意气用事，要不要再考虑考虑？"

花想红一下子激动起来，"考虑考虑，都要我再考虑考虑，考虑什么呢？你能顺利出院，我能摆平这事，这都不是拿脑袋考虑出来的，是需要真金白银的，懂吗？我会让他们后悔的。"这话印证了李思达心中的担忧。

也许是身体虚弱，也许是因为情急，李思达忽然感到一阵强烈的晕眩，顷刻间天旋地转，若不是身后有墙可倚，险些瘫倒在地。花想红看出他脸色煞白，脚下不稳，“怎么了思达，不舒服么？”

他原地不动，好一阵才缓过劲来，“没事，我预热下，提前先晕个机玩玩。”既然改变不了她，他也只好拿自己开涮。

这是车祸后李思达第一次出现晕眩症状，此刻他与花想红都没有往深处想。

下午，在虹桥机场的候机大厅里，李思达先给家里去了个电话。往常总是妈妈接，可这回不同，是街坊吴大妈接的。

吴大妈答应一定转告他父母。李思达没有多想，又给玫儿去了个电话，告诉她自己出院了，紧接着想回长沙老家一趟。玫儿担心他身体，电话里唠叨了好几句。他无心地应着，挂线后才发现一句也没记住。

最后他又给长沙的铁哥们儿赵勇发去一条短信：“哥们儿，三个钟头后，寡人将携你未来的皇嫂驾临长沙。狐朋狗友邀起来，接风宴席摆起来。醉笑陪公三四两，不用耍花腔，痛饮从来如灌肠，今夜送归灯火冷，扶墙。”

赵勇回道：“筐筐了拎筐一个拎筐，收到。”

李思达此时的心境是可想而知的，既兴奋又茫然。他料定前路荆棘密布，却不愿错失与花想红任何一遭共同的经历，哪怕她要去天涯海角。直到他后来稀里糊涂地受了两年牢狱之灾，回过头也不曾后悔有过这样一段奇妙的旅程。

就在机场，李思达得出了第五条“备胎心得”：“备胎”总有拿出来派用场的一天，除非“正胎”永远不出毛病。但必须清醒地看到，这种取代也许不会成为常态，因为“备胎”的尺寸有问题，比“正胎”小一圈。所以想要成为合格的“正胎”，就要让自己拥有和“正胎”一样的尺寸。

而他隐隐意识到，其实回到长沙并不能让他的“尺寸”变得更大，想蜕变，还是得在上海。长沙之于他，虽是家乡，可成人世界的环境反而更为陌生。

花想红看上去倒相对平静，此刻她正在逛机场书店。可她内心其实远没有外表那样坦荡，她有她的“放不下”。

她时刻掂量着此举会在多大程度上激怒老爸，又会让老妈多么伤心，她为夏尊布下的这盘棋局是否太大了点，她能否掌控？往后又该如何收场？她最终又将给李思达一个怎样的交代？

只有她自己知道，其中最放不下的恐怕还是夏尊。尽管这个男人在面对一场不大不小的灾祸时，并没有达到她的最低期待值——绅士风度，更遑论她所向往的骑士风范，但她对他终有不舍，只因交往短暂，她还没有机会真正拥有他。

日渐成熟的她，正试图去探究一个曾在少女时代似懂非懂的道理：随缘。

得不到的未必好，也未必不好，只是没机会了解更深，因而无从判别。不断拥有也许会冲淡人对世界的热忱，一贯支配可能会使人丧失对万物的敬畏。若将渴望束之高阁呢？偶尔想见，至少那渴望仍旧朦胧美好地存在，直至未来再次相遇，或者朦胧到看不见的一天，任凭拥有失去意义……

错过的风景永远是最美的，但人生只有不断错过才有四季。

下卷　尊严价值

22.身在他乡心为客

下午四点半，李思达和花想红平安落地黄花国际机场。没有旧交故知前呼后拥的接机，只收到了赵勇的一条短信，把晚上聚会的饭店地址发给了他。花想红则自登机那刻起便关了手机，落地后也没再开机，她至少没打算这么快就被人联络到。

李思达直接带花想红回了家，他已经有很长时间没回长沙看望父母了。

到家后，李思达隐隐觉察到些许异样，吴大妈仍在。李思达从小就认得吴大妈，她丈夫死得早，无儿无女一辈子，算得上是个可怜人。但记忆当中，这个女人与他家并没有过于亲密的来往。

李思达的母亲叫姚淑芬，是船舶研究所的高级工程师，这些年虽默许儿子在外闯荡事业，但自近年退休，健康每况愈下，盼子归来之心渐重。今日相见来得突然，吴大妈接完电话转达后她便开始坐立不安。眼下儿子又带回这么漂亮的一位姑娘，更是令她倍感意外，忙领着他俩进卧室去见李思达的父亲。

“难怪妈最近梦见你回来过，招呼也没打，取了一把雨伞、两本书又出门了，呵呵。”在姚淑芬的记忆深处，最让她操心的莫过于儿子中学走读时期的夜自习。

父亲正迷迷糊糊地半躺在床上，见有人进来，慢慢张开双眼，表情木讷，好半天才认出儿子，嗫嚅了一句："是……思达回来了？"

"可不就是！你的宝贝儿子回来看你喽！"

这是吴大妈刻意提高了嗓门，几乎是叫喊出来的，在这间面积不大，弥漫着浓郁老人味的卧室里，她的声音显得特别刺耳。

这一幕令李思达感到震惊，不知父亲这是怎么了，家里又发生了怎样的变故。

李思达的父亲叫李卓君，是一名出版社编审，与姚淑芬同年退休。

在李思达漫长的成长过程中，父亲象征着知识、威严、命令及一切可以拿来敬畏乃至崇拜的力量，但唯独内心没有成为他那种人的渴望，连一星半点的挑战与超越的激情也没有。

从卧室里出来，仍被快嘴的吴大妈抢了先。她拉过李思达冰冷的手，握在自己暖暖的手心里轻轻拍了拍，安慰道："老年病，无大碍，人上了年纪总归难免，早年就有脑动脉硬化，再加上长年累月用脑过度。"

李思达对她的说辞感到费解，但见母亲在一旁点头附和，便也不再追问。

陌生的环境，花想红显得拘谨，但面面俱到的礼数也许是化解拘谨最好的方法。她就紧挨着李思达身边，寸步不离，脸上始终保持迷人的微笑。

李思达急迫地想要单独询问母亲，吴大妈为何会主客不分、大摇大摆地在家中行走，且没见她有半点小坐即去的意思，这会儿更是撂下嘴边闲话，撸起袖管进厨房忙活去了。可母亲偏偏有意避开了他俩，进了书房。

李思达招呼花想红在小客厅里落座。

其实姚淑芬是躲起来准备“见面礼”去了。事先只知儿子回来，却不知花想红的到来，这是计划外的动作。尽管尚未知晓是谁家的闺女，可单凭这姑娘曾有一瞬勾住了儿子的臂弯，她便认定了这份礼必不可少。

两室一厅，这就是当年船舶研究所分配给姚淑芬的公房。因为是一楼，所以南边有个大不大小的庭院。院内傍着院墙又搭出一间平顶砖房，占去一大半面积，这间屋便是李思达读书时住的房间。

除此之外，李卓君在不远的小古道巷还有一处祖上传下的老宅。不临街，比这里稍小，因长久不住，干脆租给临街开店的一户浙江生意人居住。

自踏进李思达家的大门，给花想红留下最深印象的便是仿佛置身于书的海洋。不仅是刚才的卧室，那半掩着门的书房更是如同一座小型图书馆。紧贴四壁的书橱给人一种错觉，它们如同承重墙，顶着天花板，支撑起那间屋。

姚淑芬从书房出来，手里掂着一只红信封。好一番你来我往的推搡，花想红终于落落大方地收下，道了声“谢谢阿姨”。她当然明白其中的意思。

李思达终于有机会问父亲的病情及吴大妈的事。母亲脸上是尴尬的笑，轻描淡写道：“你爸过了年开始犯痴，时好时坏。家里有个帮手再好不过，碰上你吴大妈又是这样一个热心肠。”

李思达深知不会如此简单，但自己离家多年未尽孝道，长辈间的事他也不便多问，只埋怨母亲在他每次来电问候时，向他隐瞒父亲的健康状况，“可不是一两通电话，怎么就没听你提过一次呢？”

母亲摇了摇头，“实在是没什么好说的，这次是正被你赶上，平常脑子清醒的时候，他就是个正常人。”

此时门铃响起，姚淑芬恍然道：“准是你表妹小玲，知道你要回来，说是下班后顺路过来看看你。”说完起身去开门。

一听是表妹，李思达偷瞄了花想红一眼，感到阵阵脸热。小玲是李思达小舅家的孩子，离开长沙之前，两人关系不密。若要追溯最后一次交谈，怕也是上个世纪的事了，那时表妹刚考上大学。

对这段遥远的交往，首先袭来的往往是最深刻的记忆。那年李思达 12 岁，表妹 11 岁。两人在父母的大床上玩扑克，表妹盘腿坐在他对面，裙底小裤松松垮垮，影绰间显露出两片粉色的花瓣。那是李思达牛平第一次得到性的启迪。

如今表妹已参加工作多年，成了一个迟迟不愿将就婚姻的女人。

兄妹相见，好一阵寒暄，花想红也因此才被正式问及，也才有机会介绍自己。表妹变了，比李思达想象中老了五岁，几乎可以叫她表姐，这令他更加担忧她的婚姻。

厨房传来吴大妈的叫嚷，这是在通知姚淑芬准备开饭。

一听开饭，李思达忙说今晚这顿跟朋友事先有约，不能在家吃，接下来怎么都行。姚淑芬知道劝不住儿子，索性提议李思达带上表妹，反正他那些朋友表妹也都见过。

正当李思达怔神之际，花想红在他背后轻捅了一记。他当下会意，新姐妹聊得正投机，这是在怂恿他听从母亲的安排。加上表妹没推辞，也正眼巴巴地等着他表态，李思达点点头。

赵勇一干人一直等到六点半，终于盼来了李思达。花想红的闪亮登场，无疑给这场酒宴先扔下了一枚重磅炸弹，老伙计们都惊呆了。

李思达和赵勇从小一块长大，在一帮朋友里关系最铁。

按说一个东家主陪，一个主宾，很容易对号入座。但赵勇见李思达一下子带来两位女士，其中一位竟是绝代佳人，一时慌神丢了主见，竟把自己的位置让给了花想红，让两位女士一左一右将李思达拥坐于当中，而身形敦实的他则退至第三贵宾席，紧挨着花想红落座，并口口声声说："都是自己人，繁文缛节全免了。"

这样看似不经意的临时调整，唬得了别人，却瞒不过李思达。这意味着哥俩今晚的每一句对视交谈，都能顺带着把花想红欣赏个够。

相互介绍完之后，接风洗尘的酒宴便开场了。

赵勇首先与花想红攀谈，"妹子，知道不，刚才我们一帮人还在担心，达哥今晚会不会犯老毛病，又放我们鸽子。"

"怎么会？"花想红以为他在说笑。

赵勇："你都不知道吗？曾几何时，我们叫他'鸽王'。"

"哦？怎么讲？"开门见山是闲篇，却不承想一下子撩起了花想红的兴致。

赵勇慢条斯理地并拢筷子，将一双筷头在桌上轻敲找齐，然后夹起一粒花生米津津有味地嚼了起来，“这就要问他自己了，呵呵。”这小子竟还卖起关子了。

“你小子是来给我接风的，还是来揭我老底的？那都老皇历了，好吗？我有多少年不放鸽子了？问问大家。”李思达环视在座，笑打马虎眼。

可赵勇却穷追不舍，“那是基于两点，一来，你被我们收拾过，不敢了；二来，你逃到上海，没机会了，哈哈。”

“没听你说过哦，思达。”花想红用肘轻捅了李思达一下。

赵勇终于肯说了。

“那时达哥可猖獗了，谁的鸽子都敢放，连个体面点的理由都不惜得给，动不动就‘靠，忘了’，要不然就是‘下次吧，机会多呢’，直到有一回，我跟李蒙两个……”赵勇指了指正对面那位柔弱书生样的男子，“就是这位。我们俩约他到城西二十公里外的一家酒馆见面，说要请他喝通宵酒。那是冬天，夜里十点半，哈哈哈……”

说到这，赵勇突然狂笑不止，捶完桌又趴在桌上抹笑泪，再也说不下去了。受他感染，在场所有人也都莫名其妙地陪着他笑。

“还是我自己说吧。”李思达豁出去了，所幸不是多大的糗事，“那晚我搭末班车赶过去，这两个坏蛋一路上不停地打电话跟进，直到确认我到了那家酒馆，然后双双关机。就这样，天寒地冻，荒郊野外，我叫天天不应叫地地不灵……多么无耻啊！你们，还好意思翻出来说？”

“哈哈哈，你们真是太可爱了。”花想红笑弯了腰，一只手搭在了李思达的左肩，仿佛是在借力，以免失去重心。

虽然这是在讲自己的糗事，可花想红不经意间的主动亲近反倒让李思达觉得在朋友面前倍儿有面子。他同时也暗里纳闷，真是此一时彼一时。当初他与夏尊马背上斗嘴，她曾那样不悦，如今换了个环境，竟也好起这口，爱听人斗嘴揭短？其实他没搞明白，那是因为对象不同，夏尊和赵勇不是一回事。

既然如此，李思达便起了策反之心，打算以赵小胖之道还治赵小胖之身。

李思达：“好，我的事说完了，该说说你了，赵小胖。”

“我？多厚道的人，能有啥事？你倒说给我听听。”赵勇嘴巴虽硬，笑得却很疲软。

李思达：“大概是十几年前了，有位小清新女同学约赵小胖周末去看流星雨，他答应得那叫一个嘎嘣脆，转脸就跟我说了这事。我说：哟呵，整得还挺浪漫。那个周六中午，他被小清新的电话叫醒，坐在床上纳闷。大中午？流星雨？没多大会儿，小清新搭出租车去他家接他，然后带他到了一家饭店。赵小胖终于见到了小清新她大表姐家刚满月的胖儿子，刚起的名字，叫刘兴禹。赵小胖当时感动得想哭，唱了起来，‘陪你去看刘兴禹’……”

“哈哈哈……”花想红已经笑趴在李思达身上，两只手全攀上了他的肩。

赵勇：“你当我傻啊？刘兴禹那份红包我早捞回来了。”

李思达：“瞎掰吧你，后来就没见你跟小清新有过来往。”

赵勇：“你别不信，后来有一次我从自动取款机里取出两张假币，正愁花不出去，突然听说小清新的堂兄结婚要办酒席，我一想，真是天助我也……下面留给你猜，你猜后来怎样？”

李思达：“你又菊花一紧计上心来？”

赵勇：“呵呵，就你这智商，我还是揭晓答案吧。当时虽然没人请我，但我二话没说带着假币就去赴宴了，八张真钞两张假钞，我一共随了一千块礼金。进场兜了一圈，然后出来告诉他们我走错了厅，哈，他们退给我的可都是真钱。”

李思达：“还真有你这么坏的蛋哦，如此恶心的事也做得出。”他毫不掩饰一脸的鄙夷，心里却在想，脸皮这么厚，借给他的钱看来也别指望他还了。

赵勇：“嗳，嗳，没偷没抢，只图找个平衡，你管得着嘛！”

其实赵勇这是没料到李思达会反戈一击，话赶话就把他逼昏了头，把自己不为人知的劣迹泄露了出来，后悔之余心下发狠，更不能轻饶了李思达。于是赵勇又揭了李思达儿时的一桩糗事，说他从幼儿园起就爱欺负女同学。

那会儿李思达最喜欢和女孩们围成一圈玩丢手绢，可时间长了女孩们都不愿带他玩，因为他从不按常理出牌，总出幺蛾子。赵勇亲眼所见，他接过女孩干净的手帕，转着圈大声唱：丢手绢，丢手绢，轻轻地放在小朋友的后面……突然停住，一个激灵就换片了：敬个礼啊，握握手，你是我的好朋友，再见！然后把手帕往兜里一揣，狂奔逃走。

花想红边笑边用食指掂起李思达的下巴，把他整张脸侧转过来端视，极力想象他儿时顽皮的样子。这是她的习惯性动作，泄露出的秘密只有李思达能够捕捉，他仿佛又回到了老屋……

在众亲友面前，李思达的脸不由自主地开始发热。此时此刻，花想红全身心投入，看似融入了欢乐的海洋，可潜意识里，很大程度上是为了极力摆脱几个钟头前的心理困境。身在他乡心为客，这一点恐怕连她自己也无从知晓。

说笑归说笑，阻不断席间觥筹交错。

与花想红的反常活跃形成鲜明对比的是李思达的表妹。小玲自见了表哥，连同在赶往饭局的路上，一直有说有笑，可这会儿却沉默寡言，只顾低头吃菜。偶尔她也为表哥的碗碟里夹菜，对花想红时不时地睨视，也多了层陌生感，与先前的亲善渐行渐远。

这些细节理所当然会被沉浸在死党纠缠中不能自拔的李思达忽略，却逃不过花想红 HR 的职业慧眼。

几圈酒下来，李思达和赵勇哥俩最先上了脸，成了一对喜气洋洋的“红烧猪头”。赵勇见这些陈年烂谷子事拿来助兴效果颇佳，刚才那一阵狂晒竟能博得近旁美人媚态百生的欢笑，当下兴致不减反增，决定不依不饶地乘胜追击。

这回赵勇延续刚才所提李思达从小就喜欢对女孩使坏的话茬，并将此归结为李思达对异性发生浓厚兴趣的早期萌芽，“这可不是我说的，是班主任对他的评价。”

李思达赶紧抢话，生怕事情从赵勇口中说出就会变了味，“我知道你要说哪件事，那纯粹是个误会好吗？初中的时候，班里有个又胖又丑的女同学。有一次我往她铅笔盒里放了条毛毛虫，她吓哭了，但她没报告老师，而是在同学当中扩散，说我喜欢上她了。我一听就怒了，跑去拍她的桌子，又把她吓哭了。这回她报告老师了，可还是只字不提毛毛虫，只说她害怕，因为我喜欢上她了，后来……我就被班主任定性为‘早恋’了。”

花想红笑得前仰后合，握起拳头直捶李思达的后背。

赵勇见这回没能治住他，慌了阵脚，端起酒杯又要跟李思达走一个。李思达有些年头没喝这种高度数的白酒了，脑袋晕乎乎的，不得不跟他打起了酒官司，“喝酒也要师出有名的，这一杯算什么？”

赵勇：“你是不是上海待久了忘了本？按我们的规矩，我主陪只要端起门前杯，你就不得不喝，这还不叫师出有名啊？”

李思达：“你先看看自己坐的是不是主陪的位子再说，还口口声声说，繁文缛节全免了？”

赵勇：“来嘛，不给面子啊？”

李思达：“能者多劳，既然端起来了，你就一口闷呗，比我多喝一杯会死啊？”

赵勇：“好，各家自扫门前雪，换新盅之前，你的负担会越来越重的，哈哈哈。”

李思达：“看出来了，赵小胖今晚是铆足了劲想把我整到桌底下去。”酒喝大的人通常是管不住嘴巴的，李思达这会儿显然有些忘乎所以了，转过脸来跟花想红说：“花儿，我再给你讲个故事。从前有个胖子，我每次买新衣服他都要先借去穿两个礼拜，说是为我剪彩。结果每回都撑大了才还给我，跟我说，没事，现在流行宽松的。后来我们都大了，胖子谈了个女朋友，都快结婚了才知道那是我的前女友。我安慰胖子，没事，现在流行宽松的。”

花想红当即明白了其中寓意，止住了笑，轻骂了一句，“下作！”但又止不住好奇，“不要告诉我这个胖子就是赵勇哦。”

李思达：“哈哈哈，正是这小子。”

花想红：“那后来呢？婚结了？”

心知落败的赵勇忙笑着接过话茬，“当然没有。这个故事告诉我们，兄弟如手足，女人如衣服。看看！我都这境界了，李思达你还不喝？”

李思达：“我都醉了啊。”

赵勇：“你早着呢，再开一瓶你都不能醉。”

李思达：“酒品如人品，这酒我一定喝，但话我也不能不说，人生要提防两种人。一种，是在你喝醉的时候说你没醉的人；另一种，是在你清醒的时候说你醉了的人。小胖属于第一种。”言毕，李思达仰面干了。

其实，怎么理解“酒品如人品”？很多人误以为就是喝酒直爽，能喝的不留量，不能喝的也硬喝，如此证明一个人的豁达与磊落。此乃千古谬言！

这句话该这么理解：对自身酒量是否有正确的认识？无论喝多喝少，酒后是否还有自控力？是否还能守住基本礼节？会不会说胡话、办混事？以及，本性乱否？这些才决定了一个人的酒品，从而映射出一个人的人品。这是文明世界里文明人的酒品。

很显然，这一桌喝酒的人，今晚谁都没能体现出酒品。借着酒劲儿，话越说越离谱，玩笑越开越低俗。

23.幸福的模样

酒席散了，说好“醉笑陪公三四两”，其实远远不止。“痛饮从来如灌肠”此时也应改为“脑袋如灌铅”。与赵勇等众友道别后，李思达叫了辆出租车，先把表妹送回家，然后与花想红一道回自己家。

一路上，花想红出神地观赏着窗外的夜景，只说过一句抱怨的话,“喝那么多酒,不知图啥。”然后任凭李思达一箩筐解释，也不再回应一个字。

李思达 :“怎么了，花儿，生我气了吗？”

还是没有回应。出租车终于在他家附近停下了。李思达下车后被冷风一激，脑袋又是一阵强烈的眩晕，脚下一个趔趄险些跌倒。花想红见状犹豫了一下,不轻不重、不冷不热地问了句，“没事吧？”

李思达扶了扶脑袋，“没事。”

她想当然地以为，即使不是醉态，也定是因为自己一路上故意不理他，这会儿下了车开始装醉发嗲。

父母的房间已经熄灯，李思达带花想红走了庭院的那扇前门，直接回到自己的房里。灯亮起，眼前依然是书海。李思达发现床已铺好，床尾有两床被子。虽然酒喝多了，但李思达对男女关系还是清醒的，绝不敢越雷池一步。他识相地说："很晚了，先睡吧，我打地铺。"

"不用。"花想红不假思索。

李思达："那……分头分被好了。"

花想红分别拎起两床被角嗅了嗅，选了一床摊在床里侧，"分被就可以了，我还有话要问你。"

这大大出乎了李思达的意料。花想红先关上灯，然后摸黑上床脱衣服。李思达则坐在一边等她睡下了才敢有动作。十分钟后，屋里彻底安静了下来。

黑暗中，花想红第一句话便是，"你有很多前女友吗？"

第二句话是，"兄弟如手足，女人如衣服，呵呵，不错哦？"

李思达："那讲的都是酒话，哪能当真啊。"

花想红："好吧，这个先摆在一边。我来问你，你跟你表妹怎么回事？"

李思达："啊？我跟表妹能怎样？我们都十几年没见了。"

花想红："绝对不是这么简单，她对你有意思哦，而且你难道都没发现她对我有敌意么？"

李思达："哪能啊，你以为我们表兄妹跟你和夏尊似的？我们是真的有血缘，这个不能瞎扯，懂吗？"

花想红："正说你的事，不许提那人的名字。"

李思达："呵呵，其实有件事一直没告诉你。"

花想红："关于什么？"

李思达："关于你表哥，夏尊。"

花想红："停！还来？我都说了不要提他！李思达，今晚我必须跟你约法三章，以后我们之间不谈他，好吗？”

花想红恼了，转过身去不再理他。

李思达隔着被子摇了摇她，“好吧！我向你保证还不行吗？别生气了好吗？”

“别碰我，我要睡了。”

可说完这话还没一小会儿工夫，她突然像条毛毛虫似的在被子里一阵狂扭，转回身子，从被窝里伸出手来，“越界”捉住了李思达的手腕。

“还有一件事你要给我交代清楚，你当初是怎么把人家女孩子弄‘宽松’的？”

被她这么热辣辣地一捉一问，李思达顿时醒了酒。他突然意识到，想要彻底征服这个女人，一切便在今晚。

自从那次公寓里被她莫名其妙地拒绝以后，每每想象也会自惭形秽的那股念头，这一瞬突然幻变为水到渠成的步骤。百转千回，曾经的春梦场景，他疯狂渴望占有的人间尤物，此刻已近在咫尺，感受得到她的温度与急促的鼻息。这恐怕是天赐良机。

其实，再傻的人也看得出，对于一个正在吃醋的女人，无论她将情感掩藏得有多深，实际早已泄露了底牌。

在之前的漫长岁月里，李思达真真切切的性体验只有可怜巴巴的两段，即使这两段，也得拿并非正式恋爱关系的袁晓琪来充数。所以他不可能了解，热血上头之后的动物本能，反而能为他在花想红这种女人的心里赢得更高分值。

事实上，花想红对自己体内由来已久的被虐渴求也曾有过强烈感知，男人疯狂而粗鲁的举动往往能令她兴奋得不能自已。这或许就是早先公寓那晚李思达失败的真相了。

花想红内心渴望的始终都是阿喀琉斯那样的战神，没有试探与商量，决不妥协，残暴固然有之，但更多的是显性的阳刚特征。如此被征服，她心甘情愿。

李思达满嘴酒气，猛地掀开花想红的被子，翻身上了她的身子，“好，我来给你示范。”然后在她的脸上、颈上、肩上、前胸狂吻不止……

直到云雨停歇，两人气息平稳。花香红说：“不行，我必须看看，尺寸好像不对。”然后一头钻进被子里。可她还是什么也看不见，只能靠手摸。李思达也不阻止她，任她“研究”。

花想红把头钻出来说：“老天，怪不得会把人弄宽松，这回我相信了。”然后又钻进去，隔着被子说，“有没有一斤半？割下来送给我，好吗？求你了。”

一句话又撩起了李思达的兴致，两人再次揉作一团，最后是花想红求饶了，“你要是这么厉害，我怕将来会离不开你的。”

李思达警觉，“为什么？为什么要离开我？”

花想红一愣，“就是一种说法，没有要离开。”

花想红躺正身子，这才对今晚的聚会发表了一句客观评价：“那个赵勇哦，呵呵，可真是蛮有意思的。”

李思达：“他啊，外表看上去规规矩矩的一个人，其实骨子里很色的，酒桌上我都没好意思说。”

终于可以无所顾忌地出卖死党，赵勇再也没有机会反击了。

花想红：“哦？他怎么色了？”

李思达："也没有太出格的事，就是总也管不住自己的眼睛，喜欢偷看女人的屁股。比如走在大街上跟漂亮女人擦肩而过，他会一次次转回头去看，我跟在他边上都觉得丢人。"

花想红："呵呵，比你还要过分。"

李思达："其实他就是个2B，纯的！纯天然2B。"

花想红："哦？怎么说？"

李思达："我跟你分享一个场景。"

花想红："嗯嗯。"

李思达："有一回在大街上碰面，赵勇装模作样热情地跟我握手。我跟他开玩笑说，你应该已经有感觉了，这一握非同小可，快回去疗伤吧。他却很淡定，问我用的是什么毒。我小声警告他是梅毒。他突然哈哈大笑说：你梅毒算啥，我的是艾滋……那是在大街上啊大街上，一整条街的人都转过脸来……"

"哈哈哈……"花想红蜷在李思达的怀里，快要笑抽过去。

他们都忘记了，这会儿两人抱团裹在花想红的那床被子里。李思达的那一床，刚才已被高潮迭起、神志不清的花想红蹬到地上去了。

第二天一大早，李思达的母亲在屋外喊，"思伢，早点放在饭桌上了，妈出去一趟。"

"哦。"李思达闭着眼懒洋洋地应了一声。

花想红睁了睁眼，头枕李思达的臂弯，竖起耳朵听了听屋外的动静，然后又返回梦乡。小而香甜的一个回笼觉。李思达准备起床了，先伸了个大懒腰，打了个多声部的哈欠，花想红没在意。但紧接着他却时空错乱，忘乎所以地在被窝里放了个悠长的响屁。

花想红在半梦半醒间掀开被子，捂起口鼻弹坐起来，“好恶心，你去死！”

李思达先是慌了神，进而满面羞容。

没错，男人大抵如此，在他揭开女人最后一层神秘面纱之后，神经便会放松下来，远不如先前那般谨小慎微，即使面对的是心目中的女神。

李思达此刻的满足感，令放屁也成了件浪漫快乐的事，他转而坦然道：“别那么大反应嘛，这是我的身体在歌唱。”

其实只有赵勇知道，李思达因肠胃不好，从小就是个实力派的“屁王”，可谓资深。昨晚酒桌上有意给他留足颜面，只拿他的小痛小痒来开涮。就好比李思达对赵勇同样不忍赶尽杀绝，当众揭穿他偷看女人屁股。这便是死党间的默契了。

接下来的几天，赵勇与小玲似有商定，总是同时出现，热心陪同上海“客人”吃喝玩乐，小玲对花想红恢复了初始的友善。

自回家以来，除了夜夜归宿，李思达没在家里吃过几顿吴大妈做的饭。有限的几顿也令他倍感失望，花样虽不少，却总觉得她的手艺比母亲差远了。李思达跟母亲讲了花想红的家世背景。

曾有一回饭后，李思达在厨房洗碗。吴大妈冷不丁儿来了一句，“既然花家这么有钱，怎么会同意你们在一起呢？你可不要犯傻。”

李思达干笑了两声，心里抵触，没接她的话茬。

吴大妈这种人他见过很多，与伪善截然相反，完全就是个“刀子嘴豆腐心”。不排除这种人曾因善良而遭受过伤害，从此便坚信“善良即弱点”，掩藏善面而呈伪恶。本来内心不坏，却时时以“没那么简单”“别那么单纯”劝诫自己与他人。但他并不否认，有时他自己也会左右摇摆一下。

这段特殊时期，吴大妈是给李卓君单独开小灶的，她做好后由姚淑芬端进卧室。李思达每天都会进屋看看父亲，见他有所好转，心里多少感到些安慰。有一次，父亲竟讲了一句异常清醒的话。

李卓君跟坐在床沿上的李思达说：“我知道你在上海一切都要靠自己，但凡事不可操之过急，事业不要用力过猛，生活也不要刻意追求，还记得我跟你讲过‘凝则盲’的道理吗？有些事你越是聚精会神，就越是散乱失焦，一切都要着眼大局，着眼长远。”

因为与花想红有了肌肤之亲，所以李思达在自己的出身与家境一览无余地呈现给她之后，便迫切地想了解她的想法。他曾试探过她，“唉，你没想到吧？我家这么穷，而且我爸身体还不好，不过我爸这事，回来之前我也没想到。”

花想红握住他的手，“对我来讲贫富无所谓，这你知道。而且我很开心看到你是个孝顺的儿子，善待老人就是善待自己的未来。”

与赵勇、小玲一道外出时，总有李思达与赵勇哥儿俩偶尔独处的时候。没外人时，赵勇只剩下一些世井的话。他曾明确表达了对李思达的羡慕之情。羡慕他混在上海，还能找个既漂亮又有钱的“白富美”女友。

李思达惊异于他的变化，他曾经是那样的愤世嫉俗，但李思达偏又很享受被人羡慕的感觉。“其实幸福不能只看表面。”李思达的自谦来得有些飘飘然。

赵勇：“那在你心目中，幸福的本质又是什么？”

李思达：“问我啊？谁又会这么一板一眼地去定义它呢？除非央视！”

其实不然，他曾经定义过，之所以话到此处欲言又止，皆因他清醒地看到这样一点：生活环境的变迁，也许不能改变友情的存在与形式，却在潜移默化地改变着友情的实质。所以多年以后的今天，他对赵勇基本关闭了心灵对话的门窗。

“说说又能怎样？”赵勇睨视他，似已看穿他。

李思达：“好吧，就四句话。无须友众多，谈笑有鸿儒，往来无文盲；不求妻美艳，上得了厅堂，下得了厨房；不求家富贵，老幼皆安康，世代飘书香；一朝功名成，勿忘英雄泪，吾辈莫轻狂。”

赵勇愣了一会儿，“筐筐了拎筐一个拎筐，完了？”

李思达：“完了，再多就是人心不足蛇吞象了。”

赵勇：“那你现在的幸福指数早已经爆表了啊！哥们儿，我开始有点恨你了。”

李思达感到安慰，愤青又回来了。在他的词典里，愤青与loser之间几乎可以画等号，在赵勇身上便更是如此。赵勇始终也没能找到一份安身立命的事业，所以至今也仍是单身。

但几天下来，李思达似有预感，赵勇即将交上“桃花运”。

他渐渐觉察，那是发生在赵勇与表妹小玲间的某些微妙的细节。

一同逛街，小玲会选择走在赵勇那一边，彼此话也不多。但若有购物，小玲必会将大包小包转手交给赵勇，然后不时地跟他说“辛苦了”。最明显的一次是赵勇两只手上都有东西，而此时小玲恰到好处地买了四盒冰激凌，必须双手并用才能吃。

按说小玲只要愿意分担赵勇手上的东西，他也就可以腾出一只手来了。即使这样还是不方便，那么两人换换手、分个你先我后也能解决。可她偏以冰激凌会化掉为由，一口口喂到赵勇的嘴巴里。天晓得这大秋天的冰激凌会不会那么容易化掉。这样一来，她自己的那份仍旧得押后享用，好像这样就不会化掉了似的。

赵勇也不是木头疙瘩，自然能够领会。先后两次，他腼腆地在李思达跟前旁敲侧击，都是些关于小玲的简单信息，太深入的了解会令他心虚。

这两人对李思达而言无疑都是重要的人，既然已有觉察，那么哪怕有半点可能，他也会成人之美。所以他的表现很豁达、很积极，经常给赵勇一些超乎预期的答案。

其间的技巧无非就是把一个问题时而拆分、时而扩展成几个，全方位、多角度地介绍表妹，以及他与表妹成长过程中有趣的经历。当然，表妹对他的性启蒙是绝口不会提的。

为了避免将表妹塑造成“高大全”,李思达偶尔会话锋一转，来段小插曲，让表妹有血有肉，鲜活起来。比如好心办坏事这种偏中性的小糗事。

那是表妹读高中时的事。小玲自小极富同情心，经常做好事。有一次，她送迷路的盲人回家，一路上她只顾低头看书，结果丧失戒备的盲人掉进了一个丢了井盖的下水道。

随着赵勇与小玲之间的交流渐趋频密，某一天李思达突然意识到花想红几日前的话并非神经过敏。那晚酒桌上，小玲没准真的烦透了花想红，但根子不在李思达身上，而在赵勇那里。

现在回想起来，出于迅速融入氛围的需要，花想红必然会与赵勇这个头号活跃分子你来我往、相谈甚欢，根本没工夫搭理小玲……这就对上号了。

当李思达发现新大陆似的把这个想法告诉花想红的时候，她只暧昧地笑笑，“你的反射弧可真够长的。”

24.惊世骇俗的“睡美人”业务

李思达走了之后，玫儿在上海过得很充实。正经白领的工作她倒也试用过，但工资低，还要没日没夜地加班，没做几天她就打了退堂鼓。李思达这一走，她心里更没底了。她想尽快能够独立承担起房租。为了让赚钱的速度更快些，她去了一家高档桑拿会所。

起先她的工作只是为花枝招展的姐妹们提供服务，端茶送水，烧饭扫地，这本是她的强项。但渐渐地她就不这么想了，她见那些姐妹们赚钱容易且快，出手又阔绰，好生羡慕。

可那毕竟需要付出体力和脑力以外的代价，每每起念，都会感到后怕。但有一天她想通了，是被一个数字打动的，5000元一个钟头，是从一个小姐妹口中透露出来的。

玫儿没好意思问姐妹，她直接找了经理。经理是位30多岁的女人，上下打量着玫儿，然后冷淡地说：“你的条件不太好，其他方面呢？比如你不满20？雏？活好？混血？懂外语？大学生？干过护士？空姐？你占哪样？”

玫儿：“我英语好，是大学生。”

经理：“名牌大学？”

玫儿：“嗯，但我不能告诉你校名。”

经理:“我也不需要知道，你给我来两句英文试试，‘晚上好，先生，你好帅哟。’能行吗？”

玫儿：“Good evening, sir, You are handsome.”

经理眼前一亮：“嗯，再来，‘你真棒！我好兴奋哟。’”

玫儿：“How good are you! I'm so excited.”

经理：“可以了，很好，我相信你是大学生，名牌不名牌，这个无所谓。再问你最后一个问题，你全身上下有没有怕痒的地方？”

玫儿想了一会儿：“不怕，就是脚心有的时候怕。”

经理终于给了她一个笑脸：“好，这个会特别标注出来，回头我安排人给你化个妆，再拍一套写真，挂到网上去。你以后就叫‘Lisa’，5000那一档你肯定做不了，对大学生来说太重口了，你要真做了，反倒让人怀疑你不是大学生，把你归到‘睡美人’的目录里，给你派2800一档的活儿吧。一个礼拜起码能接两单，但是不需要你讲英文，就这么跟你说吧，干脆就不需要你开口讲话。回头领班会跟你交代一切的，能做、愿做你就做，不要勉强。”

玫儿很好奇，这不用开口讲话的活儿究竟是什么活儿。后来到了领班那儿，可就露骨多了。领班可不管她是不是大学生，以前有没有做过这一行，直接告诉她，每次客人在网上点了她，并预约好时间，她会马上得到通知。

每回她都要提前半个钟头到会所，做好准备，在包间里等候。所谓的准备，就是要先洗个澡，然后换上一套布料加在一起也不超过巴掌大，客人用一根小指就可以轻轻挑开的小内衣，还要戴上眼罩，静静地躺在包间的大床上。

从客人进包间，一直到离开，她都不能开口讲话。怕痒的地方，客人会提前从网上的资料中得知，不会碰。接下来，一切任凭客人喜欢，想怎么玩就怎么玩，她不许表现出不适，更不许抗拒，连一个表情都不许，更别提明显的动作了，就那样任人摆布。

领班反复跟玫儿交代："客人扒你的衣，抻你的嘴，揪你的舌，翻你的身，掰你的腿……你就装睡着，或者装死人也行，就是不准动。只有最后戴套的时候，客人会主动扒下你的眼罩让你验一眼，除此之外，你没有动的权利。"

听到这里，玫儿已是满头大汗，"假如客人很粗鲁，怎么办？"

领班冷笑："我们这儿是会所，不是路边'鸡店'，来这儿的都是固定的常客，需要账号密码才能登录进来的商务精英、成功人士，你那些担心都是多余的，一般都有分寸。其他普通业务不敢说，咱这项'睡美人'业务开展到现在，只有客人投诉'睡美人'的，从来没有遇见'睡美人'反过来投诉客人的。"

"做鸡"就"做鸡"，还要分个三六九等。路边的，登堂的，还要把"鸡"包装成"睡美人"……

玫儿抹了把汗，又问："那假如客人主动问我话，怎么办？"

领班："客人让你说话，那是例外，你是要回答的，简单回答，不要废话连篇，更不能顺杆爬，跟客人唠嗑。"

玫儿："那万一我啥也看不见，客人偷拍照片带走怎么办？"

领班："你的问题还真多。这是桑拿会所啊，客人在楼下洗完，会穿我们的休息服上来，连个口袋都没有，他用眼拍啊？”

价格真的好诱人，可这钱也真的是要付出不敢想象的代价才挣得到。玫儿回到家，苦苦挣扎了两天，最终还是放弃了，她实在迈不出这一步。

论资质，玫儿的长相真心一般，却因她有大学学历，才把综合分拉了上去。况且“睡美人”业务并非人人愿意干，其卖点也不在于人的长相。说白了，它唯一的卖点也就是“像死人一样躺在那里，满足某种变态的性需求”。

尽管玫儿来上海不久，随着眼界的拓宽，欲望也渐渐膨胀，但直到这个时候，她还没有足够的动力走上这条路。

后来，经理好奇地问她，不是都已经说得差不多了吗？怎么又不干了呢？玫儿回答不上来。但经理一反常态又笑了，她料定玫儿只是暂时跨越不了这个障碍，时间和欲望最终会帮助她跨越的。

这几日，李思达带着花想红去了好多地方，湘江、橘子洲、岳麓山上的岳麓书院和爱晚亭，还有坐落在岳麓山脚下罕见的开放式校园——湖大。

花想红一向自诩擅长发掘城市人文之美，无论到哪儿旅游，总会随身携带单反相机。但李思达心里有数，她不过就是个快门杀手，一堆照片里挑挑拣拣，精选不出几张像样的。

她说她去过二十多个国家，近百个城市。若从现代化的角度看长沙，只能说一般般。而历史沉淀，又难与百年上海滩相提并论。但李思达胸有成竹，心想这还早呢，这座城市的魅力将会远远超出她的想象。

由于这是花想红第一次游长沙，难免随处惊奇，比如夜晚信步江畔时见到的孔明灯。上海早就禁了，这里却10元一只随意放。李思达感慨，祈福许愿与过失纵火其实仅是一念之差。

再比如，舌尖上妙不可言的长沙。

这里绝对是吃货的天堂，食材以水产最为突出。流经西南一带，无论是怒江、澜沧江、金沙江，还是漓江或乌江，都比不过湘江的水产最为鲜美。这里有湘江鳊鱼、草鱼、鲫鱼、花甲……这回可让花想红饱了口福。

小吃那就更多了，以火宫殿为龙头的潇湘特色小美食那叫一个铺天盖地，步步挠心，时时挑逗着花想红的味蕾。

这里的蒸菜极为平民化，点心不拗造型却很美味，各色湘味菜式以味取胜，皆不摆身段，且便宜得惊人。相比之下上海的美食就差了好远。其中有一种糕，唤起了花想红儿时的记忆。

她清晰地记得以前七宝老街上有一种松糕跟这个很像，没有豆沙芯，也没有色泽光鲜的果脯蜜饯点缀在糕面上，就是很朴素的那样一坨。蒸时吸水性很弱，出锅仍旧蓬松，不黏腻、不粘盘底，甜度也适中。当中若是再嵌一粒橄榄，芬芳四溢，当饭吃都没问题。

李思达声称吃过她说的那种老街松糕，确实好吃，但跟长沙的绝对没法比。这本来正是花想红想表达的意思，但听话听音，李思达急于夸赞家乡的心情是可以理解的。于是也不想跟他争论什么，反而在他面前不止一次地感慨道："要不是怕胖，真想把这里的美食吃它个遍啊。"这是她的真心话。

除了美食，他们还体验了一回长沙的夜生活。走在人民西路上，花想红点点头，说长沙的夜还算妖娆，夜生活也还算丰富。

李思达：“那是必须的！毋庸置疑的！不比上海差哪去。”

在黑夜的掩护下，另一股冲动在暗流涌动。

李思达此前就已发现，赵勇和小玲偶有战战兢兢地牵手。发展到后来，两人就变得神出鬼没，经常走着走着一回头，两人突然没了踪影。起先李思达以为走散了，打电话找他俩。可每到这时，两人又会神兵天降一般突然出现在眼前，显得电话是多余的。

今晚李思达又有新发现。在两人再次双双消失之后，他干脆也不打电话了，就沿着来时的路回头找找，结果在身后的一个窄巷里瞄见了他们。赵勇和小玲正缠缠绵绵地拥在一个角落里接吻。

李思达不好意思打扰他们，索性退回花想红身边原地等候。

如果说李思达后来两年的铁窗生涯是数着日子在清醒中熬过来的，那么当下的幸福时光则完全处于一种囫囵不嚼、醉眼瞢腾的状态。正是这段美好的时光，坚定了日后李思达舍命立功也要争取减刑的信念，但这也许不是唯一原因。

一晃一周过去了。花想红对李思达的称谓从最初的直呼其名，到频繁地省略姓氏，再到甜腻的“思密达”。他第一次听她这么叫时，一下子联想到韩剧里拖着拐弯尾音的嗲女生，着实起了一身鸡皮疙瘩。

日子来到了2008年11月2日，周末。

一大早，花想红醒来，见李思达反常地裹着被子，坐在床边的椅子上，目光呆滞，神情忧郁。于是她坐起来问：“怎么了，思密达？”

“没事，就是坐着醒醒困。”李思达没说实话。

其实是因为他起床时脑袋又晕了一下。虽然没有前两次那样严重，却引起了他的警觉。不过他猜想，最多也就是个轻微的脑震荡的后遗症。

花想红：“当心着凉感冒！”

李思达：“大概已经感冒了，刚才头有点晕乎乎的。”

李思达又坐了一会儿，确信无大碍，等花想红穿好衣起来，他一个懒驴打滚又赖上了床。

“猪猡！又横下了，有你这么醒困的吗？”花想红一巴掌打在他的屁股上。

李思达幸福地叫疼，顺着那声嚎叫的转弯处，竟唱上了，“把这个觉下个觉串一串，串一株幸运草串一个同心圆，让所有春梦癔症的呼唤，趁感冒做个伴……”

等花想红洗漱完毕，李思达仍没起床。小玲来了，说她今天跟几位要好的同事约好了要去江边打沙滩排球，赵勇也同去，问花想红和表哥想不想去。花想红一听沙滩排球，来劲了，朝李思达的屁股上又是一巴掌，“你个大懒虫，快起床。”

李思达：“我是真的感冒了，让我多睡会儿，你们去吧，玩得开心点。”

花想红也不勉强他，最主要是嫌他麻烦，等他起床洗漱磨磨蹭蹭，怕已到中午了，于是随手拎起包包，跟小玲出门了。

姐儿俩一去就是一上午，李思达也睡了一上午。因为没带单反相机，花想红终于打开了手机，拍了沙排赛场和欢乐的男男女女，还拍了一些江景，过后却忘了关机。借用她这个希腊神话迷的说法，这相当于打开了潘多拉的魔盒。

中午，小玲把花想红送回来还给李思达，赶上吴大妈正准备开饭。一进门，花想红就朝李思达嚷嚷开了。

“思密达，你看呀，你看呀，被乡下毒蚊子咬了。喏，这里，蚊虫块，还有这里，也是蚊虫块，你再看我手背呀，打排球打到乌青块都出来了。”花想红很少会当众撒娇，想必是真的委屈。

李思达假装认真“验伤”，然后调侃道：“亏你还是高级管理出身，为什么非要亲力亲为，派蚊虫上场打不就好了？这样一来，你既不会有蚊虫块，也不会有乌青块，蚊虫也被排球干掉了。”

花想红：“去你的，没正经，真的好悲催的。”

姚淑芬要留外甥女吃饭，小玲说还要去跟那帮同事聚餐，洗了把脸就匆匆走了。花想红的手机在包里不停地响，直到她吃好饭回到李思达的房里，才发现有无数未接来电和短信。毫无悬念，全来自上海。

花想红端着手机发了好一阵呆。坐在一边半天不敢吱声的李思达终于忍不住劝她，“要不，还是回一个吧，报个平安也好。”

花想红终于鼓足了勇气，回拨老爸的电话，李思达识趣地离开房间，反手带上房门。二十分钟后，李思达折返，端进来一个果盘，见花想红挂了电话两眼红肿，知道情况不妙，忙放下果盘过来安慰。

花想红推开了他，说想一个人静一静。李思达无奈，只得再次离开房间，一下午，两人没再有过交谈。

晚饭前，李思达见花想红情绪有所缓和，就回房跟她聊其他话题，试图分散她的注意力。可还没聊上一会儿，花想红的手机又响了，这回是夏尊。

花想红果断接起，没有要李思达回避的意思。短短几句对话，李思达只听懂了最刺耳也是最关键的一句。花想红愤怒地对着听筒吼："我晚上睡哪儿，和谁一个枕头，与你无关，不用你操心！"

这间房里发生的一切，自然掩不住同一屋檐下的耳目。一顿静默得可怕的晚饭过后，花想红独自回了李思达的小屋，姚淑芬把儿子拉进了书房，吴大妈这条甩不掉的尾巴也跟了进来。

姚淑芬终于道出了心里的担忧，"按说谁都想和富贵人家结姻缘，但你要明白，我们是知识分子家庭，无论到什么时候，自尊心是不能丢的，攀龙附凤的事我们以前做不来，以后也学不会，更何况是强求？花家不会随随便便同意这门亲事，这是妈早就料到的。可没想到你这次带她来长沙，也是瞒着她父母，思伢，你好糊涂啊。"

吴大妈插话了，"这话我早说过吧？早说过吧？"

李思达只当吴大妈的话是母亲的回音，不予理会，可母亲这么冤枉他，一时间难以接受，"是她自己提出要来的，我没勉强过她。"

书房里的争论，花想红听不清，但她了然争论因她而起。此时她才意识到，面临残酷选择的始终只有她一人，长沙偏偏给不了她想要的答案，而且她有预感，这里待不久。进而，她动摇了最初那个冲动的决定，怀疑当时脑子是不是短路了。

说到底，女人的一半是艺术家，另一半是商人。感性起来冲昏头脑、为爱癫狂；理性起来却又斤斤计较、分毫必究。

等李思达回到房里，无异于多添了一张愁容进来。两人不再交谈，双双陷入沉思。后来李思达的手机也响了，还是夏尊。他面露难色，把手机摊到花想红的面前。花想红见了使劲摇头，示意他不要理会。

可李思达犹豫了半天，这回没听她的，自作主张接了起来。

夏尊的语气是出人意料的客气。他首先摆出了兄长的姿态，关起门来检讨了表妹的小孩子脾气，然后又感谢李思达这么多天来的照顾。最后一句露了点锋芒，说假如他看人没看走眼，李思达应该是个成熟而且明事理的人，眼下当务之急是要终结这个“国际玩笑”，不能再任由表妹耍性子。他拜托李思达尽快将表妹送回上海。

虽然夏尊在努力扮演谦谦君子，但他的语境，分明是将李思达设定为局外人，根本就没把他这个“备胎”放在眼里。这不免让李思达觉得恶心与愤怒。不过当着花想红的面，他又不便发作，只回他道：“这话你跟我说没用。大家都是成年人，我可做不了她的主。”说完就挂了。

与其说，花想红对他俩在电话里讲了些什么毫不关心，倒不如说，她捂起耳朵也能从李思达的表情上还原对话。她瘪起嘴，苦着脸凑近他，抬手拢了拢他的衣襟，“不要想那么多，我是不会回去的。”这像是一句安慰的话。

李思达：“可是，你终究还是要回去的。”

花想红:“对，那当然，我家在上海，我老爸老妈都在上海。我意思是说，我不会因为谁要求我回去就回去。”

李思达:“可是，不管是谁要求你回去，你老爸，还是其他什么人，你终究还是要回去面对他们的，不是吗？”

花想红:“那至少也不是现在，又不是走投无路，我身边还有钱。”

李思达:“哦，原来是这样，有钱的时候，可以不屈不挠跟他们抗争，等没钱了，就只好乖乖投降，是吗？”

花想红:“你怎么会这么想？我们不是还在一起么？将来要怎样，又不是一两天可以规划的，况且，规划也不是我一个人的事。”

李思达:“唉，我早就猜到你是跟家里闹别扭赌气出来的。”

花想红:“这不用猜，明摆着的，但我难道不是因为你才跟家里闹的别扭吗？”

李思达:“其实，我意思是你跟夏尊闹别扭。”

一句话被他点中了要害，花想红怒气上来了，“你！我好言好语跟你解释，你还蹬鼻子上眼了，是不是？说好了不准提这个人，还提！还提！”

李思达:“人家电话都找上门了，怎么就连他的名字都不许我提了呢？这不掩耳盗铃吗？他是你给我设的禁区吗？可这究竟又是为什么呀？难道你们之间真有什么不可告人的秘密？”

面对李思达这一连串咄咄逼人的提问，花想红反倒平息了怒火，冷静下来，“其实，我不提他，也不想听到你提他，是因为这个人让我心烦。”

李思达:“呵呵，心烦以至意乱，意乱以至情迷。这样看来，我的感觉没错,表兄妹只是名义上的,你们之间还是有点什么的，我说的对吗？”

花想红：“绝对不是你想的那样。直到目前为止，我跟他之间什么也没发生过，我始终都处于被动，你该相信，一切都只是他单方面的想法和行动。”

李思达沉下心来仔细想了想，说:“好，可能我确实想多了，那我们现在把复杂的问题简单化，我就问你两件事，我需要诚实的答案，好吗？”

“嗯，只要别再提他。”花想红犹豫地点头。

李思达：“一，你对他有意思吗？”

花想红：“我抗议！一上来就犯规，我拒绝回答。”

李思达:“好，怪我太直接，重来。一，他对你有意思吗？”

花想红：“我猜，是有的。”

李思达：“唉，我这不废话嘛，我还能不清楚他的心思？还用来问你？”

花想红:“嗯，那不管。一个问题过去了，还有一个，抓紧。”

李思达：“但这回我还是提到了他，你为什么没抗议？”

花想红：“你哪来那么多废话？下一个问题，快！”

李思达：“二，你对我有意思吗？”

花想红突然笑了：“我善良地提醒你，你要是不赶紧收回这个提问，两个问题都要浪费了。”

李思达:“我为什么要收回？这对我很重要，很难回答吗？”

花想红：“不，一点儿也不难，这反而是我最乐意回答的一个问题。你是我的思密达，我对你当然有意思，很有意思！否则我为什么要住在你家里，跟你睡一张床，忍受你这个‘屁篓子’？”

这么爽快的回答，自然是李思达最理想、最满意的。一切都颠倒了过来，始终处于被动的花想红，反倒没有逼他袒露心迹。也许是因为他的爱太过显性，一览无余，以致花想红无须特意来跟他确认。

李思达笑了，搂紧她，“我爱你，花儿。你知道的，为了和你在一起，我可以拿命搏，可以掏空我的全部，双手奉上。”

花想红的眼眶湿润了，她钩住李思达的脖子，忘情地吻下去，“那当然，傻瓜才会不知道。”

经历了这场风波，花想红索性彻底卸下电池，把手机塞进了行李箱最隐秘的夹层。她不想再烦李思达，更不想自寻烦恼。尽管两人内心都难以平静如初，这一晚他们还是如饥似渴地做爱了。

李思达将花想红侧身按倒在床上，把她的双脚绷直了举过头顶，从她身后以不可思议的角度与她拥抱纠缠。可就在他们即将共赴第 N 次极乐的前一刻，屋顶的玻璃钢瓦似有石子敲击并缓缓滑落的响动。

花想红被自己难抑的吟声掩住了耳朵，并未觉察，可李思达的心头却是不小的一惊。但愿那不是同一屋檐下的谁，向他发出的某种警示。

热度消退后的花想红背过身去，均匀呼吸，不再有任何动作，却在黑暗中焦虑地眨着眼睛。

25.玫瑰与刺猬

“岁月静好，现世安稳”，与中意的人相伴一生，这只不过是人生显露在外的一个切面，恬静美好却非全貌。而在其他切面上，李思达自知有的在滴血，有的刚结痂，有的还在燃烧。

父亲的教诲他从不敢忘：平衡是一种结果，刻意追求不来。一切都是结构性的，幸福、富有、成功与归属。可令他始终困惑的是，只因迟迟打不下一份牢固的事业基础，便致他事事无成。结构性的幸福于他而言，近乎空中楼阁。

在历经了过去几年的失败之后，人生第一次向李思达呈现出另一种神秘诱惑的姿态，以及无限的可能性。纵然前路荆棘密布，也难阻他如此接近幸福，以至于在此后的铁窗生活里，每每回味这段时光，总是恍如一场隔世之梦。曾有一度，他拒绝相信遭受欺骗与出卖，而是自我催眠似的将一切归咎于误会。

眼下这是一段得不到祝福的蜜月，既是开始，同时也达到了顶点，紧接着便是漫长的下坡，无限逼近终点。

接下来两天，他们很少出门，主要的活动全在李思达这间小屋。李思达开始安静地阅读，花想红则在百无聊赖中等待着终极审判。

她料定会有终审，是对她的，更是对李思达的。可两天很快便过去了，没有人找上门来。她寻思，只要有人想到去她的部门查阅下档案，李思达长沙老家的地址便会被找到。

看似上海那边充分尊重了她的人权，抑或彻底放弃了她？她最终的结论是，这都是不可能的，唯一的解释仍旧是源于某种攻心的计谋。可实际上她连真相的边也没沾上。

自从得知女儿跟李思达这小子去了长沙，花雷恨不能当即插翅飞去，夏尊也巴不得能第一时间赶去“捉奸在床”。可就在这个节骨眼上，“四万亿”大蛋糕从天而降。当然，有夏克坚在，蛋糕自然会提前几天落下。

打了鸡血的花雷情绪激动地跟夏尊说：“早知道要来，谁能想到会这么突然？好在砖头七十年不会发霉。真是天助我也，天助我也！尊儿，天大的麻烦都给我放一放，快！开会，我要部署，抢占先机……”

于是，花想红私奔的事就这么被挂在空挡上了。

长沙的雨季到了，天阴冷阴冷的，进出总是一脚泥。小玲和赵勇如今已打得火热，再也不用借李思达的荫头才能羞答答地相见，所以上门自然就很少了。电话也是寥寥几通，只关心他们什么时候回上海。

这让李思达不胜其烦，“天！你就这么盼着我走啊？”

花想红因此更加不想出门了，感觉长沙不再有意思。倒不是长沙没好玩的、没好吃的，也不是生活质量大幅度下降，说到底还是远离了自己的“王国”，因而浑身不自在。

尤其是这间小屋，带给她的只有压抑，连洗澡都成了件麻烦事，更遑论专属她的私密空间了。只有形如她上海家里那宽敞的卫生间，才是唯一能够彻底让她抛弃约束感的空间。

花想红："没劲，讲到底这里还是乡下。"

李思达："我最听不得上海人嘴里的乡下。"

花想红："别咬文嚼字，好吗？上海人嘴里的乡下其实就是外地的意思。"

李思达："是啊，出了上海全是乡下……按说上海这座城市也是开明开放的，还号称海纳百川呢。"

花想红："可谁也没说乡下就不好啊。"

李思达："那你还是扪心自问好了。乡下或乡下人在你脑子里究竟是田园风光、美丽大自然呢，还是愚昧、不开化的代名词？有没有歧视的意味？"

花想红："你太敏感了！"

其实她心里清楚，这八成是因上海人的集体傲慢而招惹的偏见，甚至是怨气，凭她一己难以否认。

几天后的一个午后，相似的一幕再度上演。

当时李思达正在读一本诗歌选，花想红从里屋吴大妈那领了些水果进来，随口问他在看什么。李思达说是一些诗词。

花想红："这个我最头疼了，对诗词一窍不通。我也闹过笑话的，老师让我背诗经，我是这么背的，'关关雎鸠，在河之洲，人家有伞，我有大头'。"言毕，肆意地笑。

花想红本是无心。可李思达在上海生活多年，他听得出，花想红的最后两句是憋着苏北腔背的。那在李思达看来，是对"苏北腔"的不怀好意。

李思达："你还柳如是呢，看来名不副实。你们上海人呀，就喜欢拿人家苏北人开涮，这是地域歧视。”

花想红一听，又来了，头真的大了一圈。

为了堵住李思达的嘴，她转移视线，开始抱怨吴大妈烧的菜太辣了。不过，当初对付玫儿的手段自然不可再用，因为如今她与李思达已然亲密无间，若再说全身皮肤过敏，他定会大大方方下手来扒衣验身。她只说“辣得胃痛”。

可这招却弄巧成拙，反而火上浇油。

尽管李思达也觉得吴大妈的手艺不行，可毕竟这是在自己家，再说大点，这是在他家乡长沙，那便性质不同了。单凭上海人的斤斤计较和对外地人的百般瞧不起，他都感觉有责任捍卫些什么。

李思达：“你在火宫殿的时候，那么多辣口的小吃，也没听你有半句怨言啊？还是看不起我们乡下，看不起我乡下的家。”

这个节骨眼上，无论什么话题都能被他扯到“地域歧视”上来，因为他很介意这个。他心想，花想红既然来到长沙，事实上已经成为“外地人”，可她还是放不下那份大都市的优越感。

花想红自知无法自圆其说，直接跳开，“你真是个没心胸的男人！”

这是花想红给他的结论，但其实她心里有数，这不是心胸的问题。在她看来，李思达是个同时拥有自尊心和心胸的男人，这是极为难得的。但他的自尊心有时也会伤到花想红，那就像玫瑰与刺猬一样长满了刺，时而如玫瑰那样无端骄傲，时而像刺猬那样胆小畏缩。

在两人之后的相处中，因现实中的鸡毛蒜皮而摩擦不断，尽管两人都有意识地回避地域问题，但从生活习惯到价值观，凡事都能被李思达扯上狭隘的门第之见。他会说一些令花想红恼火且过后更令自己后悔的话，往往脱口而出，越来越不过大脑。

在长沙的这段日子，李思达没有再获得更多的“备胎心得”，因为他几乎相信，自己已经成为“正胎”，正享受着“正胎”的待遇。

但他同时也淡忘了当初重获“备胎”资格有多么不容易，那可是拿着半条命换来的。而今他也忘记了当初对自己的告诫：“备胎”取代“正胎”也许并非一种常态。当初那种危机感消减了，自然而然，他就敢跟花想红肆意争论了。

身处千里之外的花雷和夏尊，恐怕很难相信，“四万亿”的神奇功效不仅挽救了他们的公司，还将他们无暇顾及搁置一旁的家务事也顺便解决于无形中了。任何形式的同盟最终都是从内部自我瓦解的，外部共同的威胁反而能使其更牢固，这是人性之贪婪与恐惧的真实写照。譬如李思达与肇雪，也是如此。

花想红吵不动了，开始对他失望，也对自己失望，后悔当初的冲动。

女人们最终的决定，与她们最初为男人划定的杠杠经常一毛钱关系也没有。这让男人跌眼镜，也令女人自己困惑不已。一切缘于女人不了解自己，或了解得不够透彻。她们原以为身处怎样的环境，就必然会如变色龙般用体色去适应。其实不然，她们难以违背内心更加深层的需求。

尽管这需求究竟是什么尚无定论，但跑不出两样东西：天然的亲切感和长久的安全感。基于此，一切感动才是踏实牢靠的。

在李思达身上，这两样东西曾经都是令花想红惊喜的重大发现，可如今却已丧失殆尽。

花想红最终没有随李思达玩遍长沙，她决定回上海。

当她将她的决定告诉李思达的时候，得到了他冰冷的回应："早料到了，要回你自己回，我不会阻拦。"

花想红愣了半天，终于忍不住背过身去抹泪，"好吧，多年没回家了，你多住一段吧。"

李思达自知，所谓不破不立，破的是自身的茧，而后在别人眼中立起来。李思达的茧很厚，时常将自己包裹得太严实。这个茧不是别的，正是介于自尊与小心眼之间的那层混沌体，破之亦有风险，时机难以拿捏，也许里面已是美艳的蝶，也许还是令人作呕的蛹。

可眼下最短缺的是时间，已容不得他慢慢自觉自省、自破自立。

回上海的前一天，花想红单独上街来了个大采购。她为李思达的父母买了一大堆东西，连吴大妈也有份，其价值远远超出了姚淑芬给她的见面礼。姚淑芬过意不去，反复推却了好几个来回才为难地收下。可在吴大妈看来，这却是理所应当的事。

李思达躲在自己房中心如刀绞，他怎么舍得又怎么甘心让她就这么离开？他担心这是在预告他俩就此结束。他也很想讲几句软话来挽留她，最不济也先把关系缓和下来之后，再随她一道回去。

可到了这步田地，他的心彻底变成了一只仅存防御性的刺猬。他一次次强迫自己相信，无论怎么做都是徒劳的，这段感情的终极归宿就该是坟墓，只不过是早晚的问题……

花想红执拗地不许任何人送行。临别时她特意来到李思达父亲的房门口，叫了声伯父，挥了挥手。李卓君难得头脑清醒，也难得朝她回了一笑，仿佛对这位在家住了多日却没见过几面的小姑娘早已熟识。

花想红看得真切，那笑里含有些许歉意。

就在这天，李思达又一次晕倒在自己的房间里，醒来时却急于四下里寻找花想红留下的蛛丝马迹。可令他遗憾的是，除了逛街时与她一道买回的几件小玩意儿可作花想红曾经来过的证据之外，一切都恍若一场春梦。

接下来几天，李思达在家里待不下去了。花想红的离开，似乎把他从那具被浓浓亲情包裹着的躯体中抽去了魂，他顷刻间失去了以正常面目与家人相处的基本能力。

可他也没打算回上海，而是跟家人谎称回沪，却搬去赵勇家一间空置的小公寓借住，并严禁赵勇告诉小玲。

在那间四面墙都可以放小电影的公寓里，李思达借睡眠来逃避。一觉醒来天没亮，然后又接着睡；再醒来时天还没亮，继续歪倒；第三次醒来天仍旧没亮，一看手机日历，方才恍然，已是第三天凌晨。

好在这是秋乏时节，能睡得如此昏沉倒也算是福气。可有一点令他生疑，这种情况以往从未发生过，即使在他最沉沦的那几个月也没有发生，近来却频频发生。疑惑间，他摸了摸自己的脑袋。

一周后，李思达有了决定。

这一天，他得到了人生中第六条“备胎心得”，这一条是致自己的：从前种种如昨日死，以后种种如今日生，人生犹如水上书写，随发生处生而覆灭。未来会怎样？也无非就是一步接一步地将错就错。但无论怎么错，烂在这间小屋里便是大错特错。必须有方向，这个方向还是上海，也只能是上海。是时候回去，让“备胎”的尺寸变大了。

26.错位的原点

就这样，上海再次成为他唯一的方向。他出门买了张回上海的火车票。

花想红回到家后，连着三天闭门不出，谁也不见，谁也不理，大多数清醒的时候都是穿着睡衣躺在浴缸里。

刘三妹为女儿识大体、顾大局而倍感欣慰。花雷却不以为然，“才怪！慢慢你就知道了。”

只在周末的饭桌上，花雷才跟女儿讲了一句话，“天大地大，没有家你什么也不是，所以希望你明白，家对你来说才是最大。家旺你才旺，家和万事兴。”

夏尊来找过她两次，都被刘三妹哄了回去，连个面也没见着。花想红在楼上隔着门板听到了动静，却实在懒得下去。说到底，这个时候她最不想见的人恰是夏尊。

与李思达不同，花想红的振作只在几天之间。那应该不叫振作，而是危机感悄然于自厌情绪中渐渐崛起，强迫她极力挣脱令人不安的颓废。她重新回去上班了，却全然不顾公司上下忙作一团，第一要务竟是从办公桌抽屉里找到那份李思达的“重托”——倪翔的简历。

严苛的面试被简化了，两天后，倪翔进了花雷的公司。他当即给李思达去了电话，“哥们儿你太够意思了，都不知该怎么谢你，不过怎么听说你离职了呀？我来了你倒是走了，躲猫猫是吧？”

倪翔没觉得自己的话有何不妥。他想当然地以为，花想红既然肯帮忙，那她与李思达的关系总还是笃定的，李思达的离职应是有了更好的选择。要让他相信并理解，两人即使是闹分手，也不会影响兑现承诺，怕是比登天还难。

不过，电话那头，李思达长久的沉默很快便令他意识到事情并不简单。接这通电话时，李思达还窝在长沙赵勇的小公寓里发呆。

倪翔：“改天请你吃饭吧，思达。你是我的贵人，总要让我有所表示。”

除了风风火火地为倪翔安排工作，花想红还做了一件傻事。只不过玫儿对李思达隐瞒了，或许只是疏忽。

李思达的归来，玫儿并未表现出太多的热情，也许是因为来来去去对她而言只有接受的份儿。同时她也绝口不提花想红，但玫儿对李思达生活上的照顾依旧。

前后不过三周，玫儿又有了新变化，最大的一处，是两只耳垂都贴了扎眼的白胶布。李思达一猜一个准，定是打耳洞时发炎了。可他连问都懒得问她一句，只闷在心里说：又一条迷失在大都市里的可怜虫！

就这样，李思达画了一个大圈，又回到了原点，他依旧睡客厅。房东没变，仍是头顶上的袁晓琪，付房租的人也没变，仍是他李思达。可偶尔他有种莫名其妙的感觉，如今这间租屋里的主宾身份似乎变了，借住客是他，主人反倒是玫儿。

也许是源于玫儿的现状渐趋安稳，而他却还是六神无主，抑或在他回长沙前就已经是这样一个格局了。只因他当时身在山中不识庐山，而今去了又回，方才有所领会？

这段时间，李思达心情并未好转，他始终在逃避思考——接下来的路该怎么走？大多数时间，他都与电脑为伴。他开始写起了小说，他想把自己的爱情故事写下来，但却没有勇气当下投稿，只是不断地往电脑里存稿。他感觉他的故事就是一个“备胎”辛酸的自白。

某天他受 DIY 网帖的启发，在大麦茶的基础上自主研发出“王老吉”式凉茶，口味竟然与之高度相似。他的核心配方是大麦茶，外加板蓝根。

玫儿从外面回来时，看见桌上那一大壶饮料，问也不问，倒上一杯就喝。还是温的，似乎觉得味道不错，又续了一杯，这才问李思达是什么饮料。当李思达告诉她那个天才配方后，玫儿先是愣了一会儿，回过神来后，疯子似地冲进卫生间狂吐起来。

李思达：“至于吗？板蓝根又没毒啊。”

程玫儿：“呸！你没看生产日期吗？那都是当初你留下的，早过期了啊。”

李思达赶紧跑去废纸篓里捡包装袋，“对不起，对不起，哥还真忘记了看。”

程玫儿：“无聊透顶！”

同样是气急的抱怨，与几个月前的语气完全不同。她不自知，李思达的心里却是一震。

李思达:“怎么了嘛，我又不是存心害你，都说了一时大意，不就图个好玩嘛。你进门前，我自己也喝了好多呢，真的。”

程玫儿:“唉！就当我迁就你这个懒人，什么事也不让你做，可你……也不能无聊到拿板蓝根当饮料玩，我说错你了吗？这回你不会又告诉我懒惰是第一生产力吧？要玩死人的，大哥！”

李思达：“丫头，今天这是怎么了？火气这么大，我平常就是起得晚点,吃睡只占一张沙发,应该不会给你添太多麻烦吧？”

玫儿突然意识到刚才的语气有问题，缓了缓说：“重点不是说你懒，是你的生活习惯有问题，不健康，早睡早起身体好，小孩子都懂的道理。”

李思达：“那是千年不破的谣言！我长期晚睡晚起，早就形成自己的生物钟了，好吗？你看我哪天睡眠低于八小时，只不过是跟别人不同步，两三小时的时差而已，会死啊？”

话赶话扯到了这里，李思达自以为看懂了鸠占鹊巢这出戏。

玫儿倚在卫生间门边，似笑非笑，“哥别生气，玫儿今儿这事小题大做了。”

玫儿回卧室了。在她转过脸去的一瞬，李思达惊讶地从她脸上捕捉到鄙夷的阴笑。可这竟然没有触怒敏感的他，而是在那颗长满刺的心上蒙了一层恐惧的阴影。

那阴笑太眼熟了，若漂浮在夏尊那类公子哥的脸上，他一点也不会感到奇怪。可万万没想到，连玫儿这种出身贫寒的乡下丫头，都会有看不起他的一天。更为重要也更令李思达久久难以释怀的是，他自问对她难道不曾有过恩惠？

其实直到李思达重获自由再度面对她的那一天，也没能真正领悟，倘若恩惠出自过于狭小的心胸，无论对谁都是个灾难。是的，现实的不如意往往能于无形中挤压一个人的心胸。

李思达在家待不住了。索性出门，沿江走走。

风乍起时，吹皱了一江秋水，也吹散了他对未来不切实际的幻想，所有幻想。他从未像今天这样顾影自怜过，感觉自己弱不禁风，可以被一切击溃。

第二天，有所不同，他在心里听见了一个孱弱却不失坚定的声音：再苦再难，鼻子酸一酸，牙关咬一咬，拳头握一握，总有办法活下去。是的，活下去是都市人的底线，死扛才是他们的本能，所以他们总是孤独地坚持着。

这天晚上，玫儿躺在卧室的床上接了一通很长的电话。让李思达印象深刻的是她从头到尾的咯咯笑声，欢快得像只刚下完蛋的母鸡。

待她挂了线，李思达探头进来问："交男朋友了？"问完连他自己都觉得莫名其妙，对她竟然生了好奇心。

程玫儿："哪有，一个工友打来的。"

李思达："哦，那……单位里有没有男孩子追你啊？"

此问虽多余，却是出于无奈，只因关心不能只有一半。

程玫儿："嗯，有是有，不过是个'龅牙男'，两片嘴唇总也盖不住牙齿，看着挺让人揪心的。"

这就丰满了，如今在玫儿身上都有了都市人的刻薄。李思达这么想，嘴上却说："呵呵，人好最重要，不要太在意。"

这句话，是当初夏尊取笑他时说的，他记忆犹新，这会儿他却借花献佛送给了玫儿。

玫儿正欲反问他与花想红之间的事，可某些记忆似被同时唤醒，突然一个激灵，紧张道："哥，对不起哦，有件事忘记告诉你了……"

原来，就在李思达回上海的前几天，花想红拜访过这里。她拎来两盒杏花楼的速冻西米皮汤圆，说是立冬了，顺路过来看看，实为试探李思达什么时候回来。

玫儿可是数着节气和一大堆规矩长大的乡下丫头，冬至吃汤圆她能理解，可立冬也吃？她头一回听说。玫儿当时就猜到他俩又遇到新问题了，否则不可能一道去长沙，却不一道回，相互还失去了联络，反倒要来问她这个"局外人"。

李思达是这么为花想红辩解的，"立冬吃汤圆，也许是上海人的规矩呢，你未必了解，再说她不为别的，专程来看你也是很正常的。"

"哥，明摆着的事，你还在逃避什么呢？"玫儿直勾勾地瞪着他。

李思达只得卸下伪装，"没错，我和你花姐确实遇到问题了。可我还是不确定，她是因为我才来的。"

程玫儿："你知道爱需要什么吗？"

李思达："什么？"

程玫儿："勇气！不信你去问梁静茹。"

李思达："嗯？这跟梁静茹也有关系？"

程玫儿："当然有！从前啊，有个渔村，来了条六眼飞鱼怪物迫害乡民。一个名叫'爱'的人自告奋勇去制服怪物，第二天他果然拖着怪物的尸体回来了，大家都奇怪他是怎么办到的。他说他靠的是勇气！于是唱了起来：爱真的需要勇气，来面对六眼飞鱼……”

李思达被她冷不丁冒出来的一个冷笑话给逗乐了，“哈哈哈……”笑完却又摆了摆手，“去你的，这都哪跟哪啊。”然后脚步沉重，踱至窗前，背手远目。

本来既已认命，心亦渐趋平静。可不经意间被人这么轻轻敲打了一记，一切仿佛又回到花想红离开长沙的那天。在爱情的世界里，记忆始终是个顽固且反复性极强的东西。有时很小的一个信号，或者只是从别人嘴里再度得知伊人消息，也会在心湖泛起阵阵涟漪。

假如那天是见到她的最后一眼，他希望她永远都是那个样子，不要改变，因为一分改变一分疏离。希望她带上他的祝福与上天赐予她的美丽，去迎接世间最单纯的三样幸福：健康、成就与爱情。从此做个心平气和的贤淑女子，不用再受他的窝囊气。

她曾经是他心中的太阳，可如今是时候跟太阳道晚安了。

当他离开卧室，回到客厅沙发上躺下时，内心却又开始涌酸，一举推翻了刚才所有善良的愿望。因为他联想到花想红那柔若无骨的身体，在夏尊的手里被掰来掰去，心就像被蜈蚣爬过一般奇痒奇痛……

事实并非他想象中那样，花想红可没那么快投入夏尊的怀抱，否则那就不是花想红。而夏尊呢，也不可能因为花想红而果断放弃肇雪，否则那就不是夏尊。

牵绊着夏尊的还不只是肇雪。他虽守在花雷的身边，却也不见那奸宄难养的脾性有半分收敛，近来又与董秘干上了。起因很小，一次小小的口角。

一直以来，因为花雷有顾虑，所以夏尊在公司里始终没有个明确的定位，只暗示过高层，他的角色相当于董事长的私人顾问。董事会议他进不了，扩大会议他必到。没有具体的行政职务，意味着夏尊事实上是游离于核心决策层之外的，甚至不在经营体系内。

好在夏尊在事业上向来无野心，无心揽权，更无心建设。只要上头对他客气，下面对他顺服，他才懒得过问具体事务。可偏偏有人不把他放在眼里，那人便是董秘。

董秘跟花雷的工作汇报，那是董事会赋予的权利与义务，他人无权干涉。可夏尊却三番五次难为他，净问些敏感的事情。闹得董秘不胜其烦，却一直只能敷衍他。花想红不在的这段时间，正值“四万亿”机器开动，公司遇到一次重大的人事变动，这事惊动了花雷。

公司连走两位总监，新来了一位“空降兵”。当这位“空降兵”由董秘领来董事长办公室报到时，夏尊才恍恍惚惚地接受了那人打来的招呼。夏尊不敢直接问花雷，就跑去问董秘，究竟发生了什么。

董秘正忙，无心地敷衍了他一句，“这种事情，不是你要操心的。”

早就觉着董秘阴阳怪气，这回夏尊彻底不干了，在他办公室里当场爆了粗口，“你算什么东西？来问你是给你脸。”

董秘不卑不亢，笑而不言，感觉没必要跟这种人置气，只当他是个来串门的食客。这更是惹恼了夏尊，拍着董秘的桌子咆哮：“这家公司还没有我操心不得的事。”

这事就发生在花雷的身边，他当然很快就知道了。没有原则性的处置，只能亲自出面调停，分头安抚。可没想到，这安抚工作也并非那么好做。

董秘可不像李思达那样好说话、好对付，明里暗里的手段也不在夏尊之下。因为大多是夏尊找茬，理在董秘一边，所以在其位，根本不惧他与董事长的特殊关系。董秘越是缺乏做人的弹性，花雷反倒越不好办了。

此后，夏尊与董秘的战争一直延续了长达一年之久，包括后来花想红对倪翔的破格提拔，夏尊也是义无反顾地站到了表妹与董秘的对立面上。当然，他这样做还有另一个深层动因，那便是倪翔与李思达的老同学关系。

后来花雷终于向外甥妥协。他说服董事会，把董秘从顶楼支开，另行安排，并对外发布了公告……

也就是这一时期，夏尊爱上了玩车。顶级跑车，先后买了两部，分一三五和二四六开到公司来上班，进进出出十分扎眼。

花雷问他，有必要一次买两辆吗？他说，反正我家还空着两个车位嘛。花雷劝他别太招摇，在姨夫的公司里自然不会有事，只怕会影响他老头子。夏尊当面点头称是，一转脸就把姨夫的话忘得干干净净。

27.一场鸳梦两头冷暖

夜晚，花想红独自散步至街角，MP3里正播着*Somebody that I used to know*，一首近似西班牙、葡萄牙或拉丁舞曲风格的Eurodance。季节更迭，她爱此类特别的音乐。

曾经爱她的人，曾经熟悉的人，曾经谈论起她的人，如今都在哪儿？最想与之在歌里相逢的人，这会儿又在做些什么？花想红有时很羡慕赵勇和小玲，男女之间的那些事，要都像他们那样简简单单该有多好。可她忽略了赵勇与小玲的优势，单一个“门当户对”便是她羡慕不来的。

也许过了今晚，一切都将真正回到原点，恢复平静。李思达会全身心地在网上寻找发财机会，花想红也将在“四万亿”的历史性机遇下忙于为公司招兵买马。可即便如此，平衡也终将是短暂的。

思念是爱情的试金石，连上帝也无法阻拦彼此相爱的人。

也许是那“四万亿”大蛋糕也顺带惠及了李思达。几天后，李思达虽然没有找到什么发财之道，但没费多少周折就找到了一份还算不错的工作，一家4A公司的SCW（Senior Copywriter，高级文案）职位。

花想红这头，虽然在公司里与夏尊见了面，却没有与他太热络，仅保持工作上的联系。夏尊苦于时时都要跟在花雷左右，所以无暇黏她，两人只有过一次私人交谈。

夏尊："不管怎么说，回来就好，回来就好了。"

花想红以礼貌的微笑回应了他。

那天，花想红颈上挂着一枚亮晶晶的施华洛世奇"苹果"，夏尊见了眼熟就问了句，"表妹，这不像是你的风格啊。"

花想红也不打算瞒他，"李思达送的，虽然不是我喜欢的那一个，但至少他用心了，尽力了。"

其间还发生了一段意外的小插曲。倪翔第一次来公司面试时，曾与花想红有过一面之缘。没有例外，他当场被花想红的美貌镇住了，惊叹于哥们儿李思达怎会有此等艳福。这一眼，注定了他将难以免俗地犯点小傻。

那天，他是在与HR主管面谈接近尾声时见到花想红的。一袭玫红色披风飘进了小会议室，她友好而职业地与倪翔打招呼、握手。坐下来后，仅问了他几个简单得近乎多余的问题，此后也没征询一旁主管的意见，便草率地向他伸出欢迎之手。

花想红："相信倪先生的加入，一定能弥补策划部的业务短板。"

一时间，倪翔惊得说不出话，随她站起来，再次握了握花想红柔滑却冰凉的小手。

接着花想红就离开了小会议室。转身时，下摆上的一粒松脱了的装饰纽扣被那多情的椅背断了下来，无声地落在地毯上。倪翔看见了，却没吱声。当他再次坐下后，避开主管的眼睛，猫身捡起那粒纽扣，园进裤袋。

花想红一来一去，前后不过两三分钟，倪翔却在心里坐了一趟过山车。接下来的时间就魂不守舍，一副面瘫状，口齿也不再如先前那般伶俐，还时时走神。弄得主管百般不是滋味，心里嘀咕：老板发了话，就当我不存在啦？

那天倪翔打电话给李思达，觉察到他与花总之间有问题，当时就有些心猿意马。此后，他不止一次找借口去敲花想红办公室的门，简单交谈中会有意无意地绑架李思达的名字。看似套近乎，实为狡猾的试探。

果然，她的脸上每每都流露出相似的复杂表情，十分耐人寻味。加上花想红碍于他与李思达之间的特殊交情，对他另眼相看，总是格外客气。

倪翔自以为心里有谱了，再进花想红的办公室时，就一本正经地归还她那粒纽扣，并期待能借此留下一星半点的暗示。花想红想了半天也记不得那是哪件衣服上的。

倪翔只得在旁提示，如果没记错，那是一件玫红色的阿玛尼。可不承想得到的竟是这样一个回应："哦，那件啊，过季了，以后也不会穿了。不过还是谢谢你，有心了。"然后当着倪翔的面，随手丢进了废纸篓。

与纽扣一道丢进废纸篓的，还有倪翔的非分之想。出了她的办公室，他苦笑地摇头。这几日的心机重重，只为在这一瞬间矫揉造作的表演。回顾起来，自觉尽是癞蛤蟆般臊人的丑态。

正如玫儿所说，李思达目前最缺的正是勇气。他之所以不主动去找花想红，只因缺了八分勇气和二分胆量来认错与挽回，并与夏尊继续较量下去。他只知一味地在苦闷中被动等待，可这种等待伴着浓烈的相思之苦，足以令他癫狂。

一天，他终于鼓足了勇气，打算发条短信问问她近况如何。起先写了一大段，可写着删着，最后只剩下了一句“你好吗”。

半个钟头后，花想红回：“还好，你呢？”

李思达：“不好，我开始讨厌自己。”

花想红：“有些事，很无奈，其实不怪谁。”

一股暖流涌出眼眶，堂堂五尺男儿，竟躲在办公室隔间里拭着久违了的热泪。这是一个别无选择、决定屈服的男人，正在释放隐忍于胸的委屈。

待平复了情绪，沉下心来，李思达认真写道：“你富可敌国，或你一贫如洗。你风姿楚楚，或你奇丑无比。你学富五车，或你胸无点墨。我在远处看你，欣赏着你我之间的距离。偶有一天，隔着一条街向你招招手，Hi，我可以爱你么？日久夜长，距离消弭，爱淡了变为受，心亡了成了忘。原来我们当初爱上的是距离。不过我们依然可以礼节性地说，Hi，我还爱着你，只当作一句问候便好。”

这一条，久久没有等来花想红的回复。

直到李思达下班回家，才收到了这样的一段话：“曾经，你是那样贫穷，买不起一个世界给我。如今，你还是那样贫穷着，淡忘了我来时的容颜。纵使你一如既往地贫穷着，为何我却依然不舍离去？难道，贫穷也会成为习惯？让我用微笑回答你吧，我梦中的富庶之国，那是一个爱的国度。在那里你我平等，都是富人。无爱才是最大的贫穷。”

这一通短信之后，短暂的平衡再次被打破。第二天晚上，李思达正在写他的小说，花想红再度光临这间租屋。这是李思达未敢期许的，重逢来得如此迅猛与炽烈。这晚玫儿很识相，借口去公司值夜班，一去不返。

花想红来之前曾设计了好几套表情，唯独没有哭。可当李思达的双手从身后握住她双肩的那一刻，她再难自持，转身扑进他的怀里。

按说即便是哭，美声、民族、花式哭法何其之多，可她偏偏采用了最为淳朴的通俗哭法，哇的一声便直奔了主题。这反倒把李思达的一肚子苦水给吓退了回去，抱紧她，轻轻地拍背安慰。

当花想红停止抽泣，抬头望他时，他没有给她喘息的机会，低下头去吻她，然后是彼此疯狂的抚摸与撕扯。没有语言，只有做爱才可诉说一切，思念、懊悔，还有歉意。

爱情是阳光，可穿透云层与雾霾，但若不推开窗棂抬头守望，阳光依旧照不进来。直到这一刻，李思达才坚信，这份爱便是他的一切，值得他一生为之忙碌、准备。

当花想红的气息渐渐平稳，李思达连同她的右腿一并抬起，轻轻放倒在沙发里，然后扯来一条丝绒被，将自己一道裹了进去。

“唉，就像做梦一样，绕了一圈，又落入了你的魔爪，作孽。”花想红终于开口说了第一句话，声音柔软、微弱。

李思达：“一点也不奇怪。只要男人功夫深，一日夫妻百日恩，只要身体有本钱，不怕娶个潘金莲。”

“下作胚，摸摸自己的肚腩吧，看看还剩下多少本钱，居然好意思跟人吹牛说有八块腹肌。”说着，花想红真的拿手来捏。

李思达也不避，任她捏，一脸幸福地说：“我 16 岁时的梦想是首富，世界首富！ 24 岁时的梦想是首付，房子首付！如今 28 岁了，梦想却变成了收腹。唉，你是不知道的，养膘易，收腹难啊。”

花想红：“收腹是次要的，我情愿你现在的梦想依然是世界首富。”

听了这话，李思达突然像个泄了气的皮球，“说到底，你还是介意我是穷光蛋，对吗？”

花想红：“唉，怎么到现在你还不明白呢？真不是我介意，而是除我花想红之外，全世界都介意。”

李思达回味了半晌，道：“嗯，至少你不嫌弃我。为了你，我愿意迎合全世界，我会加倍努力！”

全身松弛下来的李思达，也许又一次放松了警惕，冷不丁放了个响屁。这回他可没放过花想红，还没等她做出任何反应，猛然间用被子蒙住她的头，“真的不臭，不信你仔细闻闻。”

被子里的花想红又捶又打，挣扎了好半天才露出头来，夸张地深呼吸，像个溺水的孩子一样大口换气。

就这样，两人抱在沙发上打闹，说笑，一遍又一遍地做爱，直至口干舌燥、眼皮灌铅。后半夜，花想红骑着李思达却无力抽动，索性匍匐在他胸口，于不舍间入眠。

这一夜，小别似新婚，如胶似漆鸳梦重温。可两人心里终有挥之不去的阴影。他们担忧的并非玫儿那傻丫头会中途归来，而是谁也不敢设想明天的模样。

这一夜，李思达获得了第七条“备胎心得”：仅得到身体的“备胎”算不得真正上位，所谓全身心的征服，不仅要给得起女人安全感，还要有能耐征服她所处的环境，那也正是花想红口中的“全世界”。假如最终做不到这些，“备胎”实际只相当于给“正胎”戴了一顶绿帽，他依然还会走回老路上去，他还会再一次失去。

但要想逆袭夏尊那样的“高富帅”，不是获得一份好工作，得到一个更加耀眼的职位，默默耕耘二十年就可以办到的。正如当初花想红自己说的，即使他等得起，花想红也跟他耗不起。他必须找到一条捷径，迅速通往成功。这个时间其实并不长，甚至比花想红的青春还要短得多。

实际上，玫儿这一晚无班可上，一个人孤零零地蜷缩在公园的长椅上，裹着寒风度过了漫长而心酸的一夜。

借着微弱的月光，她看见一只流浪猫从面前的草坪上经过。她唤了它一声，那猫原地定住，回头来望。玫儿稍稍欠身想去逗它，它却受了惊似的逃窜，一溜烟没了踪影，反倒吓到了玫儿。

缓过神来后，忽又觉得自己与它同为悲惨世界的一员，至少是今晚。

假如她有钱，即使遇到微妙时刻，想与人方便，也大可去住酒店。或者，那屋子换成是她玫儿供着，那么该去住酒店的人压根就不是她，而是那对狗男女。这个念头在她脑中一闪而过，这回竟未被认定为邪念，反而成了天经地义。

也正是从这一夜开始，幼虺悄无声息地长成了蛇。玫儿恨那对狗男女，已胜过恨一切。她虽从未奢望过上花想红那样的奢华日子，但她想得到的东西却也不少。

她再也不想被人看不起，再也不想活在花想红的阴影里，再也不要穿花想红已经不喜欢的衣服，再也不想要李思达帮她付房租。她要在这个都市里抬起头来做人。哪怕需要在一个又一个陌生男人面前表现得比动物还要低贱，她也要换取在李思达和花想红面前做人的那份尊严。

这世上，想改变命运，哪有不付出代价的道理？凌晨四点半，玫儿终于横下心来，无比坚定地朝会所走去。她要去跟经理说，她愿意拍写真，马上！

第二天早上十点，花想红进了公司。她刚迈进办公室，花雷的电话便追来了，追问她为何整晚没回家，而且又是手机关机，短信也不回。

花想红当然不会跟他讲实话，随口编了个事由，然后立即转守为攻，又跟老爸讲起了人权，提高嗓门强调了好几遍“我都已经是‘奔三’的人了”。花雷苦于拿女儿越来越没办法，只得反复关照她，往后遇事，至少给家里打个电话，交代下行踪。

当花想红气呼呼地挂线后，瞥见夏尊的身影从门口一闪而过。也许刚才他一直都守在门外，只是不敢进来。

直到这时，花想红对夏尊才萌生出一星半点的过意不去。基于他这段日子很识趣，没来纠缠，她反而觉得有必要给他一个简要的交代。

花想红编辑了一条短信：“对不起，这段时间发生了太多事，心情一直不好。不过表哥不要误会，没有故意冷落你的意思……”可编好之后她却犹豫了，拇指悬停在发送键上，半天也没按下。

她担心这条短信反而会引起更大的误会，最终还是删除了。

夏尊这几天也很失落。表妹自觉自愿地回家，这让他看到了曙光，可姨妈偏偏不让见。

姨夫这头又忙得无暇过问他们的儿女情长，一味地敷衍他：“你们的事一定要有个决断，但最近不行。姨夫答应你，等忙完这一段，我会找红囡好好谈谈，感情的事急不来，何况你也看得出，她这回跟那小子分手是铁板钉钉了，只不过要她彻底想通、不再抵触，还需要时间。难不成你还怕她再逃掉？不可能了。”

当然，昨晚之前，夏尊深信姨夫的判断，表妹不可能出尔反尔再度离家出走。可当花想红又一次夜不归宿的事实摆在他面前时，他便不如先前那么淡定了，非要下楼来探个究竟，花雷拦也拦不住。

当那天夏尊看到花想红颈上的“苹果”，并从她口中听到“用心了，尽力了”，心里很不是滋味，他恨自己竟把答应表妹的事忘得一干二净。要知道，他从来都是个习惯争先手的狠角。

所幸夏尊始终都没闲着，夜夜都有肇雪陪伴。只要能让他放心，表妹还在，不会再被“大灰狼”突然拐走，他便拿得出超乎想象的耐心。

深谙远水与近渴异曲同工之妙的夏尊，对那宛如远水般的花想红越是梦寐以求，就越是需要肇雪来为他解近渴。不过耐心归耐心，强烈的危机感必然会促使他有所行动。

28.明知是一场鸿门宴

第二天傍晚，夏尊打电话让肇雪晚点去他家，然后集结了一大帮哥们儿到波茨坦酒店吃饭。

自与李思达有了马会那一轮过招，夏尊始终对一个人充满了好奇，那人正是李思达身边的程玫儿。当他终于决定要查一查玫儿的底细时，其实已经有些晚了。毕竟用他的脚趾头也能想象，那么多天的长沙之旅，远离他的视线，李思达还能不捷足先登？肯定早与花想红捅破了情欲那层窗户纸……

如今他深知后悔已无用，只能先照单全收，以图将来。

一帮哥们儿中确有派得上用场的人，那人跟好几家地下侦探社都有来往，与夏尊的关系又非常铁，当即拍胸脯揽下此事。

可夏尊的嗅觉何其灵敏，他早有耳闻，时下国内此类侦探社多多少少都沾点黑道的背景。夏尊一想到压在头顶的老爸，便一时犹豫了，反复念叨，“不一定非要跟那些人扯上关系，我觉得没必要。”

可后来多喝了几杯，听了那哥们儿一番鼓噪，竟当场拍板定下了此计。

那哥们儿说：“尊哥啊，钱到你手里咋就变得这么窝囊？只要使对了，到位了，那磨就得为你转，管他是谁在推呢？是人是鬼咱都不欠，从头到脚就是一桩生意，谁还指望跟谁交上朋友了？”

这是静悄悄的一周，夏尊始终没能与花想红单独见面。花想红也没胆再到李思达家过夜，只在周末里又去看过他，带去了她自用的水杯。这不经意的一个小动作，对李思达有着非比寻常的意义。

这是一个明确的信号，意味着即使她人不在，心也已长久地住了下来。

夏尊的触角最终是通过身边人才够上玫儿的，这个身边人正是她曾经跟李思达提起过的那位正在追求她的“龅牙男”。

有一晚李思达觉察到了些许异样，玫儿接了一通电话后就神色慌张地下楼去，连招呼也没跟他打。

大约一个钟头后，玫儿回来了，手里多了一包东西，用报纸包裹，外面用红色玻璃绳简易捆扎，像是一摞砖头，夹在远离他视线一侧的腋下。她看上去比先前还要慌张，一进大门就目不斜视地直奔卧室，然后关起房门。

平常这个时间玫儿从来不关门，至少也要等到洗漱完毕，要睡了才关。李思达只觉得异样，并未深想。至于那包神秘的东西，假如硬逼他猜，肯定不会是砖头，但更不可能是钱。

但那里面恰恰是钱，12 万元。

还有十几天就到圣诞了。这个周末花想红来电话，约李思达逛街，说是要为一大家人采购圣诞礼物。李思达的思绪正在小说情节当中，一时出不来，“嗯”了半天才意识到失态，于是赶紧切换频道，玩笑如约而至。

李思达："开心节要购物，伤心节要购物，传统节要购物，西洋节还要购物，节日全被商家绑架咯！"

花想红："关商家什么事，没有需求哪来供给？需求决定供给，懂吗？"

李思达："呵呵，需求？没钱茫然，有钱盲目，这个节你买，下个节换你卖。"

花想红："牢骚多得要命，你以前可不这样。你呀，乖乖陪着我就好，帮我拎东西。"

李思达："哦，出苦力啊，那你怎么犒劳我呢？"嬉皮笑脸。

花想红："看你表现咯，先唱首歌来听听，思密达。"

李思达："嗯，金箍棒，金箍棒，金箍狼牙棒……"

其实应该是"Jingle bells, Jingle bells, Jingle all the way（叮叮当，叮叮当，铃儿响叮当）"，他这是在故意逗她。

花想红："乱七八糟。"

李思达："我从小就这么唱，是在告诉你啊，我的金箍棒想死你了，就用你的肉体当圣诞礼物犒劳我吧。"

花想红："下作胚！"

李思达："我都想好了，平安夜你就陪父母，圣诞节那天你过来。"

花想红："下作胚！下作胚！为什么非要在那天？又不是休息日。"

李思达："每逢佳节倍思春嘛。"

花想红："下作胚！下作胚！下作胚！"

花想红没有驳回他的请求，但李思达想不到他的计划会落空。圣诞节那天将有一场大戏要上演，而他将粉墨登场成为主角，这场大戏的导演正是夏尊。夏尊先以老爸的名义跟花雷说，圣诞节那天要在家里开 party，邀请他们全家都来聚聚。

花雷毫不迟疑地应下，“这是个好主意，趁这个机会，你跟红囡可以好好聊聊。”

过后他再跟自家老头子说，姨夫一家很久没来拜访了，曾跟他说这个圣诞想过来热闹热闹。夏克坚虽狐疑，花雷为何要借小辈之口来提议，可转念一想又释然了。儿子在他手下锻炼，就个近、借个道总是随兴自然的事，于是也就爽快地点头。

夏克坚：“难得要办一次，这 party 要办就办得像模像样，别给我坍台。”

两头敲定后，夏尊才敢给李思达去电话。正赶上李思达拎着大包小包屁颠屁颠地给花想红当跟班。

李思达腾出一只手来接电话，见是夏尊打来，心下慌了一记，不敢接，递给花想红。花想红接过来，也是为难了好一阵子才忐忑地接起，她主要还是好奇夏尊找李思达究竟所为何事。

听到花想红的声音，夏尊感到吃惊，但嘈杂的背景声又让他稍稍心安了些，“表妹啊，打你电话打不通，猜到你和李先生在一起，就打过来了，主要是想问问你，姨夫都跟你说了吧？”

花想红：“说什么？”

夏尊：“嗯？就是我老爸邀请你们全家圣诞节那天来我家聚聚的事啊。”

花想红：“哦，还真没跟我说。今天一天都没跟他打过照面，大概是还没来得及说。”

夏尊：“原来是这样。那现在既然李先生也知道了，我要是不请他，就太失礼了，你让他听电话好吗？”

花想红：“他啊？我看就算了吧，他还要上班的，我代他谢谢表哥了。”

花想红可没有毛病，买块豆腐撞死，或者买根长寿面吊死，都要比带着李思达到夏尊家里去见自己的父母和姨夫强百倍。

夏尊：“哦，那就再议吧。”

挂线后，夏尊重重一掌拍在自己的脑门上，自认点背。

李思达在边上似乎听出了什么，“什么事？”

“没什么事……唉，就是圣诞节恐怕伺候不了你老人家的‘金箍棒’了。”顿了一下，生怕他误会，又补充了一句，“家庭聚会，不参加不像话。”

李思达：“哦。”

其实他已大致明白怎么回事了，但既然她不愿细说，他也不便点穿。

本来这事到此就要告一段落了，可已然弄巧成拙的夏尊又怎会罢休？

要知道，安排这场party是需要下血本的。搬动了花夏两家五口人，外加其他配得上这场高规格party的贵宾，只为给他李思达一人当配角，如今主角不来，要他如何收场。

到了晚上，夏尊思前想后还是给李思达发去一条短信，以个人名义诚恳地邀请他。

吃一堑长一智。李思达明知这是一场鸿门宴，至少他断定夏尊必定不怀好意，但不服输的心理又在暗中作祟。在一支烟的麻醉下，伴着一股热血上头，他回了三个字："没问题。"

怂恿李思达做出这个轻率决定的不只是不服输的心理，还基于他对花想红的不满。通过花想红今天的言行，他愈加强烈地感觉到，她正意图在她的世界里彻底将他雪藏。尤其是在情敌夏尊虎视眈眈的见证下，他更加无法坐视这一意图顺利实现，那意味着她的爱仍旧无法公开成立，他也仍旧难有出头之日。

李思达再一次忘记了"备胎"尺寸不够大的硬伤，再一次误以为自己几乎就是"正胎"，再一次想跟夏尊来一回硬碰硬的对撞。

"这反而是一个绝佳的证明机会，她有必要向我证明，我有这个资格！"李思达是这样鼓舞自己的，以为这才叫自强不息。可他哪里知道，这是夏尊处心积虑为他布下的一个局，一个大得让他难以承受的局。

李思达私下接受了夏尊的邀请，过后并未告诉花想红。

他不了解，花想红也有苦衷。若论雪藏，她必须承认这是现实，可眼下的确是出于无奈，未来如何，她也还没想好。其实这些都还不是重点，当她听说夏尊有意要请李思达时，第一直觉告诉她，那是"黄鼠狼给鸡拜年"。这是她越俎代庖当即代李思达回绝夏尊的出发点。

圣诞前的这段日子，夏尊除了忙于筹备 party，还调动了周遭的一切力量来筹备另一件更大的道具。那是一件稀世之宝，正是花想红在 *The Forefront Of Fashion* 上看中的那枚金苹果镶钻项链吊坠。

这件宝贝出自意大利著名珠宝设计师Pia Mariani之手，而且如夏尊当时所料，果然是世间独一份。这件宝贝，就连给他当中间人的那个哥们儿，最终也没能有幸见到实物。

玫儿近来变得沉默寡言，满腹心事。自从那晚神秘的外出之后，只要她晚上在家，总会吃好晚饭收拾完厨房就回房，然后就闭门不出，屋里一点声响也没有。

李思达对她的事向来不闻不问，偶尔的关心，也都基于好奇。李思达的漠然，玫儿从未介意过。因为自她远赴千里来投靠的第一天起，他便一直如此，久而久之已然习惯。

曾有一天，晚饭时，玫儿咬着筷子怔怔地看他，盯了好半天。当李思达感到异样抬起头时，她却欲言又止，埋头扒饭。

也就在这几天，李思达与倪翔在陕西南路上的一家小饭店会了一面。倪翔请客，算是对李思达介绍工作的感谢，带来了他四岁大的儿子。直到这时李思达才明白，这小子原来是位离异人士。曾经结婚生子，却没一样告诉过李思达。

当然，李思达不怪他。上海之大，足以稀释一切友情，尤其是他们这些漂在这里没有根基的人，你来我往，全凭生存与发展的需要。李思达自己也莫不如此。

那晚两人似有默契，谁也没有提起花想红及公司的事，只顾一杯接一杯地喝酒。因为有孩子在，临别时李思达说啥也不许倪翔开车回家。可当他抢先坐到驾驶位时，才想起自己的驾照已被吊销。

此后，两人在车里客套个没完、争论不休。后来不知哪一刻，体内的瞌睡虫双双发作，竟然头一歪同时睡着。后座上的孩子不哭不闹，无邪的双眼在黑暗中忽闪着，正捕捉那窗外闪烁的霓虹。

为了补偿李思达，平安夜花想红还是来看他了。赶巧玫儿上夜班不在家，不过花想红并未留宿。云雨缠绵之后，没守到零点便自觉回家了。

第二天一早，李思达打电话到公司请了一天假。他预感到这是人生又一个决定命运的战场，必然要使自己更像一名战士。他整整一上午都耗在了穿戴上。

中午出门前，他把换下的衬衫丢进了洗衣机。回头又在沙发上坐了一会儿，在脑袋里彩排着下午即将发生的场景。不经意间，他瞥见了手边的枕头，由于多日不洗，已色泽暗沉。因为这个，昨晚又被花想红数落了好一阵。

他决定扒下枕套，等玫儿下夜班回来一道洗了算了。可扒到一半，他又开始担心路上会堵，于是拉上拉链又扔回沙发，然后起身出了门。

当李思达循着夏尊短信上的地址找上门时，时间刚刚好，下午13点钟。他整了整发型，郑重地按下门铃。手里抱着小喵喵的夏尊来为他开门，可迎接他的却是一脸吃惊。

夏尊：“李先生真是个赶早的人呢，来，快进来。”

李思达不解地问：“来早了？你短信上不是说13点整？”他真的掏出手机来验证。

“13点？怎么可能？13点刚吃过中饭，午休时间，谁会把时间定在13点？”夏尊探头来看李思达的手机屏幕，“呀，真的！那就太抱歉了，我是定在下午3点钟，考虑要连着晚上，还有个自助餐招待，这样才尽兴。大概是我忙昏头写错了。”

夏尊的脸上仅有三秒钟的难为情，转而又豪爽地笑了，“不过这都无关紧要，早来晚来，只要李先生能来，就是给表哥面子啦。早来也不让你干等，正好有件宝贝要请李先生提前鉴赏呢，呵呵。”

李思达心有不悦，随夏尊进了门。

庭院里已经摆好了五张圆桌，紧挨墙根的长条桌上陈列着各色西洋美食与酒水。三三两两的服务生在庭院中往来穿梭，忙得不亦乐乎，细看皆为一班俊男靓女。

李思达纳闷，若按花想红那天无心的交代，今天应该只是个家庭聚会，可夏尊为何要摆出如此大的阵仗？他究竟邀请了多少人？

直到此刻，李思达虽有戒心，却并未意识到已大难临头。他的设想很单纯，夏尊之所以邀请他，无非是想“挟亲友以令花想红”，借此宣示什么，那是一目了然的。

假如他李思达还像马会那回一样破绽百出，又一次被夏尊轻易抓到，那今天再遭戏弄也就活该了。不过他猜想，他与夏尊之间至少存有一处微妙的默契：期待着共同见证花想红的临场应对。要知道，这对谁来说都是个很难化解的死结。

李思达坚信，今非昔比了，如今的花想红可是真实地与他在一起。

就这样，互为情敌的两个男人，在有心无意中达成了实质性的联手，容不得花想红再拖延下去，定要逼她做出选择，就在今天，当着众人的面。

29.猫可以变老虎

李思达尾随夏尊进了这幢宫殿般的别墅。穿过古色古香的大厅，夏尊推开一间偏房的门。这是一间古玩字画堆积如山的书房。

在这里，夏尊请他品了花雷送的大红袍，上等中的上等。请他赏了宋代钧窑，极品中的极品。还端来青瓷香鼎，切一小片沉香，埋炭隔火，好一番富贵中的极致享乐。

李思达虽然陶醉，甚而恍惚，却始终不敢放下那份戒心，只待夏尊出后招。可环顾四周，书房里只有他俩。忽然他又开始疑惑，即使这小子此时使坏，胜负荣辱也只在彼此心间，意义又何在?

当夏尊终于拿出一个硕大而精美的黑革首饰盒时，李思达才明白夏尊请他来书房的真实用意。他预感到这物件的分量定然不轻，只因夏尊目溢神采，双手捧来，显得格外慎重。

夏尊将盒子摆在李思达的面前，神秘地笑，示意他打开盒子。当李思达笨拙地打开，顷刻间眼球几乎要挣脱眼眶，呼之欲出。那是一枚流光溢彩、精美绝伦的金苹果镶钻项链吊坠，正高贵而妖艳地躺在里面。

李思达在心里惊叹，好一件宝贝，似在梦里见过一般。

夏尊像是看穿了他的心思，“不用怀疑，李先生见过它，我相信你在施华洛世奇淮海路店里没能找到它，呵呵。”

李思达的记忆此时才被彻底唤醒，“原来你真的费心把它弄到手了？”他此时确有几分羞愧，这与他送给花想红的那一件，可谓天壤之别。

夏尊：“嗯，不过就是一件饰品，比我想象中便宜了好多。我只是觉得，即使再难，既然答应了表妹，那就要去做，总比送她一个假的强百倍。”

李思达知道这是在讥讽他，他无话可说，低下了头。

夏尊忽然变得举重若轻，随手取出那件宝贝递给李思达，李思达没有迟疑接了过来。这是一个不容拒绝、难以破解、足以致命、无法挽回的动作。关键在于，李思达的戒心摆错了防卫的方向。

“表哥是打算今天送给她吗？”眼下最令李思达惴惴不安的，便是这颗“原子弹”究竟会在何时被引爆。

夏尊：“呵呵，就知道李先生会这么想。今天请你过来，其实是有话想面对面开诚布公地跟你讲，相信你多多少少对我都有些误会。”

李思达：“哦？”

“我和表妹之间，即使没有血缘关系，说到底也只能做表兄妹，这事我也是最近才彻底想通。”

夏尊一脸的真诚，隔着茶几伸过手来，动情地按了按李思达的肩。

“唉，不瞒你说，自从前阵子表妹跟你去了趟长沙，我才有机会静下心来想了很多。表妹真正在乎的人只有你，可所有担心你给不了她幸福的人，说白了也都没有恶意，只不过是爱的方式不同，这你应该理解。”

虽然仍旧将信将疑，但一股暖流真真切切地涌上了李思达的心头，“这当然，我懂。”心已在流泪，被莫名的感动击中着要害，毫无防备。

夏尊：“所以我说你误会我了。这件礼物我今天是不会拿出来的，我希望在不远的将来，等你们的好日子临近，再作为一份大礼送给表妹。”

李思达：“这也许是我见过最珍贵的礼物了。”

李思达的心在欢腾，即使仍旧无法彻底放下戒心，可也非常愿意相信夏尊所说全是肺腑之言。这样一来，他今天的造访就成了绝对安全的。没有考验，无须印证，更不再有敌意。

“不过……”夏尊此时语气一沉，引得李思达的心也往下一沉，“既然话已讲开，有些现实问题我也不能不提醒李先生。”

李思达：“表哥有话尽管说。”

夏尊：“你和表妹的关系，直到目前，恐怕还很难得到我姨妈和姨夫的认可，这一点你应该是能想到的。”

李思达：“是的，这的确是个大问题。”

“所以我还想告诉李先生，往后你和表妹的事，我会尽力在姨妈、姨夫那边做一些工作，这你放心。”

夏尊抿了抿嘴，又皱了皱眉，就像一位演讲者，哪怕成竹在胸，也要适时把握语速与节奏。

“至于今天呢，毕竟你我也是同事一场，我回国见到的第一个人也是你，那么你就作为我夏尊的客人，在我家里象征性地露一面，多交几个朋友。假如我没猜错，你今天一定是瞒着表妹来的，那么等下跟我姨妈、姨夫保持距离比较明智，不要让表妹为难，一切从长计议，你说呢？”

“嗯，这也正是我的想法，都不知该怎么感谢表哥，全听你的安排。”此刻令李思达感动得恐怕已不仅是化敌为友了，更有“自家人”的相互帮衬。

两人一前一后从书房里出来时，李思达如释重负。紧接着，他跟随夏尊上楼参观，夏尊说要带他到自己的卧室，试一试他新买的水床。他声称，那床除了他自己，还没有第二个人有福气在上面躺过。

等两人上楼后，有个人影闪入了书房，熟练地找到那只黑革首饰盒，戴上手套，从兜里取出一块事先准备好的丝帕，将里面的宝贝倒出，小心翼翼地包裹起来，装进兜里，然后迅速离开了夏家。

夏尊的小喵喵紧随其后从书房里蹿出，像是受了什么惊吓。

45分钟后，夏尊的手机上收到了玫儿发来的一条短信：“东西已放好。”

此时夏尊已在大门口迎接陆续到来的客人，不露声色地瞄了眼手机，谈笑依旧。实际上夏尊发出的所有邀请，时间既不是13点，也不是下午3点，而是14点30分。

可见单就时间问题，夏尊就欺骗了李思达两次。可怜的李思达随夏尊参观了一大圈之后，此时已被安排在书房等候。夏尊跟他说，等过了3点，客人陆续上门，就会差人请他出来，那样显得更加从容淡定。

就这样，李思达在书房里耐心地等。他不时地看时间，无聊时站起身四下里走走，看看摸摸，还从书架上抽了几本古籍翻了翻。最后，他实在按捺不住好奇心，又去碰那只已被摆回格架上的首饰盒，忍不住要再欣赏一番。

可当他打开后却发现里面空空。他的心微微一凉，却没太在意，又合上了盖。纵有一万种可能，他也不愿选择最为邪恶的选项。

门外的声音越来越大，已不是几个服务生能够合力制造出来的大呼小叫，细细辨听，仿佛还有音乐声。李思达再看时间，已经 14 点 50 分。他又坐回了原位，以为不久便会有人来唤他。他把脑袋靠在太师椅背上，闭上双目，深嗅着空气中弥留的沉香。

夏克坚 14 点 20 分赶到，花雷携刘三妹 14 点 25 分到，花想红则自己开车过来，14 点 30 分准时到。肇雪前几天便被夏尊支走，这会儿想必已躺在亚龙湾的沙滩上晒日光浴。其他宾客也都按时到了，少不了那些衙门里当差的，在地产圈里捞金的，当然还有来自银行、信托的各路财神。

背景音乐是欢快的*Jingle bell*，这让花想红忍俊不禁，一下子联想起李思达的"金箍棒"，嘴里竟无心地跟着哼唱起来，"金箍棒，金箍棒，金箍狼牙棒……"

在书房里静坐的李思达，一直等到 3 点 15 分也没人来招呼他。他想起要给花想红发条短信，看看她来了没有。

李思达："花儿，在哪呢？想你。"

花想红："你忘记了，我在姨夫家，家庭聚会，你呢？"

李思达突然想起，直到这会儿她还蒙在鼓里，继而开始担心过会儿要怎么出场，怎么面对她。

李思达："花儿，假如过会儿我也去你姨夫家，你会不开心吗？"

花想红："我会非常非常非常不开心，你来凑什么热闹，别给我添乱了好吗？"

李思达："其实你表哥也邀请了我，不去恐怕不好吧。"

花想红："不许来就是不许来！"

李思达没辙了，合上手机，再看时间，已经下午3点半了。

他心里开始犯嘀咕，难道夏尊在外面忙晕了头，忘记了书房里还有一位客人？过了一会儿，他又细细回味夏尊最后的那句交代。直到这会儿，他的脑子混沌一片，已彻底无法确定夏尊的意思。究竟是3点过后有人来请他呢？还是请他3点过后自己出去？

又等了一刻钟，李思达终于决定自己走出去。在他拉开门的一瞬间，引来门边几位客人惊异的目光。大概是因为谁也没想到房间里竟然有人，还是个陌生人。他下意识低头躲避。

人群中，他看见了夏尊，正端着酒杯与一对夫妻交谈。他还看见了花想红，正挽着刘三妹坐在客厅中央的沙发上，对面坐着一位与刘三妹年纪相仿雍容华贵的妇人，面目姣好，不输给刘三妹。贵妇边品尝着面前的一小碟点心，边与母女聊天。李思达没敢去大厅的中央区域，只在边边角角里溜达。

尽管眼前的一切并不似先前设想得那么凶险，甚而是典型的上流社交氛围，一片祥和，可他沉下心来细细品味，总觉得哪里不对劲。最令他不安的是，夏尊看似宽厚大度的笑容，总掩不住那双深邃的近乎诡谲的双目。

回想自他踏进这户人家，便一点点放下戒心，一层层被剥去盔甲，最后竟毫无抵抗地任人摆布，这实在非同寻常。他甚至产生了错觉，自己正置身于一个强大而可怕的“磁场”，其中暗藏着一股神秘力量，使他如同被催眠，长达几个小时说不出一个“不”字……

想着想着，李思达的心里禁不住再次战栗。

在大客厅的一隅，他撞见一位客人正俯身撸着夏尊的那只小喵喵，似在跟边上的人卖弄，“雨果说，人们在家里养猫，是为了便于随手可以抚摸老虎。”李思达有口无心地接茬，冷不丁儿却道出了自己的心声，“雨果还说，猫可以变老虎，侍从也会杀人。”

那位客人抬头望他，笑容一时间僵住了，手一松，放走了小喵喵。那两三人的小圈子也因此在他眼前迅速消散，又化入人群。

这便是李思达在这场 party 上说过的唯一一句话。他无趣地在人头间再次搜寻花想红的身影时，恰巧与远处的她四目对接。

5 分钟后，李思达在卫生间里收到了花想红的一条短信 :“告诉我，为什么？”

李思达立即回复 :“我一会儿就走。”

花想红 :“我需要一个合理的解释，但不是在这里，也不是现在。”

李思达从卫生间里出来，开始向门口挪动。花想红看见了他，给他使了个眼色。那眼色没有明确的含义，大概仅能表达警告、愤怒与催他离开的紧迫。就好比是基于摩西与耶和华的密约，犹太人逾越节上的羊羔之血，一个免于灾祸的暗号。可一切都为时已晚，当他决定赴约的那一刻，便注定了他不是幸运的犹太人，而是血涂门楣的羔羊。

李思达是 4 点 5 分离开夏家的，同样以眼神跟花想红道别。那是一个心虚、抱歉的眼神，此后却让花想红苦苦揣摩了两年，依然不得其解。

50 分钟后，玫儿发来第二条短信："人已到家。"

夏尊收到后立即删除了手机里的所有短信。他终于兴冲冲地登上楼梯，向在场的所有人大声宣布了一个神秘的喜讯。他说他要在这个特别的日子里送给表妹一个惊喜。

所有人都翘首以盼，期待见证令人感动的一幕，花雷和夏克坚更是会心地相视而笑。夏克坚跟花雷低语："这个小东西，就晓得他会有花样。"

可当服务生从书房里取来首饰盒递给夏尊，夏尊又肃穆地走到花想红面前，隆重地打开它时，正如先前李思达所见，里面空无一物。

大厅里顿时鸦雀无声，众人面面相觑，不知这唱的是哪一出戏。

"惊喜"竟在众目睽睽之下不翼而飞。情急中，夏尊撇开众人，冲进书房。大家都以为他去翻找失物，实际上他是躲进屋里打"110"去了。

30.三人成虎，真爱不设防

夏尊之所以第一时间急于报案，是出于他不愿事先征求老爸的意见。

他太了解了，只要一听到报案，老头子一定会坚决反对。不仅是嫌他太招摇，最主要还是因为来宾皆非等闲之辈，若被卷入一起盗窃案，而后又要集体接受调查，那将是一个难以收拾的局面。

相对而言，一件首饰则显得微不足道，哪怕它再怎么昂贵。这些都在夏尊的意料之中，可他管不了这么多。已然精心布下如此大的一个局，开弓难有回头箭，眼下只有横下心来，佛挡杀佛。他要让李思达这只苍蝇彻底从他眼前消失。

李思达回到家后，见玫儿不在家，便打开电视，想趁晚饭前这段时间看会儿新闻。

可他偏偏又一次看见中午出门前那只脏兮兮的枕头，便随手去扒枕套。没想到这一扒就扒出了幺蛾子，从里面滑落出一件东西，吓得他缩手退步，险些被身后的茶几绊倒。

那正是他几个钟头前刚刚有幸一睹，过后却又神秘失踪的“金苹果”。

李思达僵直地坐回沙发，内心开始翻江倒海，他似乎明白了一切。夏尊的真实意图是请君入瓮，然后栽赃嫁祸……再一次低估了这小子，他的邪恶手段早已超出了李思达的想象力。

可最令李思达毛骨悚然的是，这件东西是怎么长了脚似的跟他回家的呢？花想红？绝对不可能！虽然她昨晚来过，是唯一碰过这只枕头的人，但他今天出门前明明扒过枕套，那时里面还没有东西。

况且这件东西直到他第一次离开那间书房前还在夏尊的家里。由此推断，在他随夏尊离开书房上楼参观的那段时间里，有人动了手脚。可他又无法解释，这件东西如何进入他的家门？又怎样钻进他的枕套？

除非……玫儿？李思达倒吸了一口凉气，禁不住叫出声来，“玫儿，程玫儿……丫头！”自然是无人应答，他又冲进卧室去验证。

当他再次回到客厅时，突然意识到已身陷险境，危机正于无形中步步向他逼近。这间屋子在他眼前也顷刻间幻变成危机四伏的白虎堂。自救的本能催促着他必须做点什么，刻不容缓！否则便是坐以待毙……

5点15分，夏尊家的大门口停着一辆闪着警灯的警车。由于报案金额较大，“110”出动了三名警员。一位正排查来宾名单，另一位在勘察书房，还有一位正在清点来宾们为了撇清干系而陆陆续续主动交出的随身物品，全堆在花想红先前坐过的那张沙发上。所有人都是一脸的扫兴，却听不见半句抱怨，清一色摆出了积极配合的姿态。

接下来的事情，如同多米诺骨牌那样，每一节都被夏尊设计过，故而效果自然会逐一得到完美的呈现。警察很快便将嫌疑目标锁定在了唯一不辞而别的客人李思达身上。在夏尊为警察描述了李思达的体貌特征后，当即得到在场好几人的证实，自称亲眼见到有那样一个人曾独自从书房里走出来。

可人算不如天算，就在夏尊被老头子叫到一边压低嗓门痛骂时，他的手机上又收到玫儿发来的一条短信："人跑了，东西也不见了。"

原来，玫儿一直没走远。她不敢上楼去面对李思达，更不忍目睹接下来将要发生的一切，于是就守在楼下弄堂的角落里静观、苦等。当她远远望见李思达行色匆匆地从小楼里出来，猜他定是有所觉察，于是待他走远后返回家中查看，发现"赃物"已被取走。

当着父亲的面，夏尊故作镇定，回复玫儿："待在家里，警察马上要上门了。"

果然，警察很快就向夏尊询问起李思达的地址。夏尊说不知道，转而来问花想红。花想红已被这突如其来的事件彻底搞糊涂了，脑袋到现在还是晕乎乎的，未加思考，张口便说了出来。

警车开走了，转去了李思达家。

有个爱生事端的儿子，夏克坚想低调都没了可能，只得亲自站出来向各位来宾表达歉意。

夏克坚："小插曲，真是个煞风景的小插曲，都怨我家尊儿少不更事，为了一件不值几个钱的玩物大动干戈，竟然还惊动了警方，给诸位添麻烦了，夏某惭愧。"顿了一下，话锋一转，

“不过作为一名父亲，我能够理解年轻人对爱情的那份执着。无论如何，这份真诚值得赞赏，今天有幸以这种方式得到大家共同的见证，不见得全是坏事！下面我提议，忘记不愉快，请举起酒杯，让我们为年轻人，也为爱情干杯。”

夏克坚的这番话信息量很大。偌大一桩刑案被他大事化小，成了小插曲，恁贵的一件宝贝被他轻描淡写，变成廉价玩物，进而用“对爱的执着”来化解儿子的较真。他其实也被儿子蒙在了鼓里，那失物的价值，夏尊也没敢跟他讲实话。先前在书房里，夏尊已麻利地将首饰发票与原包装一同塞给了勘查现场的那位警察。

夏克坚平常只在周末才来这里住一天。讲完话，他将杯中酒一饮而尽，然后在众人的簇拥下离开了。

晚餐时间到了，庭院里亮起了彩灯，夏尊热情地招呼客人们去外面用自助餐。时间刚刚好，美食的诱惑再次调动了大家的情绪，音乐换成了流行爵士，party 恢复了先前气氛，热闹依旧。

李思达从家里逃出来，漫无目的地穿街走巷，兜里的“金苹果”沉甸甸的。他在寻找一个安全的“藏宝地”。

这件宝贝如今已成烫手山芋，既返还不得，更丢弃不得，只有暂时藏匿起来，才是他唯一的活路。除此之外，他自认跟谁也说不圆这事。他在心里自问：黄泥浆溅到裤裆里，你说那不是便便，有人信吗？一切自有因果，既然起点不可选，人生不完美，那我们走过的每一步都是将错就错。

天色已暗，李思达最终找到了一个理想的弄堂。弄堂深处有一堵灰扑扑、不起眼的围墙，其上高过头顶处有一块活动的砖，墙根里正好有废砖堆供他垫脚。他借着弄堂外借入的昏暗街灯登了上去，将“金苹果”藏进去。

下来时，他脚下一滑，摔了一跤。乱砖堆硌疼了他的屁股，手机也从口袋里甩出来了，掉进了砖缝里，他却没有觉察。从弄堂里退出来，他站了一会儿，观察周边环境，在脑子里记下了这个街区的位置。

当他拖着疲惫的身躯回到家时，三位警察早已并排端坐在沙发上等他，那张被他当床睡的沙发，似被翻弄过。卧室的门没关，灯亮着，玫儿却躲在里面不肯出来。其中一位警察向他亮了警官证，简单地进行了自我介绍，他跟李思达同姓。

李警官问李思达刚才去哪了，他说随便出去转转。李警官又问他是不是回家后又出去的，他说是的。李警官问他：难道不好奇吗，好端端为何警察会找上门来？他说不知道，以为是丫头的客人。李警官这才进入了正题。

李警官：“你认识夏尊吗？”

李思达：“认识。”

李警官：“你今天去过他家吗？”

李思达：“去过。”

李警官：“你在他家都做了些什么？”

李思达：“听听音乐，跟人聊天。”

李警官：“还有呢？”

李思达：“没了，然后我就回来了。”

李警官："你进过夏尊家的书房吗？"

李思达："没有，哦不，好像进了……记不清了。"

李警官："你没喝酒吧？"

李思达："没有。"

李警官："没喝酒怎么会记不清？"

李思达："我哪知道哪间是书房？当时人很多，我找卫生间的时候好像推错了两扇门，但我都没有进去过。"

李警官："除了大厅和卫生间，你确定没进过任何房间？"

李思达："应该没进过。"

李警官："请仔细回忆一下，给我个明确的回答。"

李思达："我确定，没进过。"

李警官："那打扰了，李先生，麻烦您留一个手机号，东西找到后，我们会第一时间联系您。"

李思达："找什么东西？为什么要联系我？"

李警官："哦，不好意思，是我搞错对象了，不过手机号还是要留一个。"

李思达报了一串号码给李警官。

李警官："这个号我们刚才打过，没人接。"

李思达："没人接？"下意识去摸口袋，这才发现手机丢了，"号码就是这个号码，但不好意思，手机丢了。"

李警官："什么时候丢的？"

李思达："就是刚才。"

警察走了。紧接着玫儿背起包从卧室里出来，看样子也要出门。

李思达："去哪？"

程玫儿："还是夜班。"

李思达："别急丫头，告诉哥，你都做了什么？"

程玫儿："什么什么？不明白你在说啥。"

李思达："哦，这样啊，那改天再聊。你去吧，夜路小心。"

玫儿今晚不上班，只为避开他的盘问。但与上一次不同，今晚她没再睡公园长椅，而是去了一家快捷酒店，挺直腰杆开了一间大床房。直到此刻，她才舒心地笑了，感觉这么多天来所背负的一切都是值得的。

手机丢了，没人能联络到李思达，包括花想红。

花想红找他，只不过是想问警察找过他没。她心里认定了李思达绝对干不出这种偷鸡摸狗的事，她自认最了解他。

危机暂时过去，但这一晚李思达整夜未眠。他躺在沙发上辗转反侧，盘算着接下来该怎么办。

同样整夜未眠的还有李警官一行三人。

他们兵分两路，首先找到突破口的是李警官的同事。他在那只黑革首饰盒上，一共提取了三枚不同的指纹，其中一枚与他们在李思达家中提取的指纹吻合。毫无疑问，另外两枚分别是夏尊和服务生的。

紧接着，李警官这头也有了重大进展。通过手机信号追踪，李警官在一个弄堂深处的乱砖堆里找到了李思达遗失的手机。由于遗失地点不合常理，过于蹊跷，职业嗅觉引导着李警官在周围开始寻找。终于，他发现了那块松动的砖……

最后，在李警官带回来的"金苹果"上也找到了两枚指纹，一枚是夏尊的，另一枚还是李思达的。再结合现场目击证人及程玫儿的证言，一切变得清晰起来。

玫儿是这么跟警察说的，下午她在弄堂里碰见一位熟识的家政小姐妹，两人聊了很久。后来，看见李思达神色慌张地从外面回来，一刻钟后，又见他鬼鬼祟祟地离开。

抓捕行动安排在了早上7点半，这正是李思达平日起床的时间。李警官一行再次敲响了李思达的房门。李思达身着睡衣，口含牙刷，一脸的茫然。因为他无意反抗，所以被很平和地带走了，上警车前，甚至都没给他戴上手铐。

李思达当然明了，若无进一步的发现，警察不可能仅隔一夜又来登门。

进了局子，李思达反倒镇定了。他想当然地以为，那枚吊坠虽然精美绝伦，但讲到底也不过就是一件镀金首饰，没准还是18K镀金，一两万块了不得了，能比他送花想红的施华洛世奇贵多少呢？又会有多大的事呢？

直到这会儿，他最担心的反而是尽快了结此事后，如何跟花想红解释清楚。只要花想红信他，他才不在乎被关几天呢。所幸那玩意儿藏得巧妙，不会丢失，大不了带着警官回去取，还给夏尊。

所以还未等李警官向李思达出示“铁证”，他便爽快地承认是他干的，并交代了“犯罪经过”。从接到夏尊邀请登门开始，到进入书房拿走宝贝，再到提前离开。他交代得很详细，连那只黑色首饰盒放在什么位置，他都能描述得分毫不差。

当回忆他到夏尊家的精确时间时，他犹豫了一下，脑子里以他出现在花想红视野里的那一刻为基点，大致估了一个时间。因为他想，在那之前，他还坐在夏尊的书房里发短信试探花想红的意思，所以他至少不应该出现得太早。

当然，认罪是不得已的，是在他预感即使否认也没用的基础上做出的决定。当李警官把证据向他一一呈现时，验证了这一决定的正确性——至少在这个节骨眼上，他这么认为。

他想，已然是越描越黑了。本来是黄泥浆溅入了裤裆，如今不仅被人怀疑为便便，更是被自己那画蛇添足般的藏匿之举给一屁股坐实了。假如再接着往下描，连他自己都感觉难为情了。

李思达的供述与李警官所掌握的情况基本吻合，当即点了点头，问他还有什么需要补充。

李思达说，“我还能说什么呢？命中注定我逃不过这一劫，该怎么着就怎么着吧。”随即便在材料上签了字。

值得注意的是，李思达签字画押的这份材料是预审笔录，直到这个环节还只字未提失物的价值。当他再次被提审讯问时，才被告知那件宝贝居然价值 11 万元，有夏尊提供的发票为证。

直到这时李思达才意识到问题的严重性，恍然大悟，就连这个金额也是夏尊蓄意谋划的。他现已够得上“数额特别巨大”了，夏尊这是要把他往绝路上逼啊。

李思达当即不干了，全面推翻了证词，称自己是遭人陷害，只因没料到那物件会这么贵，才轻易认了罪。可他又拿不出证据，李警官自然不予采信。李思达情急之下又有所质疑，说那个吊坠不可能那么贵，请求交由权威鉴定机构进行价值认定。

这个请求被采纳。鉴定结果很快出来了，虽然拉低至10万元以下，却依然有6.2万元之巨。

三人成虎难翻案。接下来，材料移送检察院，进入审查起诉阶段。再讯问他时，他还是反复强调自己是冤枉的。与此前类似，还是毫无转机。

很快，检察院提起公诉，法院开庭审理。李思达当庭翻供，称自己是被人栽赃嫁祸的。可缺乏证据的抗辩被一一驳回。判决结果超出了李思达的预想，有期徒刑六年，他听后当场就瘫了。清醒后，他不服一审判决，当庭表示要上诉。

花想红旁听了庭审全过程。

当她那天得知李思达被抓，既震惊又心急如焚。她去看守所看望李思达，李思达却避而不见，他不想让她看见一个身穿囚服的自己。而后她又放下身段去找夏尊，求他委托律师起草一份《刑事谅解书》。

当时还未开庭审理，夏尊向她隐瞒了案值，反而笑她不懂法律，称这是小案子，是否会追究刑事责任都还说不准，又何来《刑事谅解书》？

在庭上听到6.2万元的金额和判决结果时，与李思达相似，花想红也犹如五雷轰顶。从法院出来后，她十万火急地又去求夏尊，还是为了同一件事——《刑事谅解书》。

夏尊仍旧显得很为难，说都到这份上了，恐怕难以挽回，怪只怪他自己一念成魔。其实他也心有不爽，好端端的11万元怎么就被重新认定为6.2万元了呢？他心知其中的差别很大。

这回花想红可没那么好哄了，威胁道："假如你不答应，好！

从此你我之间恩断义绝，老死不相往来！”

后来，夏尊与花雷商议后，终于答应了花想红，同时也开出了他的条件，要她承诺两年之内与他完婚。这笔交易成交得异常顺利，因为花想红觉得两年那么长，应有足够的时间与他周旋，眼下的事却是火烧眉毛容不得半刻拖延。况且除却婚约，她手里恐怕再也没有要挟他的筹码了。

二审，法院认为李思达以非法占有为目的，采用盗窃的手段取得并企图转移价值人民币6.2万元的赃物。到案后能如实供述罪行，认罪态度较好。虽在审理中当庭否认所述罪行，但其本人无法提供有效证据，所以法院不予认可。另外，鉴于李思达已经得到被害人的谅解，并愿意积极承担民事赔偿，存在从轻或减轻处罚的情节，故改判为有期徒刑四年。

如此，李思达二审得以从轻发落。

直到这一刻，李思达依然对花想红，对他们之间的爱情抱有幻想。他是一个有着一些社会阅历但恋爱经历过于贫乏的人。不过，恋爱中的人总会是这样，不切实际、智商下降、被爱冲昏头脑。

他所暴露出的一切不成熟，都是基于对花想红的爱，他唯一的弱点正是“真爱不设防”。否则，无论他在都市里如何漂浮，或奋斗或沉沦，也断不会有沦为阶下囚的一天。

尘埃落定，绝望中的李思达仍然只用一句话就说服了自己。还是那句快被他嚼烂了的人生格言：一切都是“贫果”，无论走到哪，都只有将错就错。可直到这时，谁也想不到他服刑两年后竟会被提前释放。

31.盗案疑云

那天，玫儿收到花想红发来的短信，悲痛得差点哭昏过去。往事历历在目，回想与李大哥相处的这段时间，感觉仿佛走过了一生。

从见到恩公的第一面起，她在心里就认定了他是个好人，不是好人又怎会资助一个素昧平生的大学生？不是好人又怎会什么也不图就收留了她？不是好人又怎会在自身难保的情况下还要承担她这个经济负担？

可他究竟做错了什么，要遭受她程玫儿的恩将仇报？竟还要得到如此严酷的惩罚，含冤入狱？是因为他盛怒之下曾经打过自己吗？是因为他曾用过期的板蓝根自制凉茶给自己喝吗？是因为他曾经纵容花想红变着法子刻薄自己吗？是因为他与花想红需要一个临时的爱巢以至自己流落街头一整夜吗？

这些理由全都不成立！即使她如今手头有了点钱，却在恩人面前更加抬不起头来。更何况那些钱，没有一毛是干净的，不是从夏尊那儿得来的，便是躺下来任人侮辱挣来的，她自认已经变得连畜生都不如。

她欺骗了所有人，欺骗了法律，欺骗了全世界。真正该坐牢的是她自己。

她替李思达当年对她的资助感到不值，他简直就是瞎了眼，养虺成蛇。同时她在心里做了一个数字对比，夏尊的那件贵重首饰一共也才值11万元，法庭最后给李思达定罪的金额也才6万多，可夏尊却舍得在她身上花12万元……

可见这个案子从头到尾，最关键的一环便在她程玫儿身上，如果没有她的配合，夏尊就算再阴毒、再有钱，也害不了李思达。李思达，一个曾经胜过亲人的名字，那个曾经是她头顶上天一样的男人……

一审结果出来后，玫儿也曾震惊不已，后悔得想立刻去公安局自首。可她没这个勇气，她怕极了，这样也未必能换回李大哥的自由身，如今也仅剩下哭的本事。她开始担忧四年后自己会身在何处，此生还有没有机会对恩公有所补偿。

玫儿如今已经租得起更好的房子，但她最终决定在这里一直住下去，永远不换手机号码，只为她的李大哥出狱后还能找到她。

元旦后春节前，花夏两家又聚过一次。夏尊终于将失而复得的“金苹果”交到花想红的手里，已不再有当初的神秘与惊喜。花想红索然接受，说了声谢谢，而后又补充了一句，“就为了这么个玩意儿，唉。”

这话尖利，刺进了夏尊的心坎。

酒桌上，李思达的案子自然而然成了绕不开的话题。

花雷的话多少带有些抚慰人心的意味，“因为一件玩物就把人送进了监狱，这个结果对谁来说都是始料未及的。老实讲确实挺遗憾的，但话又说回来了，法律始终都是刚性有余而柔性不足的一件事，谁碰线，结果都是差不多。好在尊儿宅心仁厚，及时呈上了《刑事谅解书》，把人又往回拉了一把，也算做到了仁至义尽。要我看啊，那个李思达本质也并不坏，相信只是一时糊涂，来日方长，还有改过的机会。”

夏克坚则一句评语也没有，因为私底下他早已骂过儿子无数遍了。

关于李思达为何会出现在party现场，花想红始终也想不通。自己明明已经代他回绝了夏尊，可这两个男人为何偏要绕开她的意愿私相授受？

夏尊给她的解释是情场竞争使然，嫉妒催生攀比，在满足虚荣心的同时，更是为了争取爱情。眼见得表妹与李思达双宿双飞，他唯一的竞争手段，就只剩下赠送贵重礼物，必须当着他李思达的面，而且必须是他李思达想不到也买不起的东西。

花想红勉强可以接受夏尊的说辞。可相比之下，李思达的动机便令她费解得多。事发前夜还与他耳鬓厮磨，他明明早已不是“备胎”，而是那个实际拥有她的人，为何还要来欣赏夏尊的表演？尤为耐人寻味的是，那天下午，与他最后一次无声的对视……

最后，花想红将关注点聚焦在一个细节上，那就是李思达事先是否知晓“金苹果”的存在？夏尊的回答至今都模棱两可，一会儿反问，“不知道可能吗？”一会儿说，“肯定知道啊。”一会儿又说，“印象中好像告诉过他。”他最终的结论是，李思达是直奔“金苹果”而来的。

夏尊的话，花想红当然不肯轻易采信。可要她反过来相信法庭上李思达近乎癫狂的咆哮，“遭人陷害……”，则更具挑战性，挑战的自然是花想红的善良。

众口铄金之下，李思达不得不认命。可就连李警官的心里也有解不开的谜团。

通过对证人的走访，为何只有人看见李思达从那间书房里走出来，而无人看见他走进去？李思达那部遗失后又被李警官找回的手机，并未作为证据移交检察院，一审后他仔细翻阅了里面的每一条短信。

李警官发现夏尊发给李思达的邀请函上写的时间是 13 点，这与李思达的证词不符，难道李思达早就到了，一直潜伏在书房里？夏尊的证词很简单，“当时人那么多，我确实没注意他什么时候到的。”

可从李思达与花想红的对话记录中又不难看出，直到下午 3 点 15 分，李思达还在征询花想红的想法，许不许他也去？直到近 4 点钟，花想红大概在现场看见了不听话的李思达，才发短信质问他。这说明李思达并未提前到场，反而迟到了……

带着疑问，李警官打算于二审之前再次提审李思达。可提审手续还没办，他就病倒了。

这件事无疑给所有人留下了太多的疑问，至少有一个疑问是共通的：若论人心善变，一念成魔，这都由不得人不信，可如此低智商的犯罪过程，怎会发生在一贯心思缜密的李思达身上？要知道那可是在众目睽睽之下。

但它就是发生了，以判决书的威严姿态给了众人一个惊叹号，不容置疑。

与李思达车祸入院时的反应如出一辙，他对法庭的唯一请求是不要告知他长沙的家人与亲友。这是他精神世界里最后一道防线，若守住了，泰山压顶他都能扛一扛，守不住，他便会彻底崩溃。

曾国藩说，君子与小人斗，小人必胜。

但夏尊就像那个与神有着“金苹果之约”的帕里斯，即将得到世上最美的女人，却也即将为特洛伊带来灭顶之灾。讨伐特洛伊的复仇大军中怎少得了阿喀琉斯的身影？

李思达曾是花想红心中的阿喀琉斯，即使他身陷囹圄，也仍是永远无人能取代。

花想红没再去看望李思达，只给他写过几封信。一切既成事实，信中便避而不提案子本身，除了介绍自己的近况，字里行间无不洋溢着思念之情。可李思达只回过一封，就一句话：“感谢关心，我的情绪很稳定。”

其实他给她回的是一封针孔书信，是他用大头针一针针扎出来的，位于书信底部。仍是雨果的那句话，“猫可以变老虎，侍从也会杀人。”只可惜花想红没有发现，也许即使发现了也难以解读。

玫儿更是自李思达被收押后一次也没去看过他。一方面是出于没法面对，另一方面，困境中的面对，想必也不是她的李大哥所期待的。她只等他出来的那一天，她要倾其所有偿还他。

玫儿的觉醒，说到底还是源于李思达的不幸遭遇。这使她看清了人间善恶，认识到作为一个人，清白之可贵，她的祖辈们也许没什么见识与智慧，但他们全都站在善之阳面，活在光明之中，一双双眼睛仿佛都在看着她。她必须悬崖勒马。

她从此再也没有去过那家会所，再也没有接过一通会所打来的电话。她要与过去几个月的程玫儿诀别，她要堂堂正正做一个人，哪怕要跪在地上为人擦鞋才能喂饱自己的肚子，也比在那儿挣来的钱高尚一万倍。

尊严究竟是什么？尊严就是不食嗟来之食！尊严就是君子爱财取之有道！尊严就是像李大哥那样虽然贫穷、浑身毛病，却还能光明磊落地生长于天地间！尊严就是自强不息，永不放弃自己的坚定信念！尊严就是无愧于心的道德底线！尊严就是知耻而后勇，而不是一味地遮丑或捍卫狭隘！

正式服刑以后，李思达很少出现头晕症状。只有一次吃饭时感觉不对劲，他及时扶住了桌角，没有倒下去，更没有晕厥不醒。但他出现了另一个症状——多梦，有时一夜能做好几个不同的梦。

无数次在梦境里，李思达奋力挥拳，击打面容模糊的夏尊。可每次拳头都是软绵绵的，不是打空，便是打不实，干着急却怎么也使不上力道，最后他总是在懊恼与绝望中被气醒。这当然不是中医所言的肾虚。

尽管他对夏尊恨之入骨，天性中也不乏攻击性，梦里却还是轻易让软弱的一面占了上风，时时会动恻隐之心。

对玫儿，李思达虽然不会在梦里挥拳打她，却不止一次设想以残酷的手段来惩罚她。醒来后却发觉，无论哪种手段都难解心头之恨，只因为这个小丫头恩将仇报，活生生地背叛和出卖了他。

在李思达服刑的头一年，花想红对他念念不忘。后来渐渐地将情感转嫁到玫儿的身上，她觉得既然李思达对玫儿有责任，她理所应当继续下去。

花想红反过来也成了玫儿的寄托，见花姐常来常往，玫儿常会错觉李大哥只不过是出了趟远门。两人彼此谦让，相处得格外和谐。

花想红并未打算推翻当初许下的婚约，可她对夏尊的感情却一直起起伏伏。感情呈现碎片化的情绪特征，此时与彼时隔断，这一阶段与下一阶段互不连贯。没有增益，也不衰减。

这主要还是与李思达有关，她心中的阴影始终没有消除，她曾直截了当地问他，“李思达说他是被人设局陷害的，你怎么看？”

夏尊一脸的坦荡，“没怎么看，谁知道呢？时过境迁很难考证了，不过我觉得，有时候阴谋论的精髓就在于能不能拿出胆魄去动某件事的根基，动得了，就有彻底颠覆的可能，豁得出，也许就有人信了。他说被人陷害，被谁？我吗？要论动机，只有我，但你信吗？”

他手里摆弄着打火机，这是他的“闺蜜”，是他每次跟女人仓促撒谎时手中必备的道具。花想红还没那么高明，当然破解不了。

花想红：“我只是随便问问，你？那更不可能了。”

其次，就是夏尊始终与肇雪藕断丝连。花想红不仅要一次次吃力地辨识夏尊的谎言，还要时刻提防肇雪背后的小动作。所以在她犹疑之间，迟迟不肯委身于夏尊。对于花想红的踟蹰，夏尊心知肚明，但从来都不会勉强她。

一次夏尊与几个哥们儿喝酒，众人见他身边跟的仍是肇雪，便都笑而不语。待肇雪提前离开后，那位曾帮他查过玫儿底细的哥们儿说，“尊哥，这可不像你啊，已经好久没换片子了哦……”

买“金苹果”那会儿曾给夏尊当过介绍人的哥们儿也跟着起哄。那宝贝得来不易，送都送了，怎么没听响啊，是花家千金看不上呢，还是尊哥你宝刀已老啊？

夏尊这才摇摇头，道出了心声。他说他早就学会了不强求，那是因为有教训。曾有一位名花有主的美妞入了他的眼，那次他动了真。没有例外，那妞没能顶住他强大的攻势，做出了新选择。可后来要命的愧疚感始终困扰着她，使她无法终止对前任的关心，直到她将夏尊所有的优点扭曲后一一否定，最终还是回到了那男人的身边……

说起那枚“金苹果”，花想红自收下后便一次也没戴过，仍原封不动地躺在首饰盒里。后来又被她塞进了储物柜的最底层。因为每次看见它，她都会忍不住流泪。

这一年，发生了很多事。

玫儿交到男友了，是花想红为她介绍的。她公司老万手下的一名设计师，30 岁出头，脸上却还在一个劲地冒青春痘，所幸玫儿还算满意。起先花想红为她物色的头号人选是倪翔，可一问，两人相互认识。

花想红原以为既然他俩有李思达这条纽带，理应更亲近些，可事实上两人表现得都不积极。玫儿嫌倪翔离异有孩子，倪翔又看不中玫儿的长相。后来玫儿跟那位青春痘设计师谈了半年，又分手了，原因是玫儿嫌那男人太呆板、太土气。

肇雪还是老样子，始终都是现实主义。

去年那次在马会与花想红的相遇，只不过是她有意安排的一次试探。后来见一时撼不动花想红在夏尊心里的位置，便知趣地退回了暗处，尽量不给夏尊添麻烦，默默忍受着他的呼来喝去。

这些年来她学会了如何驾驭各色男人，最重要的是懂得何时进退。她坚信这是夏尊如今很难离开她肇雪的原因。他需要时，她总会如期出现伴他左右。他腻烦时，她又会抢先一步闪开，用距离和时间来把他往回勾。

但肇雪偶尔也有不省心的时候，花想红一直担心她背后的小动作，也并非毫无来由。

有一次，肇雪和夏尊都喝醉了。回到夏尊家后，两人疯狂地做爱。从楼下做到楼上，从床上滚到地毯上。过后夏尊呼呼大睡，不省人事，肇雪却因出了一身汗而醒了一半酒。

肇雪借着醉意突发奇想，以夏尊的睡姿为背景，用他的手机自拍了几张照片，然后发给了花想红……

这对花想红来说简直就是前所未有的奇耻大辱。尽管她当时还没那么在乎夏尊，并且她也没想好要不要履行与他的婚约，但仍旧在心理上产生了化学反应，仍旧是致命的“妒意为媒”，她竟像头被激怒的雌狮，当即回拨了夏尊的手机。

肇雪酒精上头，自然是天王老子也不怕，果断接了起来。

花想红在电话里吼道：“请让我的未婚夫听电话！马上！”

可电话那头只有肇雪的疯笑。

挂断后，花想红突然觉得自己确实可笑。她有那么稀罕这个男人吗？这样滥情的男人也配做她的未婚夫吗？可当她真这么想时，却又放不下少女时代那些令她脸红心跳的记忆，那些发生在浴室里的，以表哥为假想对象的意淫和自慰。

第二天醒来，肇雪回忆起昨晚的那幕恶作剧，这才意识到玩过了火，赶紧去删夏尊手机里的照片和通信。可令她意想不到的是，骄傲的花想红过后并未跟夏尊提及此事。

从这天起，花想红对夏尊再次挑起了持久的冷战，她不再接听夏尊的来电，也不再回复他的短信。

这一回，花想红的善变终于触动了不知真相的夏尊。他意识到一味讨好不是办法，必须设法突破。可对于一位见过世面又不为金钱所动的富家千金，他又找不到突破口。

32.困兽之斗

铁窗内外，冰火两重天。

可以想象，狱中的李思达是怎样的度日如年，苦苦支撑着他的只有两样极端的东西——爱与仇。伴随每一个日出日落，这两样东西便会各长一分。

他强迫自己相信，花想红一直在等他，就算她不来看他，也不再给他写信，她的爱也一样不会变。一年后，他又渐渐想通了一些事。冤有头债有主，无论玫儿如何可恶，可她毕竟只是夏尊手里一粒小小的棋子。

这一时期，他的绝大部分仇恨已开始向夏尊一边倾斜。仇恨越是集中，他的内心越是疯狂，每每想到自己的冤屈无处伸张，他就像监室里的一头困兽，在绝望中挠墙，直到十指血肉模糊。

可在他服刑的第二个年头，更加糟糕的事情发生了。他远在千里之外的母亲撒手人寰。

实际上姚淑芬在2008年李思达带花想红回长沙的时候，已被确诊为子宫癌晚期。这是吴大妈突然成了他家常客的原因。

同年，父亲李卓君的病情加重。在他的授意下，吴大妈帮他卖掉房子，收回小古道巷上的老宅，然后搬了回去。吴大妈承担起照顾李卓君的全部责任。可后来，连吴大妈也病倒了，李卓君的生活起居有三周无人照料。正是这三周，酿成了另一幕悲剧。

李卓君是位退休编辑，他患上妄想症与老年痴呆已有数年。如若亲人不立在眼前，他总以为自己是个无儿无女的孤寡老人，全然不记得远在上海还有个独生儿子名叫李思达。

老人家人生坎坷，很少有人了解他那个年代的故事，所以他的离去显得十分离奇。在他生命的最后时刻，他总幻想着自己被年轻的自己揭发。

2010 年夏，吴大妈病倒后的某一天，李卓君赶在老街的早市前把自己唤醒。年轻的自己臂上挽着红袖章，在身边无声地协助行动不便的他穿上马甲，又套了件毛料西服外套。他幻想自己因躲在家里偷偷试穿洋服而被揭发，年轻的自己正带人朝他家赶来。

因恐惧遭人毒打与羞辱，他自缢于自家庭院。之所以选在庭院，也有他的考量。他同时还幻想自己是附近爱早起晨练的吴大妈，从他的庭院经过时恰好看见这一切，在他后悔的最后关头招人来救他。

事实上，吴大妈已有十年没有晨练了。

可他的幻想只有一件是真实的——那天他早起换上一套从未穿过的衣服，自缢于庭院。人们发现他的尸体是因为两周后有尸臭从他家散发出来。他甚至忘记了自己早在 1992 年便以围墙取代了老宅庭院的篱笆。

后来，吴大妈病愈。无儿无女的她神神道道地跟人说，她丈夫早年就是这么莫名其妙自杀的。当时有红卫兵发现后施救，却为时已晚。可她却隐瞒了另一件事，李卓君当年曾是她丈夫最好的朋友，而且曾狂热地追求过她。

失去双亲的消息李思达无从得知。他有时甚至会暗自庆幸，至今没有来自长沙的消息，那便证明除了监狱之外，花想红也在替他保守着秘密。陷入绝境中的人，大抵都是这么傻，可不傻又如何熬得住。

2010 年夏末，李思达收到了倪翔的一封来信。信中介绍了他的工作情况。他还在花家的公司里做事，现已升任策划部经理，属破格提拔。当时夏尊掣肘，花想红却从中使了力。借政策之东风，公司的销售业绩辉煌。眼下花雷只苦于在上海已拿不到地，土地储备远远跟不上未来发展。无奈之下，只得转战二三线城市。

信中还提到他本人对夏尊的一些看法。他认为此人品行不端正，眼中只有花雷与大股东，对待公司员工态度傲慢，先是逼走了董秘，后又把总裁的高级助理拉了下来，取而代之。传言他与花想红将于今年秋天订婚。接下来，倪翔花了很大的篇幅对订婚一事表达愤懑，为李思达鸣不平。

这封信对李思达而言犹如晴天霹雳，他深爱的女人就要与他的仇人订婚了。这也许能够成为“爱恨交织”一词的新解。

他设想了无数种方法向夏尊讨债，大多都是暴力的想象，他确曾对夏尊动过杀念。他深信，只要能活着走出牢房，他必将夏尊置于死地。但他也意识到，一旦那样做了，便从此踏上了不归路，也相当于永远放弃了他的爱。即便如此，那股欲念已强烈到无以复加的地步。

他给倪翔回了一封信，拜托他转告花想红一句话：“习闻南苎锵锵锤，何忍辞故舞响屐？”这是赛马场斗诗时他赠予花想红的《西子赋·忆浣纱女》的后两句，他稍加改动，断定她能明白自己的挽留之意。

信发出那天，他在心里说：我得出去。几天后，他又在心里改口：一定要出去，必须！出不去宁愿死在这。

李思达当然没有越狱的本事。自从有了这样一个疯魔的念头，他开始积极面对监狱生活：听话，干活卖力不抱怨，与人为邻、与人为善。

但这远远不够，在监狱里要想获得减刑，那得靠积分。那是在完成规定的劳动额度的前提下，积分排名靠前的人才能获得的。每次减刑的上限是一年半，但很少有人得到。大多数情况下，一次能减几个月就已经很理想了。

当然不能指望这些！他在暗中寻找机会，一个立功的机会。

天不绝人，何况是有心人。2010 年 9 月 15 日，他等来了这个“天赐良机”。

那天如往常一样，李思达推着一辆托盘搬运车在仓库的过道上来回忙碌。他负责搬运的是金属制简易透明胶带切割器，每箱 100 件装，他一车可以装 9 箱。他只需完成三个简单动作：搬上、推车、搬下。

他近阶段作业的这个区域，过道两旁的货架上堆的全是诸如此类的产品。他只要将箱子源源不断地运过来，然后狱友小赵会开来电动升降叉车，他再将托盘上的货物转移至叉车的升降机械臂上，小赵自会按货物排放顺序将货物升上去。如此为一个小循环。

李思达远远看见，负责监工的狱警小刘正心事重重地迎面走来，即将穿越前面的道口。因狱友小赵在上一个岔口已经看见李思达运货过来，所以正与他垂直行进，他们的交汇处便在狱警小刘即将通过的这个道口。

到达这个交汇处后，小赵依然不会减速，因为他们的下一个作业地点在他前方的第二个岔口。也就是说，李思达到了道口也需要转弯，与小赵的叉车同方向再走一段。

即使物理并非李思达的强项，他也能预见接下来即将发生的一幕。他已经准备好了，不是准备好大声警示谁，而是准备好百米冲刺。只要叉车在前面的道口一露头……

可他失算了，当他提前起跑冲上前时，小赵的反应速度比他想象得要快，驾驶经验也是非同寻常的老道。小赵逆着狱警小刘的行进方向，朝小刘身后猛打方向盘。避开小刘后，却将叉车重重地撞在了货架的立柱上。

此时李思达正好赶到，犹豫间假装收不住手，一把推开了已经脱离危险的狱警小刘。一刹那，他绝望地想，完了，失败！但无论成败，这一推都是设计好了的，不做他肯定不甘心。但要论英勇不英勇，那还是算了吧，只要别伤了狱警就谢天谢地了。

但老天既然要帮他，一定是长了眼的。也就这么邪门，被撞立柱正上方的货物坚如磐石、纹丝不动，反倒是李思达头顶上的货物松动摇晃了，当即从五米多高的空中落下了一只大箱子，正中李思达的头顶。

这个位置，恰好是狱警小刘刚才所处的位置。假如没有李思达犹犹豫豫的那一推，这箱子肯定就砸在狱警小刘头上了。

幸福竟然降临得如此突然，李思达还来不及细细品味，已满脑袋挂花倒在了地上。

当他从监狱医院的病床上醒过来时，已经是第三天中午了，他八成是被饿醒的。醒来后的第一句话便是，“那位狱警同志怎么样了？他没事吧？”一脸的焦虑神情。

其实他电影看得不算少了，这都不用人教，自学成才。

小刘实际上就坐在他的身边，眼含热泪，紧紧握住了李思达的手，“没事，好着呢。我就是你救的那个狱警，你是英雄，是我们学习的榜样！”

小刘很动情，讲完这话，闪电般从凳子上弹起来，像一双并拢的筷子，“啪”的一声立正，给李思达敬了个标准的军礼。李思达的魂差点没被他吓飞。

病房里响起了单薄却富有激情的掌声。大队长也来看他了，是受政委的委托，而政委则是受监狱长的委托。

李思达歪打正着终于立功了，而且这功立得还不小，救的那可是狱警。但他的脑袋可够呛了，医生说很严重，怀疑他以前曾受过脑外伤。为了使英勇事迹的感动指数不打折扣，李思达矢口否认，坚称自己的脑袋自出娘胎以来绝对是头一回被砸。

减刑执行通知书是在国庆表彰会上公布的，减刑两年。也就是说，还有不到三个月，圣诞节一过他便可重获自由。

这个消息，李思达并不打算让花想红提前知道。因为他认为高墙外面的人全都欠他的，玫儿、花想红，以及花雷夫妇。但他的仇人只有一个，那便是夏尊。他要在夏尊没有丝毫防备的时候从天而降，弄死他。然后看尽所有人的丑态，向他们讨还他所失去的一切。

8月底，花想红接到倪翔的转达，在她的办公室里亲眼看到了李思达从狱中寄来的手写书信。那天下午，令倪翔印象深刻，为之动容。

花想红手捧书信，脸色惨白，双手与嘴唇都在颤抖。终于，她有生以来第一次在陌生人面前哭得排山倒海。可这时收到李思达的消息，已经晚了。早在三个月前，她与夏尊就已结束了持久的冷战。否则其后也不会有他俩即将订婚的消息。

而这一切，还得感谢肇雪的主动退出。

原本夏尊是身在曹营心在汉，两头倒也相安无事。远水若可及，不怕它远，慢慢靠近便是。可他有种感觉，虽然李思达这根钉子早已拔除，眼下看似没有威胁，但他离花想红的距离反倒越来越远了。他似乎正在渐渐失去耐心。

与那狱中的李思达遥相呼应，几个月前的夏尊也曾试图要做困兽之斗。他想，既然正面进攻不奏效，那么就换侧攻。他手里至少还有玫儿和肇雪这两粒棋子，用好了，他便能一举拿下花想红这个皇后。

夏尊对花想红的行踪了如指掌，知道她这一年多来跟玫儿走得最近。的确，花想红几乎每个周末都要去租屋看玫儿，送她小礼物，教她穿衣打扮，带她出去逛街、吃饭、看电影，偶尔还会留下来住一晚。基于此，夏尊认为已经找到了突破口。

他的算盘是这么打的，他要设法让肇雪与玫儿成为朋友，然后利用玫儿首先点燃花想红与肇雪之间的战火。

这一招虽然是剑走偏锋的险棋，最大的风险在于他与肇雪的暧昧关系这回非但藏不住、掖不住，还得拿来当作一件利器来用。但其绝妙之处在于，一旦这样做了，便无形地将花想红拖入一场女人间的心理争夺战。争夺对象一开始自然是玫儿，但他相信用不了多久，便能激发出花想红女人的天性，进而将战场开辟至躲在背后偷笑的他。

为此，他首先要忽悠肇雪。

他是这么跟肇雪说的，前阵子李思达的一个狱友出来了，专程找上门来转告他一些话，李思达入狱后最放心不下的人是玫儿，求他代为照顾。夏尊说，李思达入狱一事始终让他不安，总觉得亏欠了人家，所以既然人家开口了，这个小忙无论如何也得帮。但他一个大男人，怎么去照顾一个小女孩呢？

肇雪：“所以呢？”

夏尊：“所以只能麻烦你。跟玫儿你就别提我了，就说你跟李思达是朋友，是他托人转告你这些话的，完了你每逢周末去看看她，礼物什么的我都会事先替你备好。见了面关心关心她的工作和生活，你要是愿意，男朋友也可以帮她物色。这不仅是帮我，本身也是积德的好事。”

肇雪是多精明的女孩，尤其是在人情世故里的那些个边边角角，没一处逃得出她的眼睛。她当初听夏尊截头去尾地跟她讲过李思达犯案的事，说是动了他夏尊的东西，可究竟动了他什么东西却始终不愿明讲。

后来她还是通过中间的朋友才知道，那好像是件价值不菲的首饰。不管是什么，总之不是送给她肇雪的就对了。这会儿夏尊又提起这事，她才不相信李思达会托人带话给他，所以断定他的话前半段全是扯淡。

但她相信了后半段，仅为一件首饰就把人家弄去坐牢，确实让他良心不安了，这兴许倒还不假。

没问他玫儿是何许人也，也没跟他讲任何条件，肇雪一口答应了下来。不仅是为了满足夏尊，还有另一个原因就是她与李思达在特殊时期有过一面之缘，也曾蹲过同一战壕，既然这个玫儿对李思达那么重要……

但这些其实都没必要跟夏尊细述。

33.棋子间的战争

肇雪第一次上门就送给玫儿一部 iPhone 手机，这是夏尊提前为她备好的。肇雪果然没提夏尊的名字，以李思达老朋友的名义前来造访。这可把玫儿给惊呆了，主要基于三点。

首先，李大哥竟有一位出手如此阔绰的土豪朋友，以前从没听说过。其次，该土豪竟还如此美艳，堪称史上最美土豪。最后，她终于收到了李大哥的消息，而且这消息好得让她想哭，李大哥不仅不恨她，反而惦记着她，关心着她。

这也正是后来玫儿终于敢给李思达写信的原因。李思达收到她的来信已是十月底，考虑到出狱后需要住的地方，当即给她回了信，说了立功减刑的事，关照她不要告诉任何人。

肇雪是按照夏尊的意思，周六上午 10 点 30 分来找玫儿的。还没坐上一会儿，花想红来了。她有钥匙，自己开门进来的，正好撞见肇雪手把手在教玫儿如何使用那部新玩意儿，欢声笑语，像一双多年的好姊妹。

两个女人面对面的冲突便从这一秒爆发了。

呆立在客厅中央的花想红，与那侧坐于卧室床尾的肇雪四目相对，犹如两名女杀手，隔空对峙足有十秒钟。

这可把玫儿给吓坏了，“雪儿姐，花姐，你们……认识？”

两人这才各自收回杀手眼神。花想红坐到了沙发上，肇雪也将手机塞回了包装盒。接下来的半个钟头里，谁也不挪位，谁也不开腔。玫儿见苗头不对，不敢再插话，跑进厨房给两位姐姐各沏了一杯她从家乡湄潭带来的遵义红。

“你晓得花姐从来不喝茶的。倒掉！换现磨拿铁。”花想红终于说话了。

“可……这里哪有啊？这茶你上个礼拜还在喝……”玫儿战战兢兢地回道。

“玫儿啊，雪儿姐这杯还真不错呢，清香四溢，沁人心脾啊。”肇雪没有抬头，只顾一脸陶醉地品茶。

“嗯，雪儿姐喜欢就好，都说这茶不错呢。”说完这话，玫儿突然意识到有可能会得罪她花姐，偷瞄了她一眼，一低头，躲进了厨房。

眼见得家中已无她立足之地，客厅待不得，卧室也不敢回，总不至于躲进卫生间。

又是一刻钟过去了，到了吃中饭的时间。原本花想红是想带玫儿出去吃的，可因为肇雪的存在，她突然又特别不情愿马上离开这里，就是想看看肇雪这葫芦里卖的是什么药。

也就在这犹豫的一刻钟，肇雪倒是在心里打定了主意，“玫儿，快换衣服，雪儿姐带你出去吃大餐。”得，这回被肇雪给抢了先。

可玫儿哪敢动啊，她花姐还在客厅里坐着。她仍藏在厨房里不出来，远远地应着，“不了，雪儿姐。我一早都买菜了，你们坐着，一会儿就开饭。”

这么说着，玫儿手里真的动了起来。她想，照这形势，跟谁出去都不妥，只能在家开饭。反正她只管做，做出来谁吃谁不吃，那又另说了，如此方可两不得罪。

花想红心里那个气啊，既然被人抢了先，总不能再重复那贱人刚刚说过的话。

仿佛眼下这一切都是夏尊事先设计好了的。突然间，花想红就想到了夏尊，而此时夏尊在她心里也突然间就变成了一个异常重要的角色。

卧室里那个女人之所以令她厌恶，甚至让她恨到牙根都痒，难道不都是因为他夏尊么？当初夏尊当众打了这女人，花想红还曾动过同情之心，可这对狗男女背着她成天鬼混不算完，竟还要发那种恶心的照片来气她。其实归根结底，这个肇雪长得也……太具威胁性了。

修养，有时是个很冠冕堂皇的东西，是场合的产物。时时事事都体现好修养，那绝对不可能。当初也是在这间租屋，连玫儿这种根本构不成任何威胁的乡下小丫头，都能被她当成对手，何况是肇雪。

那几张不堪入目的照片，至今仍作为证据保存在手机的私密相册里，从来不翻出来看，眼不见为净。

终于，花想红拨通了夏尊的手机，“喂，夏尊吗？我想吃苏州得月楼的松鼠鳜鱼，半个小时后到我家接我，开你的车去。”然后未等夏尊回话便挂了电话，拎起包来优雅地离去，跟谁也没打招呼。

玫儿从厨房里跑出来，追到门口喊：“花姐，菜都烧好了啊。”

花想红头也没回，玫儿又追了一句，“这都快十二点了，花姐，等你到苏州都下午了，还是吃了再走吧！”

花想红已下楼，仍没应。她心想，总算胜了这一局。

她在楼下看到了肇雪的车，来的时候倒没在意，居然是一辆粉红色的四座敞篷跑车。这会儿越看越妖气，于是在心里骂：人贱车骚。

这一招竟然如此神速和神效，大大出乎了夏尊的预料。他是十二点半赶到花家的。

来时的路上，肇雪打来好几通电话，他都不敢接。接了花想红之后，在赶往苏州的沪宁高速上，肇雪没有罢休，还是接二连三地打来。坐在副驾驶位子上的花想红虽若无其事地盯着前路，但余光却在观察他的一举一动。

终于，当着花想红的面，夏尊咬牙关了机。其实这种局面对他来说也并不理想，三角关系没了弹性，已然僵死，也就失去了回旋的余地。所幸肇雪那头总能回过头来摆平，每回也都是如此。

但夏尊这回想错了。握着手机正坐在玫儿床上发呆的肇雪，终于把一切都想明白了。自己为这个男人付出了那么多，可在他心里却一文不值，如今更成了他追求其他女生的手段。无论她怎么做，也改变不了什么，她永远也不是花想红的对手。

自从那场车祸之后，夏尊便再也没有机会与表妹单独相处，李思达入狱后仍是如此。想见她一面，跟她说说话，也只能借着花夏两家聚会的公开平台。

今天注定将成为一个转折，无论是对夏尊与花想红来说，还是对落了单的肇雪来说，都是如此。

这一下午过得其实很平淡。松鼠鳜鱼并没有以前印象中那么美味，花想红也没有太多话想跟夏尊说。而夏尊也知趣得很，只是静静地陪伴，给她碗里夹菜，为她舀汤，为她拉餐椅、开车门、当车夫……

夏尊还是那个夏尊，可换了个角度，感觉突然就不同了。

也许他在公司员工的眼中傲慢无比；在亲友眼中没什么大出息；在李思达那类文人眼中简直就是个半吊子、庸俗不堪的纨绔子弟；在他父母眼中就像阿斗那样扶不起。可在她花想红的眼里，他心甘情愿做她一个人的侍从，随唤随到，一如既往的殷勤，恰当得体。这源于他对女人通透的了解和特有的耐心。

夏尊的殷勤，与觍着脸往上贴的那种殷勤完全不同。她对夏尊的接受，完全是基于一个无形的大平台之上。这个平台是由花想红一手搭建的，已默默地筑了那么多年。夏尊对她好一分，她能感受到三分。印象加分应比李思达容易得多。

夏尊挖空心思接近花想红，无微不至地关心着她，尽管在那无微不至里窥得见重重心机；他对她始终都是好脾气，不会跟她抬杠，只懂得一味顺着她的意；他有一堆坏毛病，可在她面前却完全没有身段；他是那样渴望得到她，却从不勉强她，哪怕明知她心里长住着故人，却能以常人难有的胸怀宽容她。

而这种宽容，天底下，他似乎只愿给花想红一个人。

他就是这样一直在宠着她。她想，即使他永远也成不了自己心目中的英雄，至少他还有着帅气的外表，有着与她相当的出身，以及与之匹配的生活品位，而且在这所有可有可无的铺垫之上，最重要的一点，他曾是她少女时期狂热迷恋过的男人。

回想起来，自从血缘关系得以澄清，花想红就再也没当他是自己的表哥。

从苏州回来，等夏尊的车子开到了花家的大门口，花想红终于拿出了手机，翻出私密相册里的那几张不雅照，递给他。这意味着花想红终于肯面对他们之间的问题，开始与他认真谈判、清算，为结束冷战做最后的努力。

其实，他们之间自始至终也只有这一个问题，而且也必将成为最后的问题。

这一年多，花想红已想得很清楚。李思达曾经给予她的一切，已成为永恒的唯一。因为那些已特别到无人能够替代，就连他本人也再难复制。而没有了他，她的生活却依然要继续。

时至今日，她不再幻想，已然回归现实，其实更多的时候她也在期待今天这样一个机会——既然无法自我破茧，那她就期待有人凭借外力来强行冲开她的心门。

面对那几张不知从何而来的陌生照片，夏尊满面羞容。

这使他彻底抛弃了对肇雪仅存的那一点点负疚，咬牙切齿道："这个贱女人，把我灌醉，还敢拍这种恶心的照片，真不要脸！我发誓，今后要是再跟她有一丝瓜葛，我出门被坦克撞死！"

当然，出门撞坦克的概率要比撞车的概率小不止一点点，喜欢撒谎的人，就连发誓都要习惯性地留一手。

花想红在心里原谅他了，已认定他便是自己不得不嫁的人，只待水到渠成。也只有嫁给这个人，才能令天下太平。与肇雪相比，花想红自认是朵“扶郎花”。

夏尊接下来要面对的是肇雪。他真的彻底铁了心，是时候跟肇雪摊牌了，但这一回先亮牌的人竟然换成了肇雪。当晚，肇雪最后一次按响了夏尊家的门铃。她就站在门口说话，不愿进门。

肇雪：“夏尊，不得不承认，你是我生平第一个看透的人。也正因为我看透了，所以我可以下结论：你同时也是我生平第一个看走眼的人，这一走眼就是这么多年。好吧！我认栽。我肇雪不是个贪心的人，分手费不涨价，跟以前一样，三天内打到我卡上。我一不哭二不闹，从此你不会再见到我。但我向你发誓，总有一天你会后悔曾经认识我！”

肇雪离开了，风卷残云般带走了她所有的私人物品，甚至不愿留下一根头发。第二天，她的账户上如期、如数多了一笔钱。从那天起，花想红正式答应与夏尊约会。

夏尊明白，花想红始终都是个恋爱沸点很高的女孩。在接下来相处的日子里，夏尊不再试图用新奇的手段和别致的礼物来感动她，他知道这对她是最无效的。他开始用心去了解她的世界，变换角度去探寻她深藏于心的情感纹路。

夏尊的转变，换来了质的飞跃。一旦靠近，花想红才发现，夏尊的情感世界原来也是那样的绚烂多彩。

有一天夜里，花想红睡不着，发短信给夏尊：“要知道，假如你欺骗我，只是想玩弄我的感情，那我最好的年华可就彻底葬送在你的手里了，你又怎么让我相信你呢？”与当初她对李思达那种不计回报、不计后果的爱相比，直到此刻，她对夏尊仍惴惴不安。

夏尊回："爱让时光飞逝，而时光也能耗尽以至磨灭爱。我们都是个体的人，对其他个体有着各种隐瞒。有些充满善意，基于美德；有些躲在阴暗的角落里耻于见人。你知道骗子与情圣唯一的差别在哪里？告诉你吧，仅仅是情圣愿意骗你一生一世，而骗子只愿骗你一时一刻。"

那一刻的感动，丝毫不逊于李思达所给过她的，霎时间激起了她莫名的冲动。她终于了解，夏尊也读过《吕贝卡的救赎》。为了走进她的心，这个男人愿意用心去读她喜爱的书，尝试着从各种角度来感应她的心灵。

花想红含着泪回："爱情最怕两样东西——时间与距离，两者同时作用，一段爱也就死了。明天下班后接我去你家吃饭，好吗？"

夏尊明白，她这一条是在向他袒露，她回到了现实，已经在内心完成了与李思达的割裂。

从那天起，花想红成了夏家这所宅院的常客。但她家教严，从来不在这里过夜。夏尊再怎么求她，也不答应。这与当初她对李思达又截然不同，以前她会叛逆，想方设法挑战规矩与秩序，而今既然回到现实，她要一板一眼地遵守它们。

第一次亲密接触，夏尊很传统、很克制。但日子长了……

花想红后来跟他抱怨道："在你们男人眼里，女人都是腔体动物，是吧？"

夏尊："哦？这话什么意思？"

花想红："哼！千方百计从三个腔门钻进来，简直无孔不入，不是当我们是腔体动物又是什么？”

夏尊：“哈哈哈……”

这所大宅院，玫儿也随花想红来过一次，新奇得就像进了大观园的刘姥姥，却又多了几分夸张的拘谨。

尽管拘谨，玫儿依旧免不了在一些细节上犯错，惹得夏尊极不耐烦，跟花想红抱怨，“怎么会有人把果皮丢在果盘里呢？脚边不是明明有果皮篓吗？”

花想红：“行啦，阿姨不在，你就清理下呗。”

夏尊：“不是嫌清理起来麻烦，恶心得我恨不得连果盘一起扔掉……红红，你下次可别再带她来了。”

花想红：“凭什么？就不！”

玫儿顺风耳，听见了楼上的对话。从此她便真的不来了，花想红再怎么请她，也不肯来。

他们平常相处就在夏尊家，每隔一个周末，花想红会带夏尊去她家佘山的别墅。因为只有在那里，她才能心安理得地宿夜不归。只要她用佘山的电话打回家，招呼一声就妥了。

他们会在市区里采购一大堆食材带去佘山，花想红的厨艺也是从这个时候开始入门的。她已经想好了，将来宁愿累一点，她也不要成为母亲那样的妻子。花想红做的菜当然不好吃，尤其是要应对夏尊这样一张刁钻的嘴巴。可夏尊一向只会恭维她。

这一时期，花雷反倒淡忘了当初的“两年之约”。

由于近年他公司的业务大有起色，加上外甥实在是朽木不可雕，只会三天两头给他生事，所以当花想红终于在饭桌上眉飞色舞地跟他提她与夏尊的事时，他的表情一下子就僵住了。

花雷反问女儿，“你真的想嫁给这个败家子吗？还是要自家想想清楚哦。”

花想红不了解究竟是什么原因导致老爸前后态度发生如此的惊天大逆转。可她想，大概还是因为工作上的事，谁都晓得夏尊在公司里的表现。前阵子她听到老爸曾跟老妈抱怨过。

花雷：“这下可好，请神容易送神难了！我希望他马上回美国去，可老夏肯定又是不答应的，唉。”

直到有一天，花想红兴奋却又故作神秘地打电话给老爸，“他终于向我求婚了。”

这时花雷才意识到，已经到了无法拖延、不得不兑现承诺的时候了。他皱着眉跟刘三妹说：“还是提早有个思想准备吧，用不了多久，老夏就会跟我谈订婚的事。”

两周后，夏尊与花想红订婚了。当年诗中的预言，那个深藏于宿命里无比沉重的命题，到此时似乎已经揭晓了答案。也许，一切从开始就有了结果。

34.从患难同盟到复仇联盟

花想红在正式接受夏尊之前，偶尔会在看完玫儿回家的途中，顺路去李思达住过的单身公寓附近转转。那是几幢临江的高层，楼下有一块并不平坦的草坪，竖着几架仅供观赏的风车。

她会规规矩矩地把车停在远离草坪的停车位上，然后找一个小丘席地而坐，不被打扰地想想心事。

夕阳下，花想红闭起眼来听江风。抬头望天时，又会无心地去辨认那25楼飘窗望出去的方向。每到此时，摇曳的烛光拉菲与浩渺的江景便会重现，历历在目……

直到现在，她终于愿意接受这样一个现实：爱情不是两个人在一起的可能性，而是他们事实上有没有在一起，有没有通过终极大考，并最终摆脱束缚，于灵魂深处绞绕成藤。

有时，刻骨铭心的山盟海誓敌不过七年之痒；有时，平平凡凡的金婚银婚无需特别约定。拥有性，穿越它的神秘地带；淡化性、超越性，彼此相爱的手却会越握越紧。假如反过来，那便正如她自己所说：爱情最怕两样东西——时间与距离。两者同时作用，一段爱也就死了。

自从与夏尊有了隔周的佘山之约，花想红去看玫儿也变成了隔周。而这块单身公寓下的宁静之所，从此再也见不到她的身影。在她的世界里，阿喀琉斯已渐行渐远，再次回归神话的一部分。

因为有了强烈的欲念，后面两个月的刑期变得最为难熬。李思达白天不再积极表现，夜里依旧多梦。临近出狱的那几天，他惊恐地发现，自己竟间歇性地出现了幻觉，还伴有足以让他发疯的耳鸣。

就在李思达快要被全世界彻底遗忘时，他出狱了。

当然，只有玫儿一人知道那个日子，两年来最难以释怀的人莫过于她了。与监狱不同，那是一个心牢。玫儿将他原来那部手机交还给他，可他还没来得及做任何事，就一病不起了。

玫儿坐在他的床前告诉他，他的老朋友肇雪曾经来看过他。

李思达望着玫儿，虚弱地苦笑，“那人的确可以做朋友，虽然看上去不像是好女人。”

玫儿心虚，李大哥的话她总会正反各听一遍，自然很容易就猜到了话的反义，“李大哥，你恨我吗？”

李思达眯缝起眼来，慢慢摇头，“你都忘了大哥的话了吗？人生的每一步都是将错就错，恨到源头，那就不该来世间走这一遭。”

终于亲耳听到她的李大哥原谅她，玫儿“哇”的一声哭了出来，直抒胸臆。

刚出狱的这段时间，在玫儿的精心照料下，李思达的体力有所恢复。一周后，他可以独自下楼去散步了。

可他在狱中的很多想法突然间发生了变化，他并不急着想知道花夏两家的事，跟身边的玫儿更是只字未提。他不提，玫儿更不想说，因为如今花想红与夏尊的关系已然发展成了那样。

与花想红回归现实的成熟相对应，两年的牢狱生活也让李思达变得更加沉稳。铁窗内的歇斯底里，没能让冤案得以昭雪、正义得到伸张。此番提前出狱，他要沉下心来，精心谋划。

他很清楚，复仇之心也许是世上最可怕的东西，它能让泯灭人性的设想瞬间变为不计后果的杀戮，它会让人性滑落至深渊，使人生除了仇恨不再有其他意义。但他却必须完成它，不计代价，雪耻、雪恨、雪一切。

他如今觉得，仅从肉体上消灭夏尊不是件难事，只要有足够的耐心去等待时机。可仇人那几秒钟的痛苦，远远无法弥补他所失去的东西。即使解得了一时之恨，也拿不回他已经失去的两样东西：爱与尊严。

基于此，他为自己定下了三个目标：洗刷自身冤屈，让夏尊得到惩罚，让花想红回到自己身边。说起来，这三个目标其实是一个揪扯在一起相互关联的三角。

要通过正当的法律程序还自己清白，那么夏尊所要面临的惩罚便太轻，可能在他老爸的帮助下会更轻。得知真相的花想红是否愿意回头？换成以前的他也许会对此抱有巨大的幻想，可现在他不会那么天真了。

假如对夏尊寻私仇，那么自身也难逃法律的追究，真相依然会被雪藏，他与花想红便更不可能有未来。

这也许是世上最难以破解的三角函数，李思达至今未得到满意的答案。

玫儿的内疚，导致她终于背着李思达主动约花想红出来见了一面。不仅把他提前出狱的消息告诉了她，还鼓起十二万分的勇气，将两年前的真相和盘托出。

讲完之后，玫儿大舒了一口闷气，花想红却张大嘴巴倒吸了口凉气。然后，花想红没再跟玫儿讲过一句话。转身离去时，盯着玫儿的脸上看了好一会儿。眼神里不再有疑惑，而是换成了不可饶恕。

望着花姐的背影，玫儿又哭了。但她不后悔讲出真相，因为她早已抱定，为了赎罪，她愿意付出任何代价。

和李思达一样，花想红也没有急着去见李思达，而是先去夏家找到了夏尊。她没有跟他大吵大闹，而是在和谐的晚餐后，面对面坐在庭院里喝咖啡的时候，冷不丁冒出一句话。

“没想到李思达这么快就出来了。”她的眼睛盯着庭院里最幽暗的角落。

夏尊惊得差点打翻手中的咖啡，“啊？你没开玩笑吧？”

“开这种玩笑，有意思吗？是立功减刑。”她依然那样平静。

“哦，那你……什么想法？”他在试探。

花想红倒是干脆，“能有什么想法呢？上上个月刚跟你订婚。”直接断了他多余的联想，安了他的心。

“嗯，其实我觉得这是件好事情，当初谁也没想让他坐牢。”他说。

花想红瞟了他一眼，“才怪！”嘴角却真的在笑。

“你这是什么意思？”他明显开始紧张了。

“唉，算了，都过去那么久了，谁都不可能再重新来过。”

花想红站起身告辞了。

夏尊惴惴不安地送她到大门口。昏暗的光线下，她转过身来，一只手抚摸着他英俊的面庞，凝视了一会儿，小声说："记住，你欠我的，一辈子都还不清。你自己说的，要骗也要像情圣那样骗。下次记得要做得滴水不漏，只许把真相带进坟墓。"

花想红的爱憎从来都是这样不讲原则。她可以对帮凶玫儿恨之入骨，却因为爱对主谋夏尊百般纵容。她眼下并不觉得自己对李思达有太多的愧疚。

当初铁证如山，她不得不相信李思达真的做了傻事。但即便是那样，她也没有放弃他，她甚至设想过，要等他四年……

这一切不过是命运的安排，是对现实世界不得不作出的妥协。夏尊所有的错都是在她真心接受他之前犯下的，而且都是为她而犯下的。而今他对她很好，她的心，当然是在夏尊这一边。

花想红回家了，留下独自一人呆若木鸡立在门口的夏尊。

近段日子，李思达只对一件事格外感兴趣。他曾追问玫儿，关于肇雪在他服刑期间曾经登门拜访的事。

李思达："她当时说……是我让她来的？"

程玫儿："是啊，来就来吧，还送了我一部 iPhone。喏，就我现在用的这一部，最后走的时候连个联系方式也没留给我。"

李思达："她的电话我倒是有，不过我就纳闷了，我在里面这两年，几时跟她有过联系？而且跟她也就只有那么一回，她开车送我到公司公寓，连这里都没来过，她又是怎么知道有你这么个人的呢？"

程玫儿："那我可就不知道了。不过雪儿姐那人是真不错，人漂亮，心眼也好。"

"心眼好你也知道？她一共来过几次啊？"李思达其实很想说，送你手机就叫心眼好？

程玫儿："虽然就那么一次，不过能感觉出来啊，反正我就是觉得她人好。"

李思达："就她一个人来的？"

程玫儿："嗯，不过后来花姐也来了。"

李思达："呵呵，够热闹的，没打起来啊？"

程玫儿："别提了，剑拔弩张，就差没打了。"

"为什么呢？"李思达这是明知故问。

程玫儿："为什么……讲出来又要惹大哥不开心了，我猜一准是为了那个夏尊。"

李思达："呵呵，没什么不开心的，后来结果怎样？"

程玫儿："唉，其实吧……大哥一直没问，我也一直不敢提。你肯定想不到，从那天之后，花姐就跟夏尊好上了。"

李思达："嗯，知道了，你去忙吧。"

第二天一早，李思达终于按捺不住好奇心，给肇雪发了条短信，意在试探。

"我是李思达，还记得我吗？我出来了。我不在的这两年，感谢你对玫儿的照顾。"他之所以敢告诉她自己提前出来的消息，是因为他断定这个可怜的女人又一次被夏尊抛弃了。

不一会儿，肇雪回复了，"惭愧了。有空出来见一面吗？我请你吃饭。"

“好的。”这正是李思达期待的回复，他预感到“统战工作”要重新开始了。

肇雪仍旧选在海宁路上的那家港式茶餐厅请他吃午餐，李思达了然她的深意。

两年后的肇雪，依旧那样美艳。与第一次见到她时一样，李思达在心里再次打了个愚蠢的问号：这样的绝色，夏尊有什么理由三番两次说抛弃就抛弃呢？

应当说，他俩相交甚浅，根本无旧可叙，所谈之事，全是第三人称。李思达听她仍旧称自己为“李先生”，感觉别扭，就说：“以后叫我达哥吧，号子里的人都这么叫我，习惯了，别介意。”

肇雪：“好的，达哥。你也别叫我肇小姐了，跟着玫儿叫我雪儿吧。”

一个称谓的改变，在两人心里萌生了亲近感，不由得同时忆起两年前的那次交谈。

肇雪不再绕弯，首先切入正题，“我上次去看玫儿，是夏尊让我去的。他醉翁之意不在看玫儿，而是想让花想红吃醋。结果他得逞了，我和玫儿都被他利用了。所以你感谢我照顾玫儿，我说惭愧，是真的惭愧。”

李思达：“了解，那你恨夏尊吗？”

肇雪：“我希望他早点死。”

李思达：“嗯，那你知道我是怎么进去的吗？”

肇雪：“夏尊说你拿了他的东西，是吗？”

李思达叼起一支烟，“我没拿！”

肇雪满脸狐疑地为他点上。这个动作，在两年前应该是反过来的。

李思达花了整整一下午的时间，把他与夏尊的恩怨一五一十地跟肇雪兜了个底。肇雪听了欷歔不已。

晚饭前，老规矩，肇雪开车把李思达送回家，然后还进门跟玫儿见了一面。玫儿见到雪儿姐那叫一个亲，又搂又抱，一定要留她吃晚饭。肇雪再三推辞，但还是留了下来。

晚上 8 点，肇雪忧心家中的老父，起身告辞。

眼见“统战”之势已然形成，可直到这个时候，她与李思达之间也没有达成任何实质性的方案。什么方案？当然是复仇方案。

离行动已经不远了，假如说李思达与肇雪在两年前结成的只不过是同病相怜的患难同盟、攻守同盟，那么这次见面后，他们即将组成真正具有行动力与杀伤力的复仇联盟。当然，这个联盟中又有新成员加入，那就是玫儿。

基于李思达的“复仇三角”，平衡三边关系成了重点。他当下最强烈的意念是报复夏尊，其次是讨还清白，最后才轮到花想红。

这与他入狱之初在脑海里形成的“三角”完全不同，颠倒了过来。当时排在第一的是回到花想红身边，第二是报复夏尊，第三是讨还清白。这个顺序的逆转，其实只出于一个原因：他在狱中得知了花想红和夏尊订婚的消息。

2011 年元旦过后的第一个周六，花想红终于给李思达打了个电话。

花想红：“听说你回来了，就打过来试试，真没想到，号码没变。”

李思达:“呵呵,这世上永远不变的东西,其实还是不少的。”

花想红:“还是住在老地方?”

李思达:“是啊,这个也没变。”

花想红:“但假如住在一起的人变了,那就非常可怕了。”她显然指的是玫儿。

李思达:“没啥,猫可以变老虎,侍从也会杀人,世上可怕的东西多了去了,怕得过来吗?”他听出来了,但暂且需要掩藏杀机。

花想红:“看来除了佩服,我无话可说。”

李思达:“佩服什么?”

花想红:“佩服你。”

李思达:“佩服我什么?”

花想红:“你的心胸。”

李思达:“我不是一向都是个没心胸的男人么?”这曾是花想红对他的评价。

花想红:“呵呵,还是老样子,你一点也没变。不过你说得对,很多东西都没变。”

李思达:“那也不见得,有时候该变的没变,不该变的却像万花筒似的变幻莫测。”他在敲打花想红。

花想红:“你的意思我都懂,但你还能要求我怎样?你的委屈,我过去不了解,完全不知情。我去看你,你不见,写信给你,你不回,减刑的事又不告诉我。好,即便如此我也等了你快两年,你还要我怎样?”讲着讲着,就变成了哭腔。

李思达 ：“嗯，都是我的错，安心当你的官儿媳去吧。”

李思达挂断了。

花想红会打来，这在他的预料之中。他料想玫儿已经悔悟，即便仍缺乏勇气站出来为他翻案，却肯定会在他面前忏悔了之后再去找花想红忏悔。否则多日来玫儿无法坦然面对他。

李思达还是变了，心肠变硬了，性子变得更加沉稳了，有了一点点演技，更学会了将喜怒哀乐深深藏匿起来。

对于花想红来说，这是认识李思达以来第一次被他无礼地挂断电话，可她却不生他半分气。若问天底下谁有资格这么对她，恐怕只有李思达一人，连夏尊都不可以。

果真如李思达设想的那样，从玫儿开始，再到花想红，她们逐一在认领各自的欠债。

李思达回来之后，玫儿发现他沉默寡言，一直在埋头做事，等她近身来看，他总是会下意识地对她遮掩。其实，李思达在做两件当前看起来并不十分紧要的事儿。

几天前，李思达登录过自己的股票账户，持股金额从当初的 40 多万，回到了 180 多万，他没有犹豫，当即全抛。当初令他挣扎、难以割舍的游戏，如今只在一眨眼工夫便了结了。

除此之外，他还在做另一件让人匪夷所思的事情。大仇当前，他竟然沉得下心来续写入狱前未完成的小说，如今已写到了自己的遭遇。而且令他自己也倍感意外的是，不久后他居然把之前的小说存稿发到了网上。从他发布第一个章节到他转做其他领域，他只花了短短三个月。

在未来的三个月中，一个化名“复仇之剑”的人在网上发表了近 300 万字的作品，名声大噪。他凭借这部小说赚得了 200 多万电子稿酬和 300 多万各种改编版权收益。连同股票账户里的钱，他拿着 700 多万与肇雪的 560 万，以及程玫儿的几十万，凑成 1300 万元，迅速转入了其他领域。

直到这一刻，他也还没有成功……

这些都是发生在网络文学全面爆发和真正迎来 IP 黄金时代的前夜，各路资本蠢蠢欲动，带来更多的版权交易机会。若是懂得待价而沽，李思达铁定成为作家富豪榜上的人物。

但网络小说只不过是他赚得的第一桶金，它成为李思达成功的起点，这实属偶然。他最初是基于对自己记忆力逐渐衰退的担忧，急于想把他的遭遇有条有理地记录下来，力求不遗漏任何一个细节。他认为这将有助于将来翻案。

但写着写着就一发不可收拾，尤其是在叙述他与花想红及夏尊之间的恩怨时，更是倾注了大量的情感。他想到了入狱前攒下的那些手稿，他要将新旧稿子合并在一起，写成完整叙述他 30 年人生的一部作品……当然这都是后话。

第二天周日，尽管花想红不愿再见到玫儿，可她还是一早上门来找李思达。

偏偏是玫儿为她开的门，“花姐？”

花想红连看都不看她一眼，高傲地绕开了她，直接进了门。李思达正躺在床上用笔记本电脑写小说，见是花想红来了，便慢条斯理地保存、退出，然后合上电脑，盘腿坐起身来。

虽然早有心理准备，但李思达外形上巨大的变化，还是令花想红震撼不小。他的轮廓整个收了一大圈。

“想跟你单独聊聊，可以吗？”

来之前，花想红曾设想这是一句开门见山的恳求，可见到他一副漫不经心的样子，语气突然就变得有些生硬，甚至都没直视他的双眼。仿佛不忍，多看一眼就会害他再缩一圈。

李思达：“嗯，我听着呢。”

花想红：“不是在这里，换个地方好吗？”

李思达：“好吧，那你等我换件衣服。”

花想红开车把李思达带到了佘山的别墅。这是她计划好的，这个周末夏尊不来。一路上他们没有交谈。

35.此债已非情债

李思达第一次来此做客，花想红照例先带他四下参观。

这幢别墅占地面积可真不小。绿树环抱，灌木点缀着草坪。迷宫似的曲径，全由鹅卵石铺就，蜿蜒交错，行至任何想去的角落。主楼是一幢由现代材料筑起的北美风格的三层建筑，外墙凹凸有致，错落浮现着欧陆古典情致的雕饰，整体显得简洁大气。来到内部，宽敞明亮，心胸骤然间随那无拘无束的空间感到无限扩容。

参观了楼上，花想红请他在一楼客厅的沙发上稍坐。

这个客厅简直就是花家的翻版，正对面的墙上也挂着一幅相同的油画。暖色的窗景，满窗子的海天红日，依然亲切，依然似曾相识……

不一会儿，花想红端来两杯香槟，见他盯着那幅油画出神，便说 :“你没看错，是同一幅画，老爸得了一幅新的，旧的那幅就搬到这了。”

李思达点点头，移开了视线。

“思达。”她对他的称呼穿越回了 2008 年的那个秋季，“还没来得及回长沙家里看看吧？”

李思达 :“嗯，还没，正有这个打算，近期吧。”

“唉，这两年你受苦了。”花想红一半惋惜一半愧疚地说。

李思达的目光触电般地闪躲，低头盯着茶几上的酒杯，面无表情，沉默不语。可无节律蠕动的咀嚼肌出卖了他，花想红了然他在隐忍什么。

她脸上的表情突然多云转晴，“不过幸运的是你能提前出来。”她端起酒杯，朝他举起，“跨火盆、柚子叶那些我不会。来，这一杯就算是为你接风洗尘去晦气了。”

李思达仍旧不说话，欠身去端酒杯，然后仰面靠回沙发，顺势跷起二郎腿，也不跟她碰杯，一饮而尽。对于他的无礼，花想红看似一点儿也不介意。

“我知道，你受这么多苦全是因为我，我会补偿你的。”花想红一脸的诚意，“本来呢，今天要是请你到外面吃饭会很省事，但外面讲话不太方便，所以我就决定在这里亲自下厨，给你做一顿像样的饭菜。你坐一坐等我，无聊的话就上上下下、里里外外走走看看，把这当成自己家里，随意就好。”说完便要起身去忙。

李思达心想，家？我那才二十多平，若讲这里是会堂，反倒更合适些。即使敢想，也不习惯。下厨？她如今竟会做饭了？这倒令他感到惊奇，要知道就连他这个穷人也烧不出几道像样的菜。不过她说的“补偿”一下子勾起了他的兴致。他终于愿意开口说话，可话到嘴边一拐弯，又变成一句讥讽。

“呵呵，你就不怕我这个盗窃犯偷你家东西？”他一脸的阴笑。

花想红：“去你的，什么时候你要能变得正经一点，那么就算你真做了坏事，也不会有人怀疑是你干的，那时候一切就都反过来了。”

李思达：“那应该不是正经不正经的问题，而是有没有权和钱的问题。”

这倒令花想红心里有底了，只因他还能像以往那样讲得出玩笑话，“才不陪你瞎扯呢，我去忙了。”

李思达没有到处乱逛，而是上楼去了下洗手间。那是一间紧邻主卧的洗手间。

他推门进去，香气扑鼻，当下感慨，有钱人家连洗手间都香得跟花房似的。柜里整齐摆放着各类洗浴用品。花想红钟爱的欧舒丹薰衣草泡泡浴露，这他绝对不会忘记。

可他发现了两个细节，柜子里除了花想红的东西，竟还有一瓶古龙水和一套剃须用具，有剃须刀、啫喱、须后水……而且马桶圈也被翻起。

马桶圈怎么会是翻起的呢？为这事，他以前不知被花想红莫名其妙地数落过多少回。终有一天他想通了，中国式家庭有“父系氏族”和“母系氏族”之分，细微的差别就在于，常态下的马桶圈是被翻起还是被放下。那是男女主人通过无数次的博弈，最终磨合出来的结果。

这两个细节足以让李思达作出判断，花想红如今已和那个魔头同居了。

开饭了，花想红烧的全是家常小菜，味道却相当不错。这不禁让李思达遐想，假如他没入狱，假如她身边的男人一直都是他李思达，那么今天她会不会下厨，还能不能烧出这一手好菜？或者说，究竟是怎样一股力量，让昔日娇生惯养的千金小姐，如今也能学会做饭？

吃饭的时候，花想红跟他讲了些公司里的事，夸奖了他的老同学倪翔，还提到了玫儿。她说，尽管他已经原谅了玫儿，她却暂时做不到，但以后就不知道了，要看玫儿自己的表现。

有句话令李思达印象深刻，“这两年来，你都不晓得我对这个小丫头有多好，给她买这买那，陪她玩，有时还陪她睡，可她怎么能安心接受呢？当初她怎么可以那样害你呢？唉，乡下小姑娘啊，为了一点点小钱，什么都可以出卖。”

李思达不想跟她计较由来已久的地域歧视，只是好奇，直到这会儿，她又是怎么好意思对玫儿横加指责，却对那个藏在她身后的男人只字不提呢？她还真是个帮夫的女人，以前跟她在一起时怎么都没发现呢？这个答案其实很快就会被揭晓了。

吃好中饭，花想红把李思达带到楼上，正是先前李思达看见的那间主卧，她说有件东西要送给他。

进了房间，花想红关上门，随即背过身去开始脱衣服。原来，时隔两年，她要送给他的东西是她自己。李思达被眼前突如其来的一幕吓到了，当下全身戒备，生怕又是一个局。

这是当然，她如今已是别人的女人，完全不属于他。只因她现在的男人是夏尊那个魔头，李思达肯定会担心再遭陷害。他转身想逃，却被花想红从身后一把抱住。

她的脸紧紧贴在他的后背上，“别走，思达。来吧，又不是第一次。”

李思达伸手去掰那双环抱于他腰间的手臂，触到的是细嫩柔滑、温润如玉的肌肤。已经两年没见过女人的身体，何况是他心爱的女人。

……

对于31岁的李思达和27岁的花想红来说，未来应当如此定义：有幸寻得一隅，与某人耳鬓厮磨，彼此间恒久忍耐，不离不弃，这已是相当难得的幸福。可李思达对爱情的理解，被高墙整整禁锢了两年，以至于连同他的躯壳一道被释放出来后，仍旧抱有不切实际的幻想。

直到两人筋疲力尽，也不曾发现任何阴谋。

正当李思达以为拨云见日，即将夺回一切时，花想红边穿衣服边说："好了，这回你算是给夏尊戴上绿帽子了。两年的不平，你应该从我身上全都找回来了吧？"

李思达终于明白了，原来这就是她所说的"补偿"。在楼下吃饭时绝口不提夏尊是为了上楼来替那个魔头赎罪，而且是用她的身体。她大概以为对于他这个阶下囚而言，这种补偿算得上慷慨，已绰绰有余了，也是她所能想象得出的最大限度了，没准还算得上是一种莫大的牺牲呢。

可这对于李思达而言却是莫大的羞辱，就像一把利剑，彻底斩断了他对这个女人的最后一丝希望。

李思达也开始穿衣服，望着她的背影，冷漠地说："没想到，你也学会了讲笑话。"

花想红确实太天真了，她以为这始终还是一笔情债，"呵呵，在你面前讲笑话，那就是班门弄斧了。"

李思达："这倒是真的，号子里别的乐子没有，就是笑话多，只不过都是些低俗笑话，要听一段吗？”

花想红：“就是荤段子呗，还什么低俗笑话。你啊，总归还是个文人，那就说一段来听听。”

李思达：“嗯。一个农民赤脚走在田埂上，突然从旁边玉米地里跳出一风尘女子，跟他说，大哥来嘛，就地只收5块，进房20，床上套餐50。农夫爽快地掏出一张50现钞给那女的。那女的高兴地说，哟，没想到大哥好有情调，选50套餐啊。农民俩眼一瞪说，屁！就地！10次！那女的当场就吓晕过去了。”

花想红：“哈哈哈，听懂了，是够低俗的。”

李思达很想告诉她，她其实就是笑话里那女子，只懂得一厢情愿的算计。可花想红哪里听得出，回味了一会儿，又止不住咯咯地笑。

李思达的心已死，不再对她有任何奢望，接下来他只想讨还一样东西——失去的尊严。不是向花想红，而是向夏尊。他要让她亲眼见证那个男人的下场。

临走前，李思达谢绝她送，站在大门口又留下一个故事：“我有个大学同学，运气特别好的女孩子，人长得漂亮，还有个富爸爸，学业事业顺风顺水，生活经常给她意外惊喜，最后还嫁了个优质老公，硬件上比你也差不到哪去。可她27岁那年就走了，确诊时已是癌症晚期。后来我就一直在想，会不会是因为她一直在透支运气呢？从概率学角度，人这一辈子好运和霉运应该是基本相当的。所以这件事让我相信，一切都是平衡的，暂时失去也不怕，总是可以找回来的。再见，花儿。”

李思达最后的眼神攫住了花想红，那样的冷漠与绝望，彻底粉碎了她的心，同时也唤醒了她的内疚与怜悯。可她自问又能如何？这世上唯有时光不可逆转，它每时每刻都在重新定义着人生。她悲哀地想，他们再也回不到从前了。

李思达没有马上离开，而是绕着这幢别墅走了一圈。

这幢房子其实要比夏尊位于市中心的那座大宅院更令他感到震撼。它是那样大，那样华美，那样令他心生悲凉。有人可以住在里面，有人却只能绕着它的围墙偷偷欣赏。而在这冰冷的围墙之下，他唯一能够得到的只有怜悯与施舍。

与那幅油画中的景物相似，以前他也曾幻想，能有一幢海边的小屋，推门可见大海。想到这儿，渴望油然而生。

总有一天，他要离开这里，一年四季都住在海边，孤守那画中的窗景终老，哪怕功能设施不全，哪怕没有爱情。可他预见不到，这一天离他并不遥远，只不过不再有一年四季。

李思达回到家中已是下午三点半。玫儿为他端来一碗红枣莲子羹，说雪儿姐上午来过了，留下来吃了顿午饭，这红枣莲子羹是做给雪儿姐的，多出来一点，他有口福了。

李思达："她问我去哪了没？"

程玫儿："人家就是来找你的，能不问吗？但我这回长心眼了，没敢说你是跟花姐一道出去的，就说有朋友请你出去喝酒。"

李思达："哦，其实，实话跟她说也没事的。"

程玫儿："哼哼，没事才怪，你当我看不出来啊，你跟雪儿姐的关系还蛮复杂的嘞。"

李思达："别乱讲，你看你雪儿姐长得跟个天仙似的，你再看你哥，能有什么关系？”

程玫儿：“你快趁热喝了吧。”

晚饭时，玫儿收到一条彩信，兴奋不已。李思达问她看什么呢，那么开心。她把屏幕朝他面前一竖，原来是一张相貌普通的男人照片。

李思达：“这个，还不如我，整容失败的迈克尔·杰克逊。”

程玫儿：“家里可有钱了。雪儿姐可说了，只要我看上了，她就帮我介绍。”

“她介绍的？那能有什么好人？”李思达突然意识到自己讲话前后矛盾，忙改口说，“我意思是说，有钱男人不靠谱的太多了。”

其实这还是源于他对肇雪一贯的偏见，总觉得她身上有股子风尘味，朋友圈里也定然出不了什么善类。

程玫儿：“哥你放一百个心吧，难道雪儿姐会害我不成？这可是她的小表弟，是她小舅舅家的儿子。”

李思达：“只是给你提个醒，上海太大，鱼龙混杂。哥现在算是彻底明白了，上海不是什么‘商海’，还是人家老外的口音纯正啊，是‘伤害’。自己留神吧，别上当受骗就好。”

玫儿只顾着跟她雪儿姐发短信，没工夫再搭理他，而他的心绪也一直被困在花家那幢佘山大别墅里久久走不出来。一个钟头后，李思达甩了甩昏沉的脑袋，继续写起了小说。

在李思达的小说中，他得出了此生第八条，也是最后一条“备胎心得”。这一条是致除了花想红之外的全世界：假如命中注定我得不到这个女人，我也要向全世界证明，不是因为我穷、我丑、我品质低劣配不上她，而是你们全都瞎了眼。

而在他向全世界证明一切之前，他始终解不开那个“复仇三角”。

他曾设想神不知鬼不觉地把夏尊除掉。这个冲动在他胸口难以抑制地膨胀，直到有一天晚上，他终于将一把西瓜刀用报纸包好，塞进了包里，喝了半斤白酒，然后翻墙入院来到夏尊的家，这个让他蒙冤的耻辱之地。

他在夏尊的卧室外守候了两个钟头。透过起了雾的玻璃，他目睹了这个魔头对花想红所做的一切。那简直就是悉心照料，百般温存。

在花想红的面前，夏尊似乎变成了另外一个人。再看那花想红，一颦一笑，当初每一个熟悉的动作，如今用在夏尊的身上，竟也是那样自然贴切、毫不违和。李思达无从下手，也立即意识到这么做是多么愚蠢。

偷偷摸摸除掉夏尊，既不能向全世界证明什么，也不能夺回花想红，自己也难逃法网。即使侥幸逃脱，从此也要躲躲藏藏，遑论重新站起来？那样做甚至不能让仇人明明白白地领受惩罚。

李思达要在夏尊健康、清醒的时候，威严地站在他的面前，用正义来宣判他的罪恶，要让他匍匐在地，明明白白地认罪受死。

36.完美的逆袭

事实证明，李思达这回没有看错，肇雪给玫儿介绍的表弟，真是个“花花公子”。

原来，肇雪的小舅舅是个生意人，家底颇为殷实，有个儿子名叫安冉，今年 27 岁，也就是肇雪的那个小表弟。安冉一年前子承父业，成了家族服装厂的总经理。

这小子在厂里很正经，在家人面前也乖巧得很，可一到外面就变成了个拈花惹草的小淫娃。

最初看到玫儿的照片时，他惊讶于天下竟有脸长得那么圆的女孩，实在太有喜感了，差点当着表姐的面笑出来，还不停追问表姐照片有没有 PS 过。可当肇雪跟他全面地介绍了玫儿之后，他的看法变了，觉得这是个淳朴且可爱的女孩，于是答应与玫儿见面。

自从那次见面，两人便开始了交往。玫儿喜欢安冉出手阔绰，安冉也愿意满足玫儿并不太高的物质要求。肇雪见状也在心里暗喜，以为表弟这回终于安下心来，打算认认真真地谈一段踏实的恋爱。

可前后不过两三周，安冉再次招惹上一位漂亮的姑娘。一夜之间，玫儿身上所有的优点都被那张漂亮的脸蛋轻易击败。

就在今早，玫儿下夜班后赶去安冉家给他送早餐，见到那姑娘衣着暴露、睡眼惺忪地来为她开门……

玫儿回到家后，躲进卫生间里大哭了一场，因为如今卧室已不归她，总不能坐在客厅里哭。李思达听到了，但没叫她。后来玫儿开始做午饭，一时没忍住，在厨房里又哭了一场。

吃饭的时候，李思达不得不问她原委，才知道是这么回事。李思达问玫儿，你喜欢他什么？玫儿说，有钱。李思达又问她，那他又喜欢你什么？玫儿想了半天憋出个不知道。李思达不再言语，只等下午肇雪上门。

下午3点半，肇雪来了。李思达把她拉进卧室，关起门来数落开了。

李思达："你也真是的，你表弟什么人，你自己还能不清楚吗？怎么就敢介绍给玫儿当男朋友呢？"

肇雪："这事吧，我承认确实是我欠考虑了，归根结底还是太高估我表弟了。"

李思达："唉，曾经有人挖苦我，说人越没什么，就越看重什么。我当时觉得她没说错，可现在看来，她只说对了一半。穷人对富人的理解有时候太理想化。我就问你，在真正的富人眼里，钱真的只是数字概念吗？我说那都是扯淡！其实人越有什么，也就会越看重什么。你是过来人，夏尊就是最好的例子。他一掷千金买你笑，那只是他的九牛一毛，不心疼，又能证明什么呢？那你笑归笑，最终还是要嫁个真心的人，虽然一无所有，但舍得卖肾养你。"

肇雪："达哥这就言重了，我表弟跟夏尊还真不是一回事。

他花钱玩女人，的确是他的老毛病了，但他心地还是善良的，从来不会想着去害人。其实我当时是这么想的，一边是表弟，一边是好姐妹，两边都亲，两边也都不完美，我想有我在当中，总归要好很多。本以为玫儿这种踏实过日子的人能让我表弟的心定下来，可没想到……唉，我这个表弟，也真是太让人失望了，以后他的事我也不会再管了。”

1 月底，李思达收到了文学网站的第一笔电子稿酬，竟然超过了 30 万元，那是几百万人订阅的结果。他日夜写作，越写越亢奋，早已忘记了春节临近。

春节前夕，花想红给李思达发了好几条问候短信，李思达一条也没回。打来电话，也是冷冰冰的语气回应着。那意思再明显不过，有事快说，没事挂机。

2 月份，李思达又收到了文学网站的第二笔电子稿酬，70 多万元。他在网站上的更新，也达到了 190 万字。这一切他谁也没告诉。

到了 3 月底，李思达的电子稿酬收入大幅度提升到了 120 万元。此时他已完稿，新旧稿子加在一起共写了 280 多万字。并且，这部网络作品的版权已被网站打包售出，他个人得了 300 多万元。

这一阶段，李思达与肇雪的来往愈加频密。肇雪也捞了一笔钱。

相隔十年，肇雪先后两次与夏尊分手，各得到一笔分手费。可她嫌少，她需要一笔更多的钱，好让她有足够的能力安顿她老爸，以及将来的生活。为此她不得不再次铤而走险。

肇雪别出心裁，去找了一个人，这人就是她 19 岁那年，为她在私人诊所里进行人流手术的医生陈守焕。

去年陈守焕曾经联系过肇雪，告诉她，他的私人诊所早已关停，如今他已成为华山医院皮肤性病专科的一名主治医师。这么多年过去了，陈守焕依旧单身，对肇雪也依旧怀有幻想。

肇雪让陈守焕帮忙弄了一份化验报告，证明她已感染艾滋病毒。

时隔多年，梦中情人再度求上门来，陈守焕自然是喜出望外。但这个挑战人类想象极限的请求也着实把他给难倒了，当即表示太难了。

肇雪也不勉强，约他一道吃晚饭。饭后又跟他去了他家。在他家，她向他施展了妖媚之术，是男人都经受不起的诱惑。当他提出要与她发生关系的时候，肇雪亮出了条件：等她拿到报告的那天，她会给他。

没几天，肇雪就接到了陈守焕的电话，说报告已经办好，让她今天去他家里取。理所当然，肇雪是个守信用的人，陈守焕在自己的家里，如愿以偿地得到了她肉体上的馈赠。

临别时，肇雪笑着跟陈守焕说，“以后不必再联系，就当我真的得了艾滋病，死掉了。”

这事就发生在 2 月底。

带着报告，肇雪直接去了夏克坚的办公室，将化验报告甩到他的办公桌上。肇雪跟夏克坚说，他儿子多年前把性病传染给她，当时一起接受治疗，治好了。可现在又把艾滋病传染给她，她扬言要把这桩丑事发到微博上，公之于众。

这事非同小可。夏克坚一听到艾滋病，再一看那报告，当场就被吓得脸色惨白，赶紧去关办公室的门。

尽管夏克坚早就知道，孽子两年前刚回国那会儿又跟肇雪搞在了一起，为此他也曾不止一次警告过夏尊。但他怎么也不愿相信，儿子居然会得艾滋病，而且以前还有过性病史。

夏克坚没有轻信肇雪的话，当即打电话给儿子，压低嗓门问了夏尊几句。

挂机后，夏克坚急于问肇雪打算怎么解决。肇雪说，“还能怎么解决，无非还是钱的事。治病需要钱，治不好死掉还需在生前安顿好家人。”

夏克坚要她开个价，肇雪伸出五根手指。

夏克坚问，“50万？”

肇雪很没耐性地摇了摇头。

夏克坚：“啊？500万？”

肇雪：“对！”

夏克坚：“你当我是印钞机啊？我哪来那么多钱？”

肇雪：“那就抱歉了，艾滋病都得了，我还有啥可顾忌的？今晚微博见。”言毕佯装要起身离开。

夏克坚：“好好好，就500万，三天内打到你卡上。”

肇雪重新坐了回来，“不行，就现在。”她笃定地抱起了双臂。

夏克坚：“现在？我银行里所有的钱加一块也不够啊。”

肇雪：“那你有多少？”

夏克坚：“这我要看一下，估计300万都够呛。”

肇雪："给我凑足300万，只要我手机收到银行的短信，马上就走。然后我贱命一条，是死在阴沟里，还是下水道里，都跟你夏家无关了。"

她之所以宁愿打折也要当场拿到钱，是怕夜长梦多。一旦夏尊跑去验血，发现自己根本没得什么艾滋病，那一切也就泡汤了。

无奈之下，夏克坚只好从抽屉里取出U盾，东拼西凑往她卡上转了三笔钱，转完已满头大汗。肇雪的手机一共收到三条短信，金额加起来共计280万元。终于，她兑现了当年的承诺，把27300的餐饮账单翻了百倍。

从夏克坚的办公室里出来，肇雪的步子越走越快。她表面淡定，其实里面内衣早已湿透。当时夏克坚拎起电话，给夏尊打电话那会儿，她就已经紧张得不行了。当时，夏克坚脑子已经被这突如其来的噩耗搅成了一团糨糊，他在电话里跟儿子说了这样几句话。

夏克坚："你个不知死活的畜生，知不知道自己已经得了艾滋病？"

夏尊："啊？老爸，这个玩笑可开不得啊。"

跟多年前一样，别说艾滋了，只要一提性病，夏尊全身的汗毛孔都会竖起来。

夏克坚："谁跟你开玩笑？肇雪这会儿就在我的办公室，她本人已经验出病毒，化验报告就在我手上。"

夏尊："真的啊？这下完了，怎么办啊老爸，我会死吗？"他这会儿已经从惊恐转为了哭腔。

夏克坚："不见棺材不落泪的东西，让你再疯！让你再拈花惹草！真没想到十年前你就得过性病！"

夏尊："那时候是年轻不懂事啊。可后来你也看到了，我改了啊。按说这要命的艾滋，要得十年前早得了，怎么偏偏这会儿才得呢？难道是潜伏期？完了完了，一定是潜伏期！现在大概已经是晚期了！老爸你一定要救我啊，我以后改，彻底改还不行吗……"

夏克坚："改改改，我看你是狗改不了吃屎，现在讲这些都没用了，是不是晚期得赶紧去医院查，快！马上！"

挂上电话，夏尊如丧考妣，像个孩子似的打电话给余艾霞，闹着要她陪着一道去医院，一路上已经开始盘算着回美国治疗的事情了。

幸好在摊上这场艾滋风波时，夏尊没想到去通知花想红，否则花想红也要被他吓瘫掉。后来看到阴性化验结果的夏尊回过神来，满世界找肇雪，并扬言只要让他找到这个女人，定要她死得很难看。可从这天起，肇雪便从夏家的视野中彻底消失了，从此再也没有出现过。

4月初，李思达一共拿出了700万元资金，肇雪拿出560万元，玫儿出了40万元，凑在一起1300万元。这个时候李思达不再趴在电脑前写啊写了，他差玫儿速速去办理公司注册，他看中了一个机会。

肇雪曾经告诉李思达，她认识一个很有趣的北京人，叫张舒济。他是中国时代科普网的负责人。1999年，此人曾与美国太空舱公司合作，选择了中国11岁小学生李桃桃小朋友的"蚕吐丝织茧实验”,跟随美国国家航空航天局的航天飞机进入太空。

在这个项目实施的过程中，张舒济结识了美国太空舱公司副总裁、前宇航员哈里斯博士，后来又通过哈里斯博士结识了日本航空航天探索局局长奥村直树，并与之探讨日本次年冬季计划发射升空的同步定点卫星上是否能够搭载中国高校的太空环境科学实验项目。

与此同时，李思达有了一个脑洞大开的点子，他把目光转移到了自己的母校武大，那里刚刚诞生了一项并不热门但绝对算是革命性的科研成果：卫星热遥感技术。这项技术可以有效预测地震，尤其是针对日本这种地震多发的国家。

这一技术的基本原理大致是这样的。地震前，内陆地区和沿海地区分别会产生热红外辐射异常和潜热通量异常。前者可以通过卫星红外通道的传感器直接被观测到，而后者则需要通过微波遥感观测资料计算或红外遥感与地面观测资料联合反演进行预测。最关键的是这项技术必须被送入太空，安装在同步定点卫星上才能发挥作用。

李思达先独自去了趟母校，就这项新技术初步达成了1100万元的购买意向。然后让肇雪带着他飞了趟北京，带着卫星热遥感技术的资料和部分实验数据，找到了张舒济，跟他提出一个大胆的设想。由张先生出面，与日本航空航天探索局谈判，以中国民间的科研成果为合作基础，在上海成立一家三方参股的公司，全面开发这项新技术。

张舒济是位50多岁的老先生，他仔细看了资料，当场被年轻人的想象力和激情所感染。他激动地说，假如这个技术可以被应用到现实中，那将是中日两国人民，甚至是全亚洲人民的巨大福祉。这是件功德无量的事。张先生没有犹豫，当场便答应下来。

一个月后，李思达和肇雪接到了张舒济的好消息。玫儿那头，公司也注册成功。尽管李思达有犯罪记录，但幸好被排除在《企业法人法定代表人登记管理规定》第四条所列的八种情形之外，所以这家公司的法定代表人是李思达本人。

他们快速地完成了专利技术的购买转让，并以这项核心技术在新合作体中占股43%，日本帝航株式会社和东日株式会社联合持股38%，时代科普网受航空航天工业部委托持股19%。新公司的注册资本为20亿元人民币。李思达出任董事会主席。

实际上，到了5月中旬，李思达公司的实收资本已达20亿元，没有债务性融资。这一阶段正值国内经济复苏，大量的现金从银行、股市流出，无处可投，形成流动性泛滥，各路热钱试图通过各种渠道渗透至具有现金回报和广阔前景的科技项目。

到了9月，随着各路资金源源不断地涌入，公司的现金账户已积聚了32亿资金，此时李思达的想法又发生了变化。他筛选并联合了七八家房地产企业和近90亿元资金，还招募了号称"第一金牌杀手"的浙江籍游资操盘手。他把目光瞄准了花雷的根基，市值128亿元的地产公司。

李思达巧妙运用了资金杠杆，利用并控制着以他为核心的资本集团，在二级市场连续举牌，直到成为这家公司的第一大股东。

群狼围攻，大兵压境，花雷第一时间掌握了对手的底细，他惊讶地看到了李思达的名字，吓出了一身冷汗。但他没有放弃抵抗，立即组织了两次股权保卫战，也是连续举牌，不断扩大持股数。股价一抬再抬，他的反收购也显得越来越无力。

这期间，那位股市操盘神手发挥了巨大的作用，他利用连续抬高股价给老股东们带来的恐慌心理跟花雷玩起了“荡秋千”，笃悠悠地坐盘，做起了差价。每逢花雷大举买入，他就在高位派筹，花雷买得凶，他就沽得凶，花雷买得温和，他干脆一手都不卖。

对峙阶段的每个交易日，资金焦灼，日日持平，净流入和净流出几乎都接近零，只有换手率大小的差异。这让花雷的每一次买入都荡在了高位，而等花雷头寸吃紧，股价被他砸下去之后，李思达又会再次反扑回来，于低位扫货。就这样，股神不断扩大着浮盈，而花雷的购买成本却高高在上……

李思达这么做并非公报私仇，他给了董事会一个很有说服力的理由：国内住宅市场将迎来新一轮的疯狂追捧，作为公司的投资战略，借股价低迷阶段通过股票二级市场的大量买入，达到控股二三线地产公司的目的，将为公司未来三年带来可观的投资收益。这一时期花雷公司的股票市盈率只有3.6，资产却是优质的，正处在价值洼地。

在这大半年中，戏剧性的重大事件一幕幕地密集上演，李思达爆发出令人瞠目结舌的巨大潜能。他借助一个又一个，也许是上天怜悯他才肯施予他的机会一步登天，超越了昔日不可一世的花氏家族，让以往轻贱过他的花雷寒毛卓竖，刮目相看。

与此同时，他的“复仇三角”彻底被他自己打破，因为走在这条迅速通往成功的道路上，他的观念也随之有了巨大的转变。他看清了一点：在这个要钱不要命的社会里，最狠、最痛快淋漓的报复手段不是要人命，而是剥夺他们的财富。

经历了这一幕幕的巨变，李思达依然舍不得搬出那条弄堂，玫儿也不计较，跟着他睡沙发。肇雪除了每日在公司里与李思达碰面，更是兼任了李思达的司机，开着她自己的车，每日从那条弄堂里把李思达接到公司。

37.喜欢自设圈套的女人

花雷把李思达公开收购公司的消息告诉了女儿。

花雷：“红囡，老爸可能真的老了，老眼昏花了。”

花想红：“老爸，你这么说是想让女儿陪你一起难过吗？这事的源头终究是在我的身上。”

花想红第一时间躲回房间，代表“自己”给李思达打了个电话。

花想红：“思达，你恨我吗？”

李思达：“不，不恨。”平静的语气。

花想红：“那你恨我爸吗？”

李思达：“也谈不上恨。”

花想红：“那你为什么要这样？这家公司是他的命根子。”

李思达：“你误会了，没有对付，没有任何一个小动作，一切都是公开的，这是正常的收购。”

花想红：“你否认不了的，那么多上市房企摆在那里，你不去收购，偏偏要来控股我们？”

李思达：“因为我曾经是这家公司的员工，我了解这家公司，对公司有感情。”

花想红：“呸！在你还是穷光蛋，人人都瞧不起你的时候，只有我，顶着全世界的压力也要跟你交往，没想到有一天你竟会恩将仇报！你这样做，只能让我也变得看不起你。”

李思达：“我只是想证明自己。我想，到了今天，你老爸再也不会认为我买不起一套内环内 150 平方米的婚房了吧？但至于我跟谁住，与他无关。”

花想红：“呵呵，李思达，我没有看错你，你真的就是全天下心胸最小的男人，我后悔当初认识你。”

李思达：“嗯，没事我挂了，祝你幸福。”

李思达先一步粗暴地挂断，如今花想红似乎已经不得不去习惯一个蛮横的李思达。

接下来的一段时间，倪翔频频来李思达家里拜访。

对于倪翔为何突然变为了家中常客，李思达一向是睁只眼闭只眼的。他知道多多少少与花想红有关，所以不止一次提醒肇雪，有他这位老同学在场的时候，他们就绝口不聊任何家务以外的事。

李思达的直觉只对了一半。花想红的确曾授意倪翔与李思达多接触，但用心并不像李思达想的那样险恶，仅仅是为了了解李思达都跟些什么人交往，以及生活上有没有巨大变故。否则，但凡有一丝恶意，作为与李思达同袍同泽的倪翔也断然不会听从差遣。

可尽管如此，倪翔的出现还是带来了意想不到的麻烦。

起先倪翔带回的信息中并没有提及肇雪，因为他以为肇雪只是玫儿的闺蜜。可一来二去他发现不对，这个女人大包大揽，几乎掌管着李思达的一切生活内容，玫儿看上去反而是在给她打下手。

最令倪翔纳闷的是，李思达如今可谓是大富大贵了，却仍蜗居在弄堂里，他不明白这小子是怎么想的。其实他只要意识到，李思达如今待他还是如同两年前一样，他便该想通了。

倪翔疑惑间与花想红说，“看上去，那个肇雪跟李思达的关系很不一般。”

“那么据你观察，那个女人和李思达究竟是什么关系呢？”花想红试探性地问。

倪翔：“八成是男女朋友关系。不过我私下问过他，他又不承认。”

“嗯，了解了。谢谢你，倪经理。”她嘴上虽这么说，但心里在抓狂，歇斯底里地吼叫：肇雪！又是你这个贱人！

花想红与肇雪注定要频频狭路相逢。有时花想红甚至觉得，这个女人来到这世上的唯一使命就是与她抢男人，抢完一个又换另一个。

可她突然又犹疑了，李思达如今还算得上是她的男人吗？他那么恨花家，难道不是因为她花想红抛弃他在先吗？但李思达的本事竟然大到了这种地步，花想红全家人挠破头也想不通，公司上下所有人都想不通。如此惊天动地、大摇大摆的回马枪，超出了所有人的想象。

他李思达哪里是什么“驸马爷”呀，如今杀回来选妃还差不多。但事实上，李思达从这家公司离职以后，便没有在公司现过身。

模棱两可间，花想红最终还是强迫自己相信：他李思达凭什么算不上我的男人？刚出来那会儿不还跟我上过床吗？两年前就更不用说了。

也不知怎么，如今只要一想到肇雪身边的男人是李思达，要比想象成夏尊更为残酷，也更令她倍受煎熬。

倪翔出门后，花想红给李思达发了条短信："这么快就有新女朋友了？恭喜哦。"

等了好半天，那头回："呵呵，我女朋友太多了，你说的是哪一位？"

花想红："这我相信，男人一有钱，准变坏。"

李思达："嗯嗯。绿蚁新醅酒，红泥小火炉。晚来天欲雪，能约一炮无？"

花想红："什么意思？"

李思达："意思是说，我想和你发生不正当的男女关系，可以吗？"

花想红："下作胚！"

这一阶段，李思达对花想红的不敬已达极致。

可花想红不信他这一套。李思达对她越是薄情，她就越是会无端地放大过往曾经与他发生过的美好。

殊不知性格决定命运。不识人间烟火的花想红，对生活与爱的理解始终与人相反。她总会落入自设的圈套，以假想的妒意为参照，来定位爱的理由，进而成为触发行动的诱因。换言之，她的爱总在妒意中发酵并养成。

可事实并非她想象中那样。李思达与肇雪之间，不是在谈情说爱，而是在密谋一个计划。

在李思达的脑子里，这个计划已具雏形，但实施起来困难重重；而在肇雪的设想中，这个计划已足够完美，而且无以替代。可实际上，这个计划不久后将被李思达彻底推翻，取而代之的将是一个釜底抽薪之策。

自从得知李思达已经出狱，最坐立不安的人便是夏尊。

几个月前的那天晚上，花想红风轻云淡的告知和意味深长的点拨，引发了他强烈的危机感。花想红本不该得知真相，至少不该这么早，尤其是不该在婚前得知。当初判决书下来的时候，夏尊曾计算过，等李思达出狱的时候，他早已与花想红完婚并在美国有了宝宝。

而今夏尊又得知李思达竟然在出狱后的短短几个月内，完成了堪称奇迹的资本积累。如今已打下一大片江山，连姨夫也不再是他的对手。这内心的恐惧将他推向了崩溃的边缘。

很明显，花家并没有对不起李思达，即便如此，李思达也已经对花家动了手，可以想见，他夏尊又何以遁形呢？他突然回忆起当年李思达借着黑暗的掩护才敢跟他说的一句话，一句令他怒不可遏、动手打人的话，“离了你老爸，你什么也不是。”

是啊，夏尊当然明白这句话的意思，他内心也从来都是认可这句话的。离开老爸，他真的什么也不是，又怎能与如今飞上枝头变凤凰的李思达站在同一个平台上论高低呢？

冰冻三尺非一日之寒。

夏尊现在担忧两件事：一是，尽管花想红的态度已经明确，不打算因为李思达而悔婚，但她异乎寻常的平静又着实令他害怕。二是，李思达又怎能善罢甘休？一审结束后，李思达咆哮公堂的失常举止第一时间传到了夏尊的耳朵里，令他至今仍心有余悸。

基于这两个担忧，他要加速大婚的进程，争取尽快回美国。

夏尊首先说服了老爸，然后跟花雷吹风，说他老爸有意让他秋天回美国，走之前一定要把婚事给办了，然后小两口一道回去。花雷先是沉默，过后说近期要与他老爸见面商谈。

此后，夏尊只不过是原封不动地把夏克坚和花雷的态度往花想红面前一摆，不期待能从她这儿得到结果，只想让她了解，大婚已经有了明确的时间表。

花想红近日的心思完全在李思达的身上，所以面对夏尊的试探，花想红的态度自然是含糊的。但在这个节骨眼上，她感觉自己如同身处春运火车站的检票口，想原地站一会儿都办不到，只能被夹在人流中往前走。

花想红憋了半天，只说："哦。"

她这个态度令夏尊恐惧，"怎么了，红红？难道李思达会影响我们的婚事吗？"

花想红若有所思，"那倒不会，我只是觉得……他够倒霉的，也挺可怜的。"

夏尊："他可怜？他连你老爸的公司都不放过，表妹啊，你在说什么？"

这句话惹怒了花想红，"唉！最不该屈服的时候，他屈服了。最不该认输的时候，他认输了。你还能不让人赢一回吗？况且，他又没抢走我们家一分钱，反而和我们成了'一家人'。"

夏尊："好吧，事到如今，我承认以前确实做得不对，但我可以向你保证，将来一定会找机会弥补他。"

花想红："弥补？你拿什么来弥补？还是钱吗？人家现在比你更有钱。"

夏尊："那我还能怎么办？难道要我也去坐两年牢吗？"

花想红："唉，其实不是你该怎么办，而是我们该怎么办！要是论罪，我花想红也不是无辜的。"

夏尊："我明白你的意思，我们都欠他的，可现在我们正谈着我们的大事……"

花想红："先这样吧，走一步看一步。"

花想红的态度为什么会180度大转弯？夏尊想破脑袋也想不到答案的。这源于花想红的性格缺陷，她可能会因各种意外的理由一再回望李思达；可既然她早已接受了现实，认为夏尊也是她必须接纳的一部分，那么她也绝不会轻易回到李思达的身边，不管他如今多有钱，事业多辉煌。

也许是老天刻意的安排。一个月前，她开始跟读当下最火的一部网络小说。当花想红读到五分之一的时候，就已经猜出这个名叫"复仇之剑"的人正是李思达，而他写的故事，正是他们之间的故事。

往事历历在目，花想红不知用去了多少包纸巾才在泪眼模糊中读完全本。李思达唤醒的不是一个内心纠结、渴望爱情的女人，而是一个真爱得而复失之后孤独的灵魂。

她不得不再次回望李思达曾经给予她的一切，也不得不从头到尾重新审视他所遭遇的不公，以及自己在这个如此不公的局中所扮演的角色。她当然还是爱他的，一如既往的深爱。只不过，她一度强迫自己回头是岸，把顺应世俗、向现实妥协视作一种安全着陆……

好在花雷在女儿的婚事上犹豫了，与夏家打起了太极，一拖再拖。不过，由此给同样犹豫不决的女儿所争取到的，也仅仅是更多犹豫的时间。

2012年元旦前夕，李思达终于对夏尊“敲山震虎”。

李思达料定夏尊会把波茨坦酒店的总统套房包下来与狐朋狗友跨年狂欢，所以先他一步包了下来，一包就是三天。但包下来之后他连去看一眼的兴趣都没有，只差人给总台留了一个张字条，吩咐总台无论是夏尊本人亲自来，还是通过电话预定，都要把字条上面写的话一字不漏地读给夏尊听。

每逢佳节倍思亲，时隔三年，李思达终于想起要给长沙的家人打个电话并筹划近期“衣锦还乡”。可他发现家里的电话竟然停机了，于是就给赵勇打了个电话问问。

接到电话的赵勇吃了一惊，大呼小叫，说幸好自己没删号，才知道是他这个鬼东西打来的，问他这两年到底死哪去了，手机一直关机。

李思达骗赵勇说被公司派到中亚搞基建去了。赵勇想告诉他家里的情况，但电话被小玲抢去了，因为小玲觉得这事由她这个做表妹的说比较合适。

得知噩耗的李思达当场昏倒在地，正在客厅里与玫儿聊天的肇雪听到了声响，赶忙冲进来看个究竟……

38.打蛇打七寸

医院里，李思达还处于昏迷状态。肇雪与玫儿双双坐在医生办公室里，相拥而泣。

起先医生曾问过玫儿，病患以前是否有过脑外伤。玫儿说有过，是一次车祸。接着医生就给出了诊断：正因那次车祸，李思达颅内留下了脑内伤，没有及时发现，延误了治疗。如今已发展为脑积水晚期，同时还伴有慢性脑疝。

医生还说，手术是没法做了，基本上已失去了治疗价值。而且因诸多不确定因素的存在，他每时每刻都会面临着失明与猝死的危险。

除了那次车祸，牢狱生活带给李思达的心理折磨，以及那次立功行为给他带来的二次伤害，都是医生无法掌控的。肇雪和玫儿私下商定，对李思达隐瞒他的病情。

出院后，李思达不顾肇雪和玫儿的极力反对，执意要回长沙。最后肇雪做出了让步，决定亲自陪他走一趟。

满目萧瑟，万物凋零，泪望故乡，物是人非。如今，李思达只能和肇雪住在小古道巷的老宅里，听吴大妈不分主次轻重地讲述着那些他听不懂的陈年往事。李思达在赵勇和小玲的陪同下去墓地给父母上了香。

李思达应改口叫赵勇妹夫了，小玲也已怀有三个月的身孕。

在返回上海的飞机上，李思达表情凝重地跟肇雪说："在里面的时候，两年那是多慢啊，熬啊熬，熬啊熬，总算出来了。可出来才发现，两年又是多快啊，只不过是进出了一扇门，外面竟发生了这么多事，好像又投了回胎似的。"

肇雪安慰他，"人死不能复生，失去的再也回不来了，达哥还是不要太难过了。"

李思达嘴上不再说什么，心里却已将这笔新账也叠加在了一个人的头上，那人便是夏尊。他在心里说："夏尊，我要先让你变成丧家之犬！然后当着花想红的面慢慢弄死你！"复仇的烈焰再次在他心中熊熊燃烧。

回到上海的家里，刚刚坐定，李思达便说了句没头没脑的话，"打蛇要打七寸！"

"什么？"肇雪和玫儿异口同声地问。

"还不明白吗？"李思达刻意提高了嗓门。

"我们商量来商量去，一直执迷于为我翻案，但你们也明知这有多难。首先，我的态度一直很明确，坚决不答应把玫儿牵扯进来。可是这样一来，就等于什么证据都没有。其次，就算我们从其他证人那找到了证据，也只能证明不是我李思达干的，他夏尊还是毛发无损。更何况只要有他老头子的根基在，我们就很难动得了他。"

"那你的意思是？"肇雪的眼中似有亮光。

李思达："夏老头子就是蛇的七寸，五个字：扳倒夏克坚！让夏尊变成一条丧家之犬，然后再痛打落水狗。"

直到此刻，李思达终于找到了报仇的支点，他要将夏尊所依附的根系连泥带土完整拔除。

“可这又谈何容易？”亮光仅一闪而过，肇雪的眼神再次暗淡下来。

李思达 :“这就需要雪儿你的配合了。”

肇雪 :“我？”

李思达:“嗯，换个思路。从现在起，你不要再去找律师了，那简直是在浪费时间，更不必去联络当年的那些证人。你就集中精力做一件事，回忆，绞尽脑汁地回忆。从十年前你刚认识夏尊那会儿开始，把这么多年来你看到的、听到的，关于他夏家的资产情况,尽可能详细地还原出来,然后列一张清单。我想，就算我们没办法掌握夏老头子贪腐的证据，最起码我们还可以实名举报他巨额财产来路不明。剩下的，就交给中纪委的调查组吧。”

“绝了！我怎么就没想到呢？”肇雪兴奋得冲过来跟李思达击掌，不过很快她又犹豫了，“那……给你翻案的事？”

李思达 :“那已经不重要了。”

是的，那的确已经不重要了。翻案是为了反治夏尊的罪，扳倒夏克坚也是相似的目的，既然殊途同归……

讲到底他如今已经不在乎别人怎么看他了。因为他已经飞黄腾达，在这个金钱代表成功、成功代表一切的年月里，他并不指望芸芸众生能够将尊严看成是金钱以外的东西，更不指望人们把尊严与品德看得比金钱更重。这便是比“贫果”更加残酷的现实……

这晚肇雪临走时，在门口主动拉住李思达的手，久久不放，最后她只叫了一声“达哥”便走了。李思达明白，这并非男女间的暧昧，而是同病相怜加上同仇敌忾，无以言表的一份感动。

李思达带肇雪回长沙的消息是倪翔告诉花想红的。可以想象，花想红听了之后有多失落。当年长沙之行的一幕幕再次浮现眼前，仿佛就发生在昨天。可她如今连给李思达打电话的勇气都没有，她怕极了那冷酷无情的声音。

6月的一天，花想红给他发去了一条问候短信：“回长沙看过了？”

李思达：“回了。”

花想红：“一个人去的？”

李思达：“和女朋友一起。”

花想红：“家里都还好吧？”

李思达：“我已经没有家了。”

花想红：“怎么了？”

李思达：“父母都已过世。拜夏公子所赐，我连最后的孝道都没能尽成。”

花想红：“啊?！”

短信在这里中断了，这个消息实在太令花想红意外了，一时间醋意全消，都不知该说什么好。她回头就把这事告诉了夏尊。夏尊听了一阵脊寒，忙要求花想红给他看李思达的原话。可看完之后，再结合前几天李思达留在波茨坦酒店的那张字条，他又吓出了一身冷汗。

那张字条上其实只有一句话：《波茨坦公告》一共13条，

讲的是什么，夏先生知道吗？

夏尊怎么可能不知道呢。

“这下好了，这小子大概是把所有的账全都算到我一个人头上了。”他倒不是个糊涂人。

花想红倒不以为然，安慰他说，未必是这个意思。可回到家后，她左思右想，也开始担心起来，于是又发短信给李思达。

花想红：“夏公子已知错，愿放下屠刀立地成佛。”

文字的歧义，导致误解就此产生。一个“愿”字，可以理解为“愿意”，也可以理解为“愿你”。

李思达：“呵呵，自古骑虎成佛者仅赵玄坛，立地成佛者仅广额，人人立地成佛，则天下无果、天外无佛，绝对不可能！”

花想红：“可是，这又是为什么？”

简直就是鸡同鸭讲。李思达是在表明复仇决心，可花想红却感到疑惑，他为什么不相信人是可以改过自新的呢？

李思达：“不为什么，他欠我的，我要让他连本带息偿还，这是我天经地义的权利！”

这一句便不再有任何误会了，李思达表达得很精确，花想红理解得无偏差。直到这时，她才恍然大悟，原来他真的有复仇之心，而且还如此刚烈。当然，她没敢把这段对话告诉夏尊，当即就删除了。

与花想红通短信的这天夜里，李思达再次产生幻觉。

他的梦似乎发生了不可思议的嵌套，从一个梦里醒来，却发现是在另一个梦中做梦，最后无论如何也醒不来。但他在不停地自我暗示，醒来需要一把钥匙，而那钥匙挂在高压线上，抬头望时天空却变成了一大片血浆。

他感觉自己就像是一枚流弹，最初从愤怒那儿获得了推力，流着泪飞向他不愿飞去的地方。一路上，他看见有人在笑，有人在光着屁股奔跑。没有人理会他，他想，没有人理会更好。

当他从滚热的躯体穿膛而过时，看见了麻木的心和顺服的血。他停不下脚步，在他0.01秒的生命里，用他的速度终结了那些拖沓的存在，那一切毫无意义的长。当他终于落地时，他又跌入了另一个梦。

这回他出现在高架桥上，在高架桥上游泳，没人看得懂他的姿势。妖魔从开裂的水泥缝隙里钻出来，车龙漂浮在半空。地球仍在转，只是不再绕着太阳转。一切都漂浮了起来，人们掌控不了头脚的朝向，在绝望中渴望一个抓手，哪怕一根稻草……

抓着抓着，他终于抓住了一双手。那是一双女人的手，细嫩得让他担心难以抓住他的身体。

其实那是肇雪的手，她终于把他从睡梦中拉了出来。醒来已是第二天傍晚，他竟在梦中挣扎了近一个昼夜。他自己没办法解释这种现象，知情的玫儿见他醒来时一脸茫然的样子，又一次忍不住跑去卫生间里哭了起来。

夏尊因敏感和心虚而恐惧。现在令他恐惧的，不仅是有可能会再次失去花想红，还包括那个从冤狱归来的李思达有可能直捣黄龙，随时对他本人发起猝不及防的报复。

但同时令他稍感安慰的是，李思达始终都是一介书生，而且他深信，人越是尊贵，就越是不会拿命来搏，谅李思达也做不出什么太出格的事。

夏尊目前唯一能做的就是快马加鞭游说花家，尽早促成大婚，然后去美国。无奈花雷阳奉阴违，一直都以公务缠身为由迟迟不与夏克坚会面敲定婚期。

夏尊急了，一通越洋电话，给他远在美国的母亲余艾霞打了个预防针，让她随时准备动身回国，来参加他的婚礼。然后又跟花雷说，他母亲三番五次打电话来催，就是为了早一天回来见儿媳。

花雷还能说什么，只得安排与夏克坚见面。几天后，婚期最终敲定，2012 年 9 月 16 日。

从老爸那得到这个消息时，花想红木讷地问："如果我现在反悔，还来得及吗？"

花雷一脸的沮丧，"你自己说还来得及吗？早叫你自己想好了。"

其实他跟女儿一样无奈，只不过他更擅长推卸责任。

花想红："这么说，你也不高兴我嫁给表哥？"

花雷："高兴不高兴都晚了，这是你的命。但话又说回来，尊儿至少有一条是从头到尾都值得肯定的，那就是对你真的没话说。只望他成家之后能踏踏实实做人，发奋立业。"

刘三妹也在边上帮腔，"平心而论，我这个外甥吧，无论家世还是卖相，要是放在外人的眼里，那是流口水都羡慕不来的。只是我跟你老爸从小溺爱你，生怕你吃半点亏，所以在选女婿这件事情上总免不了要横挑鼻子竖挑眼。以前在你面前讲过他一些不好的话，相信红囡是可以理解爷娘用心的。你今年 28 了，正是出嫁年纪，牢牢抓住，就是一辈子的幸福。”

花想红很想反问母亲：你也是 28 岁嫁给老爸，你也牢牢抓住了，但这么多年来你幸福吗?

肇雪的清单是 3 月底拟好的，为了做到尽可能精确，她还实地调查了一番。李思达匡算了一下，倒吸了一口凉气。包括夏尊现居的那所大宅院在内，光房产就有三处，这都是留在国内尚未变现的资产。这很有可能只是小头，是否还有早被转移到美国的大头，则是肇雪无从得知的。

有了这份清单，李思达开始起草举报信。

举报信分为两部分。前半部分是举报夏克坚的巨额财产来路不明，核心便是肇雪拟定的这份清单；后半部分是其子陷害他人的冤假错案。

但可惜的是，后半部分属于刑事范畴，且不直接针对夏克坚本人。虽篇幅巨大、叙述庞杂，但与他在法庭上面对的困境类似，始终列举不出确凿的证据。

当然，这份举报信还附上了李思达与肇雪两人的身份证复印件。5 月 7 日，李思达说，举报信由他来寄……

一晃四个月过去了，李思达的健康每况愈下，先后病倒了三次。

9 月 10 日，李思达收到花想红发来的一条短信：“君怜南芒锵锵锤，不忍辞故舞响屐。”

李思达：“终于要大婚了？”

花想红："嗯。你要真想报仇，16日上午10:30，来衡山路53号国际礼拜堂，当众说出你反对。只要你敢来，我就敢跟全世界翻脸，抛下一切与你逃去海角天边。但是你若不来，我们三人的恩怨从此一笔勾销，仇恨换作祝福，祝福你的花儿吧，思密达，再见。"

婚期临近，处于矛盾中的花想红，同样陷入了婚前恐惧。她的心理缺陷已然扩张得像维苏威火山口一样，她正是要在这个巨大的漏洞中孤注一掷，赌一赌火山岩浆究竟会不会在她人生最为关键的时刻突然喷发。

这条短信对李思达来说无疑是一颗重磅炸弹。那一瞬间，一切归零，他们三人再一次回到了当年的马场。两年来，李思达第一次哭了。关上卧室的门，他哭得像个情窦初开的中学生。

冷静下来后，李思达在权衡一件事：假如必须经历两年冤狱才能让他这个屌丝逆袭成功，赢得心爱的女神，他愿不愿意？

一旦将问题简化，他的答案自然就变得明晰多了。别说是两年冤狱了，即使要冒生命危险，要他赴汤蹈火，他又几时犹豫过？

39.等不来的火山喷发

昔日的爱，再次被唤醒。李思达幻想在万众瞩目下同时赢得尊严与爱，但他的身体已不允许，他再一次陷入昏迷。9月12日那天，肇雪与玫儿不得不再次将他送进医院。

14日中午，李思达醒来。他问玫儿，“告诉哥，我是不是不行了？”

玫儿强忍着泪，使劲摇头，“哥，你瞎说什么呢。”

当日，肇雪自作主张替李思达办了出院，然后把他接到自己位于顾村的大公寓里。那间公寓此前一直被一位外企高管租用，两个月前因房客工作变动而退租，至今空着。

肇雪本想把父亲接过去住，但如今决定接李思达过来，父亲那头就只能暂缓一阵。肇雪还雇了个24小时保姆，专门照顾李思达。

李思达把肇雪叫到他床边，告诉她花想红和夏尊即将举办婚礼。

肇雪对逝去的感情早已放手，脸上显得很淡然，“哦，虽然花想红的大小姐脾气老错气（错气：上海话，令人看不惯、讨厌之意），但人倒不坏。我觉得不管怎样，你多多少少还是应该给她一点暗示的，难道真看着她往火坑里跳啊？”

李思达告诉她，他要做的远不止暗示提醒，要做就做得惊天动地。那一天他会准时到场，在当初指证他、怀疑他犯罪的所有人面前把花想红抢回来。肇雪张大了嘴巴，以为他在说胡话。为了证明自己是清醒的，他给肇雪看了花想红发来的短信。

“这也正是她所期待的。”他吃力地坐起身来，“这才是最完美的‘咸鱼翻身’！”他补充道，难抑兴奋。

肇雪倒是支持他，只是忧心他的身体，“也就是后天的事，我看你现在最要紧的还是尽快调养好身体。”

9 月 16 日转眼就到。

这天最忙碌的人是夏尊，他早上 5 点半就爬起来给所有哥们儿都打了电话，确保每个人都在最佳状态。8 点钟，他又给神父打了个电话。他问神父，可不可以带上他的猫？他的理由是，有小喵喵陪在他身边，可以缓解他的紧张。

国际礼拜堂是不分教派、国家的基督教礼拜堂，神父又是一位美国人，自然也就没有理由拒绝他。

上午 10 点钟。远远的，教堂那哥特式的尖顶如同一把尖刀，直刺云霄。对夏尊而言，那是在接受上帝的祝福。对花想红来说，那像极了一把复仇之剑。直到此时她仍在幻想，她的阿喀琉斯，王者归来……

上午 10 点半。庄严的穹顶之下，花夏两家家庭成员分列于第一排的两侧就座，夏尊的母亲佘艾霞也来了。婚礼进行曲奏响，花想红身着洁白的婚纱挽着花雷缓缓步入礼堂。夏尊满脸幸福，已携他的小喵喵等候多时。

神父手捧《圣经》，问在场所有观礼者，有没有人反对两位新人结合？花想红于紧张中数次回头去看，真可谓望穿秋水，惹得神父一脸的疑惑，大概是因为很少见到像她这样盼着有人反对的新娘。

但是，花想红没有等来“火山喷发”，没有反对声也不见李思达的踪影，连他的祝福短信都没收到。

神父酝酿了一下情绪，慎重地问夏尊，“你愿意娶身边的这位女士为妻，成为她一生一世的丈夫，无论疾病与灾难，守护她、照顾她吗？”

夏尊：“我愿意！”

神父又转向花想红，同样慎重地问，“你愿意嫁给你身边的这位男士，成为他一生一世的妻子，无论疾病与灾难，爱他、陪伴他吗？”

正当花想红在心中扑灭最后一团火焰，准备开口说“我愿意”时，状况突然发生转变。她收到玫儿的一条短信，当即一抬手，“请稍等。”

观礼人群议论纷纷。

短信中说：“花姐，李大哥来不了了，他快不行了。”

看完短信，花想红猛抬起头直视神父，“抱歉，我还没想好。我现在有急事，真的，回头再说。”话音没落，人已转过身去，朝礼堂外狂奔，边跑边在回拨玫儿的电话。

这突如其来的变故，让在场所有人猝不及防、无所适从。夏尊更是当众现了原形，气急败坏地骂道，“Son of a bitch（英语：婊子养的）！”然后抬起脚，踢向脚边无辜的小喵喵。

此刻只有一个人表现得异常镇定，嘴角似有一道狡黠的弧，如释重负地舒了一口气。此人竟然是花雷。

电话里，玫儿把李思达的病情原原本本地告诉了花想红。原来，李思达没能来，是因为他从昨天傍晚就开始陷入了昏迷，直到现在还没醒。

花想红想知道李思达现在身在何处，玫儿说大概是在医院。花想红又问她是哪家医院，她说她要去问问看，回头再告之。玫儿之所以对花想红撒谎，是因为肇雪此时正坐在她的身旁。

短信是肇雪授意玫儿发的，可不许花想红来见李思达也是她的意思。

实际上，早在李思达出院前，她便已想好。接下来李思达可能会行动不便，为避免她与李思达因实名举报而遭人报复，她特意安排他来这幢无人知晓的公寓暂住。她让玫儿也一道搬了过来，方便照顾。肇雪不想节外生枝，即使此刻花想红与李思达彼此都那样迫切地想见到对方。

望着仍旧昏睡于床上的李思达，肇雪捋着他额前的头发，小声说："对不起，达哥，对不起。"

千金急了也逃婚，落跑新娘来不及脱去婚纱，一遍又一遍拨打着玫儿的手机，可玫儿关机了。她又一路狂奔，跑去租屋查看。一路上，人们以为是在拍戏，纷纷举起手机拍照，甚至还有人四下张望，寻找摄像机的所在。

到了租屋，花想红狂敲大门，敲着敲着就绝望了，双腿一软坐到地上，整张脸都哭花了。

这一幕正好被下楼的袁晓琪看见了。

袁晓琪见过花想红，可眼下这般模样也令她大吃一惊，暗想：如今结婚新娘上门接新郎，新郎却不知躲到哪里去了。这是要闹哪样啊？

袁晓琪大体知道李思达犯事入狱的事，他被警察带走那天，她在窗台上都看见了。这两年，房租一直是玫儿在交，玫儿也曾与她聊起过李思达。但自从李思达出狱回来后，袁晓琪一直没跟他照过面。近来她对楼下的事情已很少关注了。

袁晓琪走过来，扶起花想红，“听玫儿说，李思达近来身体不好，会不会是去医院了？”

一句话点醒梦中人，当然是在医院，玫儿明明已经告诉她李思达在医院。接下来，花想红开始挨个拨打附近几家医院的电话，可直到傍晚也没有结果。

花想红拖着疲惫的身躯回到家，洁白的婚纱已遍布尘灰。刘三妹迎了上来，似有问不完的问题，可花想红连看都没看她一眼，直接上楼回房了。刘三妹想跟上楼去，却被卧室里出来的花雷拉住了。

花想红的悔婚，性质相当严重，因为对象是夏家。花夏两家当晚便因此掀起了“战争”。

夏克坚给花雷打电话，电话里丝毫不再掩饰怒气，讲到激动处竟然冒出了“不识抬举”的字眼。

花雷唯唯诺诺，只能听着、附和着，一口一句道歉的话。可放下电话他立刻变了张脸，在刘三妹面前气得直摔茶杯，当即道：“什么东西！”

刘三妹忙来劝他，“你别动气，人之常情，的确是我们红囡不懂事。老夏一向是个要面子的人，那么多人看着，连老余都回来了。”

一提女儿，花雷想起了什么，“红囡那头，你不要再去问她什么了，更不要说她。不管她今天这么做是出于什么原因，这么一闹，反倒让我把好多事都想通了。既然女儿做得了‘初一’，那么当老爸的就做得了‘十五’，让他夏家出局！”

当晚，花雷吩咐阿姨把晚饭给女儿送上楼去。

深夜，李思达终于醒来。他望了望窗外，问肇雪，“唉，都过去了，是吗？”

肇雪点了点头，“嗯，礼成，都过去了，你安心养身体吧。”

李思达摇了摇头，“养不好了。”他突然拉住肇雪的手，“我只想求你最后一件事。”

肇雪以为他想见花想红最后一面，犹豫间又点了点头。

可他却说：“我想离开上海。你帮我找一间海边的房子，好吗？”他似乎并不是在恳求她，“一定要推开门能看得见海的那种。”

肇雪：“嗯。”

她久久凝望着他，花白的两鬓，微闭的双目，褶子隐现，日渐松弛的一张脸。一切似乎都快要走到尽头。她在心里为他祈祷，但愿他能看见夏家垮台的那一天。她认为那是李思达有生之年必须给自己的一个交代。

她缓缓上床，像一只寻找温暖的猫咪。她俯下身，侧过脸来，紧紧地贴在他的胸口，这才敢放任眼泪倾泻而出。听着他有力的心跳，她感觉到前所未有的踏实，那仿佛是地球的心跳。

她明白，这就叫作依赖。她还明白，与深爱他的花想红一样，她也已经无法面对失去他的那一天。这个男人虽然不是她的意中人，但在灵魂深处自己早已与他融为一体。她能感知他的所有疼痛，也正是那些疼痛让她对他有了责任。

肇雪这一连串的肢体语言于分寸间舒展优雅，又如亲人般自然贴切，让李思达终于见识到她小女人的一面。

肇雪："达哥，不想见你的花儿吗？"

李思达："已为人妻，还怎么见？"

肇雪："那……假如我现在告诉你，他们的婚没结成呢？"

这只不过是肇雪的假设，她只让玫儿发短信给花想红，并对花想红隐瞒了李思达在哪儿，而事实上她也无从得知那场婚礼最后的结果。

李思达："那也还是不见，我不想让她看见我病成这样。"

他同样是假设。

肇雪："那你寂寞吗？"

李思达："当然不。"

肇雪："嗯？那会不会耳鸣？"

她难得幽默一回，可并不是有心而为。

李思达笑了，抚摸胸前的一头柔发，"嗯，耳鸣，那是神在天国召唤我。"

肇雪："不许讲这种话，好吗？求你了。"

李思达："呵呵，好。其实啊，我还有你，还有玫儿，已经很知足，又怎么会寂寞呢？”

肇雪：“达哥，只要你愿意，我可以代替花想红。”

这话让李思达吃惊。不过，仅仅是因她如此直接的表达而感到吃惊。

“傻丫头，你代替不了的。虽然我说过你有不输给她的美貌，但她在我心里已经变成了‘钉子户’，懂吗？不想见，但也绝对拔不掉，更不会找人来代替，最后也只能带进坟墓。”

肇雪：“又来？呸呸呸，离坟墓还远着呢。”

李思达：“嗯，哥又说错话了，不过有件事一直困扰着我。”

肇雪：“嗯？”

李思达：“一直以为，我以为你只对有钱男人感兴趣。可现在我才发现，应该这么说，你总是对有主的男人感兴趣。告诉我，为什么？”

肇雪：“你正好讲反了，真不是我专门喜欢有主的男人，而是我喜欢的男人都有主了。”

李思达：“哦，原来如此。”

直到这会儿李思达才意识到自己对这个女孩的误解有多深。

40.爱恨情仇，归去来兮

第二天一大早，肇雪驱车赶往舟山朱家尖。她在鳌头颈附近相中了一间紧邻东海的木屋。

凭栏远眺，肇雪在波澜壮阔中感知到一股力量，那是从遥远的海天之间传来的声声呼唤。她相信，李思达的最后一个愿望，不是想欣赏风景，而是想聆听那种呼唤。她想她的达哥会喜欢这里。而她之所以坚定地选择这儿，还有另一个也许无法实现的愿望……

房主是朱家尖镇上的人，过去曾是渔民。肇雪交给房主一年的租金，更为遥远的事她不敢想。临别时她告诉东家，假如一年后屋子里的人还在，她会把房子买下来，让他从现在起就想好价钱。

花想红不再去公司上班了，花雷也不再过问。

她一直没有放弃寻找李思达，只不过，她不愿再四处奔波，索性就躲在闺房里打打电话。玫儿的手机一直关机。她几乎打遍了上海所有的医院，还让倪翔去了租屋，仍旧一无所获。她快要崩溃了。

某天晚饭时，刘三妹没有差阿姨上楼送饭，而是亲自去了女儿的房间。推门所见让她目瞪口呆，花想红披头散发，失魂落魄地蜷缩在角落里，脚下的纸片散落了一地，纸片上密密麻麻、勾勾叉叉的全是电话号码。

刘三妹没有叫她的名字，凑近来看。

花想红抬起头来，满面泪痕。刘三妹心如刀绞，放下餐盘蹲下身去，颤巍巍地伸出手抚摸女儿那一头乱发。触到的一刻，花想红扑进母亲的怀里，纵声号哭。

“妈，我好想他，怎么办？真的好想好想他，希望他马上就站在我面前，让我知道他在哪里也好，让我知道他没事了就好……这样下去我会死掉的。妈，我真的会死掉的，怎么办？怎么办啊？”

刘三妹眼中含着泪，在惊恐中紧紧抱住女儿，仿佛一松开便会失去她，“好，好，乖囡，我们一定把他找出来，一定！”

房门是开着的，屋里的对话花雷在楼下听得清清楚楚……

正如肇雪所料，近来李思达正试图接近一种虚无缥缈的博大精神，尤其迷恋上了“浩瀚的宇宙”。言谈间，动不动就来一句“这要搁在浩瀚的宇宙中其实不算什么”。

起先肇雪并没有在意，直到有一天她买回了一台空气净化器。肇雪见他望着净化器发呆，就当着他的面去开启按钮，净化器发出的噪音把他从虚无中拉了回来。

他当即脱口感慨道：“唉，十年前人们贫穷，读诗赏画谈爱情。十年后人们富有，打针吃药买空气。”

肇雪忍不住问："咦？其实这要放在浩瀚的宇宙中，又算得了什么呢？"

李思达："说得对，你说得对，确实不算什么，不算什么。"

他突然像个echolalia（重复模仿言语）患者。

肇雪："又不算什么了，是吗？那你和花想红的感情呢？"

李思达："也不例外，也不算什么。"

肇雪："那你的深仇大恨呢？"

他的表情开始扭曲，想了好半天，直到肇雪打算移步离开，才叹出气来，"生逢蜃世，蛇舞婆娑，黑白莫辨，认真皆输。你玩世不恭，我难得糊涂。算了，就让一切都烟消云散吧。"

肇雪："啊?！达哥，我是不是可以这样理解，这次举报假如不成功，你就打算放弃了，是吗？"

李思达的动摇令肇雪倍感意外。

"嗯。"这回他没有犹豫。

"什么？我们必须坚定立场！"恐怕连她自己都不愿承认，她一心想要置之死地的那个人，对她的影响实际上已深入骨髓。

"可是，你知道我的时间不多了。"李思达回复，他的眼神暗淡无光。

其实，李思达思想上的巨大转变，并不在这一两天之间。当他最后一次醒来，打开手机，发现在花想红如雪片般疯狂的信息中竟然夹着一条夏尊发来的信息。

"曾经,表妹是'富二代',我是'官二代',你是'贫二代'，那时我们之间保持着某种平衡，那是无可挑剔的帕累托效率。但有一天这种平衡被你打破了，你怎么想？很得意吗？不要以为你发迹了我就怕你，正如你说的，离了我老爸我什么也不是。你不也一样，离了钱，你又是什么？你可以拉拢全世界来对付我，但不要指望我会低声下气来求你放过我。我最后只想提醒你:你今天怎么对付我，将来也会和我一样面对失去，两手空空。因果循环，报应不爽。”

夏尊的话让他想起一首诗："死亡并不特别怜惜穷人，也让虚妄者变得两手空空。就像某个猎人惊愕地看着，那只滴血平野的鹰突然飞走……"

以前李思达从未意识到，夏尊实际上就是一条“可怜虫”，李思达没有兴趣回复他的信息，更不再有兴趣将他置于死地。他再度关机。

李思达始终介意花想红曾说他心胸小，所以如今他试图把爱与恨全装进一个也许他永远也不能真正拥有的博大胸怀中。他强迫自己相信，一切美德皆有回报，天堂的大门只为少数人敞开着。现世放纵自我的人，法不惩之，德不制之，终将接受另一世界的审判。

可他也没有想到，这会使他渐渐陷入不着边际的虚无之中。仿佛已经看透世事，现实便会随之变得无足轻重。

凡事一看透，热血便会退潮。爱情如此，仇恨也不例外，但天晓得所谓看透是不是他一厢情愿的自以为然。信与疑，热与冷。他的一生总在对同一事物的认知上左右摇摆、莫衷一是，转变往往只在一念间。自我推翻、交叠覆盖，直至承认宇宙无序，生命无解。

这动摇了他仇恨的根基，因为他自己难以觉察，狱中那头愤怒的野兽早已不见了。从他出狱的第一天，以玫儿为起点，他便开始渐渐松开、慢慢放下复仇的拳头，一直滑向今天“大赦天下”一般的原谅。

善恶有时真心难辨，一时一事易辨，一人一世难辨。判其为恶人需要怎样的大智慧，宽恕其恶又需要怎样的大悲悯。人自身也有待被宽恕的时候，任何恶在成长过程中都能寻到孱弱的影子。

现实的美总是残缺的。他希望它有多无暇，它就能那样无瑕；他看到了它残酷的一面，它实际就有那么残酷。每个人心里都有一个撒旦，顺从、效忠于上帝时，它叫路西法，背叛时它才叫撒旦。它就在李思达的对面静坐凝视，面容也许不及想象中那样狰狞。

肇雪并不打算放弃，“仅仅是因为时间吗？”

“也不全是。”他意味深长地望着她，“无论时间多长，你早晚也有放下的一天，这从你已经不再恨花想红就可以看出来。”

肇雪：“那可不一样。皮之不存，毛将焉附。当初恨她花想红，还不是因为夏尊？”

话虽这么说，但她其实也并不确定皮与毛是否存在着绝对的因果关系。她只要反过来一想就明白了，无论她今天是否爱着夏尊，都可以找出千百条理由来恨那个女人，可事实却是相反的。

这段时间李思达的健康每况愈下。双目隐约有凹陷趋势，无论他睡眠有多充足，黑眼圈却越来越明显。假如李思达仅仅是口头上表达了原谅，肇雪倒也并不往心里去，因为她八成以为是他脑子出了严重问题。

可直到一周后的一天，当玫儿扶着越来越难以掌握平衡的李大哥上厕所时，肇雪发现他的枕头下露出了信封的一角。抽出一看，竟然是早在5月7日那天就该寄出的举报信。

她终于明白，他脑子虽有大半已沉睡，饶恕和原谅却始终都是清醒的。李思达更愿意将自己的行为理解为“饶恕”，因为那是一种居高临下的原谅姿态。他相信自己真的可以让夏尊臣服在他的脚下，只要他愿意。

但肇雪没有尊重他的意愿，她趁李思达再次昏睡之际，誊抄了那封信果断寄出。

接下来几天，李思达的情绪反复无常，时而暴躁易怒，时而幻听幻觉。每到这时，肇雪总是会拿话来试探他，引着他回到平和的现实。可她心里明白，自己的能力即将耗尽，不宜再等了。

几天后，一抹飞驰的“粉红”，载着李思达和玫儿前往舟山。

10月初的海风，撩发拂面，清凉醒神。夕阳下，肇雪与玫儿面向大海，并排坐在海边的礁石上。肇雪慎重地递给玫儿一张银行卡。

“好妹妹，公司还需要人打理，雪儿姐已经做了能做的一切，这最后一程就由你陪着达哥一道走完吧。我相信你比姐更需要这个机会。”肇雪面带微笑，眼中没有泪。

玫儿揉了揉红肿的双眼，接过卡，坚定地点点头，“嗯，我欠大哥的这辈子都还不完，雪儿姐放心。”

肇雪这才一把搂住玫儿，动情地握了握她的肩头。

从这天起，李思达和玫儿的手机号码全换成了宁波的号码，是肇雪去镇上为他俩办的。

第二天清晨，李思达和玫儿都还没起床，肇雪便早早离开了。临走前，她来到李思达的床前，最后一次为她的达哥掖了掖被角。出门时，又回身朝屋里挥了挥手，那似乎不是在跟流连忘返于梦乡的朋友说再见，而是跟这间屋子里的每一样东西道别……

经历了花家悔婚，夏尊不再去花雷的公司上班。余艾霞对他们父子俩已失望透顶，决定先回美国。

按照夏克坚的意思，既然儿子留在国内无所事事，不如跟着一道回去算了。可夏尊偏偏不干，他始终都还惦记着两件事：一是挽回花想红，二是惩罚肇雪。

但命中注定这两件事他一件也办不到。首先，他怎么都找不到肇雪，就连她父亲以前住的老房子都已经易了主。其次，经历了逃婚后的花想红如同重生了一回，虽然暂时找不到李思达的下落，但也绝不会再回头接受夏尊了。加上如今又多了老爸在后面撑腰，她更是对夏尊不再留恋。

花想红曾跟再次找上门来的夏尊说，“你知道你把人家害得有多惨吗？含冤入狱、父母双亡、脑子长瘤，假如你能跟他换一换，我就嫁给你，跟你去美国。”当然，她也是一脑子的糊涂账。李思达的脑袋里没有瘤，而且那些遭遇也不该全都算在夏尊的头上。

夏尊百口莫辩。从那天起，夏尊放弃寻找肇雪，也不再纠缠表妹，一门心思加入了寻找李思达的队伍里，可却没有任何进展。

41.退潮方现裸泳人

浑水摸鱼神不知，退潮方现裸泳人。

2012年秋，在汹涌的反腐浪潮中，夏克坚终于被“双规”，接受中纪委立案调查。实名举报信可不止李思达和肇雪的那一封。夏克坚这些年进退维谷，提心吊胆。如今大难临头，他反倒松了一口气。

当肇雪把这一大快人心的消息告知李思达时，李思达的脑子已经混沌一片，不再记得夏克坚这个人。

肇雪能够理解，正如她曾经一次次强迫自己相信，达哥是因为忘记了才迟迟没有寄出那封举报信一样。可事实上，李思达的大脑还没有糟糕到这种地步，他只不过是不想再面对一些事情。

夏克坚被“双规”的事，夏尊第一时间告诉了母亲。震惊之余，余艾霞意识到问题的严重性，急召儿子回美国。可夏尊却不以为然，说顶多就是个党内警告，怕啥。余艾霞见再不把话挑明，这个蠢儿子会分不清利害关系，索性跟他摊牌。

“尊儿啊，你不能这么大了还啥都不懂。当初老妈带你来美国是为了什么？就是怕会有今天的局面，但是没想到会来得这么快。大势已去，懂吗？这回你老爸的脑袋怕是保不住了，你要不想被牵连，赶紧给我回来！”

夏尊这才相信，天真的有塌下来的一天。父亲倒台的一刻，夏尊像变了个人，仿佛一夜间长大了。他不再接听哥们儿的电话，只想与花想红见上最后一面。

花想红也从花雷那得知了消息，毫不犹豫地答应见他。

夏尊不再央求花想红嫁给他，更不奢望她跟他一道去美国。他向她彻底忏悔了曾对李思达犯下的不可饶恕的错，不求她原谅，只求她向李思达代为转达歉意，并承诺会帮李思达在美国寻求治疗机会。

花想红心念旧情，对表哥心生恻隐之情。这毕竟是她曾经想嫁的郎君，只差那么一点点，假如她对李思达的苦难一无所知，如今她已是他的妻。

花想红最后一次投入夏尊的怀抱，含泪叫了他一声“表哥”。

浦东机场，没有人为他送行，夏尊在落寞中离去。登机前，他给花想红发了最后一条短信，那是一首专门为她写的诗——《柳说》。

“你手中的风筝线，无法跨越生命的河流。当你还是个小女孩，癫笑蛮奔在原野上，我已在蒹葭苍茫的对岸，为你种下第一株银合欢。历经诸世轮回，等不来，那风筝断线挂枝，我便静立成柳。假若岁月会说话，定会在某个倦夜唤醒你。转告，我已将思念深深刻进皱纹，随我一道，枯朽。”

捧着这首诗，花想红泪眼模糊。

但夏尊注定是逃不掉的，就在他登机前的一刻，他被身着制服的人扣下了。

也许是大海赋予玫儿力量，同时还原了她的本色，从山区里走出来的乡下丫头，如今变得坚韧且有耐心。她不再化妆，也不再把精力耗费在穿戴上。她每天都要早早起床，步行去镇上赶早市，采购各种新鲜的蔬菜与水果。

回来后，她一边做家务，一边听李思达胡言乱语。

他说的那些话，大多是读书人才讲得出的道理。其中一些是读书心得，还有一些是他个人的社会见解。他已无法凭借双腿走路，玫儿从镇上给他买回来一把轮椅，每天下午都会推他出门，沿海边散步。

在海边，除了远眺出神，他仍会讲个不停。玫儿从来都没有真正听懂过，但这并不妨碍她口头上表达重视、诺诺连声，有时还能不失时机地提一些幼稚的问题。这种陪伴，让李思达感到由衷的舒心。

有一次，李思达告诉她，一个文明进步的社会，光做到平等是远远不够的。只存在平等的社会，充其量就是个弱肉强食的丛林，个体的先天能力就是规则本身，代表着一切。在一个绝对平等的社会环境里，人行道上甚至不会有盲道。所以除了平等，还需要公正。公正是什么？那是对弱者的关怀，那是人行道上有盲道，公车上老人有位子坐，人人有饭吃，人人看得起病。再也不要以为平等就是公正。

只有这一次，玫儿似乎听懂了。她说，假如既有平等，又有公正，哥也不至于落到这一步了。她本无心，但对李思达来说，却是在用一根毒针刺醒他，使他唯一清醒的东西只剩下了苦难。

他忽又把话题从社会关切转移到了文学，“嗳，那都是理性世界的见解，你看那些文学作品，一句话就是一辈子了。所以说，人啊，最经不起数落的东西便是岁月。无论其中包含了多少色彩和滋味，苦难和遭遇，也逃不出一句总结。然后信手一翻，过去了。”

11 月初的时候，李思达已骨瘦如柴，手无缚鸡之力，视力也开始下降，有时甚至出现短暂的假性失明。他的话渐渐少了起来，可他并没有闲着，躲着玫儿做起了神秘的手工活。有事情做总是好事，玫儿也不去干涉他。

李思达知道自己时日不多。

他以前怕做梦，可这阵子他突然疯狂地爱上了做梦，无论什么梦都好。这让他感觉自己始终醒着，从而使他与这眷恋不舍的红尘多些纠缠。

即使是噩梦他也全不在乎，因为他曾经的经历是那样可怕和糟糕——他相信不会再有比监狱更糟糕的去处。只要别再让他品尝醒来后仍在高墙内的那份绝望就好。

42. “贫果”虽苦，爱却永恒

已至深秋，李思达的假性失明越来越频繁，身体机能明显退化，衰老速度不断加快，整个人萎缩成了几节可怜的“麻秆”。如今别说自由行走，就连上下床都需要玫儿抱上抱下，他因此很难再看见海。

玫儿想了个办法，她从镇上买回来一块大镜子，他想看时，就在窗边为他竖起来。后来有一天，玫儿又从镇上请来几个工人，索性把李思达的床搬到了窗前，然后垫高床腿。这样一来，他就能整天望着大海发呆了。

他不知自己的大限何时到来，但他可以确定，曾经拥有的过去远大于未来。

那些过去，依赖零散的记忆碎片，断断续续地被承载着。他偶尔会把那些碎片聚拢来，试图拼出自己一生的模样。有时差不多已经被他拼出来了，如同一首幽怨的曲子，类似于夏尊的那所大宅院里曾经播放的布鲁斯，却因无论如何也叫不出名字而令他在绝望中抓狂。

从移床的这一天起，李思达便不再开口说话，也很少进食。

他的世界只有光明与黑暗，他的动作也只剩下点头和摇头。他对花想红的思念已到极致，可他越来越不能见她，甚至不能联系她。他在拖延，在等待最后的道别。他认为其他可以无牵挂，但对她的交代必须留下。

秋风起，思绪飘摇，记忆里密密麻麻满是人，深的浅的、浓的淡的、清晰的模糊的。当年相赠的再见，此生多半无缘实现，只望梦境伸来戏谑的手，弹斯人脑门。乍醒馀困、苦笑、摇头、叹息、咽泪。彼此思念的两个人，总有那么一刻，会有心灵感应。

比如，在同一首诗里沉吟，在同一首歌里流泪。

当然，花想红能够感应，她有不祥的预感，但她放弃了寻找，只和他一样在安静中等待。她相信他终有一天会给她消息，哪怕只为和她道别。

肇雪又来过电话，除了向玫儿询问达哥的近况，还想听听他的声音。

肇雪："达哥，听说你近来很不乖哦。"

电话里，李思达口齿不清，讲了一大通谵语，"神说啊，水要多多滋生有生命的物，要有雀鸟飞在地面以上，天空之中。神就造出大鱼和水中所滋生各样有生命的动物，各从其类，又造出飞鸟，各从其类。神看着是好的。神就赐福给这一切，说，滋生繁多，充满海中的水。雀鸟也要多生在地上……"

他默诵的是《圣经》中的话，那是上帝六日造万物的过程。

肇雪也不挂断，含泪模仿着笑腔，"呵呵，好，好，是神创造了一切。神还关照说，你要乖乖听玫儿妹妹的话，要按时吃饭、按时吃药、按时睡觉、按时醒来……知道了吗？"

说到"醒来"，她有些哽咽。其实这哪是神说的，这些都是医生的话。

李思达："嗯。"

肇雪"听出我是谁了？"

"雪儿。"李思达的口齿突然变得清晰。

肇雪实在忍不住了，掩面而泣，挂断了。

一天清晨，睡梦中的玫儿第一次被冷风吹醒。她起身查看，发现窗户是开着的，李思达的眼睛也是睁着的。他面带微笑，似正等待海上日出。

玫儿感到奇怪，每天睡前她都要检查好几遍门窗，确保都已关好，昨晚也不例外。她又无法相信那是李思达动手开的，因为他如今凭己之力已很难坐起身来。

玫儿突然意识到了什么，走过去，试探着去关窗。

李思达笑了，"怕我着凉吗？来，坐到哥的身边，陪哥一起看日出。"

他已经很久没有开口说话了，口齿竟突然变得如此流利。

玫儿哽咽，"身体弱成这样，海风都能杀了你。"

她坐上了他的床，帮他调整着背后的靠枕，却不敢靠着他的身子坐，仿佛那几节脆弱的"麻秆"一靠便会被折断。

李思达："玫儿，你在海里潜过水吗？"

程玫儿："没有。"

李思达："没潜过水，就不会了解光折射的奇妙，就体会不到在海平面以下要想判断物体远近有多困难，这跟潜水的深度与潜水镜片的厚度都有关系。你可以想象一下，就算穿上再厚的潜水衣，那海水还是冰冷的，加上视觉的错位，换谁都会有心理恐惧。我曾发誓，这辈子绝不第二次潜水，可我食言了，后来又发誓不再有第三次。你知道哥为什么会出尔反尔？当你有一天真正见识到那种美，你就全明白了。”

李思达的这番话，暗示着他正在试图提前去消化独自面对死亡瞬间的恐惧。近来每想到这一幕，眼前全是五彩斑斓的珊瑚和成群结队的鱼儿。加西亚·马尔克斯，曾用隐晦的、充满幻象的文字启示过他：死亡是一种仪式，告别或出发。

“真的啊？”玫儿还没那么聪明，听不出。

李思达：“嗯。不过现在看来，恐怕哥又要食言了。”

程玫儿：“你想潜水？现在？”

李思达：“嗯，而且永远也不打算上来了。”

玫儿终于明白了他的心意，“不要！哥你别吓我。”

李思达：“真的，这是哥对你最后的请求，帮帮我。”

程玫儿：“你怕吗，哥？”

李思达：“傻丫头，谁又会不怕？不过生老病死、富贵贫贱，看不透，人人尽是可怜人，看透了，天下便没有悲哀事。哥虽然怕，但更盼着解脱。”

程玫儿：“那就让玫儿陪着你吧。”

李思达：“胡说什么呀！你要是也去，那就骨灰见骨灰，四眼一抹黑，连个收尸的人也没了。再说了，等泡肿了漂上岸，也没人认得。”

程玫儿：“不是，你不是要玫儿帮你吗？我的意思是去弄条船，送哥一程。”

李思达：“哦，还是玫儿想得周到。”

程玫儿："哥，还需要玫儿为你做点什么吗？"

李思达："没了，我在想，你我下辈子最好都不要再投胎做人了，真的好辛苦。"

程玫儿："不要！还是做人，我要跟你做亲兄妹。"

李思达："呵呵，这些都是痴话，就算要做人，也做个侵略地球的外星人吧，反正离传说中的'世界末日'也没几天了。"

李思达凝望大海，眼前仿佛是漫天飘舞的孔明灯，足有一万、十万、一百万只。他幻想那全是他一人放的，每一只上面都用毛笔工工整整地写着"花儿，我爱你"，每一只都映入了花想红喜悦的瞳眸。他仿佛再次看见她开心地笑，嘴角勾勒出一道优美的弧……

日出东方，霞光尽染赤如血，映上玫儿的脸，在那双干净的眸中跳跃。李思达却缓缓闭上双目，似要从朝霞中获取最后的能量。

玫儿出门了，她想去邻村借条船来，有双桨的那种小船。

李思达想起了已故的双亲，想到了他们十几年前的样子。

站台上，瘦小的李卓君把随身小包递给儿子，轻拍他的臂膀，抑着伤感鼓励道："男儿志在四方，要闯，就闯出个名堂来，家里不用你挂心。"

姚淑芬则立在一旁默默地抹眼泪。

这一幕发生在李思达不从父命，决意要去上海闯世界那会儿。在此之前，他与父亲已争论了好几个月。

还有赵勇和小玲，想必他们的宝宝已经出生了。

此刻，就连吴大妈也变成了亲人……

李思达最后一次产生幻觉。此刻他已置身于花家佘山别墅的大客厅里，前一秒还是满窗子的海天红日，霎时间便凝固成了客厅墙上的那幅巨型油画，格外的真切。

花想红正轻盈地向他走来，没有责备，也不忧伤。她温情地问他，好点了没？他没有答，因为答案也许会令她忧伤。她又问他，打算要走了吗？他朝她点了点头。花想红伸出手来，帮他把额前几缕不听话的发丝往后梳，仿佛英雄的形象必然要搭配一个倍儿亮的脑门。

是的，直到此时，这依然是此生最令他感到骄傲的一幕。

他曾经是花想红心目中的英雄，一个顶天立地的大男人。即使忍受再多委屈，经历再大的苦难，都要用他并不强健的臂膀为这个女人撑起一片天。他鼓舞自己，最后再扮演一次她所钟爱的形象，潇洒地离去，给她留下一个无泪英雄的背影。

为了花想红，他付出了一切。一路走来，几乎每一个十字路口都留下了他彷徨的足印。倘若有机会再让他走一次，天可怜见，他依然会固执地坚持原来的选择，一错再错，从而走出另一条相同的路径，与眼前的自己会合。

他想，这便是他的宿命，无怨无悔。

从幻觉中出来，前所未有的强烈预感伴随一阵清凉的海风迎面袭来……在永远失明到来之前，趁自己还看得见，李思达给花想红发去了最后一条短信。

“人生常常一挥手成永别。感谢时间，让你我相逢于人间。缅怀时间，只许我们匆匆一面。有件事我终于想通了，虽然起点不可选，人生不完美，但我至少可以为自己选择终点。原谅你的思密达，心胸小、老土、不豁达、不合时宜、不自信、不洒脱，那样的不完美，就让所有的错到此为止吧。珍重！你的思密达。”

按下发送键后，他再次昏迷过去……

时隔两个多月，花想红终于收到李思达的消息。她眼中噙着泪，闯入花雷的办公室，“请原谅，老爸。这一次，我一定要找到他。”

花雷站起来，背过身去，站在落地窗前。

“知道吗，红囡，你姨夫倒了，老爸也决定要退休了，李思达的资金一直没有停下脚步，我已经逢高交出大部分筹码。”

花雷仿佛在与另一个世界对话，那是窗外的世界，不是自己的女儿。但当他转过身来时，又回到了当下的世界。

“有记者曾经问过我，花董，您现在已经是这样成功的一位商人了，您还会仅凭一个眼神、一句话而无条件相信一个人吗？我说当然不会。他又问，那您还愿意受儿女支使，带他们到海边，跟他们一起用心去堆童年幻想的沙堡吗？我当时答不上来，但我心里很清楚，我从来没有过，而且现在也更加做不到了。这是成长与衰老的区别。”

听了这些，花想红心里难过，“老爸，别这么说，我从来也都没有怨过你。”

花雷："我还没说完。我想告诉你的是，在看透人生和世事之后，还能保持一颗童心，就像从来没有经历过一样，那是令人羡慕的。我生下你、养你、教你，而你也会陪我走完生命的后半程，这是互不强求的陪伴，钱买不来的缘分。我以前不该，以后也不再会用衰老的心态去影响你、束缚你。”

花想红 ：“那就是说，您不会阻拦？”

花雷 ：“红囡，该请求原谅的不是你，而是老爸，原谅老爸一直以来的独断专行。去吧，我会派人协助你。”

花雷果然说到做到，几乎动用了周遭一切资源，通过李思达的手机信号，终于找到了他的位置。

花想红一分钟也没耽搁，报了警，她已将李思达遭人陷害含冤入狱的前后经过全都告诉了当年的办案民警李警官。然后开车带上倪翔，火速赶往舟山。

海边，李思达坐在轮椅上，玫儿扶着他的双肩，“哥，准备好了么？”

苏醒之后，李思达已彻底失明。他听着海浪声，脸上没有一丝留恋，坚定地点了点头，“嗯，上路吧，只可惜海底的美景看不见了，而且海水也会很冷。”

玫儿摇着小船载他出海，李思达的脚上绑着石块。

李思达不放过最后开玩笑的机会，“玫儿，你好久都没看《宇宙好男儿》了。哦，还有那一档《入口即化》。”

玫儿很配合，“我现在改看一个选秀节目了。”

李思达 ：“别光看，去报名参加。回头让你雪儿姐帮你策划一下，找个助手扶你上台，告诉评委老师你有残疾，就说脑残好了，反正也基本属实。先把老师们弄哭，然后你给他们唱一首励志歌曲——《脑残之歌》……”

程玫儿:“呵呵，那我还得苦练面瘫，好难的，还是不要了。我去参加《舞者争霸》吧，就我这身段，脸上抹点炭，头上再插几根鸡毛，从此就走原生态路线了，哥你说靠谱不？”

玫儿的语气轻松欢快，脸上却泪流满面，她知道他已经看不见。

在赶往舟山的一路上，十万火急，李警官的车在前面负责开道，他同时还通知了当地警方，请求支援配合。随行的还有嗅觉灵敏的记者，两年前无人问津的一桩冤案，如今因当事人身份地位的巨大转变而引起了新闻界的关注。

当年那个为爱犯傻，如今又为人类做出重大贡献的李思达，一直都在李警官的脑子里印象深刻。他想，是时候为一个好人平反昭雪了。正如休尼特所说的那样 :“正义也许会迟到，但绝不会缺席！”

等花想红赶到时，已是下午 4 点钟，海上搜救已经展开。

在那间孤零零的海边小木屋里，花想红看见了李思达和玫儿曾经用过的物品。她一件一件认真地辨认着，仿佛在回溯李思达这两个多月走过的所有日子。

在靠近窗边面朝大海的那张床，松软洁净的枕头边上，她找到了李思达留给她的东西——她确定是留给她的。

那是一枚凭借记忆手工雕刻的木制“金苹果”，形状大小与曾经剥夺了他的爱情与自由,践踏他尊严的那枚“金苹果”相仿，不同的是上面刻了一张笑脸。她明白，那代表着原谅。他想借这枚木苹果告诉她，他原谅了她花想红、程玫儿、夏尊，所有伤害过他的人。

那分明就是一个苦中作乐的“贫果”。那张笑脸仿佛在说：“金钱买不到爱情，仇恨换不回尊严，只有更大的胸怀，才能使将错就错的人生没有遗憾。天地万物，没有永恒的存在，只有永恒的消亡，生命如此，真爱亦如此。当一份真爱在日月的见证下诞生，以尊严为名，不计长短，不论结局，请坚信那是世间永恒的唯一，不可复制，没有重播。”

是的，世间也许真的有永恒，只不过并非延绵不绝没有尽头，而是曾经无可替代地存在过。三年前，李思达为爱舍生忘死，遭人陷害含冤入狱；三年后，他向死而生，屌丝逆袭高富帅，不再为爱而战，仅用生命捍卫尊严。

李思达赢了，他同时获得了生命中最珍视的两样东西：爱与尊严。尽管在最后时刻，他松开了复仇的拳头，但正所谓“得道多助”，对罪恶的讨伐早已无须他完成那最后一击。

海上的搜救范围仍在不断扩大。

花想红没有哭，耳边隐约听见倪翔的喊声。她紧握木苹果，缓缓走出小屋。迎着夕阳，她突然踢掉了鞋子，加快了脚步，越走越快……最后，她朝着大海的方向一路狂奔而去。

她的身后带起了细沙，在夕阳的余晖下金光灿灿、瞬间扬起、而后落下、此起彼伏、连绵不断……

（全文完）